FLAGERMUSMANDEN

I SERIEN OM HARRY HOLE

FLAGERMUSMANDEN
KAKERLAKKERNE
RØDHALS
SORGENFRI
MAREKORS
FRELSEREN
SNEMANDEN
PANSERHJERTE

JO NESBØ

FLAGERMUSMANDEN

Oversat af Allan Hilton Andersen

Modtryk

FLAGERMUSMANDEN
Oversat fra norsk efter: FLAGGERMUSMANNEN

Published by agreement with Salomonsson Agency
Omslag: Henrik Koitzsch
Tryk: WS Bookwell, Finland
3. udgave, 3. oplag 2009

ISBN 978-87-7053-184-9

www.modtryk.dk

It rose into space, its wings spread wide.
Then fell, its wings now a fluttering cape
wrapped tight about the body of a man
– Frank Miller

WALLA

1

Sydney, hr. Kensington og tre stjerner

Der var noget galt.

Den kvindelige paskontrollør havde først smilet bredt: "*How are you, mate?*"

"*I'm fine,*" havde Harry Hole løjet. Det var over tredive timer siden, han var taget fra Oslo via London, og lige siden flyskiftet i Bahrain havde han siddet i det samme fordømte sæde foran nødudgangen. Af sikkerhedshensyn kunne det kun lænes en anelse tilbage, og det nederste af hans ryg var næsten ødelagt, før de ankom til Singapore.

Og nu smilede damen bag skranken heller ikke længere.

Hun havde kigget i passet med påfaldende interesse. Om det var billedet eller den håndskrevne underskrift, som til at begynde med havde fået hende i godt humør, var ikke til at sige.

"*Business?*"

Harry Hole havde en formodning om, at paskontrollører de fleste andre steder i verden ville have tilføjet et "*Sir*", men han havde læst et sted, at den type høflighedsfraser ikke var specielt udbredt i Australien. Det betød heller ikke så meget. Harry var hverken specielt rejsevant eller snobbet, han ønskede sig bare et hotelværelse med en seng så hurtigt som muligt.

"*Yes,*" havde han svaret og trommede med fingrene på skranken.

Og så var det, at hendes mund snerpede sig sammen og blev alt andet end køn, og hun sagde med spids stemme:

"*Why isn't there a visa in your passport, Sir?*"

Hans hjerte slog et ekstra slag, som det altid gjorde, når det fornemmede, at en katastrofe var under opsejling. "*Sir*" blev måske først brugt, når situationerne tilspidsede sig?

"*Sorry, I forgot,*" mumlede Harry, mens han ledte febrilsk i inderlommerne. Hvorfor havde de ikke heftet hans specialvisum fast i passet, som de gjorde med almindelige visa? Lige bag sig i køen kunne han høre den svage summen fra en walkman og vidste, at det var sidemanden fra flyet. Han havde spillet den samme kassette hele vejen. Og hvorfor helvede kunne han aldrig huske, hvilken lomme han lagde tingene i? Varmt var det også, selv om klokken var næsten ti om aftenen. Harry kunne mærke, at det begyndte at klø i hovedbunden.

Endelig fandt han dokumentet og lagde det på skranken.

"*Police officer, are you?*"

Paskontrolløren så op fra hans specialvisum og kiggede indgående på ham, men snerpemunden var væk.

"Vi har forhåbentlig ikke myrdet nogle norske blondiner?"

Hun lo en trillende latter og klaskede fornøjet sit stempel over hans specialvisum.

"*Well, just one,*" svarede Harry Hole.

Ankomsthallen var fuld af repræsentanter fra rejsebureauer og limousine-chauffører, som holdt skilte i vejret med navne på, men der var ingen med Holes. Han skulle lige til at gå ud for at finde en taxa, da en sort mand iført lyseblå denimbukser og hawaiiskjorte og med en usædvanlig bred næse og mørkt, krøllet hår banede sig vej mellem navneskiltene og hastigt kom ham i møde.

"*Mister Hǎo-li, I presume!*" fastslog han triumferende.

Harry Hole tøvede. Han havde indstillet sig på at bruge den første tid i Australien på at korrigere udtalen af sit efternavn for ikke at blive forvekslet med et hul. Hr. Hellig var trods alt langt at foretrække.

"*Andrew Kensington, how are ya?*" grinede manden og rakte en ordentlig næve frem.

Håndtrykket svarede til nævens størrelse.

"*Welcome to Sydney – hope you enjoyed the flight,*" sagde den fremmede hjerteligt som et ekko af stewardessens melding bare tyve minutter tidligere. Han tog Holes godt slidte kuffert og begyndte at gå hen mod udgangen uden at se sig tilbage. Harry holdt sig lige i hælene på ham.

"Arbejder du for politiet i Sydney?" begyndte han.

"*Sure do, mate. Watch out!*"

Svingdøren ramte Harry i ansigtet, lige på næsen, så tårerne sprøjtede. En dårlig slapstick-komedie kunne ikke have begyndt værre. Han gned sig på næsen og bandede på norsk. Kensington så medlidende på ham.

"*Bloody doors, ay?*" sagde han.

Harry svarede ikke. Han vidste ikke, hvordan man svarede på den slags her.

På parkeringspladsen låste Kensington bagagerummet op på en lille, gammel Toyota og smed kufferten ind. "*Do you wanna drive, mate?*" spurgte han overrasket.

Harry opdagede, at han stod omme ved førersiden. Pokkers, der var jo venstrekørsel i Australien. Men passagersædet var så fyldt med papirer, kassetter og affald, at Harry endte med at krybe ind på bagsædet.

"*You must be an aborigine,*" sagde han, idet de svingede ud på motorvejen.

"*Guess there's no foolin' you, officer,*" svarede Kensington og kiggede i spejlet.

"*In Norway we call you 'australnegre' - Australian negro.*"

Kensington holdt blikket rettet mod spejlet.

"*Really?*"

Harry begyndte at føle sig ilde til mode.

"Øh, jeg mener bare, at dine forfædre tydeligvis ikke tilhørte de straffefanger, som blev sendt hertil fra England for to hundrede år siden," undskyldte Harry sig for at vise, at han i hvert fald havde et mindstemål af viden om landets historie.

"*That's right, Håo-li,* mine forfædre var lidt tidligere ude. Fyrre tusinde år for at være helt nøjagtig."

Kensington grinede i spejlet.

"*I see.* Kald mig bare Harry."

"Okay, Harry, jeg hedder Andrew."

Andrew stod for snakken under resten af turen. Han kørte Harry til King's Cross og begyndte at fortælle: Denne gade var Sydneys luderstrøg og centrum for narkohandel og stort set al anden lyssky virksomhed i byen. Hver anden offentlig skandale syntes at have forbindelse et eller andet hotel eller en eller anden stripperbule inden for denne kvadratkilometer.

"Så er vi her," sagde Andrew pludselig. Han trak ind til fortovskanten, sprang ud og løftede Harrys kuffert ud af bagagerummet.

"*See ya tomorrow,*" sagde Andrew, og så var han og bilen væk. Stiv i ryggen og med et jet-lag, han var begyndt at kunne mærke, stod Harry og hans kuffert pludselig alene på et fortov i en by med et indbyggerantal, der omtrent svarede til hele Norges befolkning, uden for det prangende Crescent Hotel. Der var tre stjerner ved siden af navnet på døren. Politichefen i Oslo var ikke kendt for at være flot med indkvarteringen til sine medarbejdere, men måske var det her ikke så tosset endda. Der måtte være rabat for tjenestemænd på hotellets mindste værelse, tænkte Harry.

Og det var der.

2

En tasmansk djævel, en klovn og en svensker

Harry bankede forsigtigt på den dør, der førte ind til chefen for Sydney South politidistrikt.

"Kom ind," lød en buldrende røst derindefra.

En stor, bred mand med en imponerende mave stod ved vinduet bag et skrivebord af egetræ. Under en tyndslidt hårmanke stak et par grå, buskede øjenbryn frem, men der var smil i rynkerne om øjnene.

"Harry Holy fra Oslo, Norge, *Sir.*"

"Sæt dig ned, Holy. Du ser forbandet veloplagt ud så tidligt på morgenen. For resten: Du har vel ikke været inde og besøge nogle af gutterne på narkoafdelingen, håber jeg?" Neil McCormack lo hjerteligt.

"Jet-lag. Jeg har været lysvågen siden klokken fire i morges, *Sir,*" forklarede Harry.

"Selvfølgelig. Det var bare en intern spøg fra min side. Vi havde en temmelig stor korruptionssag her for et par år siden, forstår du. Ti politifolk blev dømt, blandt andet for at sælge narko – til hinanden. Man fattede mistanke, fordi et par af dem var så forbandet lysvågne – døgnet rundt. Det er egentlig ikke noget at spøge med," brummede han godmodigt, satte brillerne på næsen og bladede i papirerne foran sig.

"Du er altså blevet sendt hertil for at bistå os i efterforskningen af drabet på Inger Holter, norsk statsborger med arbejdsvisum i Australien. Blond, pæn pige efter billederne at dømme. 23 år gammel, er det ikke korrekt?"

Harry nikkede. McCormack blev alvorlig:

"Fundet af fiskere på havsiden af Watson's Bay, nærmere bestemt The Gap Park. Delvis nøgen, med mærker der tyder på, at hun først er blevet voldtaget og derefter kvalt. Derpå transporteret ud til parken i nattens mulm og mørke, hvor liget blev lempet ud over afgrunden. Ingen sædrester."

Han skar ansigt.

"Med lidt dårligere vejr havde bølgerne sikkert taget hende, men i stedet blev hun altså liggende blandt stenene, indtil hun blev fundet næste morgen. Vi har som sagt ikke noget sæd, og årsagen er, at kussen var skåret op som en fiskefilet, og havvandet har skyllet hende godt og grundigt igennem. Derfor har vi heller ingen fingeraftryk, men vi har et omtrentligt dødstidspunkt ..." McCormack tog brillerne af og gned sig i ansigtet – "og vi mangler en morder. Og hvad fanden har du så tænkt dig at gøre ved det, Mr. Holy?"

Harry skulle til at svare, men blev afbrudt:

"Jo, det du har tænkt dig at gøre, er at følge godt med, når vi opsporer den djævel. Undervejs fortæller du den norske presse, hvilket udmærket arbejde vi udfører i fællesskab, og så skal vi passe på ikke at støde nogen ved den norske ambassade eller nogen af de pårørende, og bortset fra det skal du tage det som en ferie og sende et postkort eller to hjem til din kære politichef. Hvordan har hun det for resten?"

"Godt, så vidt jeg ved."

"Et dejligt kvindemenneske. Hun har vel forklaret, hvad der forventes af dig?"

"For så vidt. Jeg skal deltage i efterforsk ..."

"Flot. Glem det. Her er de nye regler. Nummer ét: Fra nu af lytter du til mig, mig og kun mig. Nummer to: Du deltager ikke i noget som helst, som du ikke har fået besked på af mig. Og nummer tre: Én overtrædelse af reglerne, og du sidder på det første fly hjem."

Det blev sagt med et smil, men budskabet var tydeligt: Fingrene af fadet, han var her som observatør. Han kunne vist lige så godt have taget badebukser og kamera med.

"Jeg har hørt, at Inger Holter var en slags tv-berømthed i Norge?"

"Halvberømt, *Sir*. Hun var en af studieværterne i et ungdomsprogram, som kørte for et par år siden. Hun var vel egentlig ved at gå i glemmebogen, indtil det her skete."

"Ja, jeg har fået at vide, at jeres aviser har slået drabet stort op. Et par af dem har allerede sendt folk hertil. Vi har givet dem det, vi har, og det er jo ikke meget, så de bliver vel snart trætte af det og tager hjem igen. De ved ikke, du er her. Vi har vores egne barnepiger til at tage sig af dem, så det behøver du ikke tænke på."

"Tak for det, *Sir,*" sagde Harry og mente det. Tanken om at have overivrige journalister fra norske aviser hængende på ryggen var absolut ikke tiltalende.

"Okay, Holy, jeg skal være ærlig over for dig og fortælle, hvordan det ser ud. Jeg er blevet nøje indskærpet af min chef, at repræsentanter for byen Sydney meget gerne ser, at sagen opklares så hurtigt som muligt. Det handler som sædvanlig om politik og økonomi."

"Økonomi?"

"Ja, vi regner med, at arbejdsledigheden i Sydney i år vil stige til ti procent, og byen har brug for hver en krone, som turisterne lægger. Vi har et OL, der står for døren i år 2000, og turiststrømmen fra Skandinavien er stærkt stigende. Mord, især uopklarede mord, er dårlig reklame for byen. Så vi gør, hvad vi kan. Vi har et efterforskningshold på fire sat på sagen, plus prioriteret adgang til husets ressourcer – alle databaser, kriminalteknisk personale, laboratoriefolk. Og så videre."

McCormack fandt et ark papir frem, som han betragtede med rynket pande.

"Egentlig skulle du arbejde sammen med Watkins, men eftersom du specifikt har bedt om at få Kensington, ser jeg ingen grund til at modsætte mig det."

"*Sir,* mig bekendt har jeg ikke ..."

"Kensington er en god mand. Der er ikke mange af de indfødte, der driver det så vidt som ham."

"Nej?"

McCormack trak på skuldrene.

"Sådan er det bare. Nå, Holy, hvis der er noget, så ved du, hvor jeg holder til. Nogen spørgsmål?"

"Øh, bare en lille formssag, *Sir.* Jeg har tænkt på, om *Sir* er den rigtige tiltaleform til en overordnet her i landet, eller om det er lidt for ...?"

"Formelt? Stift? Ja, det er det nok. Men jeg kan godt lide det. Det giver mig en påmindelse om, at det faktisk er mig, der er chef for bulen her." McCormack brølede af latter og afsluttede mødet med et knusende velkomsthåndtryk.

"Januar er turistsæson i Australien," forklarede Andrew, mens de kæmpede sig frem i trafikken omkring Circular Quay.

"Alle kommer for at se Operahuset og tage på rundfart i The Harbour og kigge på damer på Bondi Beach. Synd, at du skal arbejde."

Harry trak på skuldrene.

"Det er godt det samme. Turistfælder giver mig alligevel svedeture og lyst til at slå på folk."

De kom ud på New South Head Road, og Toyotaen kørte østpå mod Watson's Bay.

"Sydneys østlige del er ikke helt som Londons," forklarede Andrew, mens de passerede det ene mere fashionable hus efter det andet. "Området her hedder Double Bay. Vi kalder det Double Pay."

"Hvor var det, Inger Holter boede?"

"Hun boede sammen med sin kæreste i Newton et stykke tid, indtil det gik i stykker, og hun flyttede ind i en lille etværelses i Glebe."

"Og kæresten?"

Andrew trak på skuldrene.

"Han er australier, dataingeniør, og mødte hende, da hun kom hertil på ferie for to år siden. Han har et alibi for mordaftenen og er ikke lige prototypen på en morder. *But ya never know, do ya?*"

De parkerede neden for The Gap Park, en af Sydneys mange grønne lunger. Stejle stentrapper førte op til den forblæste park, som lå højt over Watson's Bay mod nord og Stillehavet mod øst. Varmen slog dem i møde, da de åbnede bildørene. Andrew tog et par store solbriller på, så han mindede Harry om en hjemlig pornokonge. Af en eller anden grund havde hans australske kollega iført sig et stramtsiddende sæt tøj i dag, og Harry syntes, at den sorte, brede mand så en smule komisk ud, som han vuggede af sted på stien foran ham mod udkigspunktet.

"Her ser du Stillehavet, Harry. Næste stop er New Zealand om cirka 2000 våde kilometer."

Harry så sig omkring. Mod vest kunne han se centrum med Harbour-broen, mod nord badestranden og sejlbådene i Watson's Bay og det grønne Manly, forstaden på strædets nordside. Mod øst krummedes horisonten i et spektrum af forskellige blå nuancer. Klipperne faldt brat ned lige foran dem, og dér langt nede endte havdønningerne deres lange færd i et brusende crescendo mellem stenene.

"Okay, Harry, nu står du på historisk grund," sagde Andrew. "I 1788 sendte englænderne det første skib med straffefanger til Australien. Det var besluttet, at de skulle bo i Botany Bay nogle mil længere sydpå, men da de først var nået frem, syntes den gode kaptajn Phillip, at landskabet var for barsk og sendte en lille båd mod nord langs kysten for at lede efter noget bedre. Båden sejlede ind omkring den odde, vi står på her, og fandt verdens bedste havn. Lidt senere ankom kaptajn Phillip med resten af flåden; 11 skibe, 750 straffefanger, både kvinder og mænd, 400 sømænd, fire marinekompagnier og forsyninger til to år. Men landet er mere barsk, end det ser ud til, og englænderne vidste ikke, hvordan de skulle udnytte naturen sådan som aboriginerne havde lært sig det. Da det næste forsyningsskib nåede hertil to et halvt år senere, var englænderne ved at dø af sult."

"Det ser ud, som om det gik bedre efterhånden." Harry nikkede i retning mod Sydneys grønne bakker og mærkede en sveddråbe løbe ned mellem skulderbladene. Denne varme gav ham gåsehud.

"Ja, det gjorde det vist for englænderne," sagde Andrew og sendte en tyk spytklat ud over kanten. De fulgte spytklatten med øjnene, indtil den blev opløst af vinden.

"Hun skal være glad for, at hun ikke oplevede faldet," sagde han. "Hun må have ramt klipperne på vejen ned, for der var revet store kødstykker ud af kroppen på hende, da hun blev fundet."

"Hvor længe havde hun været død, før hun blev fundet?"

Andrew skar ansigt. "Politilægen sagde 48 timer. Men han ..."

Han satte tommelfingeren til munden. Harry nikkede. Politilægen var altså en tørstig sjæl.

"Og du bliver skeptisk, når tallene er for runde?"

"Hun blev fundet fredag morgen, så lad os sige, at hun døde en gang i løbet af onsdag nat."

"Nogen spor her?"

"Som du kan se, kan der parkeres biler helt ud til kanten. Området er ikke oplyst om natten og er relativt tomt for mennesker. Vi har ikke fået nogen vidneudsagn og regner helt ærligt heller ikke med at få nogen."

"Hvad gør vi så nu?"

"Nu gør vi, som jeg er blevet pålagt af chefen. Vi går på restaurant og bruger penge fra etatens repræsentationskonto. Du er trods alt den højest rangerende repræsentant for det norske politi i en omkreds af over 2000 kilometer. Mindst."

Andrew og Harry sad ved et bord med hvid dug. Fiskerestauranten Doyle's lå inderst inde i Watson's Bay og havde kun en smal sandstrand mellem sig selv og havet.

"Det er latterligt smukt, ikke sandt?" spurgte Andrew.

"Som et koloreret postkort." En lille dreng og en pige byggede et sandslot på stranden lige foran dem på en baggrund af et azurblåt hav og frodige, grønne bakker med Sydneys stolte *skyline* i det fjerne.

Harry valgte kammusling og tasmansk ørred, Andrew en australsk flynder, som Harry aldrig havde hørt om. Andrew bestilte en flaske Chardonnay Rosemount, "helt forkert til de retter her, men den er hvid, den er god, og den ligger lige netop inden for budgetrammen," og så overrasket ud, da Harry forklarede ham, at han ikke drak alkohol.

"Er du kvæker?" spurgte han.

"Det er ikke sådan noget," sagde Harry.

Doyle's var en gammel, familiedrevet restaurant og kendt som en af Sydneys bedste, forklarede Andrew. Det var højsæson, og der var stuvende fuldt, og Harry gik ud fra, at det var derfor, det var så svært at få kontakt med betjeningen.

"Tjenerne er som planeten Pluto," sagde Andrew ophidset. "De kredser helt ude i periferien, dukker op hvert tyvende år, og selv da er de umulige at se med det blotte øje."

Harry var ikke i stand til at oparbejde nogen som helst indignation og lænede sig bagover i stolen med et tilfreds suk.

"Men de har fremragende mad," sagde han. "Så det forklarer altså det fine tøj."

"Både og. Som du ser, er det ikke så formelt her. Men jeg har gode erfaringer med *ikke* at møde op i cowboybukser og T-shirt sådan nogle steder. Med mit udseende må jeg kompensere lidt."

"Hvad mener du?"

Andrew så på Harry.

"Aboriginere har ikke nogen særlig høj status her i landet, som du måske har bemærket. Allerede meget tidligt skrev englænderne til dem derhjemme, at de indfødte havde en svaghed for alkohol og berigelseskriminalitet," fortalte han. Harry lyttede interesseret.

"De mente, at det lå i generne. 'Det eneste, de duer til, er at lave helvedesmusik ved at blæse i lange, hule træstykker, som de kalder en *didgeridoo*', skrev en af dem. Australien er et land, der praler af at have formået at integrere flere kulturer til et velfungerende samfund. Men velfungerende for hvem? Problemet, eller fordelen, alt efter hvordan man ser på det, er, at de indfødte ikke længere er synlige."

"Aboriginerne er omtrent helt fraværende i det australske samfundsliv, bortset fra politiske sager som omhandler aboriginske særinteresser og aboriginsk kultur. Australierne betaler aflad ved at have aboriginsk kunst hængende på væggen i deres huse. Derimod er aboriginerne godt repræsenteret i socialkøerne, selvmordsstatistikkerne og fængslerne. Hvis du er aboriginer, er risikoen for at komme i fængsel 26 gange større end for andre australiere. Tænk lidt på det, Harry Holy."

Andrew drak resten af vinen, mens Harry tænkte lidt på det. Og på, at han sandsynligvis lige havde spist det bedste fiskemåltid i sit 32-årige liv.

"Og alligevel er Australien ikke mere racistisk end andre lande. Vi er jo en flerkulturel nation med folk fra hele verden. Det betyder bare, at det betaler sig at tage pænt tøj på, når man går på restaurant."

Harry nikkede igen. Der var ikke mere at sige om det emne.

"Inger Holter arbejdede i en bar, ikke?"

"Jo. The Albury på Oxford Street i Paddington. Jeg havde tænkt, vi kunne tage derop her i aften."

"Hvorfor ikke nu?" Harry kunne mærke, at det sindige tempo var ved at gøre ham utålmodig.

"Fordi vi først skal hilse på husværten."

Pluto dukkede uanmeldt op på stjernehimlen.

Glebe Point viste sig at være en hyggelig, ikke alt for travl gade, hvor små, enkle, og for de flestes vedkommende, etniske restauranter fra forskellige dele af verden lå dør om dør.

"Det her var tidligere Sydneys bohemestrøg," fortalte Andrew. "Jeg boede lige her i nabolaget, da jeg var student i 70'erne. Man ser stadigvæk de typiske vegetarrestauranter for folk med miljøværn på hjernen, og alternativ livsstil, lesbiske bogbutikker og sådan noget. Men de gamle hippier og syrehoveder er forsvundet. Efterhånden som Glebe blev et in-sted, steg huslejen, så nu har jeg sikkert ikke engang råd til at bo her på min politiløn."

De svingede til højre ad Hereford Street og gik ind ad porten til nummer 54. Et lille, sort, loddent dyr kom bjæffende hen mod dem og blottede en række små, skarpe tænder. Det lille uhyre så rasende ud og havde en slående lighed med billedet i turistbrochuren af "den tasmanske djævel". Aggressiv og generelt ubehagelig at have hængende i struben, stod der. Arten var på det nærmeste udryddet, noget som Harry inderligt håbede var rigtigt. Da denne udgave af den sprang på ham med opspærret gab, løftede Andrew foden, ramte dyret med en helflugter og sendte det hylende ind i buskadset langs hegnet.

En bredvommet mand, der så ud til lige at være stået op, stod med et surt blik i døråbningen, da de kom op ad trappen:

"Hvad blev der af hunden?"

"Den ligger og beundrer rosenbuskene," oplyste Andrew med et smil. "Vi kommer fra politiet, Drabsafdelingen. Mr. Robertson?"

"Ja, ja. Hvad vil I denne gang? Jeg har jo sagt, at jeg har fortalt det, jeg ved."

"Og nu har De sagt, at De har sagt, at De har sagt ..." Der opstod en lang pause, hvor Andrew bare stod og smilede, og Harry flyttede vægten fra venstre til højre fod.

"Beklager, mr. Robertson, vi skal ikke forsøge at charmere Dem ihjel her, men dette er Inger Holters bror, og han vil gerne se hendes værelse, hvis det ikke er til for meget besvær."

Robertsons holdning ændrede sig radikalt.

"Beklager, jeg vidste ikke ... kom indenfor!" Han åbnede døren og gik foran dem op ad trappen.

"Ja, jeg vidste faktisk ikke engang, at Inger havde en bror. Men nu kan jeg da godt se søskendeligheden."

Bag hans ryg vendte Harry sig halvvejs om mod Andrew og himlede med øjnene.

Der var ikke gjort noget forsøg på at rydde op i Ingers værelse. Det flød med tøj, magasiner, fyldte askebægre og tomme vinflasker.

"Øh, politiet bad mig om ikke at røre noget foreløbig."

"Udmærket."

"En aften kom hun bare ikke hjem. Hun var pist væk."

"Tak, mr. Robertson, vi har læst Deres forklaring."

"Jeg sagde, at hun ikke skulle gå ad Bridge Road og fiskemarkedet, når hun skulle hjem om aftenen. Der er mørkt, og der er en masse sorte og skævøjede ..." Han så forskrækket på Andrew Kensington. "Undskyld, det var ikke min mening at ..."

"Det er helt i orden. De må godt gå nu, Mr. Robertson."

Robertson sjoskede ned ad trappen, og de kunne høre en klirren af flasker i hans køkken.

Værelset indeholdt en seng, nogle boghylder og et skrivebord. Harry kiggede sig rundt og prøvede at danne sig et indtryk af Inger Holter. Viktimologi: At sætte sig ind i offerets situation. Han kunne godt huske den påtagede rå pige fra tv-skærmen med hendes velmenende, unge engagement og de blå, uskyldige øjne.

Hun tilhørte i hvert fald ikke den type, der var optaget af hjemlig hygge og brugte al sin tid på at bygge rede. Der hang ingen billeder på væggene, kun en plakat for filmen *Braveheart* med Mel Gibson – en film, som Harry kunne huske, fordi den af ubegribelige årsager vandt en Oscar som bedste film. Javel, tænkte han. Hun har altså en dårlig smag, når det gælder film – og mænd. Selv tilhørte han dem, der følte sig personligt svigtet, da Mad Max blev Hollywood-stjerne.

På væggen var der derudover et billede af Inger på en bænk foran nogle farverige, westernlignende facader, sammen med en flok langhårede, skæggede unge mænd. Hun havde en lille, løsthængende kjole på. Det lyse hår hang fladt ned på hver side af det blege, alvorlige ansigt. Den unge mand, hun holdt i hånden, havde et spædbarn på skødet.

På hylden lå en pakke rulletobak, nogle bøger om astrologi og en groft udskåret træmaske med en lang næse bøjet nedover som et næb. Harry vendte masken om. "Made in Papua New Guinea", stod der på en prisseddel.

Det tøj, som ikke allerede lå på sengen og gulvet, hang i et lille klædeskab. Der var ikke meget. Nogle bomuldsskjorter, en slidt morgenkåbe og en stor stråhat på hattehylden.

Andrew tog en pakke cigaretpapir fra skrivebordsskuffen.

"King Size Smoking Slim. Det er nogle store cigaretter, hun rullede sig."

"Fandt I noget narkotika?" spurgte Harry.

Andrew rystede på hovedet og pegede på cigaretpapiret.

"Men hvis vi havde støvsuget askebægrene, vil jeg gætte på, at vi havde fundet spor efter cannabis."

"Hvorfor er det ikke blevet gjort? Har teknikerne ikke været her?"

"For det første har vi ingen grund til at tro, at det her er gerningsstedet. For det andet er marihuana-rygning ikke noget at råbe højt om. Her i New South Wales har vi en mere pragmatisk holdning til marihuana end i visse andre delstater i Australien. Jeg vil ikke udelukke, at mordet kan være narkorelateret, men en joint eller to er ikke relevant i den sammenhæng. Om hun brugte andre stoffer, kan vi ikke vide med sikkerhed. Der er en del designer-drugs ude omkring The Albury, men ingen af dem, vi har snakket med, har nævnt noget, og der blev ikke fundet spor efter noget i blodprøverne. Hun var i hvert fald ikke med på de hårdeste sager. Hun havde ingen mærker efter kanyler, og vi har en god oversigt over den tungeste del af miljøet."

Harry kiggede på ham. Andrew rømmede sig.

"Det er i hvert fald den officielle version. Her er der for resten noget, som de mente, du kunne hjælpe os med."

Det var et brev. "Kære Elisabeth," begyndte det, og det var tydeligvis ikke færdigskrevet. Harry læste det hurtigt igennem:

Ja, ja, jeg har det bare godt, og hvad der er endnu vigtigere: Jeg er forelsket! Han er selvfølgelig smuk som en græsk gud, med langt, brunt, krøllet hår, en lille stram røv og et blik, som fortæller dig det, han allerede har hvisket i dit øre: At han vil have dig nu – med det samme – bag nærmeste husmur, på toilettet, på bordet, på gulvet, hvor som helst. Han hedder Evans, er 32 år, er (surprise, surprise) tidligere gift og har en dejlig lille dreng på halvandet år, som hedder Tom-Tom. Lige for tiden har han ikke fast arbejde, men arbejder lidt på egen hånd.

Og ja, jeg ved, at du lugter problemer, og jeg lover ikke at lade mig rive med. Ikke foreløbig, i hvert fald.

Nok om Evans. Jeg arbejder stadig på The Albury. "Mr. Bean" er holdt op med at invitere mig ud, efter at Evans var inde omkring baren en aften, og det er da et fremskridt. Men han følger mig stadig med sit klæbrige blik. Æææsjj! Egentlig er jeg ved at være lidt træt af det her job, men jeg er nødt til at blive hængende, indtil jeg har fået fornyet opholdstilladelsen. Jeg har snakket med NRK, og de planlægger en opfølger til serien til næste efterår, og jeg kan godt komme med, hvis jeg vil. Decisions, decisions!

Der sluttede brevet, uden underskrift eller dato.

Harry gav Robertson hånden som tak på vej ud, og Robertson svarede med at bukke og kondolere og sige, at Inger havde været en flot, ung pige og en fantastisk logerende, ja slet og ret en pryd for hele huset og måske også nabolaget, hvad vidste han? Han lugtede af øl og var allerede lidt sløret i sin diktion. På vej ud gennem porten hørte de et klynk henne fra rosenbedet. Et par forskræmte øjne kiggede ud.

De fik bord inde på en trang vietnamesisk restaurant i Darling Harbour. Der var næsten kun asiatiske gæster, og det var tydeligt, at de fleste af dem var stamgæster – de førte uforståelige samtaler med tjeneren i tonefald, som gik helt uforudsigeligt op og ned.

"Det lyder, som om de med ujævne mellemrum inhalerer noget helium og får sådan en Anders And-stemme," mente Harry.

"Kan du ikke lide asiater?" spurgte Andrew.

Harry trak på skuldrene.

"Lide og lide. Jeg kender ikke nogen. Jeg har ingen grund til *ikke* at kunne lide dem, for at sige det på den måde. De virker som ærlige og hårdtarbejdende mennesker. Hvad med dig?"

"Der er mange asiater, som gerne vil til Australien, og langt fra alle her bryder sig om det. Jeg har ikke noget imod nogen som helst. Lad dem komme, siger jeg."

Harry syntes, han kunne høre et "det er alligevel for sent, mit folk har allerede mistet landet" mellem linjerne.

"For en del år siden var det næsten umuligt for asiater at få opholdstilladelse i Australien. Myndighederne ville holde landet så hvidt som muligt. Undskyldningen var, at man ikke ønskede store kulturforskelle. Erfaringerne med at få aboriginerne 'assimileret i samfundet' var ikke så gode, for at sige det mildt. Men så tilbød japanerne at sprøjte kapital ind i landet, og så fik piben en anden lyd. Så hed det sig pludselig, at man skulle passe på ikke at isolere sig, men tage konsekvensen af, at Asien var vor nærmeste nabo, og at samhandelen med lande som Japan efterhånden var blevet vigtigere end med Europa og USA. Så japanske kæder fik tilladelse til at bygge turisthoteller op langs The Gold Coast mod Brisbane og fløj japanske ledere, kokke og receptionister ind, mens australierne fik arbejde som stuepiger og piccoliner. Før eller siden kommer der en reaktion på sådan noget. Ingen bryder sig om at være skopudser i sit eget land."

"Heller ikke dit folk, formoder jeg?"

Andrew smilede bistert.

"Europæerne bad aldrig aboriginerne om opholdstilladelse."

Harry kiggede på klokken. Der var endnu et par timer, til The

Albury lukkede op. Det var der, Inger Holter havde arbejdet.

"Du vil måske en tur hjemad først?" spurgte han.

Andrew rystede på hovedet. "Der møder jeg ikke andre end mig selv for tiden."

"For tiden?"

"Tja, de sidste ti år. Jeg er skilt. Min kone bor i Newcastle sammen med pigerne. Jeg prøver at se dem, så tit jeg kan, men der er et stykke vej, og pigerne er snart så store, at de har egne planer for weekenderne. Snart opdager jeg vel, at jeg ikke længere er den eneste mand i deres liv. Det er nemlig et par smukke små sataner, forstår du. Fjorten og femten år. Jeg ville sgu jage alle bejlere væk med en kæp."

Andrew smilede bredt. Harry kunne ikke andet end synes om denne underlige fremtoning af en kollega.

"*Well, that's the way it goes, Andrew.*"

"*That's right, mate. How 'bout you?*"

"Tja. Ingen kvinde. Ingen børn. Ingen hund – det eneste, jeg har, er en chef, en far og et par typer, jeg fortsat kalder venner, selv om der går år imellem, at de ringer. Eller jeg ringer."

"I den rækkefølge?"

"I den rækkefølge." De lo og blev siddende og så på det begyndende eftermiddagsmylder udenfor. Andrew bestilte endnu en Victoria Bitter. Ud af butikker og banker kom de strømmende; gråhårede grækere med ørnenæse, bebrillede asiater i mørkt jakkesæt, hollændere og langnæsede, rødhårede piger af utvivlsom britisk herkomst. Alle småløb for at nå bussen til Paramatta eller undergrundsbanen til Bondi Junction. Forretningsfolk i korte bukser – et typisk australsk fænomen, kunne Andrew fortælle – var på vej ned til kajerne for at tage en af færgerne over til forstæderne på nordsiden af Port Jackson-bugten.

"Hvad gør vi nu?" spurgte Harry.

"Vi går i cirkus! Det ligger lige henne ad gaden, og jeg har lovet en ven, at jeg ville kigge forbi en dag. Og i dag er en dag, ikke sandt?"

På The Powerhouse var en lille cirkustrup allerede begyndt at opføre eftermiddagens gratisforestilling for et fåtalligt, men ungt og entusiastisk publikum. Huset havde været en kraftstation og sporvognsremise, dengang Sydney havde sporvogne, forklarede Andrew. Nu fungerede det som en slags teknisk samtidsmuseum. Et par adrætte piger havde netop afsluttet et ikke helt spektakulært trapeznummer, men havde høstet et stort og velvilligt bifald.

En kraftig guillotine blev trukket ind, samtidig med at en klovn gjorde sin entré. Han var iført en farvestrålende dragt og stribet hue, tydeligt inspireret af den franske revolution. Han snublede og lavede narrestreger til børnenes store begejstring. Så kom en anden klovn ind på scenen iklædt en lang, hvid paryk, og det gik efterhånden op for Harry, at han skulle forestille Ludvig d. 16.

"Dømt til døden med én stemmes flertal," forkyndte klovnen med den stribede hue.

Snart blev den dømte ført hen til skafottet, hvor han – stadig til børnenes store begejstring – efter megen skrig og skrål fik lagt hovedet til rette under kniven. Der lød en kort trommehvirvel, kniven faldt, og til alles overraskelse – inklusive Harrys – kappede den monarkens hoved af med en lyd, der mindede om et øksehug i skoven en klar vintermorgen. Hovedet, med paryk og det hele, trillede ned i en kurv. Lyset gik ud, og da det blev tændt igen, stod den hovedløse konge i projektørlyset med sit eget hoved under armen. Nu ville børnenes jubel ingen ende tage. Så gik lyset ud igen, og da det blev tændt for anden gang, stod hele truppen og bukkede, og forestillingen var forbi.

Mens folk strømmede mod udgangen, gik Andrew og Harry om bag scenen. I den interimistiske garderobe var artisterne allerede i gang med at afføre sig kostumerne og fjerne sminken.

"Otto, hils på en ven fra Norge," råbte Andrew.

Et ansigt kiggede tilbage mod dem. Ludvig den 16. så lidt mindre majestætisk ud uden paryk og med sminken smurt ud over hele ansigtet: "*Tuka The Indian!*"

"Harry, må jeg præsentere Otto Rechtnagel."

Otto rakte standsmæssigt hånden frem med knæk i håndleddet og så indigneret ud, da Harry, lettere forvirret, nøjedes med at give den et let tryk.

"*No kiss, handsome?*"

"Otto tror, han er en kvinde. En kvinde af adelig afstamning," forklarede Andrew.

"Vrøvl med dig, Tuka. Otto ved godt, hun er en mand. Du ser forvirret ud, unge mand? Vil du selv checke efter, måske?" Otto lo en trillende latter et godt stykke oppe i toneregisteret.

Harry kunne mærke, at han blev varm i øreflipperne. Et par kunstige øjenvipper flagrede anklagende mod Andrew:

"Kan han snakke, din ven?"

"Undskyld, jeg hedder Harry ... øh ... Holy. Flot nummer, I havde. Flotte kostumer. Meget ... livagtigt. Og usædvanligt."

"Ludvig den 16.-nummeret? Usædvanligt? Tværtimod. Det er en gammel klassiker. Første gang det blev fremvist var af klovnefamilien Jandaschewsky, blot to uger efter den virkelige henrettelse i januar 1793. Folk elskede det. Folk har altid elsket offentlige henrettelser. Ved du, hvor mange repriser af Kennedy-mordet de amerikanske tv-stationer viser til sammen hvert år?"

Harry rystede på hovedet.

Otto kiggede eftertænksomt op i loftet.

"Ganske mange."

"Otto ser sig selv som den store Jandy Jandaschewskys arvtager," forklarede Andrew.

"*Is that so?*" Berømte klovnefamilier var ikke Harrys speciale.

"Jeg tror ikke, at din ven er særlig oplyst, Tuka. Jandaschewsky-familien var altså en omrejsende trup af musikalske klovner, som kom til Australien efter århundredeskiftet og slog sig ned her. De drev cirkus helt frem til Jandys død i 1971. Jeg så Jandy første gang, da jeg var seks år gammel. Lige siden dengang har jeg vidst, hvad jeg ville være. Og nu er jeg det."

Otto smilede et trist klovnesmil gennem sminken.

"Hvordan kender I to hinanden?" spurgte Harry. Andrew og Harry udvekslede blikke. Harry kunne se, at det rykkede i deres mundvige og blev klar over, at han nu var i knibe.

"Jeg mener bare ... en politibetjent og en klovn ... det er jo ikke lige ..."

"Det er en lang historie," sagde Andrew. "Man kan vel sige det på den måde, at vi voksede op sammen. Otto havde selvfølgelig solgt sin mor for en skive af min røv, men jeg fornemmede allerede i en ung alder en mærkelig dragning mod piger og alle mulige ækle hetero-ting. Det må have været noget med arv og miljø, eller hvad tror du, Otto?"

Andrew kluklo, mens han dukkede sig for den hånd, som Otto slog ud efter ham med.

"Du har hverken penge eller stil, og din røv er stærkt opreklameret," hvinede Otto. Harry kiggede rundt på de andre i truppen, men de virkede helt upåvirkede af optrinnet. En af de dygtige trapez-piger blinkede opmuntrende til ham.

"Harry og jeg skal en tur ind på The Albury i aften. Vil du med?"

"Du ved godt, at jeg ikke kommer der mere, Tuka," sagde Otto tvært.

"Du burde være kommet over det nu, Otto. Livet går videre, ved du nok."

"Alle andres liv går videre, mener du. Mit slutter her, lige her. Når kærligheden dør, dør jeg også." Otto lagde teatralsk hånden mod panden.

"Som du vil."

"Desuden skal jeg først hjem og fodre Waldorf. Tag I af sted, så kommer jeg måske senere."

"See you soon," sagde Harry og trykkede lydigt læberne mod Ottos udstrakte hånd.

"Looking forward to it, Harry Handsome."

Solen var gået ned, da de kørte op til Oxford Street i Paddington og fandt en parkeringsplads lige ud for en lille park. "Green Park" stod der på et skilt, men græsset var brunsvedet, og det eneste grønne var et lysthus i midten af parken. En mand med aboriginerblod i årerne lå i græsset blandt træerne. Hans tøj var laset, og han var så snavset, at han var mere grå end sort. Da han fik øje på Andrew, løftede han hånden til en slags hilsen, men Andrew overså ham.

Inde på The Albury var der så fyldt, at de måtte mase sig inden for glasdørene. Der blev Harry stående nogle sekunder og betragtede sceneriet. Klientellet var en farverig blanding af alle slags typer, med en klar overvægt af unge mænd: Rockere i forvasket cowboytøj, yuppier i jakkesæt med glatslikkede frisurer, "kunstnere" med fipskæg og vernissage-bobler i glassene, kønne, surf-blonde fyre med hvide smil, og MC-folket – eller *"the bikies"*, som Andrew sagde – i sort læder. Midt i lokalet, inde i selve baren, var et show i fuld gang med langbenede, halvnøgne kvinder i purpurfarvede, dybt udringede toppe. De hoppede rundt og mimede til Gloria Gaynors "I Will Survive" med brede, rødmalede munde. Pigerne afløste hinanden, sådan at de, der ikke var med i nummeret, serverede for gæsterne, mens de åbenlyst blinkede og flirtede.

Harry albuede sig frem til bardisken og bestilte.

"Coming up right away, Blondie," sagde servitricen med romerhjelm med en dyb basstemme og smilede skælmsk.

"Sig mig, er du og jeg de eneste heteroer her i byen?" spurgte Harry, da han kom tilbage med en øl og et glas juice.

"Næst efter San Francisco har Sydney den største koncentration af homoseksuelle i verden," forklarede Andrew. "De små australske samfund kendetegnes ikke ligefrem af tolerance over for seksuelle afvigere. Og da rygtet om, hvor udvalget er størst, først begyndte at sprede sig, var det jo ikke så underligt, at alle bøssedrenge blandt Australiens farmere gerne ville til Sydney. De kommer i øvrigt ikke kun fra Australien. Bøsser fra hele verden strømmer ind i byen hver eneste dag."

De gik hen til en anden bardisk bagest i lokalet, hvor Andrew råbte til en pige bag disken. Hun stod med ryggen til og havde det rødeste hår, Harry nogen sinde havde set. Det nåede helt ned til baglommerne på de stramme, blå cowboybukser, men skjulte ikke svajet i ryggen og de harmonisk rundede hofter. Hun vendte sig om og smilede med perlehvide tænder i et slankt, smukt ansigt med to azurblå øjne og et ukendt antal fregner spredt ud over hele ansigtet. Det er et uforsvarligt spild, hvis det her ikke er en kvinde, tænkte Harry.

"Kan du huske mig?" råbte Andrew hen over støjen fra den dunkende 70'er-disco. "Det var mig, der var her og spurgte dig ud om Inger. Må jeg tale med dig?"

Den rødhårede pige blev alvorlig. Hun nikkede, gav besked til en af de andre piger og viste vej til et lille pauserum bag køkkenet.

"*Any news about what happened?*" spurgte hun, og mere behøvede Harry ikke at høre for at kunne fastslå, at hun sandsynligvis talte bedre svensk end engelsk.

"Jeg traf engang en gammel mand," sagde Harry på norsk. Hun så overrasket på ham.

"Han var kaptajn på en båd i Amazonas. Efter tre ord fra ham på portugisisk, kunne jeg høre, at han var svensker. Han havde boet der i tredive år. Og jeg kan ikke et ord portugisisk."

Den rødhårede pige så først helt perpleks ud, men så lo hun. En trillende, glad latter, som fik Harry til at tænke på en eller anden sjælden skovfugl.

"*Är det verkligen så uppenbart?*" sagde hun. Hun havde en dyb, rolig stemme og rullede svagt på r'erne.

"Tonefaldet," sagde Harry. "I slipper aldrig af med det tonefald."

"*Do you guys know each other?*" Andrew betragtede dem skeptisk.

Harry så på den rødhårede.

"*Nope,*" svarede hun.

Og hvor er det egentlig synd, tænkte Harry for sig selv.

Den rødhårede hed Birgitta Enquist og havde været i Australien i fire år og arbejdet i The Albury i ét år.

"Vi snakkede selvfølgelig sammen på arbejdet, men jeg havde ikke nogen tæt kontakt med Inger, hun holdt sig mest for sig selv. Vi er en flok fra baren, som af og til går i byen sammen, og det skete, at hun dukkede op, men hun tilhørte ikke de ivrigste. Hun var lige flyttet fra en eller anden i Newtown, da hun begyndte her. Det mest personlige, jeg ved om hende, er, at det forhold blev for trangt i længden. Hun havde vel behov for nye impulser."

"Ved du, hvem hun ellers omgikkes?" spurgte Andrew.

"Egentlig ikke. Som sagt snakkede vi sammen, men hun gav mig aldrig sin fulde livshistorie. Jeg bad nu heller ikke om den. I oktober tog hun en tur nordpå til Queensland og traf vist nogen deroppe, som hun holdt kontakt med siden. Jeg tror også, hun mødte en fyr. Han dukkede op i baren en aften. Men alt det har jeg jo fortalt dig før," sagde hun spørgende.

"Det ved jeg, kære frøken Enquist. Jeg ville bare gerne have, at min norske kollega skulle høre det fra din egen mund og samtidig se, hvor Inger arbejdede. Harry Hole regnes trods alt som Norges bedste kriminaldetektiv, og måske bemærker han noget, som vi i Sydney-politiet har overset."

Harry fik et voldsomt hosteanfald.

"Hvem er Mr. Bean?" spurgte han med en hæs, underlig stemme.

"Mr. Bean?" Birgitta så uforstående på dem.

"Eller en, som ligner den engelske komiker ... øh, Rowan Atkinson, er det ikke det, han hedder?"

"Åh, du mener Mr. Bean!" sagde Birgitta og lo igen sin skovfuglelatter. Bare fortsæt med det, tænkte Harry.

"Det er Alex, barchefen. Han kommer først senere."

"Vi har grund til at tro, at han var interesseret i Inger."

"Ja, Alex havde et godt øje til Inger. Og ikke kun til Inger. De fleste piger i baren har på et eller tidspunkt været udsat for hans noget desperate forsøg. Eller Fiddler Ray, som vi andre kalder ham. Det var Inger, der fandt på det der med Mr. Bean. Han har det ikke så let, den stakkel. Over tredive, bor hjemme hos sin mor og kommer ligesom ikke ud af stedet. Men han er helt i orden som chef. Og helt harmløs, hvis det er det, I tænker på."

"Hvordan kan du vide det?"

Birgitta kløede sig på næsen.

"Han har det ikke i sig."

Harry lod, som om han skrev noget ned på sin blok.

"Ved du, om hun kendte eller mødte nogen, som ... øh ... 'har det i sig'?"

"Tja, der kommer mange typer her. Ikke alle er bøsser, og der var flere, som lagde mærke til Inger, så køn som hun er. Var. Men jeg kan ikke komme i tanker om nogen specielt. Der var ..."

"Ja?"

"Nej, det var ikke noget."

"Jeg så i rapporten, at Inger arbejdede her den aften, hun sandsynligvis blev dræbt. Ved du, om hun havde nogen aftaler efter arbejde, eller om hun skulle lige hjem?"

"Hun tog nogle madrester med fra køkkenet; hun sagde, det var til en arrig lille køter. Jeg vidste ikke, hun havde hund, så jeg spurgte, hvor hun skulle hen. Hun sagde, hun skulle hjem. Mere ved jeg ikke."

"Den tasmanske djævel," mumlede Harry. Hun så spørgende på ham. "Hendes husvært har hund," tilføjede han forklarende. "Den skulle vel bestikkes, for at hun kunne komme helskindet ind."

Harry takkede for oplysningerne. Da de skulle til at gå, sagde Birgitta:

"Vi er alle sammen vældig kede af det, der er sket. Hvordan tager hendes forældre det?"

"Ikke så godt, er jeg bange for," sagde Harry. "De er selvfølgelig begge to chokerede. Og bebrejder sig selv, at de lod hende rejse hertil. Kisten bliver sendt til Norge i morgen. Jeg kan skaffe adressen i Norge, hvis I vil sende blomster til begravelsen."

"Tak, det ville være vældig sødt af dig."

Harry havde også lyst til at spørge om noget andet, men kunne ikke få sig til det midt i al snakken om død og begravelse. På vej ud havde han hendes afskedssmil på nethinden. Han vidste, at det ville blive der et stykke tid.

"Fandens også," mumlede han for sig selv. "Plat eller krone."

Ude i lokalet stod alle transvestitterne plus en stor del af gæsterne oppe på bardisken og mimede til Katrina & The Waves. "*Walking On Sunshine*" dundrede ud af højttalerne.

"Der er ikke tid til for meget sorg og eftertanke i en bar som The Albury," sagde Andrew.

"Sådan skal dét vel være," sagde Harry. "Livet går videre." Han bad Andrew vente lidt, gik tilbage til baren og vinkede til Birgitta.

"Undskyld, bare et sidste spørgsmål."

"Ja?"

Harry trak vejret dybt. Han fortrød det allerede, men nu var det for sent.

"Kender du en god thai-restaurant her i byen?"

Birgitta tænkte sig om.

"Jo, der ligger vist en i Bent Street, i City. Ved du, hvor det er? Den skulle være vældig god, siges det."

"Så god, at du kunne tænke dig at gå med?"

Det lød ikke spor godt, tænkte Harry. Desuden var det uprofessionelt. Meget, faktisk. Birgitta stønnede opgivende, men ikke mere opgivende, end at Harry fornemmede, at der var en åbning. Desuden lå smilet stadig på lur.

"Laver du tit det nummer, betjent?"

"Ganske ofte."

"Virker det?"

"Statistisk set? Det kan man ikke sige."

Hun lo, lagde hovedet på skrå og kiggede nysgerrigt på Harry. Så trak hun på skuldrene.

"Hvorfor ikke? Jeg har fri på onsdag. Klokken ni. Og du betaler, *snutjävel*."

3

En biskop, en bokser og en brandmand

Da Harry slog øjnene op, var klokken ikke mere end fire om morgenen. Han prøvede at falde i søvn igen, men tanken om Inger Holters ukendte morder, samt det faktum, at klokken var otte om aftenen i Oslo, holdt ham vågen. Desuden dukkede det der fregnede ansigt op, som han kun havde snakket med i to minutter, men som alligevel havde fået ham til at optræde så yderst tåbeligt.

"Uelegant, Hole," hviskede han ud i hotelmørket og forbandede sig selv.

Klokken seks syntes han lige så godt, han kunne stå op. Efter en frisk tur under bruseren gik han ud til en lyseblå himmel med en uvirksom morgensol for at finde et sted at spise morgenmad. Det brummede nede fra City, men myldretiden var endnu ikke nået her op til de røde lamper og sortsminkede øjne. King's Cross havde en vis skødesløs charme, en brugt skønhed, som fik ham til at gå og nynne. Bortset fra nogle sene, lettere slingrende natteravne, et sovende par under et tæppe på en trappe og en bleg og tyndklædt luder på morgenturnus, var gaderne foreløbig tomme.

Uden for en fortovsrestaurant stod ejeren og spulede fortovet, og Harry fik smilet sig til en tidlig morgenservering. Mens han spiste sin bacon og toast, forsøgte en drilsk brise at stikke af med hans serviet.

"Du er tidligt på den, Holy," sagde McCormack. "Det er godt. Hjernen arbejder bedst mellem halv syv og elleve. Derefter bliver det meste noget skidt, hvis du spørger mig. Og så er der stille om morgenen. Jeg kan næsten ikke lægge to og to sammen, når der er så meget larm, som der bliver efter klokken ni. Kan du? Knægten påstår, at han skal have stereoanlægget tændt, når han læser, at han bliver så pokkers distraheret, når det er helt stille. Kan du forstå det?"

"–"

"Nå, men i går fik jeg i hvert fald nok og marcherede ind og slukkede for helvedesmaskinen. "Jeg *skal* høre det for at tænke!" skreg knægten. Jeg sagde, at han skulle læse som almindelige mennesker gør. "Folk er forskellige, fatter," sagde han og blev møgsur. Ja, han er i den alder, du ved nok."

McCormack holdt inde og kiggede på et billede, som stod på skrivebordet.

"Har du børn, Holy? Nej? Ind imellem spekulerer jeg på, hvad i alverden jeg har gjort. Hvad er det i øvrigt for et rottehul, de har booket dig ind på?"

"Crescent i King's Cross, *Sir.*"

"Nå ja, King's Cross. Du er ikke den første nordmand, der har boet der. For et par år siden havde vi officielt besøg af biskoppen af Norge, eller noget i den stil, jeg kan ikke huske, hvad han hed. Hans stab i Oslo havde i hvert fald bestilt værelse til ham på King's Cross Hotel. De troede, at hotelnavnet havde en eller anden bibelsk betydning. Da biskoppen med følge ankom til hotellet om aftenen, fik en af de gamle, garvede ludere øje på hans præstekrave og fremkom med et par saftige forslag. Jeg tror sgu, at biskoppen checkede ud, allerede inden de havde båret hans kuffert indenfor."

McCormack lo, så han fik tårer i øjnene.

"Ja ja, Holy, hvad har du tænkt dig at lave i dag?"

"Jeg spekulerer på, om jeg kunne få lov til at se liget af Inger Holter, før det bliver fragtet til Norge, *Sir.*"

"Kensington kan tage dig med til lighuset, når han kommer. Men du har vel fået en kopi af obduktionsrapporten?"

"Javist, *Sir*, det er bare sådan ..."

"Bare sådan ...?"

"At jeg tænker bedre med liget foran mig, *Sir.*"

McCormack vendte sig om mod vinduet og mumlede et eller andet, som Harry opfattede som et ok.

Temperaturen i kælderen i South Sydney Morgue var 8 grader, mod 28 på gaden udenfor.

"Bliver du klogere?" spurgte Andrew. Han skuttede sig og trak jakken sammen om sig.

"Klogere, nej," sagde Harry og så på de jordiske rester af Inger Holter. Ansigtet var sluppet relativt heldigt fra faldet. Næseborene var ganske vist blevet flået op, og kindbenet i den ene side var slået ind, så der var et dybt hul, men der var ingen tvivl om, at det voksblege ansigt tilhørte den samme pige, som smilede så strålende på billedet i politirapporten. Der var sorte mærker rundt om halsen. Resten af kroppen var dækket af blå mærker, sår og nogle store, dybe huller. I et af dem kunne man se lige ind til den hvide knogle.

"Forældrene ville se billederne. Den norske ambassade forklarede, at det ikke var tilrådeligt, men advokaten insisterede. En mor burde ikke se sin datter i den tilstand." Andrew rystede på hovedet.

Harry studerede de blå mærker på halsen med et forstørrelsesglas.

"Den, der har kvalt hende, har brugt de bare hænder. Det er svært at dræbe et menneske på den måde. Morderen må enten være meget stærk eller meget motiveret."

"Eller have gjort det nogle gange før."

Harry så på Andrew.

"Hvad mener du med det?"

"Hun har ingen hudrester under neglene, ingen løsrevne hår fra morderen på tøjet eller slagmærker på knoerne. Hun blev dræbt så hurtigt og effektivt, at hun hverken nåede eller prøvede på at gøre modstand."

"Minder det her om noget, I har set før?"

Andrew trak på skuldrene.

"Hvis man har arbejdet længe nok, minder alle mord om noget, man har set før."

Nej, tænkte Harry. Det er omvendt. Hvis man arbejder længe nok, lærer man at se de små nuancer i ethvert mord, de detaljer, der adskiller det fra de andre og gør det unikt.

Andrew så på sit ur.

"Morgenmødet begynder om en halv time. Vi bliver nødt til at skynde os."

Leder af efterforskningsgruppen var Larry Wadkins, en jurauddannet kriminalbetjent, der hurtigt var på vej mod toppen af hierarkiet. Han havde smalle læber, var tyndhåret og snakkede hurtigt og effektivt uden tonefald, unødvendige tillægsord eller social antenne.

"Wadkins er en fantastisk dygtig efterforsker, men det er ikke ham, man beder ringe til forældrene, når datteren er fundet død. Og han bander, når han er stresset," sagde Andrew.

Wadkins højre hånd var Sergej Lebie, en velklædt, skaldet jugoslav med sort fipskæg, som fik ham til at ligne en Mefisto i jakkesæt. Andrew sagde, at han normalt var skeptisk over for mænd, der var så optaget af deres udseende:

"Men Lebie er egentlig ikke en påfugl, han er bare meget *omhyggelig* med det. Blandt andet har han en vane med at studere sine negle, når nogen snakker til ham, men det er ikke ment arrogant. Og så pudser han sine sko efter frokostpausen. Og du skal ikke regne med, at han siger meget, hverken om sig selv eller noget andet."

Den yngste på holdet var Yong Sue, en lille, radmager og venlig fyr, altid med et smil på toppen af den tynde fuglehals. Yong Sues familie var kommet til Australien fra Kina for tredive år siden. For ti år siden, da Sue var nitten år gammel, rejste forældrene hjem til Kina på besøg. De kom aldrig tilbage. Bedstefaderen mente, at sønnen havde været involveret i "noget politisk", men han ville ikke uddybe det. Sue fandt aldrig ud af, hvad der var sket. Nu forsørgede han bedsteforældre og to yngre søskende, arbejdede tolv timer om dagen og smilede i mindst ti af dem. "Har du en dårlig vittighed, så fortæl den til Sue. Han ler af absolut alt," havde Andrew sagt. Nu var de alle forsamlet i et lille, indelukket lokale, hvor en jamrende ventilator i hjørnet skulle sørge for en vis bevægelse i luften. Wadkins stod ved tavlen foran dem og præsenterede Harry for de andre.

"Vores norske kollega har oversat det brev, vi fandt i Ingers lejlighed. Er der noget interessant, du kan fortælle os om det, Hole?"

"Hoj-li."

"Sorry. Holy."

"Ja, hun havde åbenbart lige indledt et forhold til en, som hedder Evans. Ud fra det, der står, er der grund til at antage, at det er ham, hun holder i hånden på billedet over skrivebordet."

"Det har vi checket," sagde Lebie. "Vi tror, det er en, der hedder Evans White."

"Jaså?" Wadkins hævede et smalt øjenbryn.

"Det er ikke meget, vi har på ham. Forældrene kom hertil fra USA i slutningen af tresserne og fik opholdstilladelse. Det var ikke noget problem dengang," tilføjede Lebie forklarende.

"Nå, men i hvert fald ... De rejste rundt i landet i et folkevognsrugbrød, sandsynligvis på en menu af vegetarkost, marihuana og lsd. Det var ikke så ualmindeligt dengang. De fik et barn, blev skilt, og da Evans var atten, tog faderen tilbage til USA. Moderen beskæftiger sig med healing, scientologi og alskens astralmystik. Hun driver et sted, som hedder Crystal Castle på en ranch i nærheden af The Gold Coast. Der sælger hun sten med karma og importeret junk fra Thailand til turister og søgende sjæle. Da Evans fyldte atten, besluttede han sig for at gøre det, som en stadig større del af Australiens unge gør," sagde han, igen henvendt til Harry. "Nemlig ingenting."

Andrew lænede sig lidt forover og mumlede lavmælt: "Australien er perfekt for dem, som bare vil rejse rundt, surfe lidt og nyde livet på skatteydernes regning. Fremragende socialt netværk og fremragende klima. Vi bor i et dejligt land." Han lænede sig tilbage igen.

"Lige for tiden har han ingen adresse," fortsatte Lebie, "men vi tror, at han indtil for nylig boede i et skur i udkanten af byen sammen med Sydneys *white trash*. Dem, vi har snakket med derude, siger, at de ikke har set ham et stykke tid. Han har aldrig været anholdt. Så desværre er det eneste billede, vi har af Evans, fra dengang han fik pas som trettenårig."

"Jeg er imponeret," sagde Harry oprigtigt. "Hvordan har I på så kort tid klaret at finde en fyr uden straffeattest ud fra et billede og et fornavn i en befolkning på atten millioner mennesker?"

Lebie nikkede hen mod Andrew.

"Andrew genkendte byen på billedet. Vi faxede en kopi af billedet op til den lokale politistation, og de kom så med det her navn. De siger, at han spiller 'en rolle i miljøet' deroppe. Oversat til almindeligt sprog betyder det, at han er en af marihuana-kongerne."

"Det må være en meget lille by," sagde Harry.

"Nimbin, lidt over tusinde indbyggere," indskød Andrew. "De levede stort set udelukkende af mejeriprodukter, indtil Australiens nationale studenterforening fandt på at arrangere noget, de kaldte Aquarius-festivalen deroppe i 1973."

Der blev klukket rundt om bordet.

"Festivalen handlede egentlig om idealisme, alternativ livsstil, tilbage til naturen og alt det der. Aviserne koncentrerede sig om ungdommen, der var på stoffer og dyrkede uhæmmet sex. Festen varede i over ti dage, og for nogen er den ikke slut endnu. Der er gode vækstvilkår på egnen omkring Nimbin. For alt muligt. Lad mig sige det på den måde, at jeg tvivler på, at mejeriprodukter stadig er den vigtigste indtægtskilde. På hovedgaden, halvtreds meter fra den lokale politistation, finder du Australiens mest åbenlyse marked for marihuana. Og lsd, er jeg bange for.

"Under alle omstændigheder," sagde Lebie, "er han set i Nimbin for nylig. Ifølge politiet."

"Faktisk er guvernøren i New South Wales i gang med en større kampagne deroppe," indskød Wadkins. "Regeringen i Canberra har vist presset ham til at gøre noget ved den tiltagende narkoomsætning."

"Det stemmer," sagde Lebie. "Politiet bruger små fly og helikoptere til at tage billeder af de marker, hvor de dyrker hamp."

"Okay," sagde Wadkins. "Vi er nødt til at finde den fyr. Kensington, du er tydeligvis kendt deroppe, og du, Holy, har vel ikke noget imod at se lidt mere af Australien. Jeg skal få McCormack til at ringe til Nimbin, så de ved, at I kommer. Yong, du må blive ved med at trykke på din computer og se, hvad der kommer ud. '*Let's do some good!*'"

"*Let's have some lunch,*" sagde Andrew.

De blandede sig med turisterne og tog den ensporede jernbane til Darling Harbour, stod af ved Harbourside og fandt et bord udenfor med udsigt over havnen.

Et par lange ben stolprede forbi på stilethæle. Andrew hujede og piftede aldeles politisk ukorrekt. Et par hoveder i restauranten vendte sig imod dem og betragtede dem irriteret. Harry rystede på hovedet.

"Hvordan går det med din ven Otto?"

"Han er helt ude af den. Han er blevet svigtet til fordel for en kvinde. Hvis deres elskere først går til begge sider, så ender de altid hos en kvinde, siger han. Man han overlever vel også denne gang."

Til sin overraskelse mærkede Harry et par regndråber, og ganske rigtigt; et tungt skydække var næsten umærkeligt kommet sejlende ind fra nordvest.

"Hvordan kunne du genkende Nimbin bare ved at se billedet af en facade?"

"Nimbin? Har jeg glemt at fortælle dig, at jeg er gammel hippie?" grinede Andrew. "Det påstås, at de, der kan huske Aquarius-festivalen, ikke var til stede. Nå, men jeg kan i hvert fald huske husene i hovedgaden. At det lignede en lovløs by i en middelgod western, malet i psykedelisk lilla og gult. Jeg troede godt nok, at det lilla og gule bare var noget, jeg så på grund af visse stoffers indflydelse på sanserne. Altså indtil jeg så det billede i Ingers lejlighed."

Da de kom tilbage fra frokost, indkaldte Wadkins til et nyt møde i mødelokalet. Yong Sue havde nogle interessante oplysninger fra sin pc.

"Jeg har gennemgået alle uopklarede mord i New South Wales de sidste ti år og fundet fire mord, som minder om det her. Ligene er fundet på afsides steder, to på lossepladser, et i udkanten af en skov langs landevejen, og et lå i Darling River. Alle er tilsyneladende blevet dræbt og misbrugt seksuelt på en anden lokalitet og derpå blevet flyttet. Og allervigtigst – alle er blevet kvalt og har mærker efter fingre på halsen."

Yong Sue sendte dem et strålende smil.

Wadkins rømmede sig. "Lad os nu tage det lidt roligt i svingene; kvælning er trods alt ikke en usædvanlig drabsmetode i forbindelse med voldtægt. Hvordan ser det ud rent geografisk, Sue? Darling River ligger langt pokker i vold ude i the outback, over tusind kilometer fra Sydney."

"*No luck, Sir.* Det er ikke lykkedes mig at finde noget geografisk mønster."

Yong så oprigtigt bedrøvet ud.

"Fire kvalte lig spredt ud over hele staten over en periode på ti år er lige lovlig lidt at ..."

"Der er én ting mere, *Sir.* Alle kvinderne havde lyst hår. Og jeg mener ikke blond hår, jeg mener lyst, hvidt hår."

Lebie fløjtede lydløst. Der blev stille rundt omkring bordet.

Wadkins så fortsat skeptisk ud. "Kan du køre lidt matematik på det, Yong? Kan du se på statistisk efficiens og alt det der og finde ud af, om sandsynlighederne ligger inden for rimelighedens grænser, før vi råber ulven kommer? For en sikkerheds skyld burde du måske tage hele Australien med. Også uopklarede voldtægter. Det kan være, vi finder noget der."

"Det kan godt tage noget tid. Men jeg skal nok prøve, *Sir.*" Yong smilede igen.

"Godt. Kensington og Holy, hvorfor er I ikke på vej til Nimbin?"

"Vi tager af sted i morgen tidlig, *Sir,*" sagde Andrew. "Der er lige anmeldt en voldtægt i Lithgow, som jeg vil kigge på først. Jeg har en fornemmelse af, at der kan være en forbindelse. Vi skulle lige til at køre."

Wadkins rynkede brynene.

"Lithgow? Vi prøver at arbejde som et hold her, Kensington. Det betyder, at vi diskuterer og koordinerer og ikke bare vimser rundt på egen hånd. Så vidt jeg ved, har vi aldrig snakket om nogen voldtægtssag i Lithgow."

"*Just a hunch, Sir.*"

Wadkins sukkede.

"Ja ja, McCormack lader til at mene, at du har en slags sjette sans ..."

"Vi aboriginere har en tættere kontakt med åndernes verden end I blegansigter, ved du nok, *Sir.*"

"I min afdeling baserer vi ikke politiarbejde på den slags, Kensington."

"Det var bare en spøg, *Sir.* Jeg har lidt mere end det på den sag."

Wadkins rystede på hovedet. "Bare sørg for at være på det fly i morgen tidlig, ok?"

De tog motorvejen fra Sydney. Lithgow er en industriby med ti-tolv tusinde indbyggere, men mindede mest af alt Harry om en mellemstor landsby. Ved politistationen var et blåt blink sømmet fast på en stolpe.

Politichefen tog varmt imod dem. Han var en overvægtig, jovial mand med en stabel dobbelthager, og han hed Larsen. Larsen havde fjerne slægtninge i Norge.

"*Do you know any of the Larsens in Norway, mate?*" spurgte han.

"*Well, there are quite a few of them,*" sagde Harry.

"Ja, jeg har hørt min bedstemor sige, at vi har en stor familie deroppe."

"*Sure do.*"

Larsen kunne godt huske voldtægtssagen.

"Det er heldigvis ikke så tit, det sker her i Lithgow. Det var i begyndelsen af november. Hun blev slået ned på vej hjem fra aftenskiftet på den fabrik, hvor hun arbejder, trukket ind i en bil og kørt væk. Han truede hende med en stor kniv, kørte ind på en øde skovvej ved foden af Blue Mountains, hvor hun blev voldtaget på bagsædet. Voldtægtsmanden holdt hende om halsen og var begyndt at klemme til, da en bil dyttede bag dem. Chaufføren var på vej til sin hytte og troede, at han havde overrasket et elskende par på den øde skovvej, og ville derfor ikke gå ud. Da voldtægtsmanden satte sig om på forsædet igen for at flytte bilen, lykkedes det pigen at slippe ud ad bagdøren og løbe hen til den anden bil. Voldtægtsmanden var klar over, at spillet var ude, gav gas og forsvandt."

"Fik nogen af dem fat i registreringsnummeret?"

"*Nope.* Det var mørkt og gik for stærkt."

"Fik kvinden set manden ordentligt? Fik I et signalement?"

"*Sure. Sort of.* Som sagt var det mørkt."

"Vi har et billede med. Har du en adresse, hvor vi kan få fat på kvinden?"

Larsen gik hen til arkivskabet og begyndte at bladre. Han trak vejret tungt.

"For resten," begyndte Harry. "Ved du, om hun er blond?"

"Blond?"

"Ja, har hun lyst hår, hvidt?"

Larsens dobbelthager begyndte at ryste, mens han trak vejret endnu tungere. Det gik op for Harry, at manden lo.

"Nej, det tror jeg ikke, *mate*. Hun er *koori*." Harry så spørgende på Andrew.

Andrew kiggede op i loftet. "Hun er sort," sagde han.

"Som kul," sagde Larsen.

"Er *koori* en stamme?" spurgte Harry, da de kørte af sted fra politistationen.

"Ikke helt," sagde Andrew.

"Ikke helt?"

"Det er en lang historie, men da de hvide kom til Australien, var der 750.000 indfødte fordelt på 600-700 stammer i Australien. De talte over 250 sprog, flere af dem lige så forskellige som engelsk og kinesisk. Men kugler og krudt og nye sygdomme, som de indfødte ikke havde nogen modstandskraft imod, integration og andre goder, som den hvide mand bragte med sig, reducerede den oprindelige befolkning dramatisk. Mange stammer er helt uddøde. Da den oprindelige stammestruktur forsvandt, begyndte man at bruge mere generelle betegnelser for dem, der var tilbage. De aboriginere, som bor i sydøst, kaldes *koori.*"

"Men hvorfor i alverden kontrollerede du ikke først, om hun var blond?"

"En smutter. Jeg må have læst forkert. Sker det ikke, at computerskærmene flimrer i Norge?"

"For fanden, Andrew, vi har ikke råd til at spilde tiden på sådan nogle *longshots*."

"Jo da. Vi har også tid til noget, som kan få dig i bedre humør," sagde Andrew og svingede pludselig af til højre.

"Hvor skal vi hen?"

"På australsk landbrugsmesse. Den ægte vare."

"Landbrugsmesse? Jeg har en middagsaftale i aften, Andrew."

"Har du det? Med frøken Sverige, formoder jeg? Slap af, det varer ikke så længe. I øvrigt går jeg ud fra, at du som repræsentant for anklagemyndigheden er klar over konsekvenserne af at indlade sig privat med et potentielt vidne?"

"Middagen indgår naturligvis i efterforskningen. Der vil blive stillet vigtige spørgsmål."

"Of course."

Markedspladsen lå på en stor åben slette med nogle spredte fabrikshaller og garager som de eneste naboer. Sidste heat i traktor-racet var lige færdigt, og udstødningsgasserne lå stadig tæt over jorden, da de svingede op foran et stort telt. Pladsen summede af aktivitet; der blev råbt og skreget fra de forskellige stande, og alle lod til at have et glas øl i hånden og et smil om munden.

"Fest og handel i én skøn forening," sagde Andrew. "Sådan noget har I ikke i Norge."

"Nåh ... Vi har noget, vi kalder 'martnad'."

"Maaar ..." forsøgte Andrew sig.

"*Never mind.*"

Ved teltet var der sat store plakater op. "The Jim Chievers Boxing-Team" stod der med store, røde bogstaver. Nedenunder var der et billede af de ti boksere, som tydeligvis var med på holdet. Vigtige data som navn, alder, fødested og vægt var også angivet. Nederst på plakaten stod der: *The Challenge. Are you up to it?*"

Inde i teltet var den første bokser allerede i gang med at varme op. En slåbrok af noget glat stof bølgede omkring ham, mens han skyggeboksede i det blege lys fra toppen af teltet. En ældre, fedladen mand i en lidt slidt smoking trådte ind i ringen – til stor jubel. Han havde tydeligvis været her før, for folk begyndte at råbe hans navn: "*Terr-y, Terr-y!*"

Med en myndig hånd standsede han tilråbene og greb mikrofonen, som hang ned fra loftet: "*Ladies and Gentlemen! Who'll take the glove?*" Stor jubel. Derpå fulgte en lang, floromvunden tale, som mest havde form af et ritual, om "*the noble art of selv-defence*", om ære og berømmelse og om myndighedernes stejle holdning til boksning, som blev fordømt i vendinger, der var en svovlprædikant værdige. Det hele sluttede med, at udråberen gentog spørgsmålet: "*Who'll take the glove?*"

Flere arme røg i vejret, og Terry vinkede dem frem. De stillede sig i kø ved et bord, hvor de tydeligvis blev bedt om at skrive under på noget.

"Hvad sker der?" spurgte Harry.

"Det er unge mænd fra oplandet, som skal prøve at banke nogle af Jim Chivers boksere. Klarer de det, er der store præmier og, hvad der er endnu vigtigere, lokal ære og berømmelse. Nu underskriver de en erklæring om, at de er raske og sunde, og at de er gjort bekendt med, at arrangøren fraskriver sig ethvert ansvar for en pludselig ændring i sundhedstilstanden," forklarede Andrew.

"Gudfader, er det lovligt?"

"Nja ..." Andrew trak lidt på det. "Der kom et slags forbud i 1971, så de har måttet ændre lidt på formen. Det er en underholdningsform med en lang tradition bag sig i Australien, forstår du. De bruger så hans navn. Den oprindelige Jimmy Chivers var leder af et boksehold, der rejste rundt i hele landet til stævner og messer efter anden verdenskrig. Fyren var en institution. Mange af de boksere, der senere blev mestre, kom fra Jimmys boksehold. Der var altid en masse nationaliteter med; kinesere, italienere og grækere. Og aboriginere. De, der meldte sig, kunne selv vælge, hvem de ville bokse mod dengang. Så hvis man for eksempel var antisemit, kunne man vælge sig en jøde. Selv om risikoen for at få bank af en jøde ville være temmelig stor."

Harry brummede lidt. "Forstærker det ikke bare folks racisme?"

Andrew kløede sig på hagen.

"Måske. Måske ikke. Det var i hvert fald en måde, hvorpå man kunne komme af med undertrykte aggressioner. Folk i Australien er vant til at leve sammen med flere kulturer og racer, og stort set fungerer det fint. Men nogen friktion opstår der jo altid et eller andet sted. Og så er det trods alt bedre at slå løs på hinanden i en boksering end ude på gaden. Tag nu for eksempel kampene mellem hvide og aboriginere. De kampe tiltrækker altid særlig mange. En aboriginer, som er med på Jimmys boksehold og gør det godt, bliver som regel en helt blandt sine egne derhjemme. Han skaber en svag følelse af sammenhold og ære midt i al ydmygelsen. Jeg tror heller ikke, det skaber nogen større kløft mellem racerne. Hvis de hvide mænd får klø af en sort, så skaber det mere respekt end had. Australierne er sådan set et sportsligt folkefærd."

"Du lyder som en ægte redneck."

Andrew lo. "Næsten. Jeg er en *ocker*. En jævn mand fra landet."

"Det er du i hvert fald ikke."

Andrew lo endnu højere.

Den første kamp begyndte. En rødhåret, tæt lille fyr, som havde egne boksehandsker og eget heppekor med, mod en endnu mindre fyr fra Chivers-holdet.

"Irer mod irer," sagde Andrew med kendermine.

"Din sjette sans?" spurgte Harry.

"Mine to øjne. Rødt hår. Altså irere. Det er nogle seje sataner, så det bliver en lang kamp."

"Go-go-Johnny-go-go-go!" råbte heppekoret.

De nåede at råbe det to gange mere, før kampen var slut. Så havde Johnny fået tre slag på næsen og ville ikke bokse mere."

"Irerne er ikke, hvad de har været," sukkede Andrew.

Der blev væddet helt åbenlyst på den næste kamp. Folk stimlede sammen omkring to mænd med høje, bredskyggede læderhatte. De var tydeligvis bookmakere. Alle råbte i munden på hinanden, mens de specielle, krølfri australske dollarsedler skiftede hænder. Mundtlige aftaler blev indgået i et rasende tempo, uden at noget blev skrevet ned eller noteret; et lille nik fra bookmakeren bekræftede, at væddemålet var indgået.

"Hvordan er det nu med den hasard-lov?" mumlede Andrew og råbte tre-fire ord, som Harry ikke var i stand til at opfatte.

"Hvad gjorde du?"

"Satte hundrede dollars på, at bokseren fra Chivers-holdet slår modstanderen ud, før anden runde er forbi."

"Der var da ikke nogen henne i det mylder, der kunne opfatte det?"

Andrew brummede. Han nød tydeligvis at spille den belærende rolle.

"Så du ikke, at bookmakeren hævede det ene øjenbryn? Det kaldes simultankapacitet, Harry. Det er delvis medfødt og delvis et spørgsmål om træning. At kunne høre flere ting på én gang, filtrere al støjen fra og se, hvad der er vigtigt."

"Høre."

"Og høre. Har du prøvet det, Harry? Det er vældig nyttigt i mange situationer."

Det skrattede i højttalerne, og Terry med mikrofonen præsenterede Robin "The Murri" Toowoomba fra Chivers-holdet og Bobby "The Lobby" Pain, en lokal kæmpe, som gjorde sin entre i ringen ved at springe over tovene med et brøl. Han trak T-shirten af og blottede en behåret, kraftig brystkasse og svulmende overarmsmuskler. En hvidklædt kvinde stod og hoppede helt henne ved ringen, og Bobby pustede hende et kys, før to medhjælpere surrede handskerne fast om hans håndled. Det begyndte at summe i salen, da Toowoomba krøb ind mellem tovene. Han var en høj og rank og usædvanlig sort og køn mand.

"*The Murri?*" spurgte Harry.

"Aboriginer fra Queensland."

Der kom liv i Johnnys heppekor, da de fandt ud af, at de nu kunne bruge "Bobby" i deres hejaråb. Gongongen lød, og de to boksere nærmede sig hinanden. Den hvide var større, næsten et hoved højere end sin sorte modstander, men selv for et utrænet øje var det let at se, at han ikke bevægede sig med murriens lynsnare elegance.

Bobby fór frem og langede et voldsomt slag ud efter Toowoomba, som uden besvær gled til siden. Publikum i salen stønnede, og kvinden i hvidt hylede begejstret. Bobby slog endnu et par huller i luften, før Toowoomba gled ind og satte et forsigtigt, næsten prøvende slag i ansigtet på "The Lobby". Bobby gik to skridt baglæns og så ud, som om han allerede var ved at give op.

"Jeg skulle have sat to hundrede," sagde Andrew.

Toowoomba kredsede rundt om Bobby, prikkede endnu et par slag ind og flyttede sig på den samme glidende måde, når Bobby svingede med sine køllelignende arme. Bobby trak vejret tungt og brølede af frustration, når Toowoomba aldrig syntes at være dér, hvor han var for et øjeblik siden. Publikum begyndte at pibe. Toowoomba så ud, som om han rakte en hånd frem til en hilsen. Den landede i maven på Bobby, som knækkede sammen og blev stående foroverbøjet i ringhjørnet. Toowoomba gik to skridt tilbage og så lidt bekymret ud.

"*Finish him off, you black bastard!*" skreg Andrew. Toowoomba vendte sig overrasket om mod dem, smilede og vinkede med hånden over hovedet.

"Du skal ikke stå der og grine. Gør dit arbejde, din idiot! Jeg har et væddemål kørende!"

Toowoomba drejede sig om for at få det overstået, men lige da han skulle give Bobby nådestødet, lød gongongen. De to boksere gik hver til sit hjørne, mens opråberen tog mikrofonen. Kvinden i hvidt var allerede oppe i hjørnet hos Bobby og snakkede løs, mens en af medhjælperne stak ham en flaske øl.

Andrew var sur. "Robin vil ikke være for hård ved den hvide, og det er godt nok. Men han bør respektere, at jeg har sat penge på ham, det uduelige bæst."

"Kender du ham?"

"Ja, jeg kender Robin Toowoomba," sagde Andrew. Gongongen lød igen, og nu blev Bobby stående i ringen og ventede på Toowoomba, som nærmede sig med bestemte skridt. Bobby holdt armene højt oppe for at dække hovedet, og Toowoomba slog et løst kropsslag. Bobby sank bagud i tovene. Toowoomba vendte sig og så bedende på Terry Opråber – som også fungerede som en slags kampdommer – for at få ham til at stoppe kampen.

Andrew råbte advarende, men for sent.

Bobbys slag sendte Toowoomba på ryggen i ringen med et klask. Da han fortumlet kom på benene igen, var Bobby over ham som en orkan. Slagene var direkte og præcise, og Toowoombas hoved gik frem og tilbage som en bordtennisbold. En tynd blodstribe løb ud ad det ene næsebor.

"Fandens også! En *hustler*!" råbte Andrew.

"Hustler?"

"Vor ven Bobby spiller amatør, et gammelt trick for at få Chivers' mand til at tage let på det og åbne sig. Fyren er sandsynligvis den lokale mester. For helvede, Robin, der lod du dig narre."

Toowoomba havde fået hænderne op foran ansigtet og trak sig tilbage, mens Bobby fulgte efter ham. Bobbys venstre arm skød ind og ud, fulgt op af tunge sving med højren og uppercuts. Publikum var i ekstase. Kvinden i hvidt var på banen igen; hun råbte bare første stavelse i hans navn og holdt så vokalen i en lang, skærende tone: "*Baaaa ...*"

Terry rystede på hovedet, mens heppekoret i en fart fik stablet det nye omkvæd på benene: "*Go-go-Bobby-go-go-go, Bobby be good!*"

"Det var det. Så er det slut," sagde Andrew opgivende.

"Taber Toowoomba?"

"Er du vanvittig?" Andrew så bestyrtet på Harry. "Toowoomba slår fyren ihjel. Jeg havde bare håbet, at det ikke skulle blive så grimt i dag."

Harry prøvede at koncentrere sig om at se det, som Andrew så. Toowoomba havde lænet sig ud i tovene og så næsten afslappet ud, mens Bobby hamrede løs på hans mavemuskler. Et øjeblik troede Harry, at Toowoomba var ved at falde i søvn. Den hvidklædte stod og trak i tovene bag murrien. Bobby ændrede taktik og slog efter hovedet, men Toowoomba undgik slagene ved at svinge overkroppen frem og tilbage med en sagte, næsten lad bevægelse. Næsten som en brilleslange, tænkte Harry, som en ...

Kobra!

Bobby stivnede midt i et slag. Hovedet var drejet halvt til venstre, med et udtryk som om han netop var kommet i tanker om noget, han havde glemt. Så rullede øjnene bagover i hovedet, tandbeskytteren gled ud, og blodet sprøjtede i en jævn, tynd stråle fra et lille hul oppe på næseryggen, hvor næsebenet var brækket. Toowoomba ventede, til Bobby var midt i faldet, før han satte det næste slag ind. Der blev helt stille i teltet, og Harry hørte tydeligt det ubehagelige klask, da slaget ramte Bobbys næse for anden gang, og kvindestemmen som skreg det, der var tilbage af navnet:

" ... biiii!"

En lyserød sky af sved og blod stod ud fra Bobbys hoved og oversprøjtede ringhjørnet.

Terry stormede frem og signalerede noget overflødigt, at kampen var slut. Der var fortsat helt stille i teltet, og man hørte kun en klapren fra den hvidklædtes sko på træplankerne, da hun løb hen ad midtergangen og ud af teltet. Hendes kjole var farvet rød foran, og hun havde det samme forbavsede ansigtsudtryk som Bobby.

Toowoomba prøvede at hjælpe til med at få Bobby på benene, men medhjælperne skubbede ham væk. Der var tilløb til klapperi, men det døde hen. Pibekoncerten var desto stærkere, da Terry gik hen og trak Toowoombas arm i vejret. Andrew rystede på hovedet.

"Der var nok en del, der satte penge på den lokale mester i dag," sagde han. "Fjolser! Kom lad os hente pengene og tale et par alvorsord med den Murri-torsk!"

"Robin, dit nossefår. Du burde spærres inde – og det mener jeg!"

Robin "The Murri" Toowoomba lyste op i et stort smil. Han holdt et sammenrullet håndklæde med is over det ene øje.

"Tuka! Jeg hørte dig derinde. Er du begyndt at spille hasard igen?" Toowoomba snakkede lavmælt. En mand, som er vant til at blive lyttet til, tænkte Harry umiddelbart. Stemmen var behagelig og mild. Harry syntes ikke, han lød som en, der netop havde brækket næsen på en næsten dobbelt så stor mand.

Andrew snøftede. "Hasard? I min tid kunne det ikke kaldes hasard at sætte pengene på Chivers' drenge. Men nu er der vist ingenting, der er sikkert mere. Tænk at lade sig narre på den måde af en skide, hvid *yahoo.* Hvad skal det ikke ende med?"

Harry rømmede sig.

"Nå ja, Robin, du skal hilse på en af mine venner. Harry Holy. Harry, det her er Queenslands værste slagsbror og lystmorder, Robin Toowoomba." De hilste på hinanden, og igen havde Harry følelsen af at have haft hånden i en brevsprække. Han fremstønnede et "*how are you*" og fik et "*absolutely magnificent, cobber – how are you yourself*" som svar, ledsaget af en række perlehvide tænder.

"*Haven't been better*" sagde Harry og gned sin hånd. Disse australske hilsevaner var ved at være for meget. Ifølge Andrew gjaldt det desuden om at beskrive, hvor ufatteligt godt man havde det. Et lunkent "udmærket, tak" kunne nemt blive taget fornærmende op.

Toowoomba pegede med tommelfingeren på Andrew. "Apropos slagsbror, har Tuka så fortalt dig, at han selv har bokset for Jim Chivers engang?"

"Der er vist stadigvæk en del, som jeg ikke ved om ... øh, Tuka. Han er en hemmelighedsfuld fyr."

"Hemmelighedsfuld?" Toowoomba lo. "Han snakker bare ad omveje. Tuka siger alt, hvad man behøver at vide, bare man ved, hvad man skal lytte efter. Men han har selvfølgelig ikke fortalt, at han blev bedt om at holde op hos Chivers, fordi man anså ham for at være farlig? Hvor mange kindben, næseben og kæber er det, du har på samvittigheden, Tuka? Han blev regnet som det største boksetalent i New South Wales i flere år. Men der var et problem. Han ejede ikke selvbeherskelse – havde overhovedet ingen disciplin. Til sidst slog han kampdommeren ned i en kamp, fordi han mente, at kampdommeren havde standset kampen for tidligt. I Tukas favør! Det kalder jeg blodtørst. Tuka blev suspenderet i to år."

"Tre og et halvt, tak!" Andrew grinede. Han havde tydeligvis ikke noget imod, at den anden fortalte løs om hans boksekarriere. "*He was a real drongo, I tell you.* Jeg tjattede bare lidt til den skide kampdommer, men tror du ikke, at fyren faldt og brækkede kravebenet?"

Toowoomba og Andrew lo hjerteligt og klaskede håndfladerne sammen.

“Robin var knap nok født, dengang jeg boksede. Han fortæller bare, hvad jeg selv har fortalt ham,” forklarede Andrew til Harry. “Robin var med i en gruppe af belastede unge, som jeg arbejdede med, når jeg havde tid. Vi trænede boksning, og for at lære drengene vigtigheden af selvkontrol, fortalte jeg et par halvsande historier om mig selv. Til skræk og advarsel. Robin her misforstod det tydeligvis, for han har gjort det på samme måde.”

Toowoomba blev alvorlig.

“Vi plejer at være flinke, Harry. Vi lader dem svinge lidt, før vi slår et par løse slag for at få dem til at forstå, hvem der bestemmer. Er du med? Derefter varer det som regel ikke længe, før de giver op. Men ham her kunne jo bokse, han kunne have skadet nogen. Sådan en type får, hvad han beder om.”

Døren gik op: “Fanden ta' dig, Toowoomba – som om vi ikke havde problemer nok før, skulle du også brække næsen på svigersønnen til den lokale politichef.” Terry så misfornøjet ud og understregede det ved at spytte, så det plaskede på gulvet.

“Ren refleks, boss,” sagde Toowoomba og kiggede på den snusbrune spytklat. “Det skal ikke gentage sig.” Han blinkede diskret til Andrew.

De rejste sig. Toowoomba og Andrew omfavnede hinanden og sagde et par afsluttende sætninger på et sprog, som Harry ikke forstod noget af. Selv skyndte han sig at give Toowoomba et klap på skulderen for at gøre eventuelle håndtryk overflødige.

“Hvad var det for et sprog, I snakkede her til sidst?” spurgte Harry, efter at de havde sat sig ind i bilen.

“Åh, det. Det er kreolersprog, en blanding af engelsk og ord af aboriginsk oprindelse. Det tales af mange aboriginere over hele landet. Hvad synes du om boksningen?”

Harry trak på det.

“Det var interessant at se dig tjene nogle kroner, men vi kunne have været i Nimbin nu.”

“Hvis ikke vi var taget hertil i dag, så kunne du ikke have været i Sydney i aften,” sagde Andrew. “Man indgår ikke en aftale med sådan en kvinde for bare at stikke af. Vi snakker måske om din fremtidige kone og mor til små Holyer her, Harry."

De smilede lidt begge to og kørte forbi træer og lave huse, mens solen gik ned på den østlige halvkugle.

Det var blevet mørkt, før de kom tilbage til Sydney, men tv-masten stod som en massiv lyspære midt i byen og viste vej. Andrew standsede ved Circular Quay, ikke langt fra Operahuset. En flagermus hvirvlede lynhurtigt ind og ud af bilens lyskegle. Andrew tændte en cigar og gjorde tegn til, at Harry skulle blive siddende.

"Flagermusen er aboriginernes symbol på døden, vidste du det?"

Det gjorde Harry ikke.

"Forestil dig et sted med mennesker, som har været isoleret i fyrre tusinde år. De er med andre ord ikke blevet påvirket af jødedommen, langt mindre af kristendommen og islam, fordi et helt hav har adskilt dem fra det nærmeste kontinent. Alligevel frembringer de denne skabelsesberetning. Det første menneske var *Beer-rok-born*. Han blev lavet af *Baime*, den uskabte, som var begyndelsen på alt, og som elskede og tog vare på alle skabninger. En god fyr med andre ord, denne *Baime*, blandt venner blot kaldt Den Store Faderlige Ånd. Efter at *Baime* havde givet *Beer-rok-born* og hans kvinde et efter forholdene godt sted at leve, satte han sit mærke på et *yarran*-træ, hvor en bisværm havde tilholdssted.

'I kan skaffe jer mad, hvor I vil, i hele dette land, som jeg har givet jer, men dette træ er mit,' formanede han de to mennesker. 'Dersom I forsøger at tage mad derfra, vil der ske jer og jeres efterkommere de skrækkeligste ting.' Noget i den stil. I hvert fald: En dag, hvor *Beer-rok-borns* kvinde var ude for at samle brænde, kom hun til *yarran*-træet. Hun blev først bange, da hun så det hellige træ over sig, men der lå så meget brænde rundt omkring det, at hun alligevel ikke fulgte sin første indskydelse – som var at løbe sin vej, så hurtigt hun kunne. Desuden havde *Baime* ikke sagt noget om brænde. Mens hun samlede brændet omkring træet, hørte hun en svag summen over sig, og hun kiggede op og fik øje på bisværmen. Hun så også honningen, som løb ned ad træets stamme. Hun havde kun smagt honning én gang før, men her var der mad nok til flere måltider. Solen funklede i de blanke, søde dråber, og til sidst kunne *Beer-rok-borns* kvinde ikke modstå fristelsen længere, men klatrede op i træet.

I det samme kom der et koldt vindstød ovenfra, og en temmelig skummel skikkelse med enorme, sorte vinger lagde sig om hendes krop. Det var flagermusen *Narahdarn*, som *Baime* havde sat til at vogte over det hellige træ. Kvinden faldt ned fra træet og løb tilbage til hulen, hvor hun gemte sig. Men det var for sent, hun havde ført døden ind i verden, symboliseret gennem flagermusmanden, *Narahdarn*, og alle *Beer-rok-borns* efterkommere ville ligge under for dens forbandelse. *Yarran*-træet græd sine bitre tårer over det tragiske, der var sket. Tårerne løb ned ad stammen og størknede, og det er derfor, at man i dag på *yarran*-træets bark finder rød gummi."

Andrew pattede fornøjet på cigaren.

"Kan Adam og Eva følge med, eller hvad?"

Harry nikkede og medgav, at der var en del lighedspunkter.

"Måske er det bare sådan, at mennesker, uanset hvor på kloden de holder til, på en eller anden måde deler de samme visioner eller fantasier. At det er naturgivent, at det på en eller anden måde ligger på harddisken. At vi på trods af forskellene før eller siden kommer frem til de samme svar under alle omstændigheder."

"Lad os håbe det," sagde Andrew. Han plirede gennem røgen. "Lad os håbe det."

Harry var godt nede i sin anden cola, da Birgitta kom klokken ti minutter over ni. Hun var iført en enkel, hvid bomuldskjole, og det røde hår var samlet i en imponerende hestehale.

"Jeg var ved at blive bange for, at du ikke ville komme," sagde Harry. Det var sagt som en spøg, men han mente det. Han var begyndt at blive bange fra det øjeblik, de aftalte at mødes.

"*Verkligen?*" Hun så skælmsk på Harry. Han fornemmede, at det ville blive en fin aften.

De bestilte svinekød i karry, kylling med cashew-nødder lagt i wok, en australsk Chardonnay og Perrier.

"Jeg må sige, at jeg er temmelig overrasket over at finde en svensker så langt hjemmefra."

"Det burde du ikke være. Der er omtrent 90.000 svenskere i Australien."

"Hvad?"

"De fleste emigrerede hertil før anden verdenskrig, men en hel del unge kom i firserne, da arbejdsløsheden begyndte at stige i Sverige."

"Og jeg som troede, at I svenskere begyndte at savne *köttbullarna* og midsommerstangen, før I var kommet til Helsingør."

"Det må være nordmænd, du tænker på. I er jo ikke rigtig kloge! De nordmænd, jeg har mødt hernede, begyndte at længes hjem efter nogle dage, og efter to måneder er de alle sammen rejst igen. Hjem til striktrøjen!"

"Men ikke Inger."

Birgitta blev stille.

"Nej, ikke Inger."

"Ved du, hvorfor hun blev her?"

"Det var vel den samme grund, som de fleste af os har. Man kommer på ferie, forelsker sig i landet, i klimaet, det lette liv eller en fyr. Man søger om udvidet opholdstilladelse, skandinaviske piger har ikke ligefrem problemer med at få job på værtshusene i Australien, og pludselig er der meget langt hjem, og det er så nemt at blive."

"Var det også sådan med dig?"

"Noget i den retning."

De spiste et stykke tid i tavshed. Karryen var tyk, stærk og god.

"Hvad ved du om Ingers nye kæreste?"

"Han var som sagt inde på værtshuset en aften. Hun mødte ham i Queensland. På Fraser Island, tror jeg det var. Han lignede den udgave af hippien, som jeg troede, var uddød for længst, men som lever i bedste velgående i Australien. Langt hår med fletninger, farverige, vide gevandter, sandaler. Han så ud, som om han kom direkte fra stranden i Woodstock."

"Woodstock ligger midt inde i landet. I New Jersey."

"Men var der ikke en sø, de badede i? Det synes jeg, at jeg kan huske."

Harry betragtede hende nærmere. Hun sad en smule rundrygget og koncentrerede sig om maden. Fregnerne smeltede næsten sammen hen over næseryggen. Harry syntes, hun var sød.

"Det er ikke meningen, at du skal vide sådan noget. Du er for ung."

Hun lo. "Og hvad er du så – en olding?"

"Jeg? Tja, visse dage er jeg måske. Det er sådan noget, som mit arbejde fører med sig – et par steder inde i bliver man alt for hurtigt gammel. Men forhåbentlig er jeg endnu ikke så desillusioneret og afdanket, at jeg ikke kan føle mig levende i ny og næ."

"Åhhh – stakkels dig ..."

Harry måtte trække på smilebåndet. "Du må tro, hvad du vil, men jeg siger det ikke for at appellere til din moderfølelse – selv om det måske ikke var nogen dårlig idé – sådan er det bare."

Tjeneren gik forbi, og Harry benyttede anledningen til at bestille endnu en Perrier.

"Man tager en smule skade, hver gang man opruller et mord. Desværre ligger der som regel mere menneskelig usselhed og triste historier bag, og mindre udspekulerede motiver end man får indtryk af ved at læse Agatha Christie-romaner. I starten så jeg mig selv som en slags retfærdighedens ridder, men til tider føler jeg mig mere som en skraldemand. Mordere er som regel nogle ynkelige typer, og det er sjældent vanskeligt at pege på mindst ti gode grunde til, at de er blevet det, de er. Så det ender som regel med, at det man føler, er frustration. Frustration over, at de ikke nøjes med at ødelægge deres eget liv, men må tage andre med sig i faldet. Det lyder sandsynligvis stadig en smule sentimentalt ..."

"Beklager – det var ikke min mening at virke kynisk. Jeg forstår, hvad du mener," sagde hun.

Et blidt vindpust fra gaden fik lyset på bordet imellem dem til at blafre.

Birgitta fortalte om sig selv og kæresten, som havde pakket rygsækkene i Sverige for fire år siden og var rejst af sted som backpackers, hvordan de var kommet fra Sydney til Cairnes med bus og ved at tomle, hvordan de havde overnattet i telt og på billige hostels og havde arbejdet som receptionister og kokke på de samme hoteller, hvordan de havde dykket ude ved Great Barrier Reef og svømmet side om side med skildpadder og hammerhajer. De havde mediteret ved Ayers Rock, sparet op til toget mellem Adelaide og Alice Springs, været til Crowded House-koncert i Melbourne og var blevet uvenner på et motel i Sydney.

"Det er mærkeligt, hvordan noget, som fungerer så godt, kan være så ... forkert."

"Forkert?"

Birgitta tøvede lidt. Måske syntes hun, at hun havde fortalt mere end nok til denne pågående nordmand.

"Jeg ved ikke helt, hvordan jeg skal forklare det. Vi mistede et eller andet undervejs, noget som var der, og som vi havde taget som en selvfølge. Vi holdt op med at se hinanden, og snart holdt vi også op med at røre ved hinanden. Vi blev simpelthen rejsekammerater, en som det var fint at have, fordi det er billigere med dobbeltværelse, og mere sikkert, når man sover i telt. Han mødte en tysk rigmandsdatter i Noosa, og jeg rejste videre, så han kunne afslutte den affære i fred. Jeg var sgu ligeglad. Da han kom til Sydney, sagde jeg, at jeg var blevet forelsket i en amerikansk surfer-fyr, jeg havde mødt. Jeg ved ikke, om han troede på mig. Måske fornemmede han, at jeg gav os begge et påskud til at gøre det forbi. Vi prøvede at få et skænderi i gang på det motelværelse i Sydney, men ikke engang det kunne vi gennemføre længere. Så jeg bad ham om at rejse i forvejen til Sverige og sagde, at jeg ville komme senere."

"Han burde have fået et langt forspring nu."

"Vi var sammen i seks år. Tror du på mig, hvis jeg siger, at jeg næsten ikke kan huske, hvordan han ser ud?"

"Selvfølgelig."

Birgitta sukkede.

"Jeg troede slet ikke, sådan noget kunne forekomme. Jeg var sikker på, at vi skulle giftes og have børn og bo i en lille forstad til Malmö med have uden for døren og Sydsvenska Dagbladet på trappen, og nu – nu husker jeg knap nok, hvordan hans stemme lyder, eller hvordan det var at elske med ham, eller ..." Hun så op på Harry: "Eller hvordan han var for høflig til at bede mig om at holde kæft, når jeg plaprede løs efter et par glas vin."

Harry smilede bredt. Hun havde ikke kommenteret, at han ikke forsynede sig fra vinflasken.

"Jeg er ikke høflig, jeg er bare interesseret," sagde han.

"Hvis det er tilfældet, må du først fortælle noget mere personligt om dig selv, end at du er politibetjent."

Birgitta lænede sig ind over bordet. Harry bad sig selv om at lade være med at kigge ned i hendes udskæring. Han kunne mærke hendes svage duft og trak begærligt luften ind gennem næseborene. Han måtte ikke lade sig narre. Det var bare nogle udspekulerede sataner hos Karl Lagerfeldt eller Christian Dior, som vidste lige præcis, hvad der skulle til for at få en stakkels mand til at gå helt fra koncepterne.

Hun duftede fantastisk.

"Jo," begyndte Harry. "Jeg har en ældre søster, min mor døde for nogle år siden, jeg bor i en lejlighed på Tøyen i Oslo, som jeg ikke kan slippe. Jeg har ikke nogen lange forhold bag mig og kun et par stykker, som har givet ar."

"Er det rigtigt? Og der er heller ingen i dit liv lige nu?"

"Egentlig ikke. Jeg har et par ukomplicerede og ubetydelige forhold til kvinder, som jeg af og til ringer op, når de ikke ringer til mig."

Birgitta rynkede brynene.

"Er der noget galt?" spurgte Harry.

"Jeg ved ikke, om jeg bryder mig om den type mænd. Eller kvinder. Jeg er sådan lidt gammeldags."

"Alt det der har jeg naturligvis lagt bag mig nu," sagde Harry og hævede Perrier-glasset.

"Og jeg ved heller ikke, om jeg helt bryder mig om dine kvikke svar," sagde Birgitta og skålede med ham.

"Hvad kigger du så efter hos en mand?"

Hun støttede hagen i hånden og så ud i luften, mens hun tænkte sig om. "Det ved jeg ikke. Jeg tror, at jeg ved mere, hvad jeg ikke kan lide, end hvad jeg kan lide hos en mand."

"Hvad er det så, du ikke kan lide? Bortset fra kvikke svar."

"Mænd, der prøver at komme i lag med mig."

"Er du hårdt plaget?"

Hun smilede. "Lad mig give dig et godt råd, Casanova. Hvis du vil charmere en kvinde, må du få hende til at føle sig helt speciel og behandle hende på en særlig måde og give hende noget, som ingen andre får. De mænd, der prøver at score kvinder på et værtshus, har ikke fattet det. Men alt det her er vel perler for svin for sådan en libertiner som dig."

Harry lo.

"Med et par mener jeg to. Jeg siger et par, fordi det lyder lidt vildere, det lyder som ... tre. Den ene er i øvrigt på vej tilbage til sin ekskæreste, efter hvad hun sagde sidste gang, jeg så hende. Hun takkede mig, fordi jeg havde været så ukompliceret og forholdet så ... tja, ubetydeligt, formoder jeg. Den anden er en kvinde, som jeg var ved at indlede et forhold til, og som nu insisterer på, at eftersom det var mig, der trak mig, er det min simple pligt at sørge for, at hun har et minimum af et seksualliv, indtil en af os finder noget andet. Vent lidt – hvorfor er jeg nu i forsvarsposition? Jeg er en ordentlig fyr, som ikke gør en kat fortræd. Antyder du, at jeg forsøger at charmere nogen her?"

"Åh ja, du prøver at charmere mig. Lad bare være!"

Harry benægtede det ikke.

"Godt. Hvordan klarer jeg det?"

Hun tog en lang slurk af vinglasset, mens hun tænkte sig om.

"Godt, tror jeg. Det er brugbart, i hvert fald. Nej, jeg tror, det er godt – du klarer det ganske godt."

"Det lyder som seks med pil op."

"Noget i den retning."

Nede ved havnen var det mørkt, næsten mennesketomt, og der blæste en frisk vind. På trappen op til det oplyste Operahus havde et usædvanligt fyldigt brudepar taget opstilling foran fotografen. Han dirigerede dem hid og did, og de to nygifte så ud til at være godt misfornøjede med at skulle flytte rundt på deres kraftige kroppe. Men til sidst blev de enige, og den natlige fotooptagelse foran Operaen endte med smil, latter og måske en enkelt tåre.

"Det må være det, man mener med at være revnefærdig af lykke," sagde Harry. "Eller sådan siger man måske ikke på svensk?"

"Jo, det hænder, at man bliver så lykkelig, at man også kan revne på svensk." Birgitta tog hårbåndet af og stillede sig i vinden ved gelænderet ud mod søen foran Operahuset.

"Jo, det hænder," gentog hun, nærmest for sig selv. Hun vendte den fregnede næse ud mod havet, og vinden blæste det røde hår bagud.

Hun lignede en brandmand. Han vidste ikke, at en brandmand kunne være så smuk.

4

En by ved navn Nimbin, Kåre Willoch og Alice Cooper

Harrys ur viste elleve, da flyet landede i Brisbane, men stewardessen i højttaleren insisterede på, at klokken kun var ti.

"De har ikke sommertid her i Queensland," forklarede Andrew. "Det var en stor politisk sag heroppe. Det endte med en folkeafstemning, og bønderne stemte imod."

"Puha, det lyder, som om vi er kommet til *redneck*-land."

"*I'd say, mate.* Indtil for nogle år siden havde langhårede mænd ikke adgang til delstaten. Det var slet og ret forbudt."

"Det er vel din spøg?"

"Queensland er lidt anderledes. Snart bliver det vel forbudt at være skinhead her."

Harry strøg sig fornøjet over sin tætklippede, lyse isse. "Er der ellers noget, jeg bør vide om Queensland?"

"Tja, hvis du har noget marihuana i lommerne, bør du måske efterlade det i flyet. I Queensland er narkotikalovgivningen strengere end i de andre delstater. Det var ikke et tilfælde, at Aquarius-festivalen blev lagt i Nimbin. Byen ligger lige over grænsen til New South Wales."

De fandt Avis-kontoret, hvor de havde fået besked om, at en bil skulle stå klar.

"Til gengæld har Queensland steder som Fraser Island, hvor Inger Holter traf Evans White. Øen er egentlig kun en stor sandbanke, men inde på øen finder man regnskov og indsøer med verdens reneste vand, og sand som er så hvidt, at det ser ud, som om strandene er lavet af marmor. Silikonesand kaldes det, fordi silikoneindholdet er så meget højere end i almindeligt sand. Du kan sikkert hælde det direkte ind i din pc."

"*The land of plenty, ay?*" sagde fyren bag disken og rakte dem en nøgle.

"Ford Escort?" Andrew rynkede på næsen, men resignerede. "Findes den stadigvæk?"
"*Special rate, Sir.*"
"Det tvivler jeg ikke på."

Solen bagte ned over Pacific Highway, og Brisbanes skyline af glas og sten glitrede som krystaller i en lysekrone, da de nærmede sig.
"Pænt," sagde Harry. "Meget ordentligt og ryddeligt. Som om en eller anden har tegnet hele skidtet, hvorefter de har bygget det hele på en gang."
"Det er nok ikke langt fra sandheden. Brisbane er på mange måder en flunkende ny by. Det er ikke så mange år siden, det bare var en stor landsby med et par hundrede tusinde bønder. Hvis du ser godt efter, kan du se, at folk stadig er en smule hjulbenede. Men byen er som et nymalet køkken i et beboelseshus: Blankt, funktionelt og effektivt – med en masse drøvtyggende køer."
"Det var virkelig et flot billede, Andrew."
"Ikke så flabet, *off-sider.*"
Fra den østgående motorvej kørte de indover gennem et grønt, bølgende landskab, som vekslede mellem skov og opdyrkede marker.
"Velkommen til den australske landsby," sagde Andrew.
De kørte forbi græssende køer, som stirrede sløvt på dem.
Harry smålo.
"Hvad er der?" spurgte Andrew.
"Har du set den Larson-tegning, hvor køerne står på to ben og snakker sammen på marken, mens de får sig en smøg, og så råber en af dem: 'Pas på, nu kommer der en bil igen.'"
Der opstod en pause.
"Hvem er Larson?"
"Glem det."
De kom forbi nogle lave træhuse med verandaer foran, moskitonet i dørene og med pick-up biler stående udenfor. De passerede bredbagede arbejdsheste, som betragtede dem med melankolske øjne, bistader og grise, der lystigt væltede sig i mudrede indhegninger. Vejen blev

smallere og smallere. Ved middagstid tankede de op i en lille by, hvis byskilt fortalte dem, at de var i Uki, som var blevet kåret til Australiens reneste by to år i træk. Der stod ikke noget om, hvem der havde vundet sidste år.

"*Holy macaroni*," sagde Harry, da de trillede ind i Nimbin.

Centrum var godt hundrede meter, malet i alle regnbuens farver og med et persongalleri, der var som hentet ud af en af de Cheech & Chong-film, som Harry havde i sin videosamling.

"Det er jo 1970, det her!" udbrød han. "Se bare. Der står Peter Fonda og lirer med Janis Joplin."

De kørte langsomt hen ad gaden, mens søvngængeragtige øjne fulgte bilen.

"Det her er bare fantastisk. Jeg troede ikke, at den slags steder fandtes mere. Det er jo til at grine sig fordærvet over."

"Hvorfor det?" spurgte Andrew.

"Synes du ikke, det er komisk?"

"Komisk og komisk," sagde Andrew. "Jeg kan godt forstå, at det er nemt at grine ad de her drømmere i dag. Jeg har opdaget, at den opvoksende generation tror, at flower-power-generationen var en samling *potheads*, som bare spillede akustisk guitar, læste egne digte og bollede hinanden efter det forhåndenværende søms princip. Jeg har set arrangørerne af Woodstock-festivalen stille op til interview med slips på og snakke lattermildt om ideerne fra dengang, ideer som de i dag betragter som meget naive. Men jeg kan kun se det på den måde, at verden havde været meget anderledes i dag, hvis det ikke havde været for de ideer, som den generation stod for. Slagord som fred og kærlighed er måske klicheer i dag, men vi, der voksede op dengang, mente det. Af hele hjertet."

"Er du ikke lidt gammel til at have været hippie, Andrew?"

"Jo, jeg var gammel. En rutineret, snu hippie var jeg," grinede Andrew. "Mangen et pigebarn fik sin første introduktion til elskovens mangesidede mysterier af onkel Andrew."

Harry dunkede Andrew på skulderen. "Jeg synes lige, at du har snakket om idealisme, din gamle gris."

"Selvfølgelig var det idealisme," sagde Andrew indigneret. "Jeg kunne jo ikke overlade alle de sarte blomsterknopper til en eller anden kejtet, bumset teenager og risikere, at pigerne blev traumatiseret for resten af 70'erne."

"Det var altså 70'ernes vigtigste bidrag til dagens samfund?"

Andrew rystede på hovedet.

"Luften mand. Det lå i luften. Friheden. Troen på mennesket. Muligheden for at bygge noget nyt. Selv om Bill Clinton påstår, at han ikke inhalerede marihuana, så inhalerede han den samme luft, den samme ånd dengang, som alle os andre. Og selvfølgelig har det aflejret sig i, hvem man er blevet til. For fanden, mand, man skulle jo have holdt vejret i mindst fem år for ikke at få noget af det i blodet! Så le du bare, Harry Holy. Om tyve år, når trompetbukserne og al den dårlige lyrik er glemt, vil tankegodset fra dengang fremstå i et helt andet lys, mærk dig mine ord!"

Harry lo alligevel.

"Du må ikke tage det personligt, Andrew, men jeg voksede op i den efterfølgende generation. Ligesom I grinede ad halvtredsergenerationens stramme skjorter og brylcreme, grinede vi ad jeres mahatmaer og blomster i håret. Tror du måske ikke, at dagens teenagere griner ad sådan nogle som mig? Sådan er det bare. Men det ser jo ud, som om 70'erne har overlevet her?"

Andrew slog ud med hånden.

"Jeg tror, der er specielt gode vækstvilkår for den slags planter her i Australien. Hippiebølgen døde aldrig helt ud, men gik på en måde direkte over i hele den der New Age-ting. I enhver boghandel finder du mindst én hyldevæg med bøger om alternativ livsstil, healing, kontakt med dit indre jeg, vegetarianisme, hvordan man frigør sig fra materialisme og lever i harmoni med sig selv og miljøet. Men det er selvfølgelig ikke alle, der ryger græs."

"Det her er ikke New Age, Andrew. Det er gode, gamle, syrede hippier, hverken mere eller mindre."

Andrew kiggede ud ad vinduet og smålo. En fyr med langt, gråt skæg og iført kjortel sad på en bænk og viste dem V-tegnet. "*The Marihuana Museum*" stod der på et skilt med en tegning af en gammel, gul hippie-folkevognsbus. Nedenunder stod der med mindre bogstaver: "*Entrance: One dollar. If you can't pay, go in anyway.*"

"Det er Nimbins dope-museum," forklarede Andrew. "Det meste er noget bras, men så vidt jeg husker, havde de en del interessante originalbilleder fra Ken Keseys, Jack Kerouacs og de andre pionerers Mexico-ture, fra dengang de eksperimenterede med bevidsthedsudvidende stoffer."

"Dengang lsd ikke var farligt?"

"Og sex bare var sundt. En dejlig tid, Harry Hole. *You should have been there, man.*"

De parkerede længere henne på hovedgaden og gik tilbage. Harry tog Ray Ban-solbrillerne af og prøvede at ligne en civilperson. Det var tydeligvis en stille dag i Nimbin, og Harry og Andrew gik spidsrod mellem de handlende: "*Good grass!*" ... "*Best grass in Australia, man!*" ... "*Grass from Papua New Guinea, mindblowin'!*"

"Papua New Guinea," fnøs Andrew. "Selv her i græssets hovedstad lever folk med den forestilling, at græsset er bedre, bare det kommer fra et sted, som ligger langt nok borte. Køb australsk, siger jeg bare."

En gravid, men alligevel mager pige sad på en stol foran 'museet' og vinkede ad dem. Hun kunne være alt fra tyve til fyrre år gammel og var iført luftige, farverige gevandter, og skjorten var knappet op foran, så maven stod ud med huden spændt som et trommeskind. Der var noget vagt kendt over hende, syntes Harry. Ud fra størrelsen på hendes pupiller kunne han fastslå, at det mere var bevidsthedsudvidende stoffer end marihuana, der havde været på hendes morgenbord den dag.

"*Looking for something else?*" spurgte hun. Hun havde bemærket, at de ikke havde udvist nogen interesse for at købe marihuana.

"Nej ..." begyndte Harry.

"*Acid.* Syre. I vil ha' lsd, ikke sandt?" Hun lænede sig frem mod dem og snakkede hurtigt og intenst.

"Nej, vi vil ikke have syre," sagde Andrew lavmælt og bestemt. "Vi er ude efter noget andet. Er du med?"

Hun blev siddende og kiggede på dem. Andrew gjorde tegn til at ville gå videre, men så sprang hun op fra stolen, tilsyneladende helt uanfægtet af den store mave, og greb Andrew i armen: "Okay. Men det kan vi ikke ordne her. Mød mig i pubben ovre på den anden side af gaden om ti minutter."

Andrew nikkede, og hun drejede om på hælen og forsvandt hen ad gaden med sin store mave og med en lille hundehvalp i hælene.

"Jeg ved, hvad du tænker, Harry," sagde Andrew og tændte en cigar. "At det ikke var pænt at narre mor Godhjerte her til at tro, at vi vil købe heroin. At politistationen ligger hundrede meter henne ad gaden, og at vi dér kunne få de oplysninger, vi skal bruge for at finde Evans White. Men jeg har på fornemmelsen, at det her går hurtigere. Lad os gå over og tage en øl og se, hvad der sker."

En halv time senere kom mor Godhjerte ind i den næsten menneske-tomme pub sammen med en fyr, der virkede mindst lige så jaget som hende. Han lignede Klaus Kinski-udgaven af grev Dracula: Bleg, sortklædt og radmager, med blå ringe om øjnene.

"Ser man det," hviskede Andrew. "Ham der kan næppe beskyldes for ikke at teste det, han sælger."

Mor Godhjerte og Kinski-kloningen styrede hen mod dem med raske skridt. Sidstnævnte så ikke ud til, at han havde lyst til at tilbringe mere tid end allerhøjest nødvendigt ude i dagslyset og sprang alle høflighedsfraser over:

"Hvor meget vil I købe for?"

Andrew sad demonstrativt med ryggen til. "Jeg foretrækker, at vi er færrest muligt, før vi bliver konkrete, mister," sagde han uden at vende sig om.

Kinski gjorde et kast med hovedet, og mor Godhjerte blev sur og forsvandt. Hun arbejdede sandsynligvis på provision, og Harry gik ud fra, at tillidsforholdet mellem hende og Kinski var som mellem de fleste junkier: ikke-eksisterende.

"Jeg har ikke noget på mig, og hvis I er strømere, skærer jeg nosserne af jer. Vis mig først pengene, så går vi et andet sted hen." Han snakkede hurtigt og nervøst, mens blikket flakkede rundt i lokalet.

"Er der langt?" spurgte Andrew.

"It's a short walk, but a lo-ong trip." Noget, der skulle forestille et smil, blev ikke til mere end et glimt af nogle tænder, før det var væk igen.

"Good on ya, mate. Sæt dig ned og hold kæft," sagde Andrew og viste ham sit politiskilt. Kinski stivnede. Harry rejse sig og klappede sig på bæltet bag på ryggen. Der var ingen grund til at afprøve, om Harry virkelig var bevæbnet.

"Hvad er det her for noget amatørpjat? Jeg har ingenting på mig, sagde jeg jo." Han lod sig modvilligt dumpe ned i en stol foran Andrew.

"Jeg går ud fra, at du kender den lokale sherif og hans assistent? Og de kender vel dig, går jeg ud fra. Men ved de, at du er begyndt at sælge *horse*?"

"Hvem har sagt noget om *horse*? Jeg troede, det var græs, vi ..."

"Selvfølgelig. Ingen har sagt noget om junk, og det er heller ikke sikkert, at nogen kommer til det, bare du kan give os nogle oplysninger."

"Det er da jeres spøg, ikke? Skulle jeg risikere at blive halshugget for at stikke nogen, bare fordi to udenbys strømere, som ikke engang har noget på mig, kommer busende ind og ..."

"Stikke nogen? Vi mødtes herinde, blev desværre ikke enige om prisen på varerne, og det var det. Du har til og med et vidne på, at vi mødtes for at gennemføre en handel. Gør, som vi siger, så ser du os aldrig igen, og det er der heller ingen andre her, der gør."

Andrew fyrede op under en cigar og kneb øjnene sammen mod den stakkels junkie på den anden side af bordet, blæste røg i ansigtet på ham og fortsatte:

"Hvis vi ikke får, hvad vi er ude efter, kan det derimod godt være, at vi hænger politiskiltene på os, når vi går ud herfra, og at der bliver foretaget et par anholdelser i den nærmeste fremtid, som ikke just vil forøge din popularitet i nærmiljøet. Jeg ved ikke, om man her i byen bruger den metode, du nævnte før, med at skære nosserne af sladrehanke, *potheads* er jo som regel fredelige mennesker. Men de ved jo et og andet, og det skulle ikke overraske mig, hvis sheriffen pludselig en aften kom til at snuble over hele dit lager, sådan helt tilfældigt. *Potheads* er ikke så glade for konkurrence fra hårde stoffer, ved du nok, i hvert fald ikke fra junkier, som sladrer. Og strafferammen for at handle med store kvanta heroin har du vel sat dig ind i, ikke sandt?"

Mere blå cigarrøg i ansigtet på Kinski. Det er ikke hver dag, man får en mulighed for at blæse røg i trynen på et svin, tænkte Harry.

"Okay," sagde Andrew, da han ikke svarede. "Evans White. Du skal fortælle os, hvor han er, hvem han er, og hvordan vi får fat på ham. Nu!"

Kinski kiggede sig omkring. Det hulkindede, store hoved drejede rundt på den tynde hals og fik ham til at ligne en grib ved ådslet, der ængsteligt holdt øje med, om løverne skulle vende tilbage.

"Kun det?" spurgte han. "Ikke andet?"

"Ikke andet," sagde Andrew.

"Og hvordan kan jeg vide, at I ikke kommer tilbage efter mere?"

"Det kan du ikke."

Han nikkede, som om han allerede vidste, at det var det eneste svar, han ville få.

"Godt. Han er ikke nogen stor fisk endnu, men efter hvad jeg hører, er han på vej op. Han har arbejdet for madame Rosseau, græsdronningen heroppe, men nu er han ved at få gang i sin egen business. Græs, syre og muligvis noget morfin. Græsset er det samme, som alle sælger her, lokalproduceret. Men han har vistnok gode forbindelser i Sydney og leverer græs dernede i bytte for billig og god syre. Syre er sagen lige nu."

"Ikke E og junk?" spurgte Harry.

"Hvorfor skulle det være det?" spurgte Kinski surt.

"Nå ja, jeg kan kun tale om, hvordan det er der, hvor jeg kommer fra, men efter *house*-bølgen regner man med, at over halvdelen af alle unge over seksten i England har prøvet ecstasy. Og efter *Trainspotting* er junk blevet modehit nummer ..."

"*What? House? Trainspotting?*" Manden så uforstående på ham. Harry havde før bemærket, at samtidsfænomener har en tendens til at gå hen over hovedet på junkier.

"Hvor får vi fat på Evans?" spurgte Andrew.

"Han er en del i Sydney, men jeg så ham i byen for et par dage siden. Han har en unge med en dame fra Brisbane, som plejede at komme her. Jeg ved ikke, hvor hun er nu, men ungen har hun i hvert fald på den gård, hvor han bor, når han er i Nimbin."

Han forklarede kort, hvor gården lå.

"Hvilken type er White?" ville Andrew vide.

"Tja, hvad skal jeg sige?" Han kløede sig i det skæg, han ikke havde. "Et charmerende røvhul, er det ikke sådan, man siger?"

Andrew og Harry vidste ikke, om det var sådan, man sagde, men nikkede for at vise, at de forstod, hvad han mente.

"Han er helt straight at deale med, men jeg ville ikke være hans kæreste, hvis I forstår, hvad jeg mener."

Med en hovedrysten sagde de, at de ikke vidste, hvad han mente.

"Han er jo en flot fyr og ikke lige kendt for at nøjes med én chick ad gangen. Der er altid ballade med hans kvindfolk, de skriger og skråler, så det er vel ikke så mærkeligt, hvis nogen af dem dukker op med et blåt øje engang imellem."

"Hm. Kender du en blond, norsk pige, som hedder Inger Holter? Hun blev fundet dræbt ude ved Watson's Bay i Sydney i forrige uge."

"Jaså? Aldrig hørt om hende." Han var tydeligvis heller ikke nogen ivrig avislæser.

Andrew skoddede cigaren, og han og Harry rejste sig.

"Er det sikkert, at jeg kan stole på, at I holder kæft?" spurgte Kinski og så skeptisk på dem.

"Selvfølgelig," sagde Andrew og styrede hen mod døren.

Politistationen lå på hovedgaden, temmelig nøjagtigt hundrede meter fra museet, og lignede et almindeligt beboelseshus. Forskellen bestod i et lille skilt på plænen, som oplyste om, at det var stedets politistation. Indenfor sad sheriffen og hans assistent bag hvert sit store skrivebord i et stort lokale, som ellers var møbleret med både sofa, sofabord, tv, en imponerende samling potteplanter, samt en boghylde med en stor kaffemaskine. Småternede gardiner gav lokalet et næsten norsk hyttepræg.

"*Good day*," sagde Andrew.

Harry kunne huske, at Kåre Willoch havde gjort det samme til amerikanske tv-seere engang i 80'erne. Dagen efter beskyldte indignerede norske aviser statsministeren for at latterliggøre Norge i udlandet med sit Fleksnes-engelsk.

"*Good day*," svarede sheriffen og hans assistent, som ikke læste norske aviser.

"Jeg hedder Kensington, og det her er Holy. Jeg går ud fra, at Sydney har ringet og givet besked om, hvorfor vi er her?"

"Både ja og nej," svarede han, som tydeligvis var sheriffen, en blåøjet, vejrbidt mand i 40-års alderen med et jovialt udseende og et fast håndtryk. Han mindede Harry om faderen i Skippy eller Flipper, en af disse kakiklædte, trygge og moralsk efterrettelige australske hverdagshelte, som klarede hvad som helst.

"Sydney var lidt uklar. Vi forstod det sådan, at I var på udkig efter en fyr, men at I *ikke* ville have os til at hente ham ind?" Sheriffen rejste sig og trak op i bukserne. "Er I bange for, at vi skal dumme os? Tror I ikke, at vi kan vores arbejde heroppe?"

"*No offense, chief.* Vi ved, at I har nok at gøre med den her marihuana-kortlægning, så vi tænkte, at vi kunne opsøge den her fyr uden at besvære jer. Vi har fået en adresse, og vi vil egentlig bare stille vedkommende nogle spørgsmål."

Andrew stak underlæben frem for at vise, at det hele bare var en bagatel.

Sheriffen brummede misfornøjet. "Sydney og Canberra, det er ét fedt. De giver ordrer og sender folk, mens vi som sidder her, er de sidste, der får at vide, hvad der foregår. Og hvem er det, der får skylden, hvis noget går galt?"

"Amen," mumlede assistenten omme bag sit skrivebord.

Andrew nikkede. "Mon ikke. Vi har det sådan hver dag," sagde han. "Hvor man end vender sig hen, er der chefer, som aldrig har sat deres ben på gaden. Sådan er det bare blevet. Vi der arbejder i marken og ved, hvordan tingene fungerer, bliver styret af kontormus med en middelmådig juraeksamen og drømmen om at komme væk og fremad."

Harry skyndte sig at nikke bekræftende og sukkede dybt.

Sheriffen så undersøgende på dem, men Andrews ansigt var uudgrundeligt. Han lod tvivlen komme tiltalte til gode og bød dem på kaffe.

"Det er noget af en kaffemaskine, du holder dig der," sagde Harry og pegede på monsteret henne i hjørnet.

Det var et pletskud. "Den brygger en liter i minuttet," sagde sheriffen stolt og gav en kort indføring i de tekniske finesser.

Efter et par kopper kaffe var de nået frem til, at North Sydney Bears i rugbyligaen var en forbandet snobbeklub, og at ham der Samantha Rileys norske skøjteløber sikkert var en udmærket fyr.

"Har I set demonstrationsplakaterne her i byen?" spurgte assistenten. "De opfordrer folk til at komme ud på landingspladsen i morgen og vælte vores helikopter. De mener, det er grundlovsstridigt at fotografere privat ejendom. I går var der fem, der lænkede sig fast. Vi fik ikke piskeriset i luften før langt ud på eftermiddagen."

Sheriffen og assistenten morede sig. Det var tydeligt, at det ikke havde gjort dem alt for kede af det.

Efter nok en kop kaffe rejste Andrew og Harry sig og sagde, at det var på tide at få snakket lidt med denne Evans White, hvorefter de gav hånd og takkede for traktementet.

"For resten," sagde Andrew og standsede op henne ved døren. "Det er kommet mig for øre, at nogen sælger junk i Nimbin. Tynd, mørk fyr. Ligner en vampyr i sultestrejke."

Sheriffen kiggede op med et sæt.

"Junk?"

"Det må være Mondale, han mener," sagde assistenten.

"Mondale, din helvedes degenererede fårepuler!" råbte sheriffen.

Andrew hilste med en finger ved den hat, han ikke gik med.

"Tænkte, at I gerne ville vide det."

"Hvordan var middagen med vores svenske vidne?" spurgte Andrew på vej hen til Whites bopæl.

"God. Stærkt krydret, men god," svarede Harry uskyldigt.

"Hold nu op, Harry. Hvad snakkede I om?"

"Meget. Norge og Sverige."

"Javel. Hvem vandt?"

"Hun."

"Hvad har Sverige, som I ikke har i Norge?" spurgte Andrew.

"For at tage det vigtigste først: Et par gode filminstruktører. Bo Widerberg, Ingmar Bergman ..."

"Filminstruktører!" fnyste Andrew. "Det har vi også. Men Edvard Grieg derimod, er det kun jer, der har."

"Du milde," sagde Harry. "Jeg vidste ikke, du var en kender af klassisk musik. Også."

"Grieg var et geni. Tag for eksempel andensatsen i C-mol-symfonien, hvor ..."

"Sorry, Andrew," sagde Harry. "Jeg er vokset op med to-grebs-punk, og det nærmeste, jeg har været en symfoni, er Yes og King Crimson. Jeg lytter ikke til musik fra forrige århundrede, o.k.? Alt før 1980 er stenalder. Vi har et band, der hedder Dumdum Boys, som ..."

"C-mol-symfonien blev uropført i 1981," sagde Andrew. "Dumdum Boys? Det var ellers noget af et prætentiøst navn."

Harry gav op.

Evans White så på dem med halvt lukkede øjne. Håret hang i tjavser ned i hans ansigt. Han kløede sig i skridtet og ræbede demonstrativt. Han virkede ikke synderligt overrasket over at se dem. Ikke fordi han ventede dem, men sandsynligvis fordi han ikke fandt det specielt opsigtsvækkende, at folk opsøgte ham. Han sad trods alt på distriktets bedste syre, og Nimbin var et lille sted, hvor rygterne gik hurtigt. Harry regnede med, at en mand som White ikke handlede småt, og slet ikke fra egen gadedør, men det forhindrede næppe folk i at troppe op på gården for at prøve at handle lidt en gros engang imellem.

"I er gået forkert. Prøv inde i byen," sagde han og lukkede moskitonettet.

"Vi kommer fra politiet, hr. White." Andrew holdt sit skilt frem. "Vi vil gerne tale med Dem."

Evans vendte ryggen til dem.

"Ikke i dag. Jeg bryder mig ikke om strømere. Kom igen med en arrestordre, ransagningskendelse eller noget i den stil, så skal jeg se, hvad jeg kan gøre. Indtil da, godnat."

Hvorpå han også smækkede den inderste i.

Harry lænede sig mod karmen og råbte: "Evans White! Kan De høre mig? Vi spekulerer på, om det er Dem på det her billede, *Sir*? Og i bekræftende fald, om De kendte den blonde kvinde, som sidder ved siden af Dem. Hun hed Inger Holter, og hun er død nu!"

Der var stille et øjeblik. Så knirkede dørhængslerne. Evans kiggede ud.

Harry lagde billedet mod dørnettet.

"Hun så ikke godt ud, da Sydney-politiet fandt hende, hr. White."

Inde i køkkenet lå der aviser ud over hele køkkenbordet, vasken flød over med tallerkner og glas, og gulvet havde næppe set vand og sæbe i nogle måneder. Alligevel kunne Harry se, at stedet ikke bar præg af virkeligt forfald. Det lignede ikke hjemstedet for en nedslidt junkie. Der lå ikke ugegamle madrester og mugnede, det stank ikke af pis, og gardinerne var ikke trukket for. Desuden hvilede der en slags indre orden over lokalet, som gjorde, at Harry kunne se, at tingene stadig hang sammen for Evans White.

De slog sig ned på hver sin køkkenstol, og Evans hentede en øl fra køleskabet og satte den til munden. Ræbene gjaldede i køkkenet, efterfulgt af en fornøjet klukken fra Evans.

"Fortæl os om Deres forhold til Inger Holter, hr. White," sagde Harry og viftede ræbelugten væk.

"Inger var en sød, køn og ret dum pige, som havde en forestilling om, at vi kunne blive lykkelige sammen." Evans kiggede op i loftet. Så klukkede han fornøjet igen. "Det tror jeg faktisk opsummerer det ganske godt," sagde han.

"Har De nogen formening om, hvorledes det gik til, at hun blev dræbt, og hvem der kan have gjort det?"

"Ja, vi har jo også aviser her oppe i Nimbin, så jeg ved jo, at hun blev kvalt. Men af hvem? En kvæler, vil jeg tro." Han kastede hovedet bagover og grinede. En krøllet hårlok faldt ned i panden på ham, det glimtede i de hvide tænder i det solbrune ansigt, og smilerynkerne rundt om de brune øjne gik bagover mod ørerne, som var behængt med tunge sørøverringe.

Andrew rømmede sig.

"Hr. White, en kvinde, som De kendte godt, og som De havde et intimt forhold til, er lige blevet dræbt. Hvad De personligt måtte føle eller ikke føle i den anledning, er ikke vort anliggende, men som De sikkert forstår, er vi på udkig efter en drabsmand, og medmindre De prøver at hjælpe os her og nu, er vi nødt til at tage Dem med på politistationen i Sydney."

"Jeg er på vej til Sydney alligevel, så hvis det betyder, at I betaler flybilletten, så gerne for mig." Han slog et foragteligt kast med hovedet.

Harry vidste ikke, hvad han skulle tro. Var Evans White så barsk, som han prøvede at give indtryk af, eller led han blot af såkaldt 'mangelfuldt udviklede sjælekvaliteter' – et typisk, norsk begreb, tænkte Harry: Ingen andre steder i verden bliver retten sat til at vurdere *sjælens* kvaliteter.

"Som du vil, Mr. White," sagde Andrew. "Flybillet, gratis kost og logi, gratis advokat og gratis pr som mistænkt i sagen."

"*Big deal.* Jeg er ude igen i løbet af 48 timer."

"Hvorefter vi kan tilbyde gratis overvågning døgnet rundt, gratis vækketjeneste for at checke, at du er hjemme om natten, måske også et par gratis razziaer i ny og næ. Og hvem ved, hvad vi så finder?"

Evans drak resten af øllet og blev siddende og pillede i øletiketten.

"Hvad er det, herrerne vil vide?" sagde han mut. "Det eneste, jeg ved, er, at hun pludselig var væk en dag. Jeg skulle til Sydney, så jeg prøvede at ringe til hende, men hun var hverken på arbejde eller hjemme. Samme dag, som jeg kommer til byen, læser jeg i avisen, at hun er fundet dræbt. Jeg går rundt som en zombie i to dage. Jeg mener, d-r-æ-b-t? Hvor stor er egentlig den statistiske mulighed for at blive kvalt?"

"Ikke stor. Men De har altså et alibi for mordtidspunktet? Det er godt ..." sagde Andrew og skrev ned.

Evans udstødte en kvækkende lyd.

"Alibi? Hvad mener du? Jeg er da vel for fanden ikke mistænkt? Eller fortæller I mig, at strømerne har haft sagen i over en uge uden at finde et ordentligt spor?"

"Vi undersøger alle spor, hr. White. Kan De sige mig, hvor De var i de to dage, før De kom til Sydney?"

"Jeg var her på gården, selvfølgelig."

"Alene?"

"Ikke helt." Evans grinede og smed den tomme ølflaske. Den fløj gennem luften i en elegant bue, før den lydløst forsvandt ned i skraldebøtten foran køkkenbænken. Harry nikkede anerkendende.

"Tør jeg spørge, hvem der var sammen med Dem?"

"Ja, det gør du vist. Men heldigvis har jeg ikke noget at skjule. Det var en kvinde, som hedder Angeline Hutchinson. Hun bor her i byen."

Harry skrev ned.

"Elskerinde?" spurgte Andrew.

"Noget i den stil," svarede Evans.

"Hvad kan De fortælle os om Inger Holter? Hvem var hun?"

"Æh, vi kendte ikke hinanden særlig længe. Jeg traf hende i Sydney på den bar, hvor hun arbejdede, The Albury. Vi kom i snak, og hun fortalte, at hun sparede sammen til en tur op til Byron Bay. Det ligger ikke så langt herfra, så jeg gav hende mit telefonnummer i Nimbin. Nogle dage senere ringede hun og spurgte, om hun kunne overnatte én nat på gården. Hun blev her i over en uge. Derefter mødtes vi i Sydney, når jeg var der. Det var vel en to-tre gange. Som du kan forstå, nåede vi ikke ligefrem at blive et gammelt ægtepar. Og desuden begyndte hun allerede at blive lidt påtrængende."

"Påtrængende?"

"Ja, hun var blevet glad for min dreng, Tom-Tom, og fabulerede om familie og hus på landet. Det passede ikke mig for godt, men jeg lod hende køre videre."

"Køre videre med hvad?"

Evans vred sig.

"Hun var den type, som er hård i filten, når man møder hende, men som bliver blød som smør, hvis man klør hende lidt under hagen og siger, at man er lidt glad for hende. Så ved hun ikke, hvor godt hun skal gøre det for en."

"Så hun var en omsorgsfuld pige?" spurgte Harry.

Evans kunne tydeligvis ikke lide den drejning, samtalen havde taget.

"Det var hun måske nok. Jeg kendte hende som sagt ikke så godt. Hun havde jo ikke set sin familie i Norge et stykke tid, så det er muligt, at hun bare var underernæret med hensyn til ... mennesker, nogen som var der, forstår du det? Hvad fanden ved jeg. Hun var som sagt en dum, romantisk pige, men der var ikke noget ondt i hende ..."

Evans stemme hakkede lidt i det. Der blev stille i køkkenet. Enten var han en god skuespiller, ellers også havde han alligevel menneskelige følelser, tænkte Harry.

"Hvis De ikke så nogen fremtid i forholdet, hvorfor forlod De hende så ikke?"

"Jeg var under alle omstændigheder på vej ud. Jeg stod ligesom i døren og sagde 'ha' det godt'. Men jeg nåede det jo ikke, før hun var væk. *Just like that.*" Han knipsede med fingrene.

Jo, han var sandelig blevet tyk i mælet, tænkte Harry.

Evans så ned på sine hænder:

"Lidt af en måde at smutte på, hva'?"

5

En mor, en ganske stor edderkop og Bubbur

De kørte op ad stejle bjergveje. Et skilt viste vejen til Crystal Castle.

"Spørgsmålet er – taler Evans White sandt?" spurgte Harry.

Andrew svingede uden om en modkørende traktor.

"Lad mig dele en smule erfaring med dig, Harry. I over tyve år har jeg snakket med folk, som har haft forskellige grunde til at lyve eller tale sandt. Skyldige og uskyldige, mordere og lommetyve, nervebundter og kolde fisk, blåøjede babyansigter, arrede skurkeansigter, sociopater, psykopater, filantroper ..."

Andrew ledte efter flere eksempler.

"*Point taken*, Andrew."

" – indianere og hvide. Alle har de siddet og fortalt deres historie med ét mål for øje: At blive troet. Og ved du, hvad jeg har lært?"

"At det er umuligt at afgøre, hvem der lyver og ikke lyver?"

"Netop, Harry!" Andrew blev ivrig. "I den traditionelle kriminallitteratur har enhver detektiv med respekt for sig selv en usvigelig næse for, hvornår folk lyver. *Bullshit!* Den menneskelige natur er en stor og uoverskuelig skov, som det ikke gives nogen at kende hele vejen igennem. Selv ikke en mor kender sit barns dybeste hemmeligheder."

De svingede ind på en parkeringsplads foran en stor, grøn have med en smal grusvej, som snoede sig imellem springvand, blomsterbede og eksotiske træsorter. Bag haven tronede et stort hus, som åbenbart var *The Crystal Castle*, som de havde fået udpeget på et kort af sheriffen i Nimbin. Krystalslottet.

En klokke over døren meldte deres ankomst. Det var tydeligvis et populært sted, for butikken var fuld af mennesker. En energisk kvinde kom dem i møde med et strålende smil og bød dem velkommen med en entusiasme, som om de var de første mennesker, hun havde set i flere måneder.

"Er det første gang, I er her?" spurgte hun. Som om hendes krystalbutik var en vanedannende sag, som folk jævnligt valfartede til, når de først var blevet afhængige. Og det kunne jo for så vidt også godt være tilfældet.

"Jeg misunder jer," sagde hun, da de bekræftede, at det var første gang. "I er i færd med at opleve The Crystal Castle for første gang!"

Kvinden nærmest hvinede af fryd.

"Gå ind ad den dør der. Til højre ligger vores udmærkede vegetarcafé med de vidunderligste retter. Når I har været der, går I til venstre, ind i krystal- og mineralrummet. *That's where the real action is! Now go, go!*"

Hun vinkede dem af sted. Efter sådan en præsentation var det unægtelig en nedtur at opdage, at caféen bare var en helt almindelig café, som solgte kaffe, te, salater med yoghurt og smørrebrød. I det såkaldte krystal- og mineralrum var der en udstilling af glitrende krystalsten, buddhafigurer med korslagte ben, blå og grønne kvartsforekomster og natursten i et intrikat lysarrangement. Rummet var fyldt med en svag duft af røgelse, søvndyssende panfløjtemusik og lyden af rindende vand. Harry syntes, at forretningen var ganske pæn, men det hele var en smule *camp* og næppe egnet til at tage pusten fra nogen. Det, der eventuelt kunne give åndenød, var priserne.

"Hæ, hæ," lo Andrew, da han så et par af prisskiltene. "Damen er genial."

Han pegede på de gennemgående midaldrende og tilsyneladende velsituerede kunder i butikkerne: "Flower power-generationen er blevet voksen. De har voksne job, voksne indtægter, men deres hjerter ligger stadigvæk på et eller andet astralplan."

De gik tilbage til disken. Den energiske smilede stadig lige strålende. Hun trykkede Harry i hånden og pressede en blågrøn sten mod hans håndflade.

"Du er stenbuk, ikke sandt? Læg den her sten under din pude. Den fjerner al negativ energi i lokalet. Den koster egentlig 65 dollars, men jeg synes virkelig, at du skal have den, så vi siger 50 dollars."

Hun vendte sig om mod Andrew.

"Og du må være løve?"

"Øh, nej, frue, jeg er politibetjent." Han viste hende diskret sit skilt.

Hun blegnede og så forskrækket på ham.

"Det var dog forfærdeligt. Jeg håber ikke, at jeg har gjort noget galt."

"Ikke mig bekendt, *Ma'am*. Jeg går ud fra, at De er Margaret Dawson, tidligere White? I så fald kan vi måske få lov at veksle et ord med Dem i enrum?"

Margaret Dawson fattede sig hurtigt og kaldte på en af pigerne, som overtog kassen. Så gelejdede hun Harry og Andrew ned i haven, hvor de satte sig omkring et hvidt træbord. Mellem to træer var der udspændt et net, som Harry først troede, var et fiskegarn, men som ved nærmere eftersyn viste sig at være et kæmpestort edderkoppespind.

"Det ser ud, som om vi får regn," sagde hun og gned hænderne mod hinanden.

Andrew rømmede sig.

Hun bed sig i underlæben.

"Undskyld, hr. betjent, men jeg bliver bare så nervøs af det her."

"Det er i orden, frue. Det er noget af et spind, De har der."

"Åh, det. Det er Billys spind, vores museedderkop. Han ligger vel og sover et sted."

Harry trak uvilkårligt benene til sig.

"Museedderkop? Vil det sige, at den spiser ... mus?" spurgte Harry.

Andrew smilede.

"Harry er fra Norge. Der er de ikke vant til store edderkopper."

"Nå. Så kan jeg trøste dig med, at det ikke er de store, der er farlige," sagde Margaret Dawson. "Derimod har vi en lille bitte dødelig krabat, som hedder 'redback'. Men den trives faktisk bedre i byerne, hvor den så at sige kan gemme sig i mængden. I mørke kældre og fugtige kroge."

"Det lyder, som nogen jeg kender," sagde Andrew. "Men tilbage til sagen, frue. Det drejer sig om Deres søn."

Nu blev fru Dawson rigtig bleg.

"Evans?"

Andrew kiggede på Harry.

"Så vidt vi ved, har han ikke haft problemer med politiet før, fru Dawson," sagde Harry.

"Nej. Nej, det har han vist ikke. Gud ske lov."

"Vi kørte egentlig herind, fordi vi så, at Deres sted lå på vores rute tilbage til Brisbane. Vi tænkte på, om De mon kendte noget til Inger Holter?"

Hun smagte på navnet. Så rystede hun på hovedet.

"Evans kendte ikke så mange piger. Dem han kendte, tog han med hertil, så de kunne hilse på mig. Efter at han fik barn med ... med dette forfærdelige pigebarn, som jeg ikke ved, om jeg vil huske navnet på, så forbød ... så sagde jeg, at jeg syntes, han skulle vente lidt. Til han traf den rette."

"Hvorfor skulle han vente?" spurgte Harry.

"Fordi jeg sagde det."

"Hvorfor sagde De det, frue?"

"Fordi ... fordi det ikke er så godt," – hun kastede et blik mod butikken for at signalere, at hendes tid var kostbar – "og fordi Evans er en følsom dreng, som let bliver såret. Der har været meget negativ energi i hans liv, og han trænger til en kvinde, han kan stole fuldt og fast på. Ikke disse ... ludere, som bare gør ham forvirret i hovedet."

Der havde lagt sig et gråt skydække over hendes iriser.

"Ser De ofte Deres søn?" spurgte Andrew.

"Evans kommer, så tit han kan. Han har brug for den fred, der er her. Han arbejder så hårdt, den stakkel. Har De smagt nogen af de urter, han sælger? Af og til tager han nogen med hertil, som jeg bruger i teen i caféen."

Andrew rømmede sig igen. Ud af øjenkrogen kunne Harry se en bevægelse inde mellem træerne.

"Vi må se at komme af sted, frue. Bare et sidste spørgsmål."

"Ja?"

Andrew havde vist fået noget i halsen – han hostede og rømmede sig. Edderkoppespindet var begyndt at gynge.

"Har De altid haft så blondt hår, fru Dawson?"

Det var sent om aftenen, da de landede i Sydney igen. Harry var dødtræt og længtes bare efter sin hotelseng.

"En drink?" foreslog Andrew.

"Nej, tak," sagde Harry.

"På The Albury?"

"Det er jo næsten arbejde," sagde Harry.

"Netop."

Birgitta smilede, da de kom. Hun ekspederede en gæst færdig og kom hen til dem. Hendes blik var fæstnet på Harry.

"Hej," sagde hun.

Harry kunne mærke, at han bare havde lyst til at kravle op på skødet af hende og sove.

"To dobbelt gin med tonic, i lovens navn," sagde Andrew.

"Giv mig hellere en grapefruit-juice," sagde Harry.

Hun serverede drikkevarerne og lænede sig hen over disken.

"Tack så mycket för i går," hviskede hun til Harry. I barspejlet bag hende så han sig selv sidde med et idiotisk smil på læberne.

"Hallo, ikke noget skandinavisk turteldueri her, tak. Så længe det er mig, der betaler for drikkevarerne, taler vi engelsk." Andrew så bistert på de to.

"Og nu skal jeg fortælle jer unge mennesker noget. Kærligheden er et større mysterium end døden."

Han gjorde en kunstpause.

"Onkel Andrew skal fortælle jer en ældgammel australsk legende, nemlig historien om kæmpeslangen Bubbur og Walla."

De rykkede nærmere, og Andrew smaskede fornøjet, mens han fyrede op under en cigar.

"Der var engang en ung kriger, som hed Walla, som var meget forelsket i en ung, smuk kvinde, der hed Moora. Og hun i ham. Walla havde gennemført stammens indvielsesceremoni, han var en mand og kunne dermed gifte sig med hvem, han ville af stammens kvinder, såfremt hun ikke var gift allerede og i øvrigt ville have ham. Og det ville Moora. Walla kunne næsten ikke få sig til at forlade sin kære, men traditionen bød, at han skulle drage af sted på en jagtekspedition, hvor udbyttet fra jagten skulle gives som gaver til brudens forældre, før brylluppet kunne stå. En smuk morgen med dug på bladene drog Walla af sted. Moora gav ham en hvid kakaduefjer, som han satte i håret.

Mens Walla var borte, gik Moora ud for at samle honning til festen. Det var imidlertid ikke så let at finde, og hun måtte gå længere væk fra lejren, end hun plejede. Hun kom til en dal med store sten. Der hvilede en underlig stilhed over dalen, ikke en fugl, ikke et insekt var at høre. Hun skulle til at gå, da hun fik øje på en rede med nogle store, hvide æg, de største æg hun nogensinde havde set. 'Dem må jeg have med til festen,' tænkte hun og rakte en hånd ud efter æggene.

I det samme hørte hun noget stort glide hen over stenene, og før hun nåede at slippe væk eller åbne munden, havde en enorm brun og gul slange viklet sig om livet på hende. Hun kæmpede, men kunne ikke komme fri, og slangen begyndte at klemme til. Moora kiggede op i den blå himmel over dalen og prøvede at råbe Wallas navn, men hun havde ikke luft i lungerne til at frembringe den mindste lyd. Slangens greb blev kraftigere og kraftigere, og til sidst var alt liv klemt ud af Moora, og alle knoglerne i hendes krop var knust. Så gled slangen tilbage til de skygger, hvor den kom fra – hvor den var umulig at få øje på, fordi farverne gik ud i ét med lysets spil blandt dalens træer og sten.

Der gik to dage, før de fandt hendes knuste krop blandt stenene i dalen. Hendes forældre var utrøstelige, og moderen græd og spurgte faderen, hvad de skulle sige til Walla, når han kom hjem."

Andrew så på Harry og Birgitta med skinnende øjne.

"Lejrbålet var ved at brænde ned, da Walla kom tilbage fra jagten tidligt næste morgen. Selv om det havde været en udmattende færd, var hans skridt lette, og øjnene strålede og var glade. Han gik hen til Mooras forældre, som sad tavse ved bålet. "Her er mine gaver til jer," sagde han. Og jagtudbyttet havde været godt. Han havde medbragt en kænguru, en wombat og lårene af en emu.

'Du er kommet i tide til begravelsen, Walla, du, som skulle have været vores søn,' sagde Mooras far. Walla så ud, som om han var blevet slået, og han klarede næsten ikke at skjule sin sorg og smerte, men som den hårdføre kriger, han var, holdt han tårerne tilbage og spurgte koldt: 'Hvorfor har I ikke begravet hende allerede?' 'Fordi vi først fandt hende i dag,' sagde faderen. 'Så vil jeg følge hende og gøre krav på hendes ånd. Vores *wirinun* kan læge hendes knuste knogler, og så kan jeg genindsætte ånden og puste liv i hende igen.' 'Det er for sent,' sagde faderen. 'Hendes ånd er allerede draget dertil, hvor alle døde kvinders ånd befinder sig. Men den, der dræbte hende, lever endnu. Kender du din pligt, søn?'

Walla forlod dem uden at sige et ord. Han boede i en hule sammen med de andre ugifte mænd fra stammen. Heller ikke til dem sagde han noget. Der gik flere måneder, hvor Walla ikke deltog i sangen og dansen, men bare sad for sig selv. Nogle mente, at han havde gjort sit hjerte hårdt og prøvede at glemme Moora. Andre mente, at han planlagde at følge efter Moora til kvindernes dødsrige. 'Det klarer han aldrig,' sagde de. 'Der findes et sted for kvinder og et sted for mænd.'

En kvinde kom hen til bålet og satte sig. 'I tager fejl,' sagde hun. ' Han er bare fordybet i tanker om, hvordan han skal bære sig ad med at hævne sin kvinde. Tror I måske, at man bare tager et spyd og slår Bubbur, den store brune og gule slange, ihjel? I har aldrig set den, men jeg så den engang, da jeg var ung, og den dag fik jeg mine grå hår. Det var det frygteligste syn, som kan tænkes. Tro mig mine ord, Bubbur kan kun besejres på én måde, og det er med mod og list. Og det tror jeg denne unge kriger har.'

Næste dag kom Walla hen til bålet. Hans øjne skinnede, og han virkede næsten opstemt, da han spurgte, hvem der ville med ud at samle gummi. 'Vi har gummi,' sagde de, overraskede over Wallas gode humør. 'Du kan få noget af os.' 'Jeg vil have frisk gummi,' sagde han. Han lo over deres forskrækkede ansigter og sagde: 'Kom med, så skal jeg vise jer, hvad jeg skal bruge gummiet til.' Nysgerrigt gik de med ham, og efter at de havde indsamlet gummiet, førte han dem hen til dalen med de store sten. Der byggede han en platform oppe i det højeste træ og bad de andre om at trække sig tilbage til dalens indgang. Han tog sin bedste ven med op i træet, og derfra råbte de Bubburs navn, mens ekkoet rullede gennem dalen, og solen steg på himlen.

Pludselig var den der – et enormt brunt og gult hoved, som svingede frem og tilbage, mens det ledte efter det sted, hvor lyden kom fra. Rundt om den vrimlede det med mindre gule og brune slanger, tydeligvis udklækket af de æg, som Moora havde set. Walla og hans ven trykkede gummiet sammen til store kugler. Da Bubbur fik øje på dem oppe i træet, åbnede han gabet, spillede med tungen og strakte sig op efter dem. Solen var nu på sit højeste, og det glitrede i Bubburs hvide og røde gab. I samme øjeblik den gik til angreb, sendte Walla den største gummikugle lige ned i slangens åbne gab, og den bed instinktivt sammen, så tænderne sank dybt ind i gummiet.

Bubbur rullede rundt på jorden, men kunne ikke komme af med gummiet, som sad fast i dens mund. Det lykkedes for Walla og hans ven at gøre det samme kunststykke med alle de mindre slanger, og snart var de alle sammen uskadeliggjort med forseglede gab. Så kaldte Walla på de andre mænd, og de viste ingen nåde, men dræbte alle slangerne. Bubbur havde trods alt dræbt stammens smukkeste kvinde, og Bubburs afkom ville en dag kunne vokse op og blive så store som deres mor. Siden den dag har den frygtede brune og gule Bubbur-slange været sjælden i Australien. Men menneskenes frygt har gjort den længere og tykkere for hvert år, der er gået."

Andrew drak det sidste af sin gin og tonic.

"Og moralen er?" spurgte Birgitta.

"At kærligheden er et større mysterium end døden. Og at man skal tage sig i agt for slanger."

Andrew betalte for drinken, gav Harry et opmuntrende klap på skulderen og gik.

MOORA

6

En slåbrok, statistisk signifikans og en akvariefisk

Han slog øjnene op. Det susede og brummede fra en vågnende storby uden for vinduet, hvor et gardin vinkede dovent til ham. Han blev liggende og så på en absurditet, som hang på væggen i den anden ende af det store værelse – et billede af det svenske kongepar. Dronningen med sit rolige, trygge smil og kongen, som så ud, som om nogen holdt en kniv mod hans ryg. Harry fornemmede, hvordan han havde det. Han var selv blevet overtalt til at spille prinsen i "Prinsesse Vil-ikke" i tredje klasse i folkeskolen.

Fra et eller andet sted hørtes lyden af rindende vand, og Harry lagde sig over på den anden side af sengen for at lugte til hendes pude. En brandmands-tråd – eller var det et langt, rødt hår? – lå på lagenet. Han kom til at tænke på en indledning på sportssiderne i Dagbladet: "Erland Johnsen, Moss Fodboldklub – kendt for sit røde hår og de lange afleveringer."

Han følte efter, hvordan han havde det. Han følte sig let. Let som en fjer, faktisk. Så let, at han var bange for, at de blafrende gardiner skulle løfte ham ud af sengen og føre ham ud gennem vinduet, sådan at han, svævende over Sydney i morgenmyldretiden, ville opdage, at han ikke havde noget tøj på. Han kom frem til, at letheden måtte skyldes, at han i nattens løb havde tømt sig så eftertrykkeligt for diverse kropsvæsker, at han måtte være gået flere kilo ned i vægt.

"Harry Hole, Oslo politikammer – kendt for sine mærkelige idéer og tomme afleveringer," mumlede han.

"Förlåt?"

Birgitta stod i værelset i en usædvanlig grim morgenkåbe og med et hvidt håndklæde som en omfangsrig turban omkring hovedet.

"Åh, godmorgen, du skønne, du frie. Jeg kiggede bare på billedet af kong Vil-ikke på væggen derovre. Tror du, at han hellere ville have været bonde og gravet i jorden? Han ser sådan ud."

Hun kiggede på billedet.

"Det er ikke alle givet at havne på den rigtige hylde her i livet. Hvordan er det for eksempel med dig, *snutjävel?*"

Hun dumpede ned på sengen ved siden af ham.

"Et tungt spørgsmål så tidligt om morgenen. Før jeg svarer, forlanger jeg, at du tager den morgenkåbe af. Ikke for at være negativ, men med et slag på tasken vil jeg tro, at den las kommer ind på min 'det-grimmeste-jeg-har-set'-topti-liste."

Birgitta lo.

"Jeg kalder den *erotik-dödaren.* Den har sin funktion, når fremmede, braldrende mænd bliver for påtrængende."

"Har du undersøgt, om den farve har noget navn? Måske sidder du på en hidtil ukendt nuance, et slags uopdaget, hvidt felt på farvekortet, et sted mellem grønt og brunt?"

"Du skal ikke prøve at snakke dig uden om mit spørgsmål, *norrbagga*!" Hun slog ham i hovedet med en pude, men efter en kort brydekamp endte hun underst. Harry holdt hendes hænder fast, mens han med munden forsøgte at få fat i morgenkåbens bælte. Birgitta skreg op, da hun opdagede hans hensigt, og fik et knæ fri, som hun resolut satte op under hagen på ham. Harry stønnede og væltede om på siden. Hun var lynhurtig og satte sig med knæene på hans arme.

"Svar!"

"Okay, okay, jeg gi'r mig. Ja, jeg er havnet på livets rette hylde. Jeg er den bedste *snutjävel,* du kan forestille dig. Ja, jeg vil hellere fange skurke end grave i jorden – eller gå til gallamiddage og stå på en balkon og vinke til masserne. Og ja, jeg ved, det er perverst."

Birgitta kyssede ham på munden.

"Du kunne godt have børstet tænder," sagde Harry med sammenkneben mund.

Da hun spontant lagde hovedet bagover og lo, benyttede Harry lejligheden. Han løftede hurtigt hovedet, bed fast i bæltet og trak til. Morgenkåben gled til side, og han løftede knæene og vippede hende ned over sig. Hendes hud var varm og dampende fugtig efter brusebadet.

"Politi!" skreg hun og slog benene om ham. Harry kunne mærke pulsen banke i hele sin krop.
"Voldtægt," hviskede hun og bed ham i øret.

Bagefter lå de og kiggede op i loftet sammen.
"Jeg ville ønske," begyndte Birgitta.
"Ja?"
"Nej, ingenting."
De stod op og klædte sig på. Harry så på sit ur og opdagede, at han ville komme alt for sent til morgenmødet. Han blev stående i gadedøren og holdt om hende.
"Jeg tror jeg ved, hvad du ville ønske," sagde Harry. "Du ville ønske, at jeg fortalte dig noget om mig selv."
Birgitta lagde hovedet ind mod hans hals. "Jeg ved, du ikke bryder dig om det," sagde hun. "Jeg har på fornemmelsen, at jeg har måttet tvinge alt det ud af dig, som jeg ved. At din mor var en sød og klog kvinde, halvt samer, at hun døde for seks år siden. At din far er lektor og ikke bryder sig om dit arbejde, men ikke siger det. Og at det menneske, du elsker over alt på jorden, din søster, er mongol, lider af Downs syndrom. Jeg kan godt lide at vide sådan noget om dig. Men du skal fortælle det, fordi du har lyst."
Harry strøg hende over nakken.
"Vil du vide noget vigtigt? En hemmelighed?"
Hun nikkede.
"Men det knytter folk sammen at dele hemmeligheder," hviskede Harry ind i hendes hår. "Og det er ikke altid det, man ønsker."
De blev stående i gangen uden at sige noget. Harry trak vejret dybt.
"Jeg har hele mit liv været omgivet af mennesker, som er glade for mig. Jeg har fået alt det, som jeg har bedt om. Jeg har kort sagt ingen forklaring på, hvorfor jeg blev det, jeg blev."
Et vindpust fra vinduet strøg Harry over håret, så mildt og let, at han måtte lukke øjnene.
"Jeg blev alkoholiker."

Han sagde det hårdt og lidt højt. Birgitta lænede sig mod ham uden at røre sig.

"Der skal temmelig meget til, for at en norsk tjenestemand kan fyres. Uduelighed alene er ikke nok, dovenskab er et ikke-eksisterende begreb, og man kan skælde sin chef så meget ud, som man har lyst, no problem. Sandt at sige kan man gøre omtrent hvad som helst, loven beskytter en mod det meste. Undtagen drikkeri. Hvis man møder beruset på arbejde mere end to gange inden for politiet, er det grundlag for øjeblikkelig fyring. En overgang var det nemmere at tælle de dage, hvor jeg mødte op ædru."

Han løsnede sit favntag og holdt hende ud foran sig. Han ville se, hvordan hun reagerede. Så trak han hende ind til sig igen.

"Men alligevel fungerede tingene nogenlunde, og de, der havde en fornemmelse af noget, så gennem fingre med det. Nogen burde måske have sagt fra, men loyaliteten og sammenholdet er stærkt inden for politiet. En aften kørte jeg og en kollega hen til en terrasselejlighed i Holmenkollåsen for at stille et par spørgsmål til en fyr angående et narkomord. Han var ikke engang mistænkt i sagen, men da vi stod udenfor og ringede på og så ham komme kørende i fuld fart ud fra garageanlægget, sprang vi ind i bilen og optog forfølgelsen. Vi satte blåt blink på taget og lå på 110 hen ad Sørkedalsveien. Det gik lidt fra højre til venstre på kørebanen, vi skubbede lidt til et par fortovskanter, og min kollega spurgte, om han ikke skulle overtage rattet. Jeg var så optaget af, at manden ikke skulle slippe fra os, at jeg bare viftede spørgsmålet til side."

Det, der skete bagefter, var blevet ham fortalt. Ved Vinderen var en bil svinget ud fra benzinstationen. I bilen sad en ung knægt, som lige havde fået kørekort og havde været på tankstationen for at hente cigaretter til sin far. De to betjente tog hans bil med gennem rækværket foran banelegemet, ramte læskuret ved stoppestedet, hvor der havde stået fem-seks mennesker bare to minutter tidligere og blev standset af perronen på den anden side af skinnerne. Harrys kollega forsvandt ud gennem frontruden og blev fundet tyve meter længere henne ad skinnerne. Han havde ramt en stolpe i rækværket med hovedet først.

Kraften var så stor, at stolpen blev bøjet foroven. De måtte tage fingeraftryk af ham for at være helt sikre på hans identitet. Drengen i den anden bil var blevet lam fra halsen og nedefter.

"Jeg har besøgt ham et sted, der hedder Sunnås," sagde Harry. "Han drømmer stadig om at komme til at køre bil engang. Mig fandt de inde i bilen med en revne i kraniet og svære, indre blødninger. Jeg lå i respirator i flere uger."

Moderen var der hver dag sammen med søsteren. De sad på hver sin side af sengen og holdt ham i hånden. Faderen kom om aftenen, uden for besøgstid. Fordi den kraftige hjernerystelse havde givet ham synsforstyrrelser, fik han hverken lov til at læse eller se tv. Så faderen læste højt for ham. Han sad helt henne ved sengen og hviskede ham i øret for ikke at trætte ham for meget, mens han læste Sigurd Hoel og Kjartan Fløgstad, faderens yndlingsforfattere.

"Jeg havde dræbt en mand og ødelagt en anden for resten af livet, og alligevel lå jeg i en kuvøse af kærlighed og omsorg. Og det første jeg gjorde, efter at jeg var kommet på fællesstue, var at bestikke ham i nabosengen til at købe en halv flaske gin til mig."

Harry tav. Birgittas åndedræt var jævnt og roligt.

"Er du chokeret?" spurgte han.

"Jeg vidste, du var alkoholiker, den første gang jeg så dig," svarede Birgitta. "Min far er alkoholiker."

Harry vidste ikke, hvad han skulle sige.

"Fortæl videre," sagde hun.

"Resten er ... resten berører politietaten i Norge. Det er måske bedst, at du ikke ved noget om det."

"Vi er langt væk fra Norge," sagde hun.

Harry gav hende et hurtigt klem.

"Du har hørt nok for i dag," sagde han. "Fortsættelse følger i næste nummer. Jeg må se at komme af sted. Er det i orden, hvis jeg kommer hen på The Albury i aften og igen forhindrer dig i at passe dit arbejde?"

Birgitta smilede lidt trist – og Harry indså, at han var i færd med at blive involveret i mere, end han burde.

"Du kommer for sent," fastslog Wadkins, da Harry ankom til kontoret. Han lagde et sæt kopier på bordet foran ham.

"Jet-lag. Noget nyt?" spurgte Harry.

"Du får lidt læsestof her. Yong Sue har gravet nogle gamle voldtægtssager frem. Han og Kensington sidder og kigger på det lige nu."

Harry fandt ud af, at han først trængte til en ordentlig kop kaffe og gik op i kantinen. Der sad også en oplagt McCormack. De satte sig ved et kantinebord med hver sin *White Flat.*

"De har ringet fra justitsministeriet, som har haft den norske justitsminister i telefonen. Jeg har lige snakket med Wadkins og fået forståelsen af, at I har en fyr i kikkerten?"

"Evans White. Ja, han påstår, at han har et alibi for dagene omkring mordet. Vi har fået politiet i Nimbin til at indkalde den kvinde, han siger, han var sammen med, for at checke historien. White har fået besked på ikke at rejse nogen steder uden at sige til."

McCormack gryntede.

"Du har selv siddet ansigt til ansigt med fyren, Holy. Er det ham?"

Harry så ned i kaffen. De hvide mælkestriber hvirvlede rundt i spiraler som en stjernetåge.

"Må jeg bruge en analogi, *Sir?* Vidste du, at Mælkevejen er en spiraltåge med over hundrede tusinde millioner stjerner? Og vidste du, at hvis man rejste på tværs af en af spiralarmene med lysets hastighed i ét tusind år, så var man kun nået halvvejs? For ikke at snakke om på langs eller over hele Mælkevejen ..."

"Du bliver lige lovlig filosofisk for mig så tidligt på morgenen, Holy. Hvad er det, du prøver at sige?"

"At menneskets natur er en stor, mørk skov, som det ikke er nogen givet at blive bekendt med i løbet af et kort menneskeliv. At jeg ikke aner det, *Sir.*"

McCormack kiggede på Harry. Han så bekymret ud.

"Du begynder at lyde som Kensington, Holy. Måske var det forkert af mig at sætte jer to sammen. Der er for mange underlige ting i hjernen på den fyr."

Yong lagde en transparent på overheaden.

"Der bliver anmeldt over fem tusinde voldtægtssager om året her i landet. Det siger sig selv, at det er håbløst at begynde at lede efter noget mønster i så stort et udvalg uden at bruge statistik. Kold og koncis statistik. Stikord nummer ét er statistisk signifikans. Vi leder med andre ord efter en systematik, som ikke kan forklares med statistiske tilfældigheder. Stikord nummer to er demografi.

Jeg ledte først efter anmeldelser i forbindelse med uopklarede mord og voldtægter de sidste fem år, som indeholdt ordene "kvælertag" eller "kvælning". Jeg nåede frem til tolv mord og nogle hundrede voldtægter. Derefter reducerede jeg udvalget ved at lægge den ekstra faktor ind, at ofrene skulle være blonde piger mellem 16 og 35 år og bosat på østkysten. Offentlige statistikker og data på hårfarve fra vores eget paskontor viser, at denne gruppe udgør mindre end fem procent af den kvindelige befolkning. Alligevel sad jeg tilbage med syv mord og over fyrre voldtægter."

Yong lagde en ny transparent på med procenttal og søjlediagrammer. Han lod de andre læse uden at kommentere tallene. Der fulgte en lang pause. Wadkins var den første, der sagde noget:

"Vil det sige ..."

"Nej," sagde Yong. "Det vil ikke sige, at vi ved noget, som vi ikke vidste før. Tallene er for upræcise."

"Men vi kan *formode*," sagde Andrew. "Vi kan for eksempel formode, at der er en person derude, som voldtager blonde piger helt systematisk og dræber dem noget mindre systematisk. Og som kan lide at lægge hænderne om en kvindehals."

Pludselig skulle alle tale på én gang, og Wadkins måtte bede forsamlingen holde kæft. Harry fik ordet først:

"Hvorfor er den sammenhæng ikke blevet opdaget noget før? Vi taler jo om syv mord og mellem fyrre og halvtreds voldtægter, hvor der kan være en sammenhæng."

Yong Sue trak på skuldrene.

"Voldtægt er desværre en dagligdags foreteelse, også i Australien, og den får måske ikke altid den prioritering, man gerne vil tro."

Harry nikkede. Han følte ingen trang til at slå sig for brystet på sit eget lands vegne.

"Desuden voldtager de fleste voldtægtsforbrydere i den by eller det sted, hvor de bor, og de flygter ikke bagefter. Derfor er der ikke noget systematisk samarbejde mellem de forskellige stater i almindelige voldtægtssager. Problemet i lige præcis de sager, der indgår i min statistik, er den geografiske spredning."

Yong pegede på listen over stednavne og datoer.

"Én dag i Melbourne, en måned senere i Cairnes, og ugen efter i Newcastle. Voldtægter i tre forskellige delstater på under to måneder. Nogle gange med hætte, nogle gange med maske, mindst én gang med nylonstrømpe, og nogle gange har ofrene overhovedet ikke set voldtægtsmanden. Gerningsstederne er alt fra mørke gyder til parker. De er blevet trukket ind i biler, eller han er brudt ind hos dem om natten. Kort sagt, der findes ikke noget mønster her, bortset fra, at ofrene er blonde, at de er blevet kvalt, og at ingen har kunnet give politiet et signalement af manden. Jo, for resten, der er én ting til. Når han myrder, er han meget renlig, desværre. Han vasker sandsynligvis ofrene, fjerner alle spor efter sig selv som fingeraftryk, sæd, tøjfibre, hår og hud under offerets negle og så videre. Men ud over det er der ingen af de ting, vi som regel forbinder med en seriemorder. Der er ingen spor efter groteske, rituelle handlinger eller visitkort til politiet, som siger "her var jeg". Efter de tre voldtægter på to måneder er der stille et helt år. Hvis han da ikke også står bag nogle af de andre voldtægter, som er anmeldt det år. Men det aner vi altså ikke."

"Hvad med mordene?" spurgte Harry. "Burde de ikke have fået nogle klokker til at ringe?"

Yong rystede på hovedet.

"Geografisk spredning. Når politiet i Brisbane finder et lig, som er voldtaget, så er Sydney ikke det første sted, de leder. Desuden er mordene så tilpas spredt i tid, at det har været vanskeligt for nogen at se en klar sammenhæng. Kvælning er trods alt ikke en usædvanlig drabsmetode i voldtægtssager."

"Findes der ikke et føderalt politi i Australien?" spurgte Harry.

Der blev trukket på smilebåndene rundt om bordet. Harry lod det ligge og skiftede emne.

"Hvis det er en seriemorder ..." begyndte Harry.

"... så har han ofte et mønster, et tema," fortsatte Andrew. "Men det har denne her ikke, vel?"

Yong nikkede. "Der har sikkert været nogen i politiet, som på et eller andet tidspunkt i løbet af disse år har tænkt den tanke, at det kan være en seriemorder. Han har sandsynligvis fundet gamle sager frem fra arkiverne og har sammenlignet dem, men variationerne har været for store til, at det har underbygget mistanken."

"Hvis det er en seriemorder, vil han så ikke have et mere eller mindre ubevidst ønske om at blive fanget?" spurgte Lebie.

Wadkins rømmede sig. Det her var hans fagområde.

"Sådan fremstilles det tit i kriminallitteraturen," sagde han. "At morderens handlinger er et råb om hjælp, at han efterlader sig små, kodede meddelelser og spor som et udslag af et ubevidst ønske om, at nogen skal stoppe ham. Og nogle gange er det sådan. Men jeg er bange for, at det ikke er så enkelt. De fleste seriemordere er, som folk er flest. De vil helst ikke fanges. Og hvis vi virkelig har en seriemorder her, så er det ikke meget, han har givet os at arbejde med. Der er flere ting, jeg ikke kan lide ..."

Han trak overlæben op og blottede en række gule tænder i overmunden.

"For det første, at han tilsyneladende ikke har noget mønster for mordene, ud over at ofrene er blonde, og at han kvæler dem. Det kan tyde på, at han ser mordene som enkeltstående begivenheder, som et stykke kunst der skal adskille sig fra det, han har gjort før. Og det gør arbejdet meget vanskeligere for os. Eller også er der et underliggende mønster, som vi ikke har fået øje på endnu. Men det kan også betyde, at han slet ikke planlægger at slå ihjel, men at det bliver nødvendigt i nogle tilfælde, for eksempel fordi voldtægtsofrene har set hans ansigt, gjort modstand, skreget om hjælp, eller at noget andet uforudset er indtruffet."

"Måske myrdede han bare i de tilfælde, hvor han ikke kunne få den op at stå?" foreslog Lebie.

"Måske skulle vi få nogle psykologer til at kigge nærmere på de sager her," sagde Harry. "De kan måske tegne en psykologisk profil, som kan være os til hjælp."

"Måske," sagde Wadkins. Han så ud, som om han tænkte på noget helt andet.

"Hvad er det andet, *Sir*?" spurgte Yong.

"Hvad?" Wadkins blev nærværende igen.

"For det første, sagde De. Hvad er det andet, som De ikke kan lide?"

"At han pludselig holder op," sagde Wadkins. "Det kan selvfølgelig have rent praktiske årsager. Som at han er bortrejst eller syg. Men det kan også være fordi, han har en følelse af, at nogen snart vil begynde at ane en sammenhæng. Så han holder en pause. *Just like that!*" Han knipsede med fingrene.

"Og i så tilfælde taler vi om en virkelig farlig mand. Så er han disciplineret og snu og drives ikke af den form for destruktiv passion, som kun eskalerer og til sidst afslører de fleste seriemordere. Så er han en kalkulerende, smart morder, som vi næppe har mulighed for at finde, før han har foranstaltet et sandt blodbad. Hvis vi nogensinde fanger ham."

Der lagde sig en dyster tavshed over lokalet. Harry fik kuldegysninger. Han tænkte på seriemordere, han havde læst om, som aldrig var blevet fanget, men hvor politiet ikke var kommet nogen vegne, fordi drabene pludselig var holdt op. Den dag i dag vidste man ikke, om morderen var i live og måske bare midlertidigt var gået i hi.

"Hvad gør vi nu?" spurgte Andrew. "Beder vi alle blondiner under pensionsalderen om at holde sig inde om aftenen?"

"Så risikerer vi bare, at han går under jorden, og at vi aldrig finder ham," sagde Lebie. Han havde taget en lommekniv frem, som han møjsommeligt rensede negle med.

"På den anden side: Skal vi lade den samlede australske bestand af blondiner være lokkemad for denne fyr?" sagde Yong.

"Det nytter ikke at bede folk holde sig inde," sagde Wadkins. "Hvis han leder efter et offer, finder han det også. Var det ikke også sådan, at han brød ind hos et par af ofrene? Glem det. Vi må ryge ham ud."

"Hvordan det? Han opererer sgu over hele Øst-Australien, og ingen kan vide, hvornår han slår til. Fyren voldtager og dræber helt vilkårligt." Lebie henvendte sig til sine negle.

"Det er ikke rigtigt," svarede Andrew. "Hos en fyr, der har været i gang så længe, er der ingenting, som er vilkårligt. Det ser ud til, at en del seriemordere ønsker opmærksomhed om deres drab. De sætter deres eget mærke på mordene, identificerer sig. Men sådan er det ikke med ham her. Han prøver tværtimod at undgå ligheder. Det er udelukkende hans trang til at kvæle, der afslører ham. Ellers er han helt uberegnelig. Tror han. Men han tager fejl. For der er et mønster. Der er altid et mønster. Ikke fordi man planlægger et mønster, men fordi alle mennesker er vanedyr. På det område er der ingen forskel på dig og mig og en voldtægtsforbryder. Det gælder bare om at finde dette særlige dyrs vaner."

"Manden er gal," sagde Lebie. "Er næsten alle seriemordere ikke skizofrene? Hører de ikke stemmer, som befaler dem at dræbe og sådan noget? Jeg er enig med Harry, lad os få en hjernevrider på sagen."

Wadkins kløede sig i nakken. Han virkede lidt i vildrede.

"En psykolog kan sikkert fortælle os meget om en seriemorder, men det er ikke sikkert, at det er det, vi leder efter her," sagde Andrew.

"Syv mord. Det kalder jeg seriemord," sagde Lebie.

"Hør her." Andrew lænede sig ind over bordet og holdt sine store, sorte hænder i vejret. "For en seriemorder er seksualakten underordnet drabet. Det er meningsløst at voldtage nogen uden at dræbe dem bagefter. Men for vores mand er voldtægten det vigtigste. I de tilfælde, hvor han dræber, kan det derfor have en praktisk årsag, som Wadkins siger. For eksempel fordi ofret kan afsløre ham. At de har set hans ansigt." Andrew holdt en pause. "Eller at de ved, hvem han er." Han lagde hænderne ned foran sig.

Ventilatoren knirkede henne i hjørnet, men luften var tættere end nogensinde.

"Statistik er udmærket," sagde Harry. "Men vi må ikke lade os narre af den. For nu at bruge et norsk ordsprog: Det kan være så tydeligt, at man ikke kan se skoven for bare træer."

Wadkins havde fundet et lommetørklæde frem, som han tørrede sveden af panden med.

"Det er muligt, at noget af meningen med hr. Holys sikkert udmærkede norske ordsprog forsvinder i oversættelsen, men det der forstod jeg ikke en brik af," sagde han.

"Jeg mener bare, at vi ikke må lade det store billede overskygge den kendsgerning, at mordet på Inger Holter kan være en enkeltstående hændelse. Der var også nogle, der døde af almindelig lungebetændelse under den Sorte Død, ikke sandt? Lad os antage, at Evans White ikke er seriemorder. At der løber en anden fyr rundt og dræber blondiner betyder ikke, at Evans White ikke kan have taget livet af Inger Holter."

"Noget indviklet formuleret, men vi forstår, hvad du mener, Holy," sagde Watkins og opsummerede: "Okay, folkens. Vi leder efter en voldtægtsmand og mulig – jeg gentager – *mulig* seriemorder. Det må blive McCormacks sag at afgøre, om efterforskningen skal optrappes. I mellemtiden må vi, der er her, arbejde videre med det, vi er i gang med. Kensington, er der noget nyt?"

"Nu nåede Holy ikke frem til morgenmødet, så jeg gentager derfor, at jeg har snakket med Robertson, Inger Holters udmærkede husvært, og spurgte, om navnet Evans White fik nogen klokker til at ringe. Og tågen må have lettet midlertidigt, for det gjorde det faktisk. Vi tager derover i eftermiddag. Ellers ringede vores gode ven, sheriffen fra Nimbin. Denne Angeline Hutchinson bekræftede, at hun havde været hos Evans de to døgn før, Inger Holter blev fundet."

Harry bandede.

Wadkins klappede i hænderne. "Okay, tilbage til arbejdet, drenge. *Let's nail this bastard!*"

Det sidste uden den helt store overbevisning i stemmen.

Harry havde engang hørt, at hunde har en gennemsnitlig korttidshukommelse på tre sekunder, men at den ved gentagne repetitioner kan udvides betydeligt. Udtrykket "Pavlovs hunde" stammer fra den russiske fysiolog Ivan Pavlovs eksperimenter med hunde, hvor han undersøgte de såkaldt betingede reflekser i nervesystemet. Han afspillede i en periode et bestemt signal, hver gang han satte mad frem til hundene. Så en dag afspillede han signalet uden at sætte mad frem. Alligevel begyndte hundenes bugspytkirtel og mave at producere saft til at fordøje maden med. Ikke specielt overraskende, måske, men det gav da Pavlov en Nobel-pris. Det var bevist, at ved hjælp af gentagne repetitioner kan kroppen "huske".

Da Andrew for anden gang i løbet af få dage sendte Robertsons tasmanske djævel ind i hækken med et velrettet spark, var der derfor grund til at tro, at det ville sidde noget længere i bevidstheden end det første spark. Næste gang Robertsons hund hørte fremmede skridt uden for lågen, ville det – i stedet for at koge i den lille, ondskabsfulde hjerne – måske begynde at gøre ondt i dens ribben.

Robertson tog imod dem i køkkenet og bød på øl. Andrew sagde ja tak, men Harry bad om et glas mineralvand. Det kunne Robertson imidlertid ikke opdrive, så Harry tænkte, at han ville nøjes med en smøg.

"Helst ikke," sagde Robertson, da Harry fiskede cigaretpakken frem. "Der er rygeforbud i mit hus. Cigaretrygning er usundt for kroppen," sagde han og skyllede halvdelen af sin øl ned.

"Så De går op i helsespørgsmål?" sagde Harry.

"Det gør jeg da," sagde Robertson og lod sig ikke mærke med den spydige tone. "Her i huset ryger vi ikke, og vi spiser ikke kød eller fisk. Vi indånder den friske luft og spiser det, som naturen giver os."

"Gælder det også hunden?"

"Min hund har ikke smagt kød eller fisk, siden den var hvalp. Den er en ægte lakto-vegetarianer," sagde han, med tydelig stolthed.

"Det forklarer dens dårlige humør," mumlede Andrew.

"Vi forstod det sådan, at De kender lidt til Evans White, hr. Robertson. Hvad kan De fortælle os?" spurgte Harry og tog en notesblok frem. Han havde ikke tænkt sig at tage notater, men det var hans erfaring, at det gav folk en følelse af, at deres vidneudsagn var vigtigere, hvis man tog en notesblok frem. De blev ubevidst grundigere, tog sig tid, så alting blev mere korrekt, og de var mere opmærksomme på fakta som tidspunkter, navne og steder.

"Betjent Kensington her ringede for at få at vide, hvem der havde besøgt Inger Holter i den tid, hun boede her. Og så fortalte jeg, at jeg havde været oppe på hendes værelse og set på det billede, der er sat op på væggen, og at jeg så kom i tanker om, at jeg havde set den fyr med barnet på skødet."

"Jaså?"

"Ja, ham fyren var her ved to lejligheder, som jeg kender til. Den ene gang låste de sig inde på hendes værelse og holdt den gående i næsten to døgn. Hun var meget ... øh, højlydt. Jeg begyndte at tænke på naboerne og skruede op for musikken for ikke at bringe dem i forlegenhed. Inger og ham fyren, altså. Men det virkede nu ikke, som om de var særligt generede af det. Den anden gang var han bare lige inde et øjeblik, før han marcherede ud igen."

"Skændtes de?"

"Det kan man godt sige, ja. Hun råbte efter ham, at hun nok skulle fortælle den mær, hvilken satan han var. Og at hun ville fortælle en vis mand om hans planer."

"En vis mand?"

"Hun sagde et navn, men jeg kan ikke huske det."

"Og denne mær, hvem kan det være?" spurgte Andrew.

"Jeg blander mig ikke i mine lejeres privatliv, hr. betjent."

"Udmærket øl, hr. Robertson. Hvem er den mær?" Andrew lod, som om han ikke havde hørt indvendingen.

"Kom nu frem med det." Robertson tøvede, mens hans blik flakkede frem og tilbage mellem Andrew og Harry. Han prøvede med et smil. "Hun er nok vigtig for sagen, tror I ikke?" Spørgsmålet blev hængende i luften, men ikke længe. Andrew satte ølflasken fra sig med et dunk og lænede sig helt op i ansigtet på Robertson.

"De har set for meget fjernsyn, Robertson. I virkelighedens verden er det ikke sådan, at jeg nu diskret skyder en hundreddollarseddel hen over bordet til dig, og du hvisker et navn til mig, før vi uden at sige mere forsvinder hver til sit. I virkelighedens verden er det sådan, at vi nu ringer efter en politibil, som kommer kørende med alle sirener i gang, du bliver lagt i håndjern og ført ud i bilen, forlegen eller ikke forlegen, mens alle naboerne ser på. Så kører vi dig ind på stationen og sætter en projektør op i snotten på dig og spærrer dig inde natten over som "mulig mistænkt", såfremt du endnu ikke har tilstået, eller din advokat ikke er dukket op. I virkelighedens verden bliver du i værste tilfælde tiltalt for at tilbageholde oplysninger for at dække over et mord. Det gør dig automatisk til medskyldig og har en strafferamme på seks år. Så hvad bliver det til, hr. Robertson?"

Robertson var blevet bleg og åbnede munden et par gange, uden at der kom en lyd. Han lignede en akvariefisk, som netop har indset, at den ikke skal fodres, men at den selv er foderet.

"Det var ... det var ikke min mening at antyde, at ..."

"For sidste gang: Hvem er den mær?"

"Jeg tror, det er hende på billedet ... Hende, som var her ..."

"Hvilket billede?"

"Hun står bag ved Inger og fyren på det billede, hun har oppe på værelset. Det er hende den lille brune med pandebåndet. Jeg genkendte hende, fordi hun var her for nogle uger siden og spurgte efter Inger. Jeg hentede Inger, og de blev stående ude på trappen og snakkede. Efterhånden blev de højrøstede og skældte hinanden ud, så det ville noget. Så smækkede døren, og Inger løb grædende op på sit værelse. Siden har jeg ikke set hende."

"Hent lige billedet, så er du sød, Robertson. Jeg har kopien liggende på kontoret."

Robertson var blevet tjenstvilligheden selv og sprang op ad trappen til Ingers værelse. Da han kom ned igen, behøvede Harry kun et hurtigt blik for at kunne fastslå, hvem af kvinderne på billedet Robertson mente.

"Jeg syntes nok, der var noget bekendt ved ansigtet, da vi mødte hende," sagde Harry.

"Det er jo mor Godhjerte," udbrød Andrew forbløffet.

"Jeg vil tro, at hendes rigtige navn er Angeline Hutchinson."

Den tasmanske djævel var ikke at se nogen steder, da de gik.

"Har du spurgt dig selv om, hvorfor alle kalder dig betjent, kriminalassistent Kensington?" spurgte Harry, da de satte sig ind i bilen.

"Det har vel med mit tillidsvækkende væsen at gøre. Betjent. Det lyder som en godmodig onkel, ikke sandt?" sagde Andrew fornøjet. "Og jeg kan altså ikke nænne at korrigere dem."

"Ja, du er jo en ren teddybjørn," lo Harry.

"Koalabjørn," sagde Andrew.

"Seks års strafferamme," sagde Harry. "Løgnhals."

"Det var det første, der faldt mig ind," sagde Andrew.

7

Terra nullius, en alfons og Nick Cave

Det regnede i Sydney. Vandet hamrede mod asfalten, sprøjtede op ad husmurene og blev i løbet af et kort øjeblik til små bække, der løb langs fortovskanterne. Folk sprang i ly med vandet klaskende under skosålerne. Nogle havde tydeligvis troet på vejrudsigten om morgenen og taget paraply med. Nu sprang de frem som tykke, farveglade paddehatte i gadebilledet. Andrew og Harry ventede for rødt lys i William Street ved Hyde Park.

"Kan du huske ham aborigineren, som sad i den park lige ved The Albury den aften?" spurgte Harry.

"Green Park?"

"Han forsøgte at hilse på dig, men du hilste ikke igen. Hvorfor ikke?"

"Jeg kendte ham ikke."

Det blev grønt, og Andrew trådte hårdt på speederen.

Det var næsten tomt på The Albury, da Harry kom ind.

"Du er tidligt ude," sagde Birgitta. Hun var ved at sætte rene glas op på hylderne.

"Jeg tænkte, at betjeningen nok var bedre før det store rykind."

"Her serverer vi for alle." Hun kneb Harry i kinden. "Hvad vil du have?"

"Bare en kaffe."

"Den er på huset."

"Tak skal du have, skat."

Birgitta lo.

"Skat? Det er det, min far kalder min mor." Hun satte sig på en taburet og lænede sig frem over disken mod Harry. "Og egentlig burde jeg vel blive nervøs, når en fyr, jeg har kendt i mindre end en uge, begynder at bruge kælenavne om mig."

Harry indsnusede duften af hende. Forskerne ved endnu kun lidt om, hvordan hjernens lugtecenter omdanner nerveimpulserne fra lugtecellerne til bevidste sanseindtryk. Men Harry tænkte ikke så meget på hvordan, han vidste bare, at når han lugtede til hende, begyndte der at ske alverdens mærkelige ting i hans hoved og krop. Som for eksempel at øjenlågene gled halvt ned, mundvigene trak sig ud i et bredt smil, og humøret steg mærkbart.

"Slap af," sagde han. "Ved du ikke, at 'skat' tilhører de ufarlige kælenavne?"

"Jeg vidste ikke engang, at der var noget, der hed ufarlige kælenavne."

"Jo da. Vi har for eksempel 'kære', 'ven' eller 'pus'."

"Og hvordan lyder de farlige så?"

"Tja, snuskepjuske er ganske farligt," sagde Harry.

"Hvilket?"

"Snuskepjuske. Nussepus. Rigtige teddybjørne-ord, ved du nok. Det vigtige er, at det er kælenavne, som ikke har det overbrugte og upersonlige over sig, men som er mere skræddersyede, intime ord. Gerne sagt gennem næsen, så de får den der nasale klang, som man bruger, når man taler til børn. Så er der grund til at få klaustrofobi."

"Har du flere eksempler?"

"Hvor bliver den kaffe af?"

Birgitta slog ud efter ham med kluden. Så skænkede hun kaffen op i et stort krus. Hun stod med ryggen til, og Harry fik lyst til at række ud og røre ved hendes hår.

"Og så er det min tur. Jeg vil have resten af historien," sagde hun og satte sig. Hun lagde en hånd på hans. Harry tog en slurk kaffe og kiggede sig over skulderen. Han trak vejret dybt.

"Han hed Stiansen, min kollega. Ronny til fornavn. Et bøllenavn. Der var ikke meget bølle over ham. Han var en flink, hjælpsom fyr, som elskede at være politibetjent. For det meste, i hvert fald. Begravelsen foregik, mens jeg endnu lå i respirator. En dag kom min chef inde fra Politigården og besøgte mig på sygehuset. Han havde en hilsen med fra Oslos politichef, og allerede det burde have fået mig til at lugte lunten. Men jeg var ædru, og humøret var helt i bund. Sygeplejersken havde opdaget, at jeg fik smuglet alkohol ind og havde flyttet naboen til en anden stue, så jeg havde ikke drukket i to dage. 'Jeg ved, hvad du tænker på,' sagde chefen. 'Hold op med det, du har et arbejde at passe.' Han troede, jeg overvejede at begå selvmord. Han tog fejl. Jeg tænkte på, hvordan jeg skulle skaffe mig noget at drikke.

Chefen er en mand, som ikke har det med at gå rundt om den varme grød. 'Stiansen er død. Der er ikke noget, du kan gøre for at hjælpe ham nu,' sagde han. 'De eneste, du kan hjælpe er dig selv og din familie. Og os. Har du læst aviserne?' Jeg svarede, at jeg ikke havde læst noget som helst, at min far havde læst nogle bøger for mig, men at jeg havde bedt om, at vi ikke kom ind på ulykken. Chefen sagde, at det var udmærket. At det gjorde det hele meget nemmere, at jeg ikke havde snakket med nogen om det. 'Det var nemlig ikke dig, der kørte bilen,' sagde han. 'Eller sagt på en anden måde, det var ikke en beruset betjent fra Oslo politigård, som sad bag rattet.' Og så spurgte han, om jeg forstod, hvad han sagde. At det var Stiansen, som kørte. Den af os to, hvis blodprøve viste, at han var pinligt ædru.

Han viste mig de ugegamle aviser, og jeg kunne med mit noget slørede blik se, at de skrev, at chaufføren var blevet dræbt øjeblikkeligt, mens kollegaen i passagersædet var blevet alvorligt kvæstet. ' Jamen jeg sad i førersædet,' sagde jeg. 'Det tvivler jeg på. Du blev fundet på bagsædet,' sagde chefen. 'Husk, at du fik en alvorlig hjernerystelse. Jeg vil gætte på, at du overhovedet ikke kan huske noget fra køreturen.' Selvfølgelig forstod jeg godt, hvor han ville hen. Pressen var kun interesseret i chaufførens blodprøve, og så længe den var ren, var der ingen, der brød sig om min. Sagen var slem nok for etaten, som den var."

Birgitta havde fået en dyb rynke mellem øjnene og så forarget ud.

"Jamen hvordan kan man få sig til at fortælle Stiansens forældre, at det var ham, der kørte bilen? De må jo være helt uden følelser, de mennesker! Hvordan ..."

"Som sagt er loyaliteten i korpset stærk. I enkelte tilfælde kan hensynet til korpset gå forud for hensynet til pårørende. Men det er muligt, at Stiansens familie i dette tilfælde fik en version, som det også var lettere for dem at leve videre med. I chefens version havde chaufføren, Stiansen, taget en kalkuleret risiko i jagten på en mulig narkoforbryder og morder, og en ulykke i tjenesten kan overgå alle. Knægten i den anden bil var trods alt en uerfaren chauffør, og det kunne ikke udelukkes, at en anden chauffør havde vurderet situationen anderledes og ikke var kørt ud foran os. Husk, at vi havde sirenen i gang."

"Og kom kørende med 110."

"I en 50-km zone. Knægten kunne naturligvis ikke bebrejdes noget. Pointen lå i argumentationen. Hvorfor skulle familien have at vide, at deres søn var passager? Ville forældrene få det bedre af, at sønnen fik et eftermæle som en, der passivt lod en påvirket kollega køre bilen? Chefen gennemgik argumenterne igen og igen. Mit hoved gjorde ondt, så jeg troede, det skulle sprænges. Til sidst lå jeg ud over sengekanten og kastede galde op, og sygeplejersken kom løbende. Næste dag kom Stiansens familie. Forældrene og en yngre søster. De havde blomster med og udtrykte deres håb om, at jeg snart ville blive rask. Faderen sagde, at han bebrejdede sig selv, at han aldrig havde slået hårdt ned på sønnens vilde kørsel. Jeg græd som et barn. Hvert sekund var som en langsom henrettelse. De sad i over en time, før de gik."

"Herregud. Hvad sagde du til dem?"

"Ingenting. De snakkede til *mig.* Om Ronny. Om de planer, han havde haft om, hvad han ville være og gøre. Om hans kæreste, som studerede i USA. At han havde omtalt mig. At jeg var en dygtig politibetjent og en god ven. En, han kunne stole på."

"Hvad skete der videre?"

"Jeg blev liggende på sygehuset i to måneder. Chefen var forbi et par gange. Engang gentog han, hvad han havde sagt tidligere. 'Jeg ved, hvad du tænker på. Lad være med det.' Og denne gang havde han ret. Jeg ønskede bare at dø. Det er muligt, der var en antydning af altruisme i at holde sandheden skjult. At lyve var i sig selv ikke det værste. Det værste var, at jeg havde reddet mit eget skind. Det lyder måske mærkeligt, og jeg har tænkt meget over det, så lad mig forklare det nærmere.

I 50'erne var der en ung universitetslektor i USA, som hed Charles

Van Doren, som blev kendt i hele USA, fordi han var så suveræn i en spørgekonkurrence, de havde på en af de landsdækkende tv-kanaler. Uge efter uge slog han udfordrerne. Nogle af spørgsmålene var utroligt svære, og alle var stumme af beundring over denne fyr, som tilsyneladende kunne svare på alt. Han fik ægteskabstilbud med posten, sin egen fanklub, og hans forelæsninger på universitetet var naturligvis overfyldte. Til sidst stod han frem ved en høring og fortalte, at producenterne af programmet havde givet ham alle spørgsmålene på forhånd.

Da han blev spurgt om, hvorfor han havde afsløret svindelen, fortalte han om en onkel i familien, som havde indrømmet over for sin kone, Van Dorens tante, at han havde været utro. Det havde medført en del uro i familien, og bagefter havde Van Doren spurgt sin onkel, hvorfor han havde fortalt om utroskabet. Sidespringet lå nemlig flere år tilbage i tiden, og han havde ikke siden haft kontakt med kvinden. Onklen havde svaret, at det ikke var det at have været utro, der havde været det værste. Det var den kendsgerning, at han slap fra det, som han ikke kunne klare. Og sådan var det også for Charles Van Doren.

Jeg tror, at mennesker føler en slags behov for straf, når de ikke længere formår at acceptere deres egne handlinger. Jeg længtes i hvert fald efter det. Efter at blive straffet, pisket, pint, ydmyget. Hvad som helst, bare jeg kunne få balance i tingene. Men der var ingen til at straffe mig. De kunne ikke engang sparke mig ud af politiet, officielt havde jeg jo været ædru. Tværtimod fik jeg en offentlig påskønnelse af politichefen, fordi jeg var kommet alvorligt til skade i aktiv tjeneste. Så i stedet for straffede jeg mig selv. Jeg gav mig selv den værste straf, jeg kunne forestille mig: Jeg besluttede at leve videre og holde op med at drikke."

Der var begyndt at komme folk ind i baren. Birgitta gav tegn til, at hun straks ville være der.

"Hvad skete der siden?"

"Jeg kom til hægterne igen, begyndte at arbejde. Arbejdede flere timer end de andre. Trænede. Gik lange ture. Læste bøger. Lidt jura. Holdt op med at se dårlige venner. Også de gode, for resten. Dem, som jeg stadig havde tilbage, efter at alkoholen havde taget overhånd. Jeg ved egentlig ikke hvorfor. Det var som en gigantisk oprydning. Alt det gamle i mit liv skulle ud, både det gode og det dårlige. Jeg satte mig ned en dag og ringede rundt til dem, jeg mente, jeg havde kendt i mit tidligere liv og sagde: 'Hej, vi kan ikke ses mere. Det har været hyggeligt at kende dig.' De fleste accepterede det. Et par af dem var vel oven i købet glade. Der var dem, der påstod, at jeg murede mig inde. Det er muligt, at de havde ret. De sidste tre år har jeg været mere sammen med min søster end med nogen anden."

"Og kvinderne i dit liv?"

Harry kiggede hen langs bardisken. Et par af gæsterne begyndte at blive utålmodige.

"Det er en anden og mindst lige så lang historie. Og gammel. Efter ulykken har der ikke været nogen, det er værd at tale om. Jeg er vist blevet en ensom ulv af den slags, der har nok i sit eget. Hvem ved, måske var jeg bare mere charmerende, når jeg var fuld?" Harry hældte mere mælk i kaffen, mens han smålo ved tanken.

"Hvorfor sendte de dig hertil?"

"Nogen oppe i hierarkiet mener vist, at der er noget, jeg kan bruges til. Det er vel en slags lakmusprøve på, hvordan jeg fungerer under pres. Hvis jeg klarer det her uden at lave lort i det, så åbner der sig visse muligheder derhjemme, har jeg forstået."

"Og det synes du, er vigtigt?"

"Der er vel ikke så meget, der er særlig vigtigt." Han nikkede hen mod den anden ende af bardisken. "I hvert fald ikke så vigtigt, som det er for de fyre derhenne at få sig noget at drikke snart."

Birgitta forsvandt, og Harry blev siddende og rørte rundt i kaffen. Han blev opmærksom på lyden fra et tv-apparat, som hang over barens flaskehylder. Der var en nyhedsudsendelse i gang, og efter et stykke tid gik det op for Harry, at indslaget handlede om en gruppe aboriginere, der gjorde krav på et bestemt landområde.

" ... i henhold til den nye *Native Title*-lovgivning," sagde studieværten.

"Så retfærdigheden sejrer altså ..." hørte han en stemme bag sig sige.

Harry vendte sig om. Til at begynde med kunne han ikke genkende den langbenede, brunpudrede kvinde med de grove træk og den lyse paryk, som stod og lænede sig ned over ham. Men så kunne han se, hvem den buttede næse og mellemrummet mellem fortænderne tilhørte.

"*The clown*!" sagde han. "Otto ..."

"Otto Rechtnagel i egen høje person, *handsome*. Det er ulempen ved disse høje hæle. Jeg foretrækker jo egentlig, at mine mænd er højere end mig. *May I*?" Han slog sig ned på barstolen ved siden af Harry.

"Hvilken gift drikker du?" spurgte Harry og prøvede at fange en travl Birgittas opmærksomhed.

"Slap af. Det ved hun godt," sagde Otto.

Harry bød ham en cigaret, som han tog imod uden at takke og placerede i et lyserødt mundstykke. Harry holdt en tændstik frem, og Otto så på ham, mens han sugede på cigaretten, hulkindet og meget sigende. Den korte kjole klamrede sig til de strømpeklædte, slanke lår. Harry måtte indrømme for sig selv, at forklædningen var et lille mesterværk. Otto i *drag* var mere kvinde end de fleste kvinder, han havde mødt. Harry slap hans blik og pegede på tv-skærmen.

"Hvad mener du med, at retfærdigheden sejrer?"

"Har du ikke hørt om *terra nullius*? Eddy Mabo?"

Harry rystede på hovedet to gange. Otto formede læberne som til en oralseksuel handling, og ud kom to tykke røgringe, som rullede sagte gennem luften.

"*Terra nullius* er et morsomt lille begreb, forstår du. Det var noget englænderne fandt på, da de kom hertil og opdagede, at der ikke var så meget opdyrket jord i Australien. Aboriginerne var nemlig et halvnomadisk folk, som levede af jagt og fiskeri og det, som voksede helt naturligt. Og bare fordi de ikke stod bøjet over en kartoffelmark halvdelen af tiden, mente englænderne, at de var laverestående individer. De mente, at landbrug var et obligatorisk led i udviklingen af enhver civilisation, og glemte den kendsgerning, at de første, der kom hertil, selv var ved at sulte ihjel, da de prøvede at leve af den karrige jord. Men aboriginerne kendte naturen ud og ind. De tog derhen, hvor der var mad at finde på de forskellige årstider, og levede i tilsyneladende overflod. Kaptajn Cook kaldte dem de lykkeligste mennesker, han nogensinde havde mødt. De havde simpelthen ikke brug for at dyrke jorden. Men fordi de ikke var fastboende, bestemte englænderne sig for, at der ikke var nogen, der ejede jorden. Den var *terra nullius.* Og ifølge *terra nullius*-princippet kunne englænderne bare udskrive ejendomsskøder til nybyggerne, uden hensyn til hvad aboriginerne måtte mene. De ejede jo ikke deres eget land."

Birgitta satte en stor Margarita foran Otto.

"For nogle år siden dukkede der en fyr op fra Torres Strait øerne, Eddy Mabo, som udfordrede det etablerede samfundssystem ved at bestride *terra nullius* princippet og hævde, at jorden dengang blev stjålet uretmæssigt fra aboriginerne. I 1992 gav Højesteret Eddy Mabo medhold og fastslog, at Australien havde tilhørt aboriginerne. Dommen fastslog, at der, hvor de oprindelige beboere havde levet af eller beboet et område før de hvide kom og til i dag, kunne de kræve disse områder tilbage. Det skabte naturligvis en masse hurlumhej med en masse hvide mennesker, som hylede op, fordi de var bange for at miste deres jord."

"Hvad sker der så nu?"

Otto tog en dyb slurk af sit cocktailglas, der havde salt rundt om kanten, og satte et ansigt op, som om han havde fået serveret eddike, og tørrede sig med en fornærmet mine om munden med en serviet.

"Ja, nu foreligger dommen jo. Og *Native Title*-lovene er vedtaget. Men man praktiserer dem på en måde, som ikke er helt vilkårlig. Det er jo ikke sådan, at en stakkels bonde pludselig risikerer at blive frataget sin ejendom. Så efterhånden har den værste panik lagt sig."

Her sidder jeg på en bar, tænkte Harry, og lytter til en transvestit, der forelæser over australsk politik. Pludselig følte han sig omtrent lige så meget hjemme som Harrison Ford i barscenen i Star Wars.

Nyhederne blev afbrudt af en reklame med smilende australske mænd iført flannelsskjorte og læderhat. De reklamerede for et ølmærke, hvis fremmeste egenskab øjensynligt var, at det var "*proudly Australian.*"

"Ja ja. Skål for *terra nullius*," sagde Harry.

"Skål, *handsome*. Åh, jeg var lige ved at glemme noget. Vi skal optræde med vores nye forestilling på St. George's Theatre på Bondi Beach i næste uge. Jeg *forlanger* simpelthen, at du og Andrew kommer og ser den. Tag bare en ven med. Det er fint, hvis I gemmer applausen til mine numre."

Harry bukkede dybt og takkede for de tre billetter, som Otto holdt frem med strittende lillefinger.

Da Harry gik forbi Green Park på vej fra The Albury til King's Cross, kiggede han uvilkårligt efter den grå aboriginer, men i aften sad der bare et par hvide fulderikker på bænken i det blege lys fra parkens lygter. Skyerne fra tidligere på dagen var drevet væk, og himlen var høj og stjerneklar. På vejen passerede han to mænd, som tydeligvis var midt i et skænderi – de stod på hver sin side af fortovet og råbte til hinanden, så Harry måtte passere ind imellem dem. "Du sagde ikke noget om, at du ville blive ude hele natten!" råbte den ene med tynd, grådkvalt stemme.

Uden for en vietnamesisk restaurant stod en tjener og lænede sig op ad muren, mens han røg en cigaret. Han så ud, som om han allerede havde haft en lang dag. Køen af biler og mennesker bevægede sig roligt gennem Darlinghurst Road i King's Cross.

På hjørnet af Bayswater Road stod Andrew og tyggede på en bratwurst.

"Der er du," sagde han. "På minuttet. Som en ægte germaner."

"Tyskland ligger ..."

"Tyskerne er teutonere. Du er nordgermaner. Du ligner oven i købet en. Fornægter du din egen race, knægt?"

Harry følte sig fristet til at returnere spørgsmålet, men lod være.

Andrew var i sprudlende humør. "Vi begynder med nogen, jeg kender," sagde han.

De blev enige om at begynde eftersøgningen af den berømte nål omtrent så meget midt inde i høstakken, som de kunne komme – blandt ludere i Darlinghurst Road. De var ikke svære at finde. Harry havde allerede bemærket et par af dem.

"*Mongabi, my man, how's business?*" Andrew standsede op og hilste hjerteligt på en mørk fyr iført et stramtsiddende jakkesæt og store smykker. Det glimtede i en guldtand, da han åbnede munden.

"Tuka, din liderlige buk! Jeg kan ikke klage, du."

Han *ligner* i hvert fald en alfons, tænkte Harry.

"Harry, sig goddag til Teddy Mongabi, Sydneys værste alfons. Han har været i gang i tyve år og står stadig ude på gaden med sine piger. Begynder du ikke at blive lidt gammel til det, Teddy?"

Teddy slog ud med armene og smilede bredt.

"Jeg kan lide at være her, Tuka. Det er her, det sker, ved du. Hvis man sætter sig til rette på et kontor, tager det ikke lang tid, før man mister overblikket og kontrollen. Og kontrol er alt i denne branche, ved du nok. Kontrol med pigerne og kontrol med kunderne. Mennesker er som hunde, ved du. En hund, man ikke har kontrol med, er en ulykkelig hund. Og ulykkelige hunde bider, ved du."

"Hvis du siger det, Teddy. Hør, jeg vil gerne snakke med et par af dine piger. Vi er på udkig efter en slem dreng. Han kan godt have været her og lege lidt også."

"*Sure.* Hvem vil du snakke med?"

"Er Sandra her?"

"Sandra kommer om et øjeblik. Er du sikker på, at det ikke skulle være noget mere? End snak, mener jeg."

"Ellers tak, Teddy. Vi sidder på Palladium. Kan du ikke bede Sandra kigge indenfor?"

Uden for Palladium stod der en ansat og råbte opmuntrende slibrigheder til folk. Han lyste op, da han fik øje på Andrew. De udvekslede et par ord, hvorefter Harry og Andrew blev vinket forbi billetlugen. En smal trappe førte ned i kælderen til den dunkelt belyste stripklub, hvor en håndfuld mænd sad omkring bordene og ventede på næste forestilling. De fandt et bord et stykke nede i lokalet.

"Det virker, som om alle kender dig her omkring," sagde Harry.

"Alle, som har brug for at kende mig. Og som jeg har brug for at kende. I har vel også denne mærkelige symbiose mellem politi og underverden i Oslo, går jeg ud fra?"

"Selvfølgelig. Men det virker, som om du har et noget mere hjerteligt forhold til dine kontakter, end vi har."

Andrew lo.

"Jeg føler et vist slægtskab. Hvis jeg ikke havde været i politiet, havde jeg måske været i den her branche, hvem ved?"

En sort minikjole stavrede ned ad trappen på høje stilethæle. Under det korte, sorte hår så hun sig om med tungt, sløret blik. Så kom hun hen til deres bord. Andrew skubbede en stol frem.

"Sandra, det her er Harry Holy."

"Virkelig?" sagde hun og smilede skævt med en bred, rødmalet mund. Hun manglede en hjørnetand. Harry tog hendes kolde, ligblege hånd. Der var noget bekendt ved hende, han måtte have set hende i Darlinghurst Road en anden aften. Måske havde hun sminket sig anderledes eller haft andet tøj på?

"Hvad drejer det sig om? Er du på udkig efter banditter, Kensington?"

"Vi er på udkig efter en særlig bandit, Sandra. Han kan godt lide at kvæle. Med hænderne. Lyder det bekendt?"

"Bekendt? Det lyder som halvdelen af vores kunder. Har han gjort nogen noget?"

"Sikkert kun dem, som har kunnet identificere ham," sagde Harry. "Har du set den her fyr?" Han holdt billedet af Evans White op foran hende.

"Nej," svarede hun uden at se på billedet og vendte sig om mod Andrew. "Hvem er den fyr, du har med, Kensington?"

"Han er fra Norge," sagde Andrew. "Han er politibetjent, og hans søster arbejdede på The Albury. Hun blev voldtaget og dræbt i forrige uge. 23 år. Harry har taget fri og er rejst hertil for at finde den mand, der gjorde det."

"Trist," sagde Sandra og kastede et blik på billedet.

"Ja," sagde hun bare.

Harry blev ivrig. "Hvad mener du?"

"Jeg mener ja, jeg har set ham."

"Har du ... truffet ham?"

"Nej, men han har været i Darlinghurst Road flere gange. Jeg aner ikke, hvad han har lavet her, men ansigtet er kendt. Jeg kan spørge mig lidt for ..."

"Tusind tak, ... øh, Sandra," sagde Harry. Hun smilede kort.

"Jeg skal på arbejde nu, drenge. Vi snakkes ved." Dermed forsvandt miniskørtet samme vej, som det var kommet.

"Yes!" sagde Harry.

"Yes? Bare fordi nogen har set fyren i King's Cross? Det er ikke forbudt at vise sig i Darlinghurst Road. Heller ikke at kneppe ludere, hvis det er det, han har gjort. Ikke særlig meget i hvert fald."

"Kan du slet ikke fornemme det, Andrew? Der bor fire millioner mennesker i Sydney, og hun har set den ene, som vi er på udkig efter. Selvfølgelig beviser det ikke noget som helst, men det er et tegn, ikke sandt? Kan du ikke mærke, at tampen brænder?"

Muzakken blev skruet ned, og lysene dæmpet. Etablissementets gæster vendte deres opmærksomhed mod scenen.

"Du er temmelig sikker på ham Evans White, hva'?"

Harry nikkede. "Hver fiber i min krop siger Evans White. Ja, jeg har en intuitiv fornemmelse af, at det kan være ham."

"Intuitiv?"

"Intuition er jo ikke hokuspokus, når du tænker over det, Andrew."

"Jeg tænker over det nu, Harry. Og min intuition siger mig ikke noget. Forklar mig lige, hvordan din intuition fungerer, så er du sød."

"Ja ..." Harry kiggede på Andrew for at se, om denne gjorde grin med ham. Andrew gengældte blikket med et oprigtigt interesseret blik.

"Intuition er bare summen af alle de erfaringer, man har gjort sig. Jeg opfatter det sådan, at alt det, man har oplevet, alt det man ved, og det man tror, man ved og ikke er klar over, at man ved, ligger der i underbevidstheden og ligesom halvsover. Som regel mærker man ikke noget til sovedyret, det ligger der bare og snorker og absorberer nye ting, ikke sandt? Men af og til blinker det med øjnene, strækker sig og fortæller dig, at hallo! Det her billede har du set før. Og så fortæller den dig, hvor på billedet tingene hører hjemme."

"Smukt, Holy. Men er du sikker på, at dit sovedyr ser alle detaljerne i det billede? Hvad man ser, kommer måske an på, hvor man står og ser det fra."

"Hvad mener du?"

"Tag stjernehimlen. Den stjernehimmel du ser i Norge er akkurat den samme, som du ser her i Australien. Men fordi du befinder dig "down under", står du på hovedet i forhold til din position derhjemme, ikke? På den måde ser du alle stjernebillederne omvendt. Hvis du ikke ved, at du ser tingene på hovedet, bliver du forvirret og begår fejl."

Harry så på Andrew.

"På hovedet?"

"Ja." Andrew dampede løs på cigaren.

"I skolen lærte jeg, at den stjernehimmel I ser, er en helt anden end den, vi ser. Når du er i Australien, dækker jordkloden for udsigten til de stjerner, vi ser om natten i Norge."

"Så siger vi det," fortsatte Andrew uanfægtet. "Men ikke desto mindre er det et spørgsmål om, hvor man ser tingene fra. Pointen er, at alt er relativt, ikke sandt? Og det er det, der gør det så forbandet indviklet."

Der kom en hvæsende lyd oppe fra scenen, og hvid røg væltede frem. I næste øjeblik blev røgen rød, og lyden af strygere strømmede ud af højttalerne. En kvinde iført en enkel kjole, og en mand i bukser og hvid skjorte trådte ud af røgen.

Harry havde hørt musikken før. Det var den samme musik, som havde summet i sidemandens hovedtelefoner om bord på flyet, hele vejen fra London. Men det var først nu, at han fik teksten med. En kvindestemme sang, at han kaldte hende den vilde rose, og at hun ikke vidste hvorfor.

Den ungpigeagtige stemme stod i skarp kontrast til den dybe, dystre mandsstemme:

"Then I kissed her good-bye,
said all beauty must die,
I bent down and planted a rose between her teeth ..."

Harry drømte om stjerner og brune og gule slanger, da han blev vækket af en let banken på døren til hans hotelværelse. Et øjeblik lå han bare stille og mærkede, hvor tilfreds han var. Det var begyndt at regne igen, og det sang i et nedløbsrør uden for vinduet. Han steg ud af sengen, nøgen, slog døren op på vid gab og håbede, at hans begyndende erektion ville blive bemærket. Birgitta lo overrasket og sprang ind i favnen på ham. Hendes hår var drivvådt.

"Jeg synes, du sagde klokken tre," sagde Harry og lod, som om han var fornærmet.

"Gæsterne ville ikke gå," sagde hun og løftede det fregnede ansigt op mod hans.

"Jeg er vildt, hæmningsløst og himmelrystende forelsket i dig," hviskede han og holdt hårdt om hendes hoved.

"Det ved jeg godt," sagde hun alvorligt og greb fat om hans dunkende lem med en våd, kold hånd. "Hallo? Er den til mig?"

Harry stod ved vinduet, drak appelsinjuice fra minibaren og kiggede op mod himlen. Skyerne var drevet væk igen, og en eller anden havde stukket en gaffel flere gange i fløjlshimlen, så det guddommelige lys skinnede ud gennem hullerne.

"Hvad synes du om transvestitter?" spurgte Birgitta fra sengen.

"Du mener, hvad synes jeg om Otto?"

"Både og."

Harry tænkte sig om. Han lo lidt.

"Jeg tror godt, jeg kan lide det arrogante i hans stil. De sænkede øjenlåg, det misfornøjede minespil. Livstrætheden. Hvad skal jeg kalde det? Det er som en melankolsk kabaret, hvor han flirter med alt og alle. En overfladisk, selvparodierende flirt."

"Og det kan du godt lide?"

"Jeg kan lide det fandenivoldske. At han står for alt det, som flertallet hader."

"Og hvad er det, flertallet hader?"

"Svaghed. Sårbarhed. Australierne praler af at være et liberalt folkefærd. Det er de måske også. Men jeg har også lært, at idealet er den ærlige, jævne og hårdtarbejdende australier med godt humør og en lille portion patriotisme."

"*True blue.*"

"Hvad?"

"De kalder det *true blue.* Eller *dinkum.* Det betyder noget i retning af, at en person eller ting er ægte, folkelig."

"Og bag den facade af jovial folkelighed er det let at skjule en helvedes masse skidt. På den anden side er Otto den, der slår mig som det mest ægte, jeg har mødt her. Nøgen, sårbar og ægte, med alt sit udklædte koketteri, som repræsenterer det forførende, det illuderende og falske."

"Hvis du spørger mig, lyder det der som vældig politisk korrekt. Harry Holy, bøssernes bedste ven, eller noget i den stil." Birgitta var i drillehumør.

"Men det lyder da meget godt, ikke?"

Han lagde sig på sengen, så på hende og blinkede med uskyldige, blå øjne. "Jeg er søreme glad for, at jeg ikke har lyst til dig én gang mere, frøken. Når vi nu skal så tidligt op i morgen, mener jeg."

"Det siger du bare for at score mig," sagde Birgitta. De kastede sig over hinanden som to parringsklare grævlinger.

8

En hyggelig luder, en sær dansker og kricket

Harry fandt Sandra foran Dez Go-Go. Hun stod ved fortovskanten og spejdede ud over sit lille dronningerige på King's Cross. Med trætte ben balancerende på høje hæle, korslagte arme, en cigaret mellem fingrene og det Tornerose-agtige, søvnige blik, som er inviterende og afvisende på samme tid. Hun lignede kort sagt en luder et hvilket som helst sted i verden.

"Godmorgen," sagde Harry. Sandra så på ham uden at vise tegn på genkendelse. "*Remember me?*"

Hun trak mundvigene op. Det skulle måske være et smil.

"*Sure, love. Let's go.*"

"Det er Holy, politibetjenten."

Sandra kneb øjnene sammen og kiggede på ham.

"Det er det sgu da også. Mine kontaktlinser er begyndt at strejke her ud på morgenen. Det må være al den udstødning."

"Må jeg byde på en kop kaffe?" spurgte Harry høfligt.

Hun trak på skuldrene.

"Der sker ikke mere her, så jeg kan lige så godt arbejde i aften."

Pludselig stod Teddy Mongabi i døren ind til stripklubben og tyggede på en tændstik. Han nikkede kort til Harry.

"Hvordan tager dine forældre det?" spurgte Sandra, da kaffen kom. De havde sat sig på Harrys morgenmadssted, *Bourbon & Beef*, og tjeneren kunne huske Harrys faste bestilling: Eggs Benedicte, hashbrowns og kaffe, *white flat*. Sandra drak sin uden mælk.

"*Excuse me?*"

"Din søster ..."

"Åh ja." Han løftede kaffekoppen op til munden for at vinde lidt tid.

"Jo tak, de tager det vel, som man kan forvente."

"Det er en forbandet verden, vi lever i."

Solen var endnu ikke nået op over hustagene i Darlinghurst Road, men himlen var allerede azurblå med nogle runde, hvide skytotter på. Det lignede tapetet i et børneværelse. Men det hjalp altså ikke, for verden var et forbandet sted.

"Jeg har snakket med nogle af pigerne," sagde Sandra. "Ham fyren på billedet hedder White. Han pusher speed og syre. Nogle af pigerne køber det af ham. Men ingen af dem har haft ham som kunde."

"Måske behøver han ikke at betale for at få dækket sine behov," sagde Harry.

Sandra lo kort. "Behovet for sex er én ting. Behovet for at købe sex er noget andet. For mange er det dét, der giver oplevelsen. Der er meget, vi kan gøre for dig, som du ikke kan få derhjemme. Tro mig."

Harry kiggede op. Sandra så direkte på ham, og den sløve hinde foran hendes øjne forsvandt et kort øjeblik.

Han troede hende på hendes ord.

"Kiggede du på de datoer, vi snakkede om?"

"En af pigerne siger, at hun købte syre af ham aftenen før, din søster blev fundet."

Harry satte kaffekoppen så hårdt fra sig, at indholdet skvulpede over. Han lænede sig frem over bordet og talte lavt og kortfattet. "Må jeg tale med hende? Er hun til at stole på?"

Sandras brede, rødmalede mund delte sig i et bredt smil. Der blev et sort hul, der hvor hjørnetanden manglede. "Som sagt så købte hun syre. Syre er forbudt, også i Australien. Du kan ikke komme til at snakke med hende. Det andet, du spurgte om: Om et syrehoved er til at stole på?"

Hun trak på skuldrene.

"Jeg siger bare, hvad hun fortalte mig. Men hun har vel ikke lige verdens klareste opfattelse af, hvornår det er onsdag, og hvornår det er torsdag, for at sige det på den måde."

Stemningen i mødelokalet var anspændt. Selv ventilatoren brummede dybere end sædvanligt.

"Sorry, Holy. Vi dropper White. Der er nul motiv, og hans pige siger, at han var i Nimbin på mordtidspunktet," sagde Wadkins.

Harry hævede stemmen:

"Jamen hører I ikke, hvad jeg siger? Angeline Hutchinson er på speed, og guderne må vide hvad. Hun er gravid, sandsynligvis med White. Herregud, han er hendes pusher, folkens! Gud og Jesus i én og samme person. Hun vil sige hvad som helst. Vi talte med husværten, og damen hadede Inger Holter og med god grund, i og med at den norske pige prøvede at hapse hendes guldfugl."

"Måske burde vi kigge nærmere på hende Hutchinson i stedet," kom det lavmælt fra Lebie. "Hun har i hvert fald et oplagt motiv. Måske er det hende, der har brug for White som alibi og ikke omvendt."

"White lyver jo! Han blev set i Sydney dagen før, Inger Holter blev fundet." Harry havde rejst sig og gik de to skridt frem og tilbage, som der var plads til i mødelokalet.

"Af en prostitueret, som bruger lsd, og vi ved ikke engang, om hun vil stå frem," påpegede Wadkins og vendte sig om mod Yong: "Hvad sagde de hos flyselskaberne?"

"Politiet i Nimbin så selv White på hovedgaden tre dage før mordet. Hverken Ansett eller Quantas har White på passagerlisterne mellem det tidspunkt og morddagen."

"Det siger ingenting," brummede Lebie. "En narkosælger rejser sgu da ikke under eget navn. Desuden kan han være kommet med toget. Eller i bil, hvis han havde god tid."

Harry var blevet varm nu.

"Jeg gentager: Amerikanske statistikker viser, at i 70 % af alle mordtilfælde kender offeret morderen. Ikke desto mindre koncentrerer vi efterforskningen om en seriemorder, som vi ved, at vi har lige så store chancer for at finde, som vi har for at vinde i tips. Lad os dog gøre noget, hvor vi har oddsene på vores side. Nu har vi trods alt en fyr, som har en hel del indicier pegende mod sig. Det, der er vigtigt nu, er at ryste ham lidt. Vi må gøre noget, mens sporene er friske. Få ham ind og vifte ham om næsen med en sigtelse. Få ham til at begå en fejl. Lige nu har han os der, hvor han gerne vil have os, nemlig i ...

i..." – han prøvede forgæves at komme i tanker om det engelske ord for 'blindgyde'.

"Hm," sagde Wadkins og tænkte højt. "Det er klart, at det ikke vil se så pænt ud, hvis vi havde en lige for næsen af os, som skulle vise sig at være skyldig. Uden at vi reagerede."

I det samme gik døren op, og Andrew kom ind. "Goddag, folkens, beklager forsinkelsen. Men nogen må jo sørge for at holde gaderne trygge derude. Hvad sker der, chef? Du har rynker i panden, der er lige så dybe som Jamison Valley."

Wadkins sukkede.

"Vi sidder og overvejer, om vi skal omfordele ressourcerne en smule. Lade seriemorder-teorien hvile lidt og sætte kræfterne ind på Evans White. Eller Angeline Hutchinson. Holy mener tilsyneladende, at deres alibi ikke er meget værd."

Andrew lo og fiskede et æble op af lommen. "Jeg vil gerne se en gravid pige på 45 kilo klemme livet ud af en stor, skandinavisk matrone. Og kneppe hende bagefter."

"Det var bare en tanke," mumlede Wadkins.

"Og hvad angår Evans White, kan I godt glemme det." Andrew pudsede æblet på sit jakkeærme.

"Ja?"

"Jeg har snakket med en kontakt. Han var i Nimbin på morddagen for at få sig et parti græs, og der hørte han om Evans Whites glimrende produkter."

"Og?"

"Ingen fortalte ham, at White ikke handlede hjemmefra, så han tog ud til hans gård blot for at blive jaget på porten af en vred fyr med et haglgevær under armen. Jeg viste ham billedet. Sorry, men der er ingen tvivl om, at Evans White var i Nimbin på morddagen."

Der blev stille i lokalet. Man hørte kun ventilatoren, der stod og bankede, og den knasende lyd, da Andrew tog en stor bid af æblet.

"Tilbage til tegnebrættet," sagde Wadkins.

Harry aftalte at møde Birgitta ved Operahuset klokken fem til en kop kaffe, før hun skulle på arbejde. Da de kom, var cafeteriet lukket. Af en seddel fremgik det, at det havde noget med en balletforestilling at gøre.

"Der er altid et eller andet," sagde Birgitta. De stillede sig ved rækværket og kiggede ud over havnen mod Kirribilli ovre på den anden side.

Et grimt, rustent skib med russisk flag gled til havs, og længere ude i Port Jackson kunne de se et antal krængende, hvide sejl, der så ud, som om de lå stille.

"Hvad skal du nu?" spurgte hun.

"Der er ikke så meget mere, jeg kan gøre her. Inger Holters kiste er sendt hjem. De har haft ringet til mig fra bedemandsforretningen i Oslo. Jeg fik forklaret, at det var ambassaden, som havde arrangeret flytransporten. De snakkede om 'mors', fagudtrykket for lig. Kært barn har mange navne, men det er underligt, at døden skal have så mange."

"Hvornår rejser du så?"

"Så snart alle, som vi ved Inger Holter har haft kontakt med, er checket ud af sagen. Jeg skal snakke med McCormack i morgen. Jeg tager sandsynligvis af sted før weekenden. Hvis der ikke dukker et konkret spor op. Ellers kan det godt blive en langtrukken affære, og så har vi aftalt, at ambassaden skal opretholde den videre kontakt."

Hun nikkede. En japansk rejsegruppe stillede sig lige ved siden af dem, og den summende lyd af videokameraer blandede sig med kakofonien af japansk, mågeskrig og motordunken fra forbisejlende skibe.

"Vidste du for resten, at ham, der tegnede Operahuset, bare rejste fra det hele?" spurgte Birgitta pludselig. Da postyret omkring budgetoverskridelserne på *The Sydney Opera House* var på sit højeste, droppede den danske arkitekt Jørn Utzon hele projektet og rejste sin vej i protest."

"Ja," sagde Harry. "Vi snakkede om det, sidst vi var her."

"Men tænk dig bare sådan at rejse fra noget, du er begyndt på. Noget, du virkelig har en tro på kan blive godt. Det tror jeg aldrig, jeg kunne klare."

De havde allerede bestemt, at Harry skulle følge Birgitta på vej i stedet for, at hun skulle tage bussen op til The Albury. Men de havde ikke meget at tale om og gik i tavshed op ad Oxford Street mod Paddington. Det rumlede fra en fjern torden, og Harry kiggede forundret op mod den rene, blå himmel. På et hjørne stod en gråhåret distingveret herre i ulasteligt jakkesæt med en plakat hængende på brystet, hvorpå der stod: "Det hemmelige politi har taget mit arbejde og mit hjem fra mig og ødelagt mit liv. Officielt eksisterer de ikke, de har ingen adresse eller telefonnummer og er ikke specificeret i statsbudgettet. De tror, de ikke kan tiltales. Hjælp mig at finde banditterne og få dem dømt for deres ugerninger. Skriv under her eller giv en donation." Han holdt en bog frem, hvis sider var fyldt med underskrifter.

De kom forbi en pladebutik, og Harry gik efter en pludselig indskydelse indenfor. Bag disken stod der en fyr i halvmørket med solbriller på. Harry spurgte, om han havde nogen plader med Nick Cave.

"*Sure, he's Australian,*" sagde fyren og tog brillerne af. Han havde en tatovering af en ørn i panden.

"En duet. Noget med 'wild rose' ..." begyndte Harry.

"Ja, ja, jeg ved godt, hvad det er for en, du mener. 'Where The Wild Roses Grow' fra *Murder Ballads.* Lortesang. Lorteplade. Køb hellere en af hans gode plader."

Fyren tog solbrillerne på igen og forsvandt om bag disken.

Harry blev forbløffet stående og blinkede i halvmørket.

"Hvad specielt er der ved den sang?" spurgte Birgitta, da de var kommet ud på gaden igen.

"Åbenbart ingenting." Harry lo højt. Fyren i butikken havde fået ham i godt humør igen. "Cave og den her dame synger om et mord. De får det til at lyde kønt, næsten som en kærlighedserklæring. Men det er vist en lorteplade." Han lo igen. "Jeg tror, at jeg begynder at kunne lide den her by."

De gik videre. Harry kiggede op og ned ad gaden. De var næsten det eneste par i Oxford Street, som ikke bestod af to fyre eller to piger. Birgitta tog hans hånd.

"Du skulle have været her under Mardi Gras og set bøsseparaden," sagde Birgitta. "Den foregår her i Oxford Street. I fjor sagde de, at der var over en halv million mennesker fra hele Australien, som var kommet for at kigge eller deltage. Det var helt vanvittigt."

Bøssegaden. Lebbegaden. Først nu lagde han mærke til det tøj, der blev udstillet i butikkerne. Latex. Læder. Tætsiddende overdele og små silketrusser. Lynlåse og nitter. Men eksklusivt og med stil, uden det svedige og vulgære, som gennemsyrede klubberne i King's Cross.

"Der boede en bøsse i nærheden af det sted, hvor jeg voksede op," fortalte Harry. "Han var vel fyrre år, boede alene, og alle vidste, at han var homo. Om vinteren kastede vi snebolde efter ham, råbte 'røvpuler' og løb som gale, overbevist om, at han ville give os en baghyler, hvis han fangede os. Men han løb aldrig efter os, han trak bare huen længere ned over ørerne og gik hjem. En dag var han flyttet. Han gjorde mig aldrig noget, og jeg har ofte tænkt på, hvorfor jeg hadede ham sådan."

"Mennesker er bange for det, de ikke forstår. Og hader det, de er bange for."

"Hvor er du klog," sagde Harry, og Birgitta boksede ham i maven. Han faldt skrigende om på fortovet. Hun lo og bad ham forsigtigt om ikke at lave en scene, så han rejste sig op og løb efter hende hen ad Oxford Street.

"Jeg håber, han flyttede hertil," sagde Harry lidt senere.

Efter at have taget afsked med Birgitta, (han var betænkelig ved, at han var begyndt at tænke på enhver adskillelse fra hende, kort eller lang, som en 'afsked'), stillede han sig ved et busstoppested. Der stod en fyr med et norsk flag på rygsækken foran ham. Harry tænkte på, om han skulle give sig til kende, da bussen kom.

Buschaufføren stønnede, da Harry gav ham en tyvedollar-seddel.

"*So you didn't have a fifty, did ya?*" spurgte han sarkastisk.

"Hvis jeg havde haft det, havde du fået den, din skide pikslikker." Det sidste sagde han på tydeligt norsk, samtidig med at han smilede uskyldigt. Men buschaufføren så ikke ud til at sætte pris på hverken det, han forstod, eller det han ikke forstod, og skulede surt, da han gav penge tilbage.

Han havde bestemt sig for at gå den rute, som Inger fulgte på mordnatten på vej hjem. Ikke fordi den ikke var blevet gået af andre: Lebie og Yong havde været inde på barer og restauranter på ruten og fremvist billedet af Inger Holter – selvfølgelig uden resultat. Han havde prøvet at få Andrew med, men denne havde stejlet og sagt, at det var spild af dyrebar tid, som kunne bruges bedre foran fjernsynet.

"Det er ikke min spøg, Harry. Det giver selvtillid at se fjernsyn. Når man ser, hvor dumme folk generelt er på tv, får det en til at føle sig kløgtig. Og videnskabelige undersøgelser har vist, at folk, som føler sig kløgtige, præsterer mere end folk, som føler sig dumme."

Harry kunne ikke stille meget op over for den form for logik, men Andrew havde i det mindste givet ham navnet på en bar i Bridge Road, hvor han kunne hilse indehaveren fra Andrew. "Han har næppe noget at sige, men måske vil han give dig en cola til halv pris," havde Andrew sagt, hvorpå han grinede fornøjet.

Harry stod af bussen ved rådhuset og slentrede i retning mod Pyrmont. Han kiggede på de høje huse og på mennesker, der løb rundt mellem dem på storbyvis, uden at det fortalte ham noget som helst om, hvad der var sket med Inger Holter den aften. Ved fiskemarkedet gik han ind på en café og bestilte en bagel med laks og kapers. Fra vinduet kunne han se broen over Blackwattle Bay og Glebe på den anden side. De var begyndt at sætte en udendørsscene op på den åbne plads, og Harry kunne forstå på plakaterne, at det havde noget at gøre med nationaldagen, Australian Day, som var søndagen efter. Harry bad tjeneren om kaffe og begyndte at bakse med Sydney Morning Herald, en avis af den slags, man kan pakke en hel fiskelast ind i, og som er hårdt arbejde at kæmpe sig igennem, selv om man bare kigger på billederne. Men der var en times dagslys tilbage, og Harry ville undersøge, hvad det var for nogle dyr, der krøb frem i Glebe efter mørkets frembrud.

Indehaveren af The Cricket var også den stolte indehaver af den dragt, som nationalhelten Nick Ambrose havde haft på, da Australien slog England i tre test-matcher i træk i kricket i begyndelsen af 80'erne. Den hang i glas og ramme på væggen over den enarmede tyveknægt.

På den anden væg hang to af battene og den bold, som blev brugt i 1978, da Australien endelig havde banket Pakistan efter lang tid uden sejr. Efter at nogen havde hugget wicket-pindene fra Sydafrika-kampen, som hang lige over indgangsdøren, havde indehaveren set sig nødsaget til at sømme sine klenodier fast – hvorefter den legendariske Willard Stauntons ene knæbeskytter en aften blev skudt i småstykker af en gæst, som ikke kunne få den ned fra væggen.

Da Harry kom ind ad døren og så kombinationen af klenodier på væggene og de formodet kricket-interesserede typer, der udgjorde klientellet på The Cricket, var det første, der slog ham, at han måske burde revidere sin opfattelse af kricket som en snobbesport. Gæsterne så ikke ligefrem nyfriserede og velduftende ud, og det gjorde Borroughs bag disken heller ikke.

"*Evening,*" sagde han. Stemmen lød som en sløv le mod en slibesten.

"*Tonic, no gin,*" sagde Harry og bad ham beholde byttepenge på en tidollar-seddel.

"For meget til at være drikkepenge og for lidt til bestikkelse," sagde Borroughs og viftede med sedlen. "Er du politibetjent?"

"Er det så let at se?" spurgte Harry med en opgivende mine.

"Bortset fra, at du lyder som en skide turist, ja."

Burroughs lagde byttepengene foran ham og vendte sig om.

"Jeg er en ven af Andrew Kensington," sagde Harry.

Borroughs vendte sig lynhurtigt om igen og tog byttepengene.

"Hvorfor sagde du ikke det med det samme?" mumlede han.

Borroughs kunne ikke huske at have set eller hørt om Inger Holter, noget som Harry egentlig godt vidste i og med, at Andrew allerede havde snakket med ham. Men som hans gamle læremester i Oslo-politiet, "Lumbago" Simonsen, altid sagde: "Det er bedre at spørge én gang for meget."

Harry kiggede sig rundt.

"Hvad serverer du?" spurgte han.

"Grillspyd med græsk salat," svarede Borroughs. "Dagens ret, syv dollars."

"Undskyld jeg udtrykker mig kluntet," sagde Harry. "Jeg mener: Hvad slags mennesker serverer du for, hvilket klientel?"

"Det er vel det, man kalder de lavere samfundslag." Han smilede lidt opgivende. Smilet sagde mere end noget andet om Borroughs voksne arbejdsliv, og hvordan det var gået med drømmen om at drive baren.

"Er det stamgæster, som sidder derovre?" spurgte Harry og nikkede hen mod et mørkt hjørne af lokalet, hvor fem mænd sad og drak øl.

"Ja, det er de fleste. Det er ikke lige her, den værste turiststrøm går hen."

"Har du noget imod, at jeg stiller dem et par spørgsmål?"

Borroughs tøvede.

"De fyre er ikke Guds bedste børn. Jeg aner ikke, hvordan de tjener til deres øl, og jeg har heller ikke tænkt mig at spørge dem. Men de arbejder ikke fra ni til fire, for at sige det på den måde."

"Ingen bryder sig vel om, at uskyldige unge piger bliver voldtaget og kvalt i nabolaget? Selv ikke folk, der bevæger sig på begge sider af loven, eller hvad? Det skræmmer folk væk fra stedet og er ikke godt for forretningen, uanset hvad man sælger."

Borroughs gned ihærdigt på et glas.

"Jeg ville alt andet lige træde varsomt, hvis jeg var dig." Harry nikkede til Borroughs og gik med langsomme skridt over mod bordet i hjørnet, så de fik tid til at se ham. En af dem rejste sig, før han nåede derover. Han lagde armene over kors og fremviste en tatoveret dolk på den svulmende underarm.

"Det her hjørne er optaget, *blondie*," sagde han med en stemme så hæs, at den ikke var meget andet end luft i et rør.

"Jeg har et spørgsmål ..." begyndte Harry, men den hæse rystede allerede på hovedet.

"Bare ét. Er der nogen af jer, der kender denne mand, Evans White?"

Harry holdt billedet i vejret.

Indtil nu havde de to andre, som vendte fronten imod ham, bare kigget på ham, mere uinteresserede end egentlig fjendtlige. Da Whites navn blev nævnt, så de på ham med fornyet interesse, og Harry bemærkede, at det også rykkede i nakkeskindet på de to, som sad med ryggen til.

"Aldrig hørt om ham," sagde den hæse. "Vi er midt i en personlig ... samtale her, mister. Godaften."

"Den diskussion skulle vel ikke involvere omsætning af stoffer, som er ulovlige i henhold til australsk lovgivning?" spurgte Harry.

Lang pause. Han havde valgt en livsfarlig taktik. Rene provokationer var noget, man kunne ty til, når man havde en ordentlig back-up eller gode retrætemuligheder. Harry havde ingen af delene. Han syntes bare, det var på tide, der skete noget.

Det ene baghoved rejste sig. Og rejste sig. Det havde næsten nået loftet, da det vendte sig om og viste den grimme, koparrede forside frem. Et glat overskæg, der hang ned på begge sider af mundvigene, understregede mandens orientalske udseende.

"Djengis Khan! Dejligt at se dig, jeg troede, du var død!" udbrød Harry og rakte hånden frem.

Khan åbnede munden.

"Hvem er du?"

Det lød som en dødsrallen, en gurglende basstemme, som ethvert death metal-band ville slå ihjel for at få som vokalist.

"Jeg er politibetjent, og jeg tror ikke ..."

"Ai-di." Khan kiggede ned på Harry oppe fra loftet.

"*Pardon?*"

"*The badge* – politiskiltet."

Harry var klar over, at situationen krævede mere end hans plastkort med pasfotoet fra Oslo politikammer.

"Har nogen fortalt dig, at din stemme lyder præcis som vokalistens i Sepultura? Hvad er det nu, han hedder ..."

Harry satte en finger under hagen og så ud, som om han prøvede at tænke efter. Den hæse var allerede på vej rundt om bordet. Harry pegede på ham.

"Og du er Rod Stewart, ikke sandt? Nåh, I sidder og lægger planer for Live Aid II og s ..."

Slaget ramte Harry på tænderne. Han blev stående og svajede og tog sig til munden.

"Skal jeg tolke det sådan, at I ikke tror, jeg har en fremtid som stand-up-komiker?" sagde Harry. Han så på sine fingre. Der var blod, spyt og noget blødt og hvidt, som han måtte formode var en tandnerve.

"Er det ikke meningen, at pulpa skal være rød? Pulpa, det bløde, som er inde i tanden, ved du nok?" spurgte han Rod og holdt fingrene i vejret.

Rod kiggede skeptisk på Harry, før han lænede sig frem og så nærmere på de hvide stumper.

"Det der er tandben, det som ligger inden for emaljen," mente han. "Den gamle er tandlæge," forklarede han de andre. Så tog han et skridt tilbage og slog en gang til. Det sortnede for Harrys øjne, men han befandt sig stadig i stående stilling, da lyset vendte tilbage.

"Se, om du kan finde noget pulpa nu," sagde Rod nysgerrigt.

Harry vidste, at det var dumt. Summen af al erfaring og sund fornuft sagde ham, at det var dumt. Den værkende mund sagde, at det var dumt, men højrehånden syntes desværre, at det var en strålende idé, og i øjeblikket var det den, der bestemte. Den traf Rod på hagespidsen, så Harry kunne høre kæberne smække sammen, før Rod vaklede de to skridt bagud, som er den uundgåelige effekt af et tungt og perfekt placeret hagestød.

Sådan et slag forplanter sig via kæbebenet direkte op i lillehjernen (som Harry i dette tilfælde syntes var et passende navn), hvor en bølgelignende bevægelse sørger for en række mindre kortslutninger, men også, hvis man er heldig, øjeblikkelig besvimelse og/eller varige skader på hjernen. I Rods tilfælde så det ud til, at hjernen havde problemer med at bestemme sig for, hvad det skulle være, total black-out eller bare en forbigående rystelse.

Kollega Khan havde ikke tænkt sig at vente på udfaldet. Han tog fat i Harrys skjortekrave, løftede ham op i skulderhøjde og smed Harry fra sig omtrent på samme måde, som man lemper melsække op på en lastbil. Det par, der lige havde spist dagens ret til syv dollars, fik bogstaveligt talt en ekstra portion i skålen, da Harry med et brag landede på deres bord med ryggen først. Bare jeg dog snart besvimer, tænkte Harry, da han mærkede smerterne og så, at Khan var på vej hen til ham.

Kravebenet er en spinkel knogle, og det ligger et udsat sted. Harry sigtede og sparkede ud, men den medfart, han havde fået af Rod, måtte være gået ud over perspektivsynet, for han sparkede ud i den tomme luft.

"*Schmertzen!*" lovede Khan og løftede armene op over hovedet. Han havde ikke brug for en hammer. Slaget ramte Harry i brystkassen og lammede øjeblikkeligt alle hjerte- og åndedrætsfunktioner. Derfor hverken så eller hørte han den mørke mand, som kom ind og pillede den bold ned, som Australien havde brugt til at slå Pakistan med i 1969 – en benhård, lille sag på 7,6 cm i diameter og 160 gram. Den nyankomne lænede overkroppen bagover, og lidt længere endnu i slutningen af tilløbet, mens han strakte armen bagud. Med voldsom kraft røg armen fremover i en horisontal bevægelse – med bøjet albue som i baseball, ikke i en bue over hovedet med strakt arm som i kricket – sådan at bolden ikke slår ned i jorden, før den skruer videre, men går direkte mod målet.

I modsætning til Rods tvivlede Khans lillehjerne ikke et øjeblik, da den hårde bold ramte ham i panden lige under hårgrænsen: Den sagde straks godnat. Khan begyndte at falde, han faldt og faldt, omtrent som en skyskraber, der er blevet sprængt.

Nu havde de tre andre omkring bordet imidlertid rejst sig, og de så meget vrede ud. Den mørke, nyankomne trådte frem mod dem med armene oppe i en lav, skødesløs parade. En af mændene fór frem, og Harry – som gennem tågesløret alligevel syntes at genkende den nyankomne – tippede rigtigt: Den mørke mand gled til side, steppede ind igen og slog to lette, lige venstrestød, ligesom for at måle afstanden, før den højre kom susende nedefra i en knusende uppercut. Heldigvis var der så trangt inde bag i lokalet, at de ikke kunne fare løs på ham på én gang. Mens den første mand tog tælling, gik den næste til angreb, lidt mere forsigtig og med armene foran sig i en position som antydede, at han havde et bælte af en eller anden farve i en eller anden kampsport med et asiatisk navn hængende derhjemme. Det første, prøvende udfald endte i den mørkes parader, og da han så hvirvlede rundt og gennemførte det obligatoriske karatespark, havde den mørke allerede flyttet sig. Sparket ramte ikke noget.

Men det gjorde derimod den hurtige venstre-højre-venstre kombination, som sendte en vaklende karatemand ind i væggen. Den mørke dansede efter ham og slog ham med en lige venstre, så hovedet røg bagover og ramte muren med et ubehageligt klask. Han sank sammen som en portion mad, nogen havde kastet ind mod væggen. Kricketkasteren slog ham en gang mere på vejen ned, sandsynligvis temmelig overflødigt.

Rod havde sat sig på en stol og fulgte hele optrinnet med glasagtige øjne.

Det gav et metallisk klik, da bladet på den tredje mands springkniv sprang frem. Mens han gled hen mod den mørke med bøjet ryg og armene ud til siden, kastede Rod op, ned over sine sko – et sikkert tegn på hjernerystelse, fastslog Harry fornøjet. Han havde faktisk også selv kvalme, særlig da han så, at den første mand havde fået det ene bat ned fra væggen og nærmede sig bokseren bagfra. Knivmanden stod nu lige ved siden af Harry uden overhovedet at ænse ham.

"Ryggen, Andrew!" råbte Harry og kastede sig ned over den tredje mands knivarm. Han hørte det tørre, dumpe smæld fra battet, og lyden af borde og stole, der væltede, men han var nødt til at koncentrere sig om knivmanden, som var kommet fri og nu kredsede omkring ham med store teatralske armbevægelser og et sindssygt grin om munden.

Med blikket fæstnet på knivmanden famlede han på bordet bag sig efter noget, som kunne bruges. Han kunne stadig høre kricketbattet i aktion henne bag sig ved bardisken.

Knivmanden lo og nærmede sig, mens han jonglerede kniven mellem venstre og højre hånd.

Harry sprang frem, stak til og sprang tilbage igen. Knivmandens højre arm faldt slapt ned langs siden, og kniven faldt klirrende ned på stengulvet. Han kiggede forvirret ned på sin skulder, hvori der sad et grillspyd med et stykke champignon på. Højrearmen virkede helt lammet, og han trak prøvende i grillspydet med venstre hånd for at checke, at det virkelig sad der, stadig med et udtryk af dyb undren i ansigtet. Jeg må have ramt et muskelfæste eller nogle nerver, tænkte Harry, idet han slog.

Han mærkede kun, at han ramte noget hårdt, og at der løb en stikkende smerte fra hånden og op i armen. Knivmanden tog et skridt bagud, mens han kiggede på Harry med et såret blik. En tyk stribe mørkt blod løb ud af det ene næsebor. Harry holdt sig om sin højre hånd. Han løftede den for at slå endnu en gang, men ombestemte sig.

"Det gør så fandens ondt at slå. Kan du ikke bare give op?" spurgte han.

Knivmanden nikkede og satte sig ved siden af Rod, som stadig sad med hovedet nede mellem benene.

Da Harry vendte sig om, så han at Borroughs stod på gulvet med en pistol rettet mod den første mand, og at Andrew lå livløs mellem de væltede borde. En del af de andre gæster var stukket af, nogle stod og kiggede nysgerrigt på, men de fleste sad stadig i baren og så fjernsyn. Der var kricketkamp mellem England og Australien.

Da ambulancerne kom og hentede de tilskadekomne, sørgede Harry for, at Andrew kom med den første. De bar ham ud på båren, mens Harry gik ved siden af. Andrew blødte fortsat fra det ene øre, og det peb uhyggeligt, når han trak vejret, men han var omsider kommet til bevidsthed.

"Jeg vidste ikke, du spillede kricket, Andrew? Fin kastearm, men var det nødvendigt at gå så hårdt til værks?

"Du har ret. Jeg fejlbedømte fuldstændig situationen. Du havde jo fuld kontrol over det hele."

"Nej," sagde Harry, "jeg må være ærlig og sige, at det havde jeg ikke."

"Okay," sagde Andrew. "Så vil jeg også være ærlig og sige, at jeg har fandens ondt i hovedet og fortryder, at jeg i det hele taget kom. Det havde været meget retfærdigt, hvis det var dig, der lå her. Og det mener jeg."

Ambulancerne kom og forsvandt, og til sidst var der kun Harry og Borroughs tilbage i baren.

"Jeg håber ikke, vi har ødelagt alt for meget af inventaret," sagde Harry.

"Nej, det er ikke så slemt. Desuden sætter mine gæster pris på lidt live-underholdning i ny og næ. Men du bør måske nok se dig lidt over skulderen i den kommende tid. Drengenes chef bliver ikke glad, når han hører om det her," sagde Borroughs.

"Nå?" sagde Harry. Han fornemmede, at Borroughs prøve at fortælle ham noget. "Og hvem er chefen?"

"Jeg har ikke sagt noget, men ham fyren på det billede, som du går og vifter med, kunne godt ligne ham."

Harry nikkede længe.

"Så må jeg være forberedt. Og bevæbnet. Har du noget imod, at jeg tager et ekstra grillspyd?"

9

To blottere, en fulderik, en bøsse og black snake

Harry fandt en tandlæge i King's Cross, som kiggede på ham og fastslog, at der skulle udføres en del anlægsarbejde for at genopbygge den ene fortand, som var knækket på midten. Han lavede en midlertidig reparation og tog et honorar, som Harry håbede politichefen i Oslo ville vise sig velvillig til at refundere senere.

På kontoret fik han at vide, at boldtræet havde påført Andrew tre ribbensbrud og en kraftig hjernerystelse, og at han næppe kom hjem fra hospitalet den første uge.

Efter frokost bad Harry Lebie om at tage med på sygebesøg. De kørte hen til St. Etienne hospitalet, hvor de måtte indskrive sig i besøgsjournalen – en stor, tung bog, som lå opslået foran en endnu større nonne, der tronede bag lugen med korslagte arme. Harry prøvede at spørge, hvilken vej de skulle gå, men hun pegede bare hen ad gangen og rystede på hovedet.

"Hun taler ikke engelsk," forklarede Lebie.

De kom ind i en reception, hvor en ung, smilende mand straks tastede navnene ind på en computer og gav dem stuenumrene og forklarede, hvor de skulle gå hen.

"Fra middelalderen til informationsalderen på ti sekunder," hviskede Harry.

De vekslede et par ord med en Andrew, der var gul og blå, men han var i dårligt humør og bad dem gå efter fem minutter. På etagen ovenover fandt de knivmanden på en enestue. Han lå med armen i slynge, havde hævelser i ansigtet og så på Harry med det samme sårede blik som aftenen før.

"Hvad vil du, din skide strømer?" sagde han.

Harry satte sig på en stol ved siden af sengen.

"Jeg vil vide, om Evans White gav nogen besked på at dræbe Inger

Holter, hvem der fik beskeden og hvorfor."

Knivmanden forsøgte at le, men begyndte i stedet for at hoste.

"Jeg aner ikke, hvad du snakker om, strømer, og det tror jeg heller ikke, du selv gør."

"Hvordan går det med skulderen?" spurgte Harry.

Øjnene så ud til at vokse i hovedet på knivmanden.

"Du kan bare prø ..."

Harry trak grillspyddet frem fra lommen. En tyk, blå blodåre trådte frem på knivmandens pande.

"Det er din spøg, strømerlort!"

Harry sagde ikke noget.

"Du er kraftedeme bindegal! Du bilder dig vel ikke ind, at du kan slippe af sted med det der! Hvis de finder så meget som en ridse på min krop, efter at I er gået, så ryger dit forpulede lortejob."

Knivmanden havde arbejdet sig helt op i falsetten.

Harry lagde en pegefinger på hans læber. "Shh, vær nu stille. Kan du se ham den kraftige, skaldede fyr henne ved døren? Det er ikke så let at se ligheden, men han er faktisk fætter til ham, som I knuste hovedet på med det boldtræ i går. Han bad specielt om at komme med i dag. Hans job går ud på at lægge tape over din mund og holde dig fast, mens jeg løsner bandagen her og stikker den her dejlige tingest ind det eneste sted, hvor der ikke bliver noget mærke. For der er nemlig et hul fra før, er der ikke?"

Han trykkede forsigtigt på knivmandens højre skulder. Tårerne sprang frem i knivmandens øjne, og brystkassen gik op og ned i voldsomme hiv. Hans blik flakkede fra Harry til Lebie og tilbage igen. Menneskets natur er en vild og uigennemtrængelig skov, men Harry syntes, han kunne se et brandbælte i skoven, da knivmanden lukkede munden op. Han talte uden tvivl sandt.

"I kan ikke gøre noget ved mig, som Evans White ikke kan gøre ti gange værre, hvis han får at vide, at jeg har snakket over mig. Jeg ved, og I ved, at selv om jeg havde haft noget at sige, så holder jeg kæft. Så I kan bare gå i gang. Men lad mig først lige sige, at I er på vildspor. Alvorligt på vildspor."

Harry så på Lebie. Han rystede svagt på hovedet. Harry tænkte sig om et øjeblik, så rejste han sig og lagde grillspyddet på sengebordet.

"God bedring," sagde Harry.

"*Hasta la vista,*" sagde knivmanden og sigtede på ham med pegefingeren.

Der lå en besked til Harry i hotellets reception. Han genkendte stationens hovednummer og ringede straks fra sit værelse. Det var Yong Sue, som svarede.

"Vi gennemgik alle rapporterne en gang til," sagde han. "Og kiggede lidt grundigere på dem. Der er en del forseelser, der stryges fra de officielle arkiver efter tre år. Sådan er loven. Vi har ikke lov til at registrere de forældede forseelser. Men hvis det er seksuelt relateret, så ... nå ja, lad mig sige det på den måde, at vi har dem noteret et sted i en højst uofficiel back-up fil. Jeg fandt frem til noget interessant."

"Ja?"

"De officielle arkiver har ikke noget på Hunter Robertson, Inger Holters husvært. Men da vi kiggede lidt nærmere efter, viste det sig, at han har fået bøde to gange for blotteri. Groft blotteri."

Harry prøvede at forestille sig et ugroft blotteri.

"Hvor groft?"

"Beføling af egne kønsorganer i fuld offentlighed. Det behøver selvfølgelig ikke at betyde noget, men der er mere endnu. Lebie kørte forbi, men der var ingen hjemme, kun en ondskabsfuld lille køter, der stod og gøede inden for døren. Mens han stod der, kom naboen ud. Det viste sig så, at han har en aftale med Robertson om at lufte og fodre hans hund hver onsdag aften og har en nøgle til døren. Så Lebie spurgte selvfølgelig, om han havde låst sig ind og luftet hunden om onsdagen, før Inger Holter blev fundet om torsdagen. Det havde han."

"Og hvad så?"

"Robertson har tidligere forklaret, at han var alene hjemme aftenen før, Inger blev fundet. Jeg regnede med, at du gerne ville høre det med det samme."

Harry kunne mærke, at hans puls begyndte at stige.

"Hvad gør I nu?"

"En patruljevogn kører hen og henter ham, før han tager på arbejde i morgen tidlig."

"Hm. Hvornår og hvor fandt disse forskrækkelige ugerninger sted?"

"Lad mig lige se ... Jeg tror, det var i en park. Her er det. Green Park, står der. Det er en lille ..."

"Jeg kender den godt." Han tænkte sig hurtigt om. "Jeg tror, at jeg måske skulle gå mig en tur. Det ser ud, som om det er hjemsted for et fast klientel. Måske ved de noget."

Harry fik også datoerne for blotteriet, og dem noterede han ned i sin lille sorte Sparebanken Nord-kalender, som faderen gav ham i julegave hvert år.

"Bare for sjovs skyld, Yong. Hvad er ugroft blotteri?"

"At være 18 år, beruset og vise sin bagdel til en forbikørende politipatrulje på Norges nationaldag."

Harry blev så perpleks, at han ikke kunne få et ord frem.

Yong fnisede i den anden ende af røret.

"Hvordan ...?" begyndte Harry.

"Det er utroligt, hvad man kan opnå med et password og en dansk kollega på nabokontoret." Yong lo hjerteligt. Harry kunne mærke, at temperaturen begyndte at stige under topstykket.

"Jeg håber ikke, det gjorde noget?" Yong lød pludselig bekymret for, om han måske var gået for vidt. "Jeg har ikke sagt noget til de andre."

Han lød så ulykkelig, at Harry ikke kunne blive vred.

"Den ene i patruljevognen var en kvinde," sagde Harry. "Hun komplimenterede mig for mine stramme baller bagefter."

Yong slog en lettet latter op.

Fotocellerne i parken mente, at det var blevet mørkt nok, så lygterne blev tændt, idet Harry kom gående hen mod bænken. Han genkendte med det samme den grå mand, der sad der.

"Godaften."

Hovedet, som havde ligget med hagen hvilende på brystkassen, blev langsomt løftet, og et par brune øjne kiggede på Harry – eller mere præcist *gennem* Harry – og fokuserede på et punkt langt, langt borte.

"*Fig?*" spurgte han med rusten stemme.

"Undskyld?"

"*Fig, fig,*" gentog han og viftede med to fingre i luften.

"*Oh, fag. You want a cigarette?*"

"*Yeah, fig.*"

Harry fiskede to cigaretter op af pakken og tog den ene selv. De blev siddende i stilhed et øjeblik og smagte på røgen. De sad i en lille grøn lunge midt i en millionby, og alligevel fik Harry en fornemmelse af at sidde et øde sted, langt borte. Måske var det, fordi mørket faldt på, kombineret med den elektriske lyd af usynlige græshoppeben, som blev gnedet mod hinanden. Eller måske var det følelsen af noget rituelt og tidløst, dette at ryge sammen, den hvide politibetjent og den sorte mand med det brede, fremmedartede ansigt, som stammede fra dette vældige kontinents urbefolkning.

"Vil du købe min jakke?"

Han kiggede på mandens jakke, som var en slags vindjakke af et tyndt stof i højrød og sort.

"Aboriginerflaget," forklarede han Harry og viste ham jakkens ryg. "Det er min fætter, der laver dem."

Harry afslog høfligt.

"Hvad hedder du?" spurgte aborigineren. "Harry? Det er et engelsk navn. Jeg har også et engelsk navn. Jeg hedder Joseph. Med ph. Egentlig er det et jødisk navn. Jesu far, *dig?* Joseph Walter Roderigue. Mit stammenavn er Ngardagha. *N-gar-dag-ha.*"

"Kommer du meget her i parken, Joseph?"

"Ja, meget." Joseph skruede tusindmeter-blikket på igen og forsvandt. Han trak en stor saftflaske frem fra jakken, bød Harry og tog selv en slurk, før han omhyggeligt skruede proppen på igen. Jakken var gledet op, og Harry så en tatovering på brystet. "Jerry" stod der tværs over et stort kors.

"Fin tatovering du har der, Joseph. Må jeg spørge, hvem Jerry er?"

"Jerry er min søn. Min søn. Han er fire år gammel." Joseph spredte fingrene ud, mens han prøvede at tælle fire af dem.

"Fire, jeg er med. Hvor er Jerry nu?"

"Hjemme." Joseph vinkede med hånden for at antyde, i hvilken retning hjemme var. "Hjemme hos sin mor."

"Hør her, Joseph. Jeg er på udkig efter en mand. Han hedder Hunter Robinson. Han er hvid, ganske lille og har ikke så meget hår. Han kommer af og til i parken her. Somme tider viser han sig ... frem. Ved du, hvem jeg mener? Har du set ham, Joseph?"

"Ja ja. Han kommer," sagde Joseph og rynkede på næsen, som om han syntes, at Harry bekymrede sig om selvfølgeligheder.

"Bare vent. Han kommer."

Harry trak på skuldrene. Det var nok ikke sikkert, at Josephs påstand kunne tillægges nogen særlig vægt, men han havde ikke andet at give sig til, så han gav Joseph en cigaret mere. De blev siddende på bænken, mens mørket sagte faldt på, blev dybere og til sidst næsten stofligt.

En kirkeklokke slog i det fjerne, da Harry tændte sin ottende cigaret og inhalerede dybt. Søs havde sagt, at han burde holde op med at ryge, da han sidst havde haft hende med i biografen. De havde set *Robin Hood* med den værste rollebesætning, Harry havde set på denne side af *Plan 9 From Outer Space*. Men det generede ikke Søs, at Kevin Costners Robin Hood svarede Sheriffen af Nottingham på bredt amerikansk. I det hele taget var der ikke meget, der generede Søs. Hun hvinede af fryd, når Costner ryddede op i Sherwood-skoven, og hun snøftede, da Marian og Robin fik hinanden til sidst.

Bagefter var de gået på café, hvor han havde købt kakao til hende. Hun havde fortalt, hvor fint hun havde fået det i den nye lejlighed på Sogn-centeret, men at et par af dem, der boede på gangen, var "dumme i hovedet". Og så ville hun have, at Harry holdt op med at ryge. "Ernst siger, det er farligt," havde Søs sagt. "At man kan dø af det."

"Hvem er Ernst?" havde Harry spurgt, men så var hun bare begyndt at fnise. Derefter var hun blevet alvorlig igen: "Du må ikke ryge, Harald.

Du må ikke dø, hører du?" Det med Harald og "hører du" havde hun efter moderen.

Døbenavnet Harry var blevet gennemtrumfet af faderen. Harrys far, Fredrik Hole var en mand, som plejede at føje sin kone i ét og alt, men her havde han slået i bordet og insisteret på, at drengen skulle opkaldes efter hans bedstefar, som havde været sømand og vistnok en statelig mand. Moderen havde efter eget udsagn givet efter i et svagt øjeblik, noget hun siden var kommet til bittert at fortryde.

"Er der nogen sinde nogen, som har hørt om nogen, som hedder Harry, som nogen sinde har drevet det til noget?" havde hun sagt. (Når faderen var i drillehumør, havde han citeret hende på grund af de mange 'nogener'.)

I hvert fald blev det sådan, at moderen kaldte ham Harald efter sin egen onkel, uden at det egentlig havde været en sag af betydning for andre end hende. Og nu, efter moderens død, var Søs altså også begyndt at kalde ham Harald. Måske var det Søs' måde at udfylde tomrummet efter moderen på. Harry vidste det ikke, der foregik så meget underligt inde i hovedet på den pige. For eksempel havde hun smilet med tårevædede øjne og flødeskum på næsetippen, da han havde lovet hende, at han ville holde op. Om ikke med det samme, så efterhånden.

Nu sad han og forestillede sig, hvordan tobaksrøgen bugtede sig af sted inde i hans krop som en stor slange. *Bubbur.*

Det gav et sæt i Joseph. Han havde sovet.

"Mine forfædre var kragefolk – *crow people*," sagde han uden indledning og kæmpede sig længere op på bænken. "De kunne flyve," Det virkede, som om søvnen havde kvikket ham op. Han gned sig i ansigtet med begge hænder.

"Dejlig ting, at flyve. Har du en tier?"

Harry havde kun en tyvedollar-seddel.

"Det er helt i orden," sagde Joseph og trak den til sig.

Som om det bare havde været en midlertidig opklaring i vejret, drev skyerne igen ind over Josephs omtågede hjerne, og han mumlede videre på et uforståeligt sprog, som mindede om det, Andrew havde talt med Toowoomba. Var det ikke *kriol*, Andrew havde kaldt det? Til sidst sank den berusede aboriginers hoved ned på brystet igen.

Harry havde bestemt sig for at ryge cigaretten færdig og gå, da Robertson dukkede op. Harry havde halvvejs ventet at se ham iført en frakke, noget han forestillede sig måtte være standard blotterbeklædning, men Robertson havde bare en hvid T-shirt og cowboybukser på. Han kiggede sig til højre og venstre og gik med en underlig vippen op og ned på fodsålerne, som om han gik og sang inde i sig selv og automatisk tilpassede gangen til takten. Han genkendte ikke Harry, før han var kommet helt hen til bænkene, og der var ikke meget i Robertsons ansigtsudtryk, der tydede på, at han var specielt glad for gensynet.

"Godaften, Robertson. Vi har prøvet at få fat på dig. Sæt dig ned."

Robertson kiggede sig rundt og trippede på stedet. Han så ud, som om han havde mest lyst til at løbe, men til sidst satte han sig med et resigneret suk.

"Jeg har fortalt alt det, jeg ved," sagde han. "Hvorfor plager I mig?"

"Fordi vi har fundet ud af, at du har en fortid med at plage andre."

"Plage andre? Jeg har sgu da aldrig plaget nogen!"

Harry så på ham. Robertson var en vanskelig mand at bryde sig om, men Harry kunne ikke med sin bedste – eller værste – vilje få sig til at tro, at han sad over for en seriemorder. Et faktum, som egentlig gjorde ham ganske irriteret, fordi det betød, at han spildte sin tid.

"Ved du, hvor mange unge piger, du har ødelagt nattesøvnen for?" sagde Harry og prøvede at lægge så meget foragt i stemmen som muligt. "Hvor mange, der aldrig kan glemme, men som i al evighed må leve med billedet af en onanerende forbryder, som har voldtaget dem mentalt? Ved du, hvordan du har tiltvunget dig adgang til deres hjerner, gjort dem utrygge og bange for at gå ud i mørket, ydmyget dem og fået dem til at føle sig brugt?"

Robertson måtte le. "Har du ikke mere, betjent? Hvad med alle dem, hvis sexliv jeg har forkrøblet? Og som får angstproblemer og må leve resten af livet på piller? For resten må jeg sige, at ham din kollega bør passe lidt på. Ham, der sagde, at jeg kunne blive idømt seks år for medvirken, hvis jeg ikke stod skoleret og forklarede mig for sådan nogle *yobbos* som jer. Men nu har jeg talt med min advokat, og han vil tage det op med jeres chef, bare I ved det. Så kom ikke her og prøv dit bluffnummer igen."

"Okay, vi kan gøre det her på to måder, Robertson," sagde Harry, men mærkede, at han ikke havde samme autoritet i rollen som den truende betjent, som Andrew ville have haft. "Du kan fortælle mig det, jeg vil vide, eller ..."

"... eller vi kan gøre det på stationen. Jo tak, den har jeg hørt før. Værsgo, tag mig bare med, så kan min advokat komme og hente mig i løbet af en time, og du og din kollega får en anmeldelse for personforfølgelse som tak. *Be my guest.*"

"Det var ikke helt det, jeg tænkte på," sagde Harry stille. "Jeg så det mere for mig i form af en diskret lækage, umulig at spore, selvfølgelig, til en af Sydneys nyhedshungrende og ikke så lidt sensationslystne søndagsaviser. Kan du se det for dig? 'Inger Holters husvært, se billedet, er tidligere dømt for blotteri og er havnet i politiets søgelys'..."

"Dømt! Jeg fik en bøde! 40 dollars!" Hunter Robertson var helt oppe i falsetten.

"Ja, det ved jeg, Robertson, det var kun en lille forseelse," sagde Harry påtaget forstående. "Så lille, at det sikkert ikke har været noget problem at holde den skjult for nærmiljøet. Desto mere synd er det, at de læser søndagsaviser, der hvor du bor, ikke sandt? Og på dit arbejde ... Hvordan er det med dine forældre, kan de læse?"

Robertson sank sammen. Luften gik simpelthen ud af ham som af en punkteret badebold. Han mindede Harry om en sækkestol, som han sad der, og Harry var klar over, at han tydeligvis havde fundet det ømme punkt, da han nævnte forældrene.

"Din hjerteløse djævel," hviskede Robertson med hæs, forpint stemme. "Hvor laver de folk som dig?" Og efter en pause: "Hvad er det, du vil vide?"

"Jeg vil først og fremmest vide, hvor du befandt dig aftenen før, Inger blev fundet."

"Jeg har allerede fortalt politiet, at jeg var alene hjemme, og at jeg ..."

"Denne samtale er slut. Jeg håber, de finder et fint billede på redaktionen."

Han rejste sig.

"Okay, okay, jeg var ikke hjemme!" næsten råbte Robertson. Han lagde hovedet bagover og lukkede øjnene. Harry satte sig igen.

"Da jeg var student og boede på lejet værelse på et af byens finere strøg, boede der en enke på den anden side af gaden," sagde Harry. "Klokken syv, præcis klokken syv hver fredag aften, trak hun gardinerne fra. Jeg boede på samme etage og kunne kigge lige ind i hendes stue. Særligt om fredagen, når hun tændte den tunge lysekrone. Når man ellers så hende i ugens løb, var enkefruen en let grånende dame med briller og uldjakke, den type damer, man hele tiden synes, man ser i sporvognen og i køen på apoteket.

Men fredag klokken syv, når forestillingen begyndte, tænkte man på alt andet end hostende, sure gamle damer med stok. Hun havde en silkeslåbrok på med japansk mønster og højhælede sorte sko. Klokken halv otte fik hun herrebesøg. Klokken kvart i otte havde hun taget slåbrokken af og fremviste sit sorte korset. Klokken otte var hun halvvejs ude af korsettet og i gang på chesterfieldsofaen. Klokken halv ni var den besøgende ude, gardinerne trukket for og forestillingen slut."

"Interessant," sagde Robertson sarkastisk.

"Det, der var interessant, var for det første, at der aldrig blev nogen ballade. Hvis man boede på min side af gaden, var det ikke til at undgå at se, hvad der foregik, og store dele af blokken fulgte sandsynligvis jævnligt hendes forestilling. Men der blev aldrig talt om den, og så vidt jeg ved, blev der aldrig klaget over den, og den blev ikke meldt til politiet. Det andet interessante var regelmæssigheden i hendes forestillinger. Først troede jeg, det havde noget med hendes partner at gøre, når han havde mulighed for at komme, at han arbejdede og måske var gift og så videre. Men efterhånden opdagede jeg jo, at hun skiftede partnere, uden at det ændrede køreplanen. Og så gik det op for mig: Hun havde selvfølgelig forstået det, som enhver tv-station ved – at når man først har oparbejdet et publikum på et fast program, er det meget skadeligt for ratingen at ændre sendetid. Og det var jo netop publikum, som var krydderiet i hendes seksualliv. Er du med?"

"Jeg er med," svarede Robertson.

"Det var selvfølgelig et overflødigt spørgsmål. Nå, hvorfor fortæller jeg dig så den her historie? Det slog mig, da vor sovende ven Joseph her virkede så selvfølgeligt sikker på, at du ville komme i aften. Så jeg kiggede i min kalender, og det meste stemte. I aften er det onsdag, Inger Holter forsvandt en onsdag, og de to gange, du blev taget for blotteri, var også på onsdage. Du har faste forestillinger, ikke sandt?"

Robertson svarede ikke.

"Mit næste spørgsmål er derfor: Hvorfor er du ikke blevet anmeldt flere gange? Det er trods alt næsten fire år siden sidst. At blotte sig i parken for småpiger er trods alt ikke noget, folk i almindelig sætter pris på."

"Hvem har sagt, at det er småpiger?" spurgte Robertson tvært. "Og hvem har sagt, at der ikke bliver sat pris på det?"

Hvis Harry havde kunnet fløjte, ville han have fløjtet stille og roligt. Han kom i tanker om det diskuterende par, han havde mødt lige i nærheden aftenen før.

"Du blotter dig altså for mænd," sagde han, nærmest til sig selv. "For nabolagets bøsser. Det forklarer, hvorfor du får lov at være i fred. Har du også et fast publikum?"

Robertson trak på skuldrene.

"De kommer og går. Men de ved i hvert fald, hvornår og hvor de kan se mig."

"Og anmeldelserne?"

"Nogle uvedkommende, som tilfældigvis gik forbi. Vi er mere forsigtige nu."

"Hvis jeg ikke tager fejl, kan jeg i aften finde et vidne eller to på, at du befandt dig her den aften, da Inger forsvandt."

Robertson nikkede.

De sad tavst og lyttede til Josephs svage snorken.

"Der er noget andet, som heller ikke passer helt," sagde Harry efter et stykke tid. "Det har ligget et sted i mit baghoved, men jeg kunne ikke komme på det, før jeg hørte, at din nabo plejer at lufte og fodre din hund hver onsdag."

Et par mænd gik stilfærdigt forbi dem og standsede i udkanten af skæret fra lygten.

"Så jeg spurgte mig selv: Hvorfor fodre den, når Inger var på vej hjem med kødrester fra The Albury? Først slog jeg det hen, fordi I måske ikke havde snakket med hinanden, eller fordi maden var til dagen efter eller noget i den retning. Men så kom jeg i tanker om det, som jeg burde have husket med det samme: At din hund ikke spiser ... eller i hvert fald ikke får lov til at spise, kød. Hvis det er tilfældet, hvad skulle Inger så med madresterne? Hun havde sagt i baren, at det var til hunden. Hvorfor skulle hun lyve om det?"

"Det ved jeg ikke," sagde Robertson.

Harry bemærkede, at Robertson kiggede på sit ur. Det var vel showtime inden så længe.

"Blot en sidste ting, Robertson. Hvad ved du om Evans White?"

Robertson vendte sig om og kiggede på ham med udvandede, lyseblå øjne. Var der et lille glimt af frygt i hans blik?

"Meget lidt," sagde Robertson.

Harry gav op. Han var ikke kommet meget længere. Inden i ham boblede der en lyst til at jage, til at finde og fange, men det hele løb ud mellem fingrene på ham, syntes han. Nå, hvad fanden, om nogle dage var han alligevel på vej væk, men tanken om det fik ham underligt nok ikke til at føle sig bedre tilpas.

"Det du sagde om vidner," sagde Robertson. "Jeg ville sætte pris på, hvis du ikke ..."

"Jeg skal nok lade være med at ødelægge din forestilling, Robertson. Jeg ved, at de, der kommer, sikkert får noget ud af det." Han kiggede i cigaretpakken, tog én smøg op og lagde pakken med resten i Josephs jakkelomme, idet han rejste sig for at gå.

"Jeg satte i hvert fald pris på enkefruens nummer."

Som sædvanlig var der fin stemning i The Albury. De spillede "It's Raining Men" for fuldt drøn, på scenen i baren stod tre af fyrene iført hver sin lange stola og ikke meget andet, og publikum hujede og sang med. Harry blev stående for at se lidt mere af showet, før han gik ind i baren til Birgitta.

"Hvorfor synger du ikke med, *handsome*, spurgte en velkendt stemme. Harry vendte sig om. Otto var ikke i *drag* i aften, men en poset, lyserød silkeskjorte og en svag antydning af mascara og læbestift viste, at han alligevel havde gjort sig umage med sit udseende.

"Jeg har vist ikke sangstemmen til det, Otto. Beklager."

"Pyh, I skandinaver er alle sammen ens. I kan ikke finde ud af at kaste los, før I har hældt så meget i jer, at I alligevel er ubrugelige til ... ja, du ved, hvad jeg mener."

Harry smilede ad Ottos sænkede øjenlåg.

"Lad være med at flirte med mig, Otto. Jeg er en tabt sag."

"Håbløst hetero, hvad?"

Harry nikkede.

"Lad mig i det mindste købe dig en drink, *handsome*. Hvad vil du have?" Han bestilte en grapefruit-juice til Harry og en Bloody Mary til sig selv. De skålede, og Otto tømte halvdelen af sit glas i én slurk.

"Det eneste, der hjælper mod kærestesorg," sagde han og skyllede resten ned, gøs, bestilte en ny og fæstnede blikket på Harry. "Så du har aldrig haft sex med en mand? Har du heller aldrig drømt om det?"

Harry drejede glasset rundt i hånden. "Det kommer an på, hvad du mener med drømt. Jeg vil hellere kalde det et mareridt."

"Ak ja, der kan du se." Otto viftede med en pegefinger. "Du har stillet dig selv spørgsmålet i søvne. Du kan ikke narre underbevidstheden, *handsome*. Jeg kan se i dine øjne, at jeg har ret. Det er kun et spørgsmål om, hvornår det bliver aktiveret."

"Jeg har altid ventet på, at nogen skulle komme og vække bøssen i mig," sagde Harry tørt. "Beklager, men jeg tror ikke på det der. Det er fysisk betinget fra fødslen af. Enten er man hetero, eller også er man ikke. Det der med miljø og opvækst er bare noget bullshit."

"Hvad er det, du siger? Og jeg som altid har troet, at det var min søster og min mor, der havde skylden ..." råbte Otto og slog sig teatralsk for panden.

Harry overhørte ham og fortsatte:

"Forskerne ved det, fordi man de sidste år har kunnet drive mere medicinsk forskning på homofiles hjerner. Aids har effektivt øget tilgangen af lig af personer, man med sikkerhed ved har været homofile ..."

"Indiskutabelt en af sygdommens mest positive sider," sagde Otto lakonisk og sugede på sugerøret.

"De har fundet ud af, at der er fysiske forskelle på homofiles og heterofiles hjerner."

"Ja, heteroernes er mindre. Fortæl mig noget, jeg ikke ved, *handsome.*"

"Paradokset er, at ifølge forskerne er den lillebitte klap, eller hvad det nu er, der betinger forskellen, noget, der kan nedarves."

Otto rullede med øjnene. "Og hvad så? Tror du ikke, at en bøsse boller damer, hvis det er det, han vil? Hvis samfundet kræver det af ham? Hvis han ikke har nogen alternativer?" spurgte Otto og gestikulerede utvetydigt. "Hvis kvinden kan være et surrogat, hvorfor så ikke? Det er præcis den samme sociale mekanisme, der gør, at heteromænd i fængsler knepper hinanden."

"Boller bøsser også med damer?" spurgte Harry.

"Jeg har heldigvis aldrig været i det mentale fængsel, som de fleste andre bøsser har. Jeg kommer fra en kunstnerfamilie og erklærede mig selv for bøsse, da jeg var ti år gammel, bare for at gøre mig interessant. Siden fandt jeg aldrig nogen grund til at ændre opfattelse. Så det er lige så vanskeligt for mig at forestille mig, hvad der skal til, for at jeg boller med en dame, som det er for dig at forestille dig, hvad der skal til, før du hopper på knægten inde i nabocellen. Selv om jeg tror, at det måske er lidt lettere for dig ..."

"Stop lige her!" sagde Harry. "Hvad er det egentlig for en diskussion, den her?"

"Du spørger om noget, som har vakt din nysgerrighed, *handsome.*" Otto lagde en hånd oven på Harrys. "Måske bliver vi nødt til at gøre noget ved den nysgerrighed en dag."

Harry kunne mærke, at han blev varm om ørerne. Han forbandede i sit stille sind denne bøsseklovn, som kunne gøre ham, en voksen mand, så forlegen, at han sad her og lignede en englænder efter seks timer på en badestrand i Spanien.

"Lad os indgå et rigtig vulgært væddemål," sagde Otto med øjne, der glimtede af morskab. "Jeg vil vædde 100 dollars på, at din bløde, slanke hånd her vil beføle mine ædlere dele, inden du rejser hjem til Norge. Tør du vædde på det?"

Otto slog hænderne sammen og hylede af begejstring, da han så Harrys purpurrøde ansigt.

"Hvis du insisterer på at uddele penge, så gerne for min skyld," sagde Harry. "Men jeg forstod det sådan, at du havde kærestesorger, Otto? Burde du ikke sidde derhjemme og tænke på noget andet end at frelse heteroer?" Han fortrød det i samme øjeblik, han sagde det. Han havde altid været dårlig til at tackle en situation, hvor han blev herset med.

Otto trak hånden til sig og kiggede såret på ham.

"Undskyld, jeg plaprer bare løs. Jeg mente det ikke på den måde," sagde Harry.

Otto trak på skuldrene.

"Noget nyt i sagen?" spurgte han.

"Nej," sagde Harry, lettet over at de havde skiftet samtaleemne. "Det ser ud til, at vi må lede uden for hendes omgangskreds. Kendte du hende for resten?"

"Alle, der kommer her, kendte Inger."

"Talte du nogen sinde med hende?"

"Tja, jeg vekslede vel et par ord med hende. Hun var lidt for vidtløftig efter min smag."

"Vidtløftig?"

"Hun fordrejede hovederne på en del af heterogæsterne. Klædte sig udfordrende, sendte lange blikke og smilede lidt for længe, hvis det kunne skaffe hende ekstra drinks. Det kan være farligt."

"Mener du, at nogen af gæsterne kan have ..."

"Jeg mener bare, at det ikke er sikkert, at du behøver kigge så langt, betjent."

"Hvad mener du?"

Otto kiggede sig omkring og drak ud.

"Jeg snakker bare løs, *handsome*." Han gjorde sig klar til at gå. "Nu gør du, som jeg siger. Går hjem og tænker på noget andet. Var det ikke det, lægen foreskrev?"

Han vinkede til en af stoladrengene bag baren, som kom hen og gav ham en papirspose.

"Husk forestillingen!" råbte Otto over skulderen, da han gik.

Der var fuldt hus i The Albury, og inde i Birgittas bar satte Harry sig diskret på en barstol for at se hende i arbejde. Han fulgte hendes bevægelser: De hurtige hænder, som tappede øl, vekslede penge og blandede drinks, måden hun drejede kroppen rundt på, de sikre, bestemte bevægelser bag baren, fordi alle afstande sad i rygmarven, fra tappehane til disk til kasseapparat. Han så håret, som faldt ned over hendes ansigt, hvordan hun strøg det væk med en hurtig bevægelse, og blikket som med jævne mellemrum gled hen over gæsterne for at opfange nye bestillinger – og Harry.

Det fregnede ansigt lyste op, og han kunne mærke sit hjerte hamre tungt og dejligt i brystet.

"En af Andrews venner har lige været forbi," sagde hun, da hun kom hen til ham. "Han havde besøgt ham på hospitalet og skulle hilse mange gange. Han spurgte også efter dig, og jeg tror, at han stadig sidder her et eller andet sted. Ja, der er han."

Hun pegede hen mod et bord, og Harry genkendte straks den kønne, sorte mand. Det var Toowoomba, bokseren. Han gik hen til hans bord.

"Forstyrrer jeg?" spurgte han og fik et bredt smil som svar.

"På ingen måde. Sid ned. Jeg sad her nærmest for at se, om en gammel bekendt skulle dukke op."

Harry satte sig.

Robin Toowoomba med tilnavnet "The Murri" blev ved med at smile. Af en eller anden grund opstod der en af de pinlige pauser, som ingen vil indrømme er pinlig, men som lige netop *er* pinlig. Harry skyndte sig at sige noget:

"Jeg har snakket med en fra kragefolket i dag. Jeg vidste ikke, at I havde den slags stammenavne. Hvilket folk tilhører du?"

Toowoomba så undrende på ham.

"Hvad mener du, Harry? Jeg er fra Queensland."

Nu kunne Harry høre, hvor tåbeligt hans spørgsmål lød.

"Beklager, det er mig, der spørger dumt. Tungen har haft en tendens til at reagere hurtigere end hjernen i dag. Det var ikke min mening at ... Jeg kender jo ikke så meget til jeres kultur. Jeg troede, at I måske kom fra bestemte stammer ... eller noget i den retning."

Toowoomba slog Harry på skulderen. "Jeg laver bare lidt sjov med dig, Harry. Slap helt af." Han lo lavmælt, og nu følte Harry sig endnu dummere.

"Du reagerer som de fleste hvide," sagde Toowoomba. "Hvad andet kan man vente? Du er jo fuld af fordomme."

"Fordomme?" sagde Harry og kunne mærke, at han var ved at blive irriteret. "Har jeg sagt noget ..."

"Det er ikke det, du siger," sagde Toowoomba. "Det er de ting, du ubevidst forventer af mig. Du tror, du har sagt noget forkert, og uden at tænke over det tror du, at jeg reagerer som et fornærmet barn. Det falder dig ikke ind, at jeg er intelligent nok til at tage højde for, at du er udlænding. Du bliver vel ikke personligt fornærmet, når japanske turister i Norge ikke ved alt om dit land? Som at din konge for eksempel hedder Harald?"

Toowoomba blinkede.

"Det gælder ikke kun dig, Harry. Selv hvide australiere er hysterisk påpasselige med ikke at sige noget forkert. Det er det, der er så paradoksalt. Først fratager de vores folk deres stolthed, og når den er væk, er de hundeangste for at træde på den."

Han sukkede og vendte de vældige, hvide håndflader op mod Harry. Som at vende en fladfisk, tænkte Harry.

Toowoombas dybe, behagelige stemme syntes at vibrere i sit eget frekvensområde, så han ikke behøvede at tale så højt for at overdøve støjen omkring dem.

"Men fortæl mig hellere om Norge, Harry. Jeg har læst, at der skulle være så smukt der. Og koldt."

Harry fortalte. Om fjorde og fjelde og mennesker, som bosatte sig et sted midt imellem. Om unioner, undertrykkelse, Ibsen, Nansen og Grieg. Om landet deroppe i nord, som anså sig selv for et driftigt og fremsynet folk, men som mest af alt lignede en bananrepublik. Som havde skov og havne, når hollænderne og englænderne manglede træ, som havde vandfald, da elektriciteten blev opfundet, og som oven i købet fandt olie lige uden for deres egen stuedør.

"Vi har hverken lavet Volvo eller Tuborg," sagde Harry. "Vi har bare eksporteret vores natur, så vi slap for at tænke. Vi er en nation med guldhår i røven," sagde Harry, uden at gøre noget forsøg på at finde et tilsvarende engelsk idiom.

Så fortalte han om Åndalsnes, en lille bygd oppe i Romsdalen omgivet af høje fjelde, hvor der var så smukt, at hans mor altid havde sagt, at det var der, Gud var begyndt, da han skabte verden, og at Han havde brugt så lang tid på Romsdalen, at resten af verden måtte laves i huj og hast for at blive færdig til søndag.

Om at fiske med faderen på fjorden en tidlig morgen i juli og om at ligge på stranden og lugte til havet – mens mågerne skreg, og fjeldene stod som ubevægelige, tavse gardister rundt om deres lille kongedømme.

"Min far er fra Lejaskog, et lille sted længere oppe i dalen, og han og min mor traf hinanden ved et landsbybal i Åndalsnes. De snakkede altid om at flytte tilbage til Romsdalen, når de blev pensioneret."

Toowoomba nikkede og drak øl, og Harry nippede til endnu en grapefruit-juice. Han var ved at få sur mave.

"Jeg ville ønske, jeg kunne fortælle dig, hvor jeg kommer fra, Harry. Der er bare det problem, at folk som jeg ikke har nogen bestemt tilknytning til noget sted eller nogen stamme. Jeg voksede op i en hytte under en motorvej uden for Brisbane. Der er ingen, der ved, hvilken stamme min far kommer fra. Han kom og gik så hurtigt, at ingen nåede at spørge. Og min mor er bedøvende ligeglad med, hvor hun kommer fra, bare hun kan skrabe penge sammen til en flaske vin. Det må være nok, at jeg er *murri*."

"Og hvad med Andrew."

"Har han ikke fortalt dig det?"

"Hvad?"

Toowoomba trak hænderne til sig igen. Der var kommet en dyb rynke mellem hans øjne. "Andrew Kensington er endnu mere rodløs, end jeg er."

Harry forfulgte ikke temaet, men efter endnu en øl vendte Toowoomba selv tilbage til det.

"Jeg burde nok lade ham fortælle det selv, for han har haft en meget speciel opvækst. Han tilhører nemlig den familieløse generation af aboriginere."

"Hvad mener du?"

"Det er en lang historie. Det hele drejer sig om dårlig samvittighed. Lige siden århundredskiftet har urbefolkningspolitikken været styret af myndighedernes dårlige samvittighed over de overgreb, som vort folk har været udsat for. Blot er det synd, at gode hensigter ikke altid er nok. Hvis man skal styre et folk, må man forstå folket."

"Og aboriginerne er ikke blevet forståət?"

"De enkelte epokers politik har været forskellig. Jeg tilhører den tvangsurbaniserede generation. Efter anden verdenskrig mente myndighederne, at man måtte lave om på den tidligere politik og forsøge at assimilere urbeboerne i stedet for at isolere dem. Det prøvede de at gøre ved at kontrollere, hvor vi boede, og til og med hvem vi giftede os med. Mange blev tvangsforflyttet til byer for at tilpasse sig den europæiske bykultur. Resultaterne var katastrofale. I løbet af kort tid toppede vi alle statistikkerne: Alkoholisme, arbejdsløshed, skilsmisser, prostitution, kriminalitet, vold og narkomani. *You name it.* Aboriginerne var og forblev Australiens sociale tabere."

"Og Andrew?"

"Andrew blev født før krigen. Dengang gik myndighedernes politik ud på at "beskytte" os, som om vi var en slags truet dyreart. Vi fik derfor begrænset adgang til for eksempel at eje jord og søge arbejde. Men det mest bizarre var, at loven gav myndighederne ret til at tage barnet fra en aboriginsk mor, hvis der var mistanke om, at faderen var ikke-aboriginer. Selv om jeg ikke har verdens sjoveste historie at fortælle om mit ophav, så er det i hvert fald noget. Andrew har ingenting. Han har aldrig set sine forældre. Da han var nyfødt, blev han hentet og anbragt på et børnehjem. Det eneste, han ved, er, at hans mor blev fundet død på en busholdeplads i Bankstown, halvtreds kilometer nord for hendes hjem lige før barnerovet, og at ingen vidste, hvordan hun var kommet dertil, eller hvad hun døde af. Den hvide fars navn blev holdt skjult for Andrew, indtil han ikke længere havde lyst til at vide det."

Harry prøvede at fordøje det hele.

"Var det virkelig lovligt? Hvad med FN og menneskerettighedserklæringerne?"

"Alt det kom først efter krigen. Og husk, at aboriginerpolitikken blev udført med de bedste hensigter. Målet var at bevare en kultur, ikke at ødelægge den."

"Hvad skete der så med Andrew?"

"De fandt ud af, at han var dygtig i skolen og sendte ham på privatskole i England."

"Jeg troede, at Australien var lidt for egalitært til, at man sendte folk på privatskole."

"Det blev alt sammen styret og betalt af myndighederne. Man ønskede vel, at Andrew skulle fremstå som solstrålehistorien i et politisk eksperiment, som ellers havde forvoldt så meget smerte og så mange menneskelige tragedier. Da han kom tilbage, begyndte han på universitetet i Sydney. Det var på det tidspunkt, de begyndte at tabe kontrollen over ham. Han gerådede i en del ballade, fik ord for at være voldelig, og karaktererne blev dårligere. Jeg har hørt, at der var en ulykkelig kærlighedshistorie inde i billedet her, en hvid kvinde, som svigtede ham, fordi hendes familie ikke var så begejstret, men Andrew har aldrig villet snakke så meget om det. Det var under alle omstændigheder en mørk periode i hans liv, og det kunne sikkert være gået meget værre. Mens han havde været i England, havde han lært at bokse. Han påstod, at det var det, der havde gjort, at han overlevede kostskolen. Han genoptog boksningen på universitetet, og da han fik tilbud om at komme med på Chivers turné, sprang han fra studierne og kom væk fra Sydney et stykke tid."

"Jeg har lige set ham bokse," sagde Harry. "Han har ikke glemt det hele."

"Han havde egentlig bare forestillet sig, at boksningen skulle være et afbræk i studierne, men han havde succes hos Chivers. Pressen begyndte at udvise interesse, så han fortsatte. Da han boksede sig frem til finalen om det australske mesterskab, kom der oven i købet et par prof-agenter fra USA for at se ham. Men der skete et eller andet nede i Melbourne aftenen før finalen. De var på restaurant, og nogen påstod, at Andrew lagde an på kæresten til den anden finalist. Han hed Campbell og var sammen med en pæn North Sydney pige, som senere blev miss New South Wales. Der opstod et slagsmål ude i køkkenet, og de raserede vist omtrent det hele, Andrew, Campbells træner, agenten og en fyr til.

De fandt Andrew ved vaskekummen med flækket læbe, flænge i panden og et forstuvet håndled. Der blev ikke foretaget nogen anmeldelse, og det var vel derfor, at der opstod et rygte om, at han havde forgrebet sig på Campbells kæreste. I hvert fald måtte Andrew trække sig fra finalen, og derefter var det, som om luften gik ud af hans karriere. Han slog godt nok et par gode boksere ud i nogle turneringer, men pressen havde tabt interessen, og prof-agenterne dukkede aldrig op igen.

Efterhånden holdt han op med at bokse turneringer. Et nyt rygte sagde, at han var begyndt at drikke, og efter en turné til vestkysten blev han bedt om at holde op hos Chivers, vistnok fordi han havde kvæstet et par amatører lidt for hårdt. Derefter forsvandt Andrew. Det har været svært at få ud af ham, hvad han helt præcist lavede, men han flakkede i hvert fald rundt i Australien et par år uden mål og med, før han begyndte på universitetet igen."

"Og så var det slut med boksningen?" sagde Harry.

"Ja," svarede Toowoomba.

"Hvad skete der videre?"

"Tja." Toowoomba gav tegn til en af tjenerne om, at han gerne ville have regningen. "Andrew var nok mere motiveret, da han genoptog studierne, og det gik vist godt et stykke tid. Men det var nu blevet begyndelsen af halvfjerdserne, hippietid, partytime og fri kærlighed, og det er meget sandsynligt, at han indtog ulovlige substanser i lidt for store mængder. De stoffer, han tog, viste sig ikke at være præstationsfremmende i længden, og det gik så som så med hans eksaminer."

Han brummede lavmælt.

"Så en dag vågnede Andrew, stod op, så sig i spejlet og opsummerede tilværelsen. Han havde kraftige tømmermænd, et blåt øje, som han ikke anede, hvordan han havde fået, var blevet over tredive, havde ikke færdiggjort sin eksamen og havde sandsynligvis et voksende afhængighedsforhold til visse kemiske sammensætninger. Bag sig havde han en ødelagt boksekarriere og foran sig en mildt sagt usikker fremtid. Hvad gør man så? Man søger ind på politiskolen."

Harry lo.

"Jeg citerer bare Andrew," sagde Toowoomba. "Utroligt nok kom han ind på trods af sin straffeattest og den høje alder. Muligvis fordi myndighederne ønskede flere aboriginere i korpset. Så Andrew klippede sit hår, fjernede ringen i øret, lagde kemikalierne på hylden, og resten ved du. Han er selvfølgelig ubrugelig i karrieremæssig henseende, men han regnes alligevel som en af de bedste kriminalbetjente i Sydney-politiet."

"Citerer du stadig Andrew?"

Toowoomba lo.

"Selvfølgelig."

Inde i baren var der finale i aftenens drag-show med "*Y.M.C.A.*" i Village People-versionen, en sikker vinder.

"Du ved meget om Andrew," sagde Harry.

"Andrew er nærmest som en far at regne," sagde Toowoomba. "Da jeg flyttede til Sydney havde jeg ingen andre planer end at komme længst muligt hjemmefra. Jeg blev bogstaveligt talt samlet op på gaden af Andrew, som begyndte at træne mig og et par andre knægte, som også var kommet ud på et sidespor. Det var også Andrew, der fik mig til at begynde på universitetet."

“Hold da op, oven i købet en universitetsuddannet bokser?”

“Engelsk og historie. Min drøm er engang at undervise mit eget folk.” Han sagde det med stolthed og overbevisning.

“Og i mellemtiden skal du slå fulde søfolk og bondeknolde til lirekassemænd?”

Toowoomba smilede.

“Man må have en startkapital for at klare sig i denne verden, og jeg har ingen illusioner om at tjene meget som lærer. Men jeg bokser ikke kun mod amatører. Jeg har meldt mig til det australske mesterskab i år.”

“For at tage den titel, som Andrew ikke fik?”

Toowoomba hævede glasset og skålede.

“Måske.”

Efter showet begyndte det at tynde ud i baren. Birgitta havde sagt, at hun havde en overraskelse til Harry i aften, og han ventede utålmodigt på, at det skulle blive lukketid.

Toowoomba blev siddende ved bordet. Han havde betalt, og nu sad han og drejede ølglasset i hænderne. Harry fik pludselig en ubestemmelig følelse af, at der var noget, Toowoomba ville, noget andet end at fortælle gamle historier.

“Er I kommet videre med den sag, du er her for, Harry?”

“Det ved jeg ikke,” svarede Harry, som sandt var. “Af og til kan man få en følelse af, at man leder med en kikkert, og at løsningen ligger så snublende nær, at man kun ser den som en uklarhed på linsen.”

“Eller at man kigger i den forkerte retning.”

Harry så på ham, mens han hældte resten af indholdet i glasset.

“Jeg er nødt til at gå, Harry, men lad mig først fortælle dig en historie, som muligvis kan bøde en smule på dine manglende kundskaber om vores kultur. Har du hørt om *black snake*?”

Harry nikkede. Før han tog af sted til Australien havde han læst noget om kryb, som man burde tage sig agt for. Hvis han ikke huskede galt, var *black snake* ikke så imponerende af størrelse, men så meget desto giftigere.

“Det er rigtigt. Men hvis man skal tro på den her fabel, har det ikke altid været sådan. For længe siden, i drømmetiden, var *black snake* en ufarlig slange. Derimod var guanaøglen giftig og meget større, end den er i dag. Den spiste mennesker og dyr, og en dag kaldte kænguruen alle dyrene til råd for at finde ud af, hvordan de skulle få has på den her glubske morder – Mungoongali, guanaøglernes store høvding. Ouyouboolooey – *black snake* – den frygtløse, lille slange, påtog sig straks opgaven."

Han sad en smule tilbagelænet og fortalte med lav, rolig stemme, men hans blik var hele tiden rettet direkte mod Harry.

"De andre dyr lo ad den lille slange og sagde, at det nok var nødvendigt med en, der var større og stærkere til at slås med Mungoongali. 'Bare vent og se,' sagde Ouyouboolooey og bugtede sig af sted hen mod øglehøvdingens lejr. Da han kom derhen, hilste han på det tykke utyske af en øgle og sagde, at han blot var en lille slange, ikke særlig velsmagende, og at han ledte efter et sted, hvor han kunne være i fred for alle de andre dyr, som hele tiden drillede og plagede ham. 'Sørg nu for, at du ikke går i vejen, ellers bliver det værst for dig selv,' sagde Mungoongali og så ikke ud til at tage sig af den sorte slange.

Næste morgen drog Mungoongali af sted på jagt, og Ouyouboolooey sneg sig efter ham. Ved et lejrbål sad der en rejsende. Han ikke så meget som nåede at blinke, før Mungoongali var løbet hen til ham og havde knust hans hoved med et velrettet, voldsomt slag. Så tog øglen den rejsende med tilbage til sin egen lejr, hvor han lagde sin giftpose fra sig og gav sig til at spise det friske menneskekød. Ouyouboolooey sprang lynhurtigt hen og tog giftposen og forsvandt ind i buskene. Mungoongali løb efter ham, men det lykkedes ham ikke at finde den lille slange. De andre dyr sad stadig til råds, da Ouyouboolooey kom tilbage.

'Se her,' råbte han og åbnede gabet, så alle kunne se giftposen. Alle dyrene flokkedes om ham og lykønskede ham med, at han havde reddet dem fra Mungoongali. Da de andre var gået hjem, kom kænguruen hen til Ouyouboolooey og sagde, at nu burde han spytte giften ud i floden, så de alle kunne sove trygt i fremtiden. Men Ouyouboolooey svarede med at bide kænguruen, så den lammet faldt om på jorden.

'I har altid foragtet mig, men nu er det min tur,' sagde Ouyouboolooey til den døende kænguru. 'Så længe jeg har denne gift, vil I aldrig kunne komme i nærheden af mig mere. Ingen af de andre dyr får at vide, at jeg stadig har giften. De vil tro, at jeg, Ouyouboolooey, er deres redningsmand og beskytter, mens jeg i ro og mag kan hævne mig på jer, en efter en.' Derefter skubbede han kænguruen ud i floden, hvor den forsvandt. Selv bugtede han sig ind i buskene igen. Og der finder du ham i dag. Inde i buskene."

Toowoomba drak lidt luft af det tomme glas og rejste sig.

"Klokken er blevet mange."

Harry rejste sig også. "Tak for historien, Toowoomba. Jeg rejser snart, så hvis jeg ikke ser dig igen, må du have held og lykke med mesterskabet. Og med dine fremtidsplaner."

Han spurgte sig selv, hvornår han ville blive klogere, da Toowoomba greb hans udstrakte hånd. Den føltes som et stykke mørt bøfkød bagefter.

"Håber, du finder ud af, hvad det er, der gør linsen uklar," sagde Toowoomba. Han var allerede gået, da det gik op for Harry, hvad han hen-tydede til.

10

Den store hvide haj, Mr. Bean og endnu en patient

Vagtmanden gav Birgitta en lommelygte.

"Du ved, hvor du kan finde mig, Birgitta. Pas nu på, at I ikke bliver spist," sagde han og haltede leende tilbage til vagtlokalet.

Birgitta og Harry gik ind i mørket gennem de bugtede korridorer i den kæmpemæssige bygning, som hedder Sydney Aquarium. Klokken var næsten to om natten, og Ben, nattevagten, havde låst dem ind.

Et tilfældigt spørgsmål fra Harry om, hvorfor alt lyset var slukket, havde affødt en grundig udredning fra den gamle nattevagt.

"Selvfølgelig spares der strøm, men det er ikke det vigtigste – det vigtigste er, at vi fortæller fiskene, at nu er det nat. Det tror jeg i hvert fald. Tidligere slukkede vi lyset med en almindelig afbryder, og man kunne høre chokket, når det med ét blev bælgmørkt. Der gik ligesom et sus gennem hele akvariet, lyden af hundreder af fisk, der pilede af sted for at gemme sig eller bare svømmede derudad i blind panik."

Ben sænkede stemmen dramatisk og illuderede fisk ved at lave siksakbevægelser med hænderne.

"Det skvulpede og bølgede i flere minutter efter. Og visse fiskearter, makrellen for eksempel, blev helt tossede, når lyset gik ud, så de drønede ind i glasset og kom til skade. Derfor begyndte vi at bruge lysdæmpere, som gradvist dæmper lyset i takt med dagslyset for at efterligne naturen. Og det gav også meget mindre sygdom blandt fiskene. Lyset fortæller kroppen, hvornår det er dag og nat, og personligt tror jeg, at fiskene har brug for en naturlig døgnrytme for ikke at blive stressede. De har et biologisk ur ligesom os, og det skal man ikke prøve at fuske med. Jeg ved, at der er nogle enkelte barramuni-opdrættere nede på Tasmanien for eksempel, som giver fiskene ekstra lys om efteråret. Det narrer fiskene til at tro, at det stadig er sommer og får dem til at gyde mere."

"Ben bliver hurtigt snakkesalig, når han først er blevet ført ind på et bestemt spor," forklarede Birgitta. "Han er næsten lige så glad for at tale med mennesker som med sine fisk." Hun havde arbejdet som ekstrahjælp på akvariet de sidste to somre og var blevet gode venner med Ben, som påstod, at han havde arbejdet på akvariet, siden det åbnede.

"Her er fuldstændig fredeligt om natten," sagde Birgitta. "Helt stille. Se!" Hun lyste på glasvæggen, hvor en gul og sort muræne gled ud af sin hule og viste dem en række små, skarpe tænder. Længere henne i korridoren lyste hun på to plettede pilrokker, som gled gennem vandet bag det grønne glas med bevægelser som vingeslag i slowmotion. "Er det ikke smukt?" hviskede hun med skinnende øjne. "Det er som en ballet uden musik."

Harry havde en følelse af at liste sig gennem en sovesal. De eneste lyde var deres egne skridt og en jævn, svag boblen fra akvarierne.

Birgitta standsede op ved en stor glasvæg. "Her har vi akvariets *saltie*, Matilda fra Queensland," sagde hun og rettede lyskeglen mod glasvæggen. Der lå en udtørret træstamme inde på en rekonstrueret flodbred. I bassinet indenfor lå en flydende træstamme.

"Hvad er en *saltie*?" spurgte Harry og prøvede at få øje på noget levende. I det samme rullede træstammen øjenlågene væk fra et par grønskinnende øjne. De lyste som reflekser i mørket.

"Det er en krokodille, som lever i saltvand i modsætning til en *freshie*. *Freshierne* lever stort set af fisk, og dem behøver du ikke være bange for."

"Og *saltierne*?"

"Bør du absolut være bange for. Mange såkaldt farlige rovdyr angriber kun mennesker, når de føler sig truet, bliver bange, eller hvis man bevæger sig ind på deres territorium. Men en *saltie* er en enkel, ukompliceret sjæl. Den er kun ude efter din krop. I sumpområderne oppe mod nord bliver flere australiere dræbt af krokodiller hvert år."

Harry lænede sig mod glasvæggen.

"Medfører det ikke ligesom ... en vis antipati? I visse dele af Indien udryddede man tigeren under påskud af, at den spiste spædbørn.

Hvorfor er de her menneskeædere ikke blevet udryddet?"

"I Australien har de fleste et lige så afslappet forhold til krokodiller som til trafikulykker. Næsten i hvert fald. Hvis du vil have vejsystemer, må du regne med, at nogen dør på dem, ikke sandt? Og hvis du vil have krokodiller, er det på samme måde. De her dyr spiser mennesker, sådan er det bare."

Harry gøs. Matilda havde rullet øjenlågene tilbage over øjnene, som om de var lygtedæksler på en Porsche. Ikke en krusning i vandet røbede, at træstammen, som lå en halv meter væk bag glasruden, i virkeligheden bestod af to tons muskler, tænder og dårligt humør.

"Lad os gå videre," foreslog Harry.

"Her har vi Mr. Bean," sagde Birgitta og lyste ind på en lille, lysebrun, flynderagtig fisk. "Det er en Fiddler Ray, det er det, vi kalder Alex i baren. Ham, som Inger kaldte Mr. Bean."

"Hvorfor Fiddler Ray?"

"Det ved jeg ikke. Det kaldte de ham, før jeg begyndte der."

"Et herligt navn. Den kan vist godt lide at ligge stille på bunden?"

"Ja, og derfor skal du være forsigtig, når du bader. Den er nemlig giftig, og den stikker, hvis du træder på den."

De gik ned ad en vindeltrappe, indtil de kom til en af de store tanke.

"Tankene er egentlig ikke noget akvarium i ordets rette forstand. De har bare afspærret en del af Port Jackson," sagde Birgitta, mens de gik ind.

Fra loftet kom der et svagt grønligt lys, som bevægede sig i bølgende striber. Det gled hen over Birgittas krop og ansigt og gav Harry en følelse af at stå under krystalkuglen i et diskotek. Det var først, da hun rettede lommelygten opad, at det gik op for ham, at de var omgivet af vand på alle sider. De stod simpelthen inde i en glastunnel under havet, og lyset kom udefra, filtreret gennem vandet. En stor skygge gled lige forbi dem, og det gav uvilkårligt et sæt i ham. Birgitta lo stille og rettede lyskeglen mod en tyk rokke med en vældig hale, som svømmede langs glasvæggen.

"*Mobulidae*," sagde hun. "Djævlerokken."

"Du godeste, hvor er den stor!" hviskede Harry.

Hele rokken var én eneste bølgende bevægelse. Den lignede en kæmpemæssig vandseng, og Harry blev søvnig bare af at se på den. Så vendte den om, krængede over, vinkede til dem og svævede ind i den mørke vandverden som et sort lagenspøgelse.

De satte sig på gulvet, og Birgitta tog et tæppe, to glas, et stearinlys og en flaske rødvin uden etikette frem fra sin rygsæk. Gave fra en ven, som har arbejdet på en vingård i Hunter Valley, forklarede hun og åbnede den. Så lagde de sig ved siden af hinanden på tæppet og kiggede op i vandet.

Det var som at ligge i en verden, der var vendt på hovedet, som at se ind i en omvendt himmel med fisk i alle regnbuens farver og mærkelige væsener, som en eller anden fyr med en lidt for livlig fantasi havde opfundet. En blåskinnende fisk med et spørgende måneansigt blev stående i vandet lige over dem med tynde, vibrerende bugfinner.

"Er det ikke dejligt at se, hvor god tid de tager sig, hvor tilsyneladende meningsløst deres forehavende er?" hviskede Birgitta. "Kan du mærke, at de bremser tiden?" Hun lagde en kold hånd på Harrys hals og klemte forsigtigt til.

"Kan du mærke, hvordan din puls næsten holder op med at slå?"

Harry sank en gang.

"Jeg har ikke noget imod, at tiden går langsomt. Ikke nu," sagde han. "Ikke de næste par dage."

Birgitta klemte til.

"Det skal du ikke snakke om," sagde hun.

"Det sker, at jeg tænker: 'Harry, du er sgu alligevel ikke så dum.' Jeg bemærker for eksempel, at Andrew altid omtaler aboriginere som 'dem', at han omtaler sit eget folk i tredje person. Derfor havde jeg allerede fornemmet meget af hans baggrund, før Toowoomba fortalte mig de konkrete detaljer. Jeg havde omtrent gættet, at Andrew ikke var vokset op blandt sine egne, at han ikke rigtigt hører til nogen steder, men flyder ovenpå og ser tingene udefra. Ligesom vi nu sidder her og ser på en verden, vi ikke selv kan tage del i. Efter samtalen med Toowoomba var der også noget andet, der gik op for mig: Andrew fik ikke fra fødslen den naturlige stolthed, som følger med at være en del af et folk. Derfor blev han nødt til at lave sin egen. Først troede jeg, at han skammede sig over sine brødre, men nu ved jeg, at det er sin egen skam han kæmper imod."

Birgitta mumlede et eller andet. Harry fortsatte:

"Af og til tror jeg, at jeg forstår noget. Og i næste øjeblik er jeg totalt forvirret igen. Jeg bryder mig ikke om at være forvirret, jeg har ingen tolerance over for forvirring. Derfor ville jeg ønske, at jeg enten ikke havde denne evne til at bemærke detaljer, eller en bedre evne til at sætte dem sammen til et billede, som giver mening." Han vendte sig om mod Birgitta og begravede sit ansigt i hendes hår.

"Det er dårligt gjort af Gud at give en mand med så lidt intelligens så stor iagttagelsesevne," sagde han og prøvede at komme i tanker om noget, der duftede ligesom Birgittas hår. Men det var så længe siden, at han måtte have glemt det.

"Hvad er det så, du ser?" spurgte hun.

"At alle forsøger at pege på noget, som jeg ikke forstår, hvad er."

"Som for eksempel?"

"Det ved jeg ikke. De er ligesom kvinder. Fortæller mig noget, som betyder noget andet. Det er givetvis meget tydeligt, det der står mellem linjerne, men jeg har som sagt ikke evnen til at se det. Hvorfor kan I kvinder ikke bare sige det, I vil sige? I overvurderer mænds evne til at tolke."

"Er det nu mig, der skal have skylden?" råbte hun leende og slog ud efter ham. Ekkoet rullede gennem den undersøiske tunnel.

"Shh, du må ikke vække den store hvide haj," sagde Harry.

Det tog lidt tid før Birgitta opdagede, at han ikke havde rørt sit vinglas.

"Et enkelt glas vin kan da ikke skade?" sagde hun.

"Jo," sagde Harry. "Det kan det." Han trak hende smilende ind til sig. "Men det skal vi ikke snakke om." Så kyssede han hende, og hun tog en dyb og dirrende indånding, som om hun havde ventet på det kys i evigheder.

Harry vågnede med et sæt. Stearinlyset var brændt ned, og mørket var uigennemtrængeligt. Han vidste ikke, hvor det grønne lys i vandet var kommet fra, om det var månen over Sydney eller projektører inde på land, men nu var det i hvert fald væk. Alligevel havde han en fornemmelse af at blive iagttaget. Han fandt lommelygten ved Birgittas side og tændte for den – hun lå indrullet i sin halvdel af tæppet, nøgen og med en tilfreds mine. Han rettede lyset mod glasvæggen.

Først troede han, det var hans eget spejlbillede, han så. Men så vænnede øjnene sig til lyset, og han mærkede, hvordan hans hjerte slog et sidste, buldrende slag, før det frøs fast. Hvidhajen stod lige ved siden af ham og så på ham med kolde, livløse øjne. Harry begyndte at trække vejret igen, og hans ånde fæstnede sig på glasset foran det blege, vandrynkede ansigt, genfærdet af en druknet mand, som var så stort, at det syntes at fylde hele tanken. Tænderne stak ud af munden og så ud, som om de var tegnet af et barn, en siksakstreg af trekantede, hvide dolke, tilfældigt arrangeret i to kødsultne rækker. Så svømmede den opad og hen over ham, hele tiden med de døde øjne fæstnet på ham, stivnet i et hadefuldt blik, en hvid dødningekrop som gled forbi lyskeglen med seje, bugtende bevægelser og aldrig ville holde op.

"Så du rejser i morgen?"

"Jeps." Harry sad med kaffekoppen i skødet og vidste ikke helt, hvor han skulle gøre af den. McCormack rejste sig fra skrivebordet og begyndte at gå frem og tilbage foran vinduet.

"Du tror altså, at vi stadig er langt fra en opklaring? Du tror, der er tale om en eller anden psykopat derude i folkemylderet, en ansigtsløs morder som dræber impulsivt og ikke efterlader spor? At vi bare kan vente og bede til, at han begår en fejl, næste gang han slår til?"

"Det sagde jeg ikke, *Sir*. Jeg tror bare ikke, at jeg kan bidrage med mere her. Desuden har de ringet og sagt, at de skal bruge mig i Oslo."

"Udmærket. Jeg skal lade dem vide, at du har opført dig pænt her, Harry. Jeg kunne forstå, at du står til at blive forfremmet derhjemme."

"Det er der ingen, der har fortalt mig om endnu, *Sir*."

"Tag fri resten af dagen og få set lidt af Sydney, før du tager af sted, Holy."

"Jeg skal bare lige tjekke ham her Alex Tomaros ud af sagen først, *Sir*."

McCormack blev stående og så ud ad vinduet på et overskyet og kvælende varmt Sydney.

"Af og til længes jeg hjem, Holy. Over til den smukke ø."

"*Sir?*"

"Kiwi. Jeg er kiwi, Holy. Det kalder de folk fra New Zealand her. Mine forældre kom hertil, da jeg var ti år gammel. Folk er mere venlige over for hinanden derovre. Sådan husker jeg det i hvert fald."

"Vi åbner først om flere timer," sagde den tvære dame i døren med en gulvskrubbe i hånden.

"Det er i orden, jeg har en aftale med hr. Tomaros," sagde Harry og håbede, at hun ville lade sig overbevise af et norsk politiskilt. Det blev ikke nødvendigt. Hun åbnede lige akkurat døren så meget, at Harry kunne kante sig indenfor. Der lugtede af dovent øl og sæbe, og The Albury virkede mærkeligt nok mindre, nu da han så det tomt og i dagslys.

Han fandt Alex Tomaros, alias "Mr. Bean", alias "Fiddler Ray" inde på kontoret bag baren. Harry præsenterede sig.

"Hvad kan jeg hjælpe Dem med, hr. Holy?" Han talte hurtigt og med tydelig accent, som udlændinge der har boet et stykke tid i et land ofte gør – på deres færdigudviklede version af sproget.

"Tak, fordi De kunne møde mig med så kort varsel, hr. Tomaros. Jeg ved, at der har været andre, som har spurgt Dem om en masse, så jeg skal ikke opholde Dem længe. Jeg vil bare ..."

"Det er fint. Som De kan se, har jeg en del at lave. Regnskab, ved De nok ..."

"Det forstår jeg. Jeg kan se på den forklaring, De har givet, at De sad her og gjorde kassen op den aften, Inger Holter forsvandt. Var der nogen her sammen med Dem?"

"Hvis De havde læst papirerne endnu grundigere, er jeg sikker på, De ville have set, at jeg var alene. Jeg er altid alene ..." – Harry så på Alex Tomaros' arrogante udtryk og våde, spyttende mund: Det tror jeg gerne, tænkte han – "... om at gøre kassen op. Mutters alene. Ja, hvis jeg havde villet, kunne jeg havde frasvindlet stedet mange tusinde dollars, uden at nogen ville have opdaget noget."

"Så teknisk set har De ikke noget alibi for den aften, frøken Holter forsvandt?"

Tomaros tog sine briller af. "Teknisk set ringede jeg hjem til min mor klokken to og sagde, at jeg var færdig og på vej hjem."

"Teknisk set kunne De have nået meget mellem klokken et, da baren lukkede, og klokken to, hr. Tomaros. Jeg siger ikke dermed, at De er mistænkt for noget ..."

Tomaros så på ham uden at blinke.

Harry bladede i sin tomme notesbog og lod, som om han ledte efter noget.

"Hvorfor ringede De for resten til Deres mor? Er det ikke lidt usædvanligt at ringe nogen op klokken to om natten bare for at give sådan en besked?"

"Min mor vil gerne vide, hvor jeg er. Politiet har også talt med hende, så jeg forstår ikke, hvorfor vi skal igennem det her igen."

"De er græker, ikke sandt?"

"Jeg er australier og har boet her i tyve år. Mine forældre var grækere. Min mor er australsk statsborger nu. Ellers noget?" Han beherskede sig godt.

"De udviste interesse for Inger Holter på et mere personligt plan. Hvordan reagerede De på, at hun afviste Dem og foretrak andre mænd?"

Tomaros slikkede sig om munden og skulle til at sige noget, men lod være. Tungespidsen kom frem igen. Som på en lille slange, tænkte Harry. En stakkels lille sort slange, som alle foragter og tror er harmløs.

"Frøken Holter og jeg talte om at gå ud og spise middag, hvis det er det, De hentyder til. Hun var ikke den eneste herfra, som jeg bød på middag. De kan bare spørge nogle af de andre. Cathrine og Birgitta for eksempel. Jeg lægger nemlig vægt på at have et godt forhold til mine ansatte."

"*Dine* ansatte?"

"Nå ja, teknisk set er jeg ..."

"Barchef. Nå, hr. barchef, hvordan havde du det med, at hendes kæreste dukkede op her?"

Tomaros briller var begyndt at dugge.

"Inger havde et godt forhold til mange af kunderne, så det var umuligt for mig at vide, at en af dem var hendes kæreste. Hun havde altså en kæreste? Godt for hende ..."

Harry behøvede ikke være psykolog for at gennemskue Tomaros' forsøg på at spille ligeglad.

"Så du har ingen anelse om, hvem hun var på ekstra venlig fod med, Tomaros?"

Han trak på skuldrene.

"Der var selvfølgelig klovnen, men hans interesser går i en anden retning ..."

"Klovnen?"

"Otto Rechtnagel, stamgæst. Hun gav ham tit mad til ..."

"... til hunden!" råbte Harry. Tomaros hoppede i stolen. Harry rejste sig og slog en knytnæve ned i håndfladen.

"Der har vi det! Otto fik en pose i baren i går. Det var madrester til hunden! Nu kan jeg huske, at han sagde noget om sin hund. Inger sagde til Birgitta, at hun tog madrester med til hunden den aften, hun tog hjem, og vi er hele tiden gået ud fra, at det var til husværtens hund. Men den tasmanske djævel er vegetar. Ved De, hvilken slags madrester det var? Ved De, hvor Rechtnagel bor?"

"Du gode Gud, hvor skulle jeg vide det fra?" spurgte Tomaros forskrækket. Han havde skubbet sin stol helt tilbage mod bogreolen.

"Okay, hør her. Hold kæft om denne snak. De må ikke engang nævne den for Deres kære mor, for så kommer jeg tilbage og skærer hovedet af Dem. Forstår De det, hr. Bea ... hr. Tomaros?"

Alex Tomaros nikkede bare.

"Og nu vil jeg låne en telefon."

Ventilatoren knirkede ynkeligt, men det var der ingen, der lagde mærke til. Alle havde opmærksomheden rettet mod Yong, som havde lagt en transparent med et kort over Australien på overheaden. På kortet havde han tegnet små, røde prikker med datoer ud for.

"Det her er tid og sted for de voldtægter og mord, som vi føler os sikre på, at vor mand står bag," sagde han. "Vi har tidligere prøvet at finde et geografisk eller tidsmæssigt mønster uden held. Nu kan det se ud, som om Harry har fundet det for os."

Yong lagde en anden transparent over den første med det samme kort på. Den havde blå prikker, som dækkede næsten alle de røde nedenunder.

"Hvad er det?" spurgte Wadkins utålmodigt.

"Det er hentet fra turnéplanen for 'The Australian Travelling Showpark', et omrejsende tivoli, og de blå prikker viser, hvor det befandt sig på de aktuelle datoer."

Ventilatoren fortsatte sin klagesang, men ellers var der helt stille i mødelokalet.

"Hellige Jeremias, nu har vi ham!" udbrød Lebie.

"Chancen for, at det skulle være et tilfælde, er statistisk set cirka én til fire millioner," smilede Yong.

"Vent lige lidt, hvem er det, vi leder efter her," afbrød Wadkins.

"Vi leder efter denne mand," sagde Yong og lagde en tredje transparent på. Over et forsigtigt smil i et blegt, lidt kvabset ansigt, kiggede et par triste øjne på dem fra lærredet. "Harry kan fortælle, hvem det er."

Harry rejste sig.

"Det her er Otto Rechtnagel, professionel klovn, 42 år, som har rejst med 'The Australian Travelling Showpark' de sidste ti år. Når tivoliet ikke er på turné, bor han alene i Sydney og optræder som freelancer. Han har lige startet en lille cirkustrup, som giver forestillinger i byen. Han har en ren straffeattest, så langt vi kan se tilbage, og har aldrig før været i søgelyset i forbindelse med sædelighedssager. Han anses for at være en flink, rolig fyr, dog noget excentrisk. Det springende punkt er, at han kendte afdøde. Han var stamgæst på den restaurant, hvor Inger Holter arbejdede, og de var efterhånden blevet gode venner. Hun var sandsynligvis på vej hjem til Otto Rechtnagel den nat, hun blev dræbt. Med mad til hans hund."

"Mad til hunden?" lo Lebie. "Klokken halv to om natten? Der vankede vel også lidt til klovnen, må man formode."

"Lige netop dér kommer du ind på det lidt bizarre i sagen," sagde Harry. "Otto Rechtnagel har opretholdt en facade som 100 % rendyrket homoseksuel, siden han var ti år gammel."

Oplysningen affødte en mumlen omkring bordet.

Wadkins stønnede:

"Mener du, at en *så* homoseksuel mand kan have dræbt syv kvinder og voldtaget det seksdobbelte antal?"

McCormack var kommet ind i mødelokalet. Han var blevet orienteret på forhånd:

"Hvis man har været lykkelig bøsse hele livet med venner, der alle var bøsser, er det måske ikke så underligt, at man bliver lidt ængstelig den dag, man mærker, at synet af et par veldrejede bryster får det til at rykke i Kalorius. Jamen for fanden, vi bor i Sydney, den eneste by i verden, hvor folk er skabsheteroer."

McCormacks buldrende latter overdøvede Yongs lyse pippen – han lo, så øjnene blev forvandlet til to tynde streger i ansigtet på ham.

Men Wadkins lod sig ikke rive med af det gode humør. Han kløede sig i håret. "Uanset hvad, er der alligevel noget, der ikke stemmer her. Hvorfor skulle en, der har været så kold og beregnende hele vejen igennem, pludselig blotte sig så komplet og aldeles? Invitere et offer hjem til sig på den måde ... jeg mener – han kunne jo ikke vide, om Inger fortalte, hvor hun skulle hen. I så tilfælde havde hun jo ført os direkte til ham. Desuden ser det jo ud til, at alle de andre ofre er valgt helt tilfældigt. Hvorfor skulle han pludselig bryde mønsteret på den måde og udvælge sig en pige, han kender?"

"Det eneste, vi ved om den arme stakkel, er jo, at han ikke har noget mønster," sagde Lebie og pustede på en af sine ringe. "Tværtimod virker det jo, som om han godt kan lide lidt afveksling. Bortset fra, at ofrene skal være blonde piger," – han pudsede ringen med skjorteærmet – "og at de godt kan kvæles bagefter."

"En til fire millioner," gentog Yong.

Wadkins sukkede.

"Okay, jeg giver mig. Måske er vores bønner bare blevet hørt. Måske begik han endelig den fejl."

"Hvad gør I nu?" spurgte McCormack.

Harry tog ordet: "Otto Rechtnagel er næppe hjemme, han har premiere på en ny forestilling med sin cirkustrup ude på Bondi Beach i aften. Jeg vil foreslå, at vi tager derud og ser ham optræde og pågriber ham umiddelbart efter forestillingen."

"Jeg må sige, at vores norske kollega hans sans for det lidt dramatiske," sagde McCormack.

"Hvis forestillingen bliver afbrudt, er medierne på sagen med det samme, *Sir.*"

McCormack nikkede svagt. "Wadkins?"

"Det er i orden med mig, *Sir.*"

"Godt. Træk ham ind, drenge."

Andrew havde trukket dynen helt op til hagen og så ud, som om han allerede lå på lit de parade. Hævelserne på siden af ansigtet havde antaget et spektrum af interessante kulører, og ansigtet fortrak sig af smerte, da han prøvede at smile til Harry.

"Gud, gør det så ondt at smile?" spurgte Harry.

"Alt gør ondt. Det gør ondt bare at tænke," svarede Andrew arrigt.

Der stod en buket blomster på hans natbord.

"Fra en hemmelig, kvindelig beundrer?"

"Kald det bare det. Han hedder Otto. Og i morgen kommer Toowoomba på besøg, og i dag er du her. Det er godt at føle sig elsket."

"Jeg har også taget noget med til dig. Du må tage den, når der ikke er nogen, der kan se det." Harry holdt en tyk, næsten sort cigar i vejret.

"Ah, *maduro*. Selvfølgelig. Fra min kære, norske *amarillo*." Andrew strålede og lo, så forsigtigt han kunne.

"Hvor længe har jeg kendt dig nu, Andrew?"

Andrew aede cigaren, som om den var en kattekilling.

"I indtil flere dage, *mate*. Vi er snart for brødre at regne."

"Og hvor lang tid tror du, det tager at blive *rigtigt* bekendt med et menneske?"

"Rigtigt bekendt?" Andrew lugtede henført til cigaren.

"Jah, Harry, de mest befærdede stier i den store, mørke skov tager det ikke nødvendigvis så lang tid at gøre sig bekendt med. Nogle mennesker har lige, gode veje og både gadebelysning og vejskilte. De ser ud til at ville fortælle dig alt. Men det er lige der, man skal være forsigtig med ikke at tage noget for givet. For det er ikke på de oplyste veje, du finder skovens dyreliv, det er ude i buskadset og underskoven."

"Og hvor lang tid tager det at lære den at kende?"

"Det kommer an på den, der færdes der. Og på skoven. Nogle skove er mørkere end andre."

"Og hvordan er din skov?" spurgte Harry.

Andrew gemte cigaren i natbordets skuffe.

"Mørk. Som en *maduro*-cigar." Han så på Harry.

"Men det lader det til, at du har fundet ud af ..."

"Jeg har snakket med en af dine venner, som har kastet lidt mere lys over, hvem Andrew Kensington er, ja."

"Nå, jamen så ved du jo, hvad jeg taler om. Om ikke at lade sig narre af de oplyste veje. Men du har jo selv et par mørke pletter, så det behøver jeg vel ikke forklare dig?"

"Hvad mener du?"

"Lad mig sige det på den måde, at jeg kan genkende et menneske, som er holdt op med noget. At drikke, for eksempel."

"Det gør alle vist," mumlede Harry.

"Alt det, man lægger bag sig, efterlader spor, ikke sandt? Det liv, man har levet, kan læses af dem, der kan læse."

"Og det kan du?"

Andrew lagde sin store næve på Harrys skulder. Han var blevet bemærkelsesværdigt opkvikket, syntes Harry.

"Jeg kan godt lide dig, Harry. Du er min ven. Jeg tror, du ved, hvad det her handler om, så lad være med at lede det forkerte sted. Jeg er bare en af de mange millioner ensomme sjæle, som prøver at leve her på jorden. Jeg prøver at gennemføre det uden at begå alt for mange skæbnesvangre fejl. Det sker oven i købet, at jeg er så meget ovenpå, at jeg prøver at udrette noget godt. Det er det hele. Jeg er ikke vigtig i denne sammenhæng, Harry. Det fører ikke til noget at finde ud af noget om mig. Ikke engang jeg er sgu særligt interesseret i at finde ud af for meget."

"Hvorfor ikke?"

"Når ens egen skov er så mørk, at man ikke selv kender den for godt, kan det være klogt ikke at gå for meget på opdagelse. Man kan hurtigt komme i uføre."

Harry nikkede og blev siddende og kiggede på blomsterne i vasen, "Tror du på tilfældigheder?" spurgte han.

"Tja," sagde Andrew. "Livet består jo af en sammenhængende række af helt usandsynlige tilfældigheder. Hvis man køber en lodseddel og for eksempel får nummer 822531, er chancen for, at man fik lige det nummer en til en million."

Harry nikkede igen. "Det, der plager mig," sagde han, "er, at jeg har fået lige netop det nummer lidt for mange gange i træk."

"Ja?" Andrew satte sig stønnende op i sengen. "Fortæl det til onkel Andrew."

"Det første, der skete, da jeg kom til Sydney, var, at jeg fik at vide, at du faktisk slet ikke var tiltænkt den her sag, men at du insisterede på at blive sat på Inger Holter mordet. Desuden har du bedt specielt om at arbejde sammen med mig, udlændingen. Allerede på det tidspunkt burde man have stillet sig selv nogle spørgsmål. Det næste du gør, er at præsentere mig for en af dine venner under påskud af at se et halvmorsomt cirkusnummer for at slå tiden ihjel. Ud af fire millioner indbyggere i Sydney hilser jeg den første aften på denne ene fyr. Én fyr! Fire millioner mod en. Samme fyr dukker for resten op igen, vi indgår oven i købet et meget personligt væddemål på 100 dollars, men pointen er, at han dukker op i den bar, hvor Inger Holter arbejder, og det viser sig, at han kender hende! Også det er fire millioner mod en. Og mens vi prøver at indkredse en *sandsynlig* morder, nemlig Evans White, kommer du pludselig med en kontakt, som har *set* White, et ud af 18 millioner mennesker på dette kontinent, en kontakt som tilfældigvis befinder sig lige præcis i Nimbin på selve mordnatten!"

Andrew så ud, som om han var faldet i dybe tanker. Harry fortsatte:

"Så det er vel kun naturligt, at du giver mig adressen på den pub, hvor Evans Whites gorillaer 'tilfældigvis' er stamgæster, sådan at de under pres kan bekræfte den historie, som alle tilsyneladende gerne vil have mig til at tro på: at White ikke er indblandet."

To sygeplejersker havde gjort deres entre, og den ene tog fat i sengens fodende. Den anden sagde venligt, men bestemt: "Jeg beklager, men besøgstiden er forbi. Hr. Kensington skal til EEG, og lægerne venter."

Harry lænede sig ned over Andrew:

"Jeg er i bedste fald en jævnt intelligent mand, Andrew. Men jeg ved, at du prøver at fortælle mig noget. Jeg forstår bare ikke, hvorfor du ikke kan sige det direkte. Og hvorfor du har brug for mig. Er der nogen, som har noget på dig, Andrew?"

Harry fulgte med ved siden af sengen, mens sygeplejerskerne kørte den ud ad døren og fortsatte hen ad gangen. Andrew havde lagt sig tilbage på puden og havde lukket øjnene.

"Harry, du sagde, at hvide og aboriginere var nået frem til omtrent den samme historie om de første mennesker på jorden, fordi vi har draget de samme konklusioner om ting, vi ikke ved noget om, at vi nærmest havde visse medfødte måder at tænke på. På den ene side er det nok det dummeste, jeg nogensinde har hørt, på den anden side håber jeg lidt, at du har ret. Og i så tilfælde er det bare med at lukke øjnene og se ..."

"Andrew!" Harry hvæsede det ind i hans øre. De var standset foran en vareelevator, og den ene sygeplejerske var ved at åbne døren.

"Du skal ikke køre rundt med mig, Andrew, hører du! Er det Otto? Er det Otto, der er Bubbur?"

Andrew slog øjnene op.

"Hvordan ..."

"Vi tager ham i aften, Andrew. Efter forestillingen."

"Nej!" Andrew rejste sig halvt op i sengen, men den ene sygeplejerske pressede ham forsigtigt, men bestemt ned i sengen igen.

"Lægen har givet Dem besked på at ligge helt stille, hr. Kensington. Husk, at De har en alvorlig hjernerystelse." Hun vendte sig om mod Harry: "Og nu kommer De ikke med videre."

Andrew kæmpede sig op på albuen igen.

"Ikke endnu, Harry! Giv mig to dage. Ikke endnu. Lov mig, at I venter to dage! Gå ad helvede til, frøken!"

Han slog den hånd væk, der prøvede at presse ham ned igen.

Harry stod ved hovedenden og holdt sengen tilbage. Han bøjede sig ned og hviskede hurtigt og intenst, nærmest spyttede ordene frem:

"Foreløbig er der ikke andre, der ved, at Otto kender dig, men det er selvfølgelig kun et spørgsmål om tid, før det er kendt. De vil begynde at fundere over din rolle i det her, Andrew. Jeg kan ikke udskyde den anholdelse, uden at du giver mig en allerhelvedes god grund. Nu!"

Andrew greb fat i Harrys skjortekrave: "Se bedre efter, Harry! Brug øjnene! Se at ...," begyndte han, men gav op og sank tilbage i sengen.

"Se hvad?" prøvede Harry, men Andrew havde lukket øjnene og vinkede afværgende med hånden. Han virkede pludselig gammel og lille, syntes Harry. Gammel og lille og sort, i en stor, hvid seng.

En af sygeplejerskerne skubbede brysk Harry til side, og det sidste han så, før elevatordøren lukkede, var Andrews store, sorte hånd, som stadig vinkede.

11

En henrettelse, og Birgitta tager tøjet af

Der havde lagt sig et tyndt skyflimmer foran eftermiddagssolen ovre bag Bondi Beach. Stranden var ved at blive tømt, og der kom en jævn strøm af den type mennesker, der befolker Australiens berømte og glamourøse strand: Surfere med hvidmalede læber og næse, vuggende bodybuildere, piger i afklippede cowboybukser på rollerblades, solbrændte B-kändisser og siliconeopererede badenymfer. Kort sagt "The Beautiful people", de unge, smukke og – i hvert fald på overfladen – succesrige. Campbell Parade, hvor modebutikker, eftertragtede små hoteller og enkle, men uforholdsmæssigt dyre restauranter ligger side ved side, var på denne tid af dagen en sydende boulevard. Åbne sportsvogne gled fremad i køen, førerne speedede op med utålmodige brunstbrøl, mens de kiggede ind på fortovet gennem solbrillernes blinde spejlglas.

Harry tænkte på Kristin.

Han tænkte på dengang han og Kristin var på Interrail og var steget af toget i Cannes. Det var midt i højsæsonen for turister, og der havde ikke været et eneste ordentligt værelse at opdrive i hele byen. De havde rejst så længe, at pengekassen næsten var tom, og deres rejsebudget kunne slet ikke klare en overnatning på nogen af de mange luksushoteller. Så de fandt ud af, hvornår næste tog til Paris afgik, placerede rygsækken i en garderobeboks på stationen og gik ned til Croisetten. Der promenerede de frem og tilbage og så på mennesker og dyr, alle lige smukke og rige, og på de vanvittige lystyachter med eget mandskab – med cabin-cruisere fortøjet til agterenden som shuttle-både og helikopterdæk på taget – og alt det fik dem til at sværge lige på stedet, at de ville stemme socialistisk i al fremtid.

Til sidst blev de så svedige af al deres spadseren, at de fandt ud af, at de måtte have et bad. Håndklæder og badetøj lå i rygsækkene, så de måtte bade i deres undertøj. Kristin havde ikke flere rene trusser og gik i et par af Harrys velvoksne herretrusser. De væltede sig ud i Middelhavet blandt dyre tangatrusser og tunge guldsmykker, lykkeligt klukkende i deres hvide Dovre-underbukser.

Harry kunne huske, at han lå på ryggen i sandet bagefter og så Kristin stå med en T-shirt løst bundet omkring livet, mens hun trak de våde, slappe underbukser af. Han nød synet af hendes glødende hud med vanddråber, der glitrede i solen, T-shirten som gled op over et langt, solbrunt lår, hoftens bløde bue, franskmændenes lange blikke, hvordan hun et øjeblik så på ham, tog ham på fersk gerning, smilede og holdt hans blik, mens hun dvælende trak cowboybukserne på – stak en hånd inden for T-shirten som for at trække lynlåsen op, men lod den være der, løftede hovedet, lukkede øjnene ... Så slikkede hun sig drillende om munden med en rød tungespids, hvorefter det blev for meget, og hun grinende landede oven på ham.

Bagefter spiste de på en alt for dyr udendørs restaurant med udsigt over havet, og da solen gik ned, sad de med armene om hinanden på stranden, mens Kristin græd lidt, fordi det var så smukt, og de blev enige om at tage ind på Carlton Hotel og stikke af fra regningen og eventuelt skippe de to dage, de havde planlagt at være i Paris.

Den sommer var altid det første, han tænkte på, når han tænkte på Kristin. Det havde været så intenst, og bagefter kunne det være så let at sige, at grunden dertil lå i en begyndende adskillelse. Men Harry kunne ikke huske, at han havde tænkt på det lige præcis dengang.

Samme efterår kom Harry ind til militæret, og lige før jul havde Kristin mødt en musiker, som hun fulgtes med til London.

Ved et bord på fortovet på hjørnet af Campbell Parade og Lamrock Avenue sad Harry, Lebie og Wadkins. Bordet lå i skygge så sent på eftermiddagen, men det var endnu ikke så sent, at deres solbriller så påfaldende ud. På det punkt var jakkesættene værre, fordi det var så varmt, men alternativet var jakkeærmer og pistolhylster. De sagde ikke meget, men sad bare og ventede.

Midt på strandpromenaden mellem stranden og Campbell Parade lå St. George's Theatre, en smuk, gul bygning, hvor Otto Rechtnagel snart skulle optræde.

"Har du brugt en Browning Hi-Power før?" spurgte Wadkins.

Harry rystede på hovedet. De havde vist ham ladegrebene, og hvordan han afsikrede våbnet, da han fik det udleveret på depotet, og det var alt. Det var ikke så risikabelt. Harry troede ikke ligefrem, at Otto ville trække en maskinpistol frem og plaffe dem ned.

Lebie kiggede på sit ur. "Så er det på tide at komme i gang," sagde han. Der lå en krans af svedperler omkring hans hoved.

Wadkins rømmede sig.

"Okay, sidste gennemgang: Mens alle er på scenen og bukker efter afslutningsnummeret, går Harry og jeg ind ad døren ved siden af scenen. Jeg har aftalt med vagtmesteren, at den skal stå åben. Han har også sat et stort navneskilt på Rechtnagels garderobedør. Vi stiller os udenfor, indtil Rechtnagel kommer, og pågriber ham der. Smæk – på med håndjern og ingen våben fremme, medmindre der opstår en situation. Ud ad bagdøren, hvor der står en politibil og venter på os. Lebie bliver siddende i salen og giver os et signal på walkie-talkien, når Rechtnagel kommer. Det samme sker, hvis Rechtnagel skulle lugte lunten og prøve at stikke af gennem salen mod hovedudgangen. Lad os gå ind og tage plads og bede en stille bøn til, at de har aircondition."

Der var fyldt i den lille intime sal i St. George's Theatre, og stemningen var høj, da tæppet gik op. Det vil sige, tæppet gik ikke op, det gik ned. Klovnerne blev først stående og kiggede forvirret op i loftet, hvor scenetæppet pludselig havde løsnet sig, så diskuterede de med store gebærder, før de planløst begyndte at løbe rundt for at få tæppet væk fra scenen, mens de snublede over hinanden og hilste undskyldende til publikum med hatten. Det affødte latter og godmodige tilråb. Det virkede, som om der var temmelig mange venner og bekendte til aktørerne i salen. Scenen blev ryddet, lavet om til et skafot, og til akkompagnement af en langsom, monoton begravelsesmarch spillet på en enkelt tromme, kom Otto ind på scenen.

Harry så guillotinen og blev straks klar over, at det var en variant af det samme nummer, som han havde set i The Power House. Det var tydeligt, at det var dronningen, der skulle til at bide i græsset i aften, for Otto var klædt i en rød balkjole med en ualmindeligt lang, hvid paryk og hvidpudret ansigt. Bødlen havde også nyt kostume på, en sort, tætsiddende dragt med store ører og 'svømmehud' under armene, noget som gjorde, at han lignede en djævel.

Eller en flagermus, tænkte Harry.

Kniven i guillotinen blev hejst op, et græskar blev placeret neden under, og kniven blev løsnet. Med et dunk ramte den bunden af guillotinen, som om der overhovedet ikke havde ligget noget græskar. Bødlen holdt triumferende de to halvdele af den store frugt i vejret, mens publikum hujede og peb. Efter nogle hjerteskærende scener, hvor dronningen græd og bad om nåde og uden held forsøgte at indynde sig hos den sortklædte, blev dronningen slæbt hen til guillotinen med sprællende ben, der stak ud under kjolen, til publikums store fornøjelse.

Guillotinen blev hejst op igen, og trommen begyndte at spille en hvirvel, som bare steg og steg, mens scenelyset blev dæmpet.

Wadkins lænede sig frem:

"Han dræber altså også blondiner på scenen?"

Trommehvirvlen steg og steg. Harry kiggede sig omkring. Folk sad som på nåle, nogle bøjede sig fremover med åben mund, mens andre holdt sig for øjnene. Sådan havde generationer af mennesker siddet i over hundrede år og ladet sig fryde og forskrække af det samme nummer. Som et svar på hans tanker lænede Wadkins sig frem mod ham igen:

"Vold er som Coca-Cola og Bibelen. En klassiker."

Trommehvirvlen fortsatte, og Harry blev opmærksom på, at det begyndte at vare lidt længe. De havde da ikke brugt så lang tid på at slippe kniven, første gang han så nummeret? Bødlen var blevet urolig. Han trippede frem på scenen og kiggede op mod det øverste af guillotinen, som om noget var galt. Så pludselig, tilsyneladende uden at nogen havde foretaget sig noget, kom kniven susende. Harry stivnede uvilkårligt, og der gik et gisp gennem salen, da kniven ramte nakken.

Trommen holdt pludselig inde, og hovedet faldt med et dunk ned på gulvet. En øredøvende stilhed fulgte, før der blev skreget et sted oppe foran Wadkins og Harry. Uroen bredte sig i salen, og Harry prøvede at skimte, hvad der foregik i salens halvmørke. Det eneste han så, var bødlen, der trådte tilbage med et sæt.

"Du godeste!" hviskede Wadkins.

Der kom en lyd oppe fra scenen, som om en eller anden stod og klappede i hænderne. Så fik Harry øje på det. Ud fra den henrettedes halslinning stak rygraden frem som en hvid orm, der lige så stille nikkede med hovedet. Blodet sprøjtede i stød ud af det gabende hul og plaskede ned på scenegulvet.

"Han vidste, at vi var på vej!" hviskede Wadkins. "Han vidste, at vi kom! Han klædte sig oven i købet ud som et af sine forpulede voldtægtsofre!" Han lænede sig helt op i Harrys ansigt. "Satans, Holy! Satans!"

Harry vidste ikke, hvad det var, der pludselig gav ham kvalme – om det var alt blodet, Wadkins usmagelige placering af ordet "forpulet" lige foran "voldtægtsofre", eller slet og ret mandens afsindigt dårlige ånde.

I løbet af et øjeblik havde der dannet sig en rød sø, som bødlen gled i, da han løb hen for at samle hovedet op, tilsyneladende i en tilstand af chok. Han gik i gulvet med et brag, og to af de andre klovner løb ud på scenen, mens de skreg i munden på hinanden:

"Tænd lyset!"

"Op med tæppet!"

To af de andre klovner kom løbende med scenetæppet, og alle fire blev stående og kiggede skiftevis på hinanden og op i loftet. Der lød et råb bag scenen, det gnistrede i projektørerne og smældede højt, før det blev totalt mørket i salen.

"Det lugter, det her. Holy, følg mig!" Wadkins kneb Harry i armen, rejste sig og ville af sted.

"Sæt dig ned," hviskede Harry og trak ham ned i stolen igen.

"Hvabehar?"

Lyset blev tændt igen, og scenen, der få sekunder før havde været et eneste kaos af blod, hoveder, guillotiner, klovner og scenetæpper, var helt tom, bortset fra bødlen og Otto Rechtnagel, som stod på scenekanten med dronningens blonde hoved under armen. De blev mødt af et jubelbrøl fra salen, som de modtog med dybe buk.

"*I'll be damned!*" sagde Wadkins.

I pausen bevilgede Wadkins sig selv en øl. "Det første nummer var ved at tage livet af mig," sagde han. "Det er fandeme, så jeg ryster endnu. Måske skulle vi tage fyren med det samme. Jeg bliver nervøs af al den venten."

Harry trak på skuldrene.

"Hvorfor det? Han skal ingen steder og har ingen mistanke. Lad os følge planen."

Wadkins trykkede diskret på walkie-talkien for at checke, at han havde kontakt med Lebie, som for en sikkerheds skyld var blevet siddende inde i salen. Politibilen ved bagdøren var allerede på plads.

Harry måtte stiltiende indrømme, at de nye tekniske finesser i nummeret var effektfulde, men han undrede sig stadig over, hvorfor Otto havde skiftet Ludvig den 16. ud med den blonde kvinde, som ingen med sikkerhed kunne identificere. Han regnede nok med, at Harry havde benyttet fribilletterne og var i salen. Var dette hans måde at lege med politiet på? Harry havde læst, at det ikke var usædvanligt, at seriemordere blev mere og mere selvsikre, efterhånden som tiden gik, uden at de blev fanget. Eller var det en bøn om, at nogen måtte standse ham? Og så var der selvfølgelig en tredje mulighed – at det ganske enkelt var et cirkusnummer, de havde lavet en smule om.

En klokke ringede.

"*Here we go again,*" sagde Wadkins. "Jeg håber ikke, at der er flere, der skal slås ihjel i aften."

I begyndelsen af anden akt kom Otto, udklædt som jæger, listende ind på scenen med en pistol i hånden, mens han kiggede op i nogle træer, som var blevet kørt ind. Fra træerne lød der fuglesang, som jægeren prøvede at efterligne, mens han sigtede op mod grenene. Der lød et tørt smæld, en lille røgsky steg op fra pistolen, og noget sort faldt ned fra træet og ramte scenen med et blødt klask. Jægeren løb derhen og løftede overrasket en sort kat i vejret. Otto bukkede dybt og forlod scenen til spredt bifald.

"Den forstod jeg ikke," hviskede Wadkins.

Harry havde måske sat pris på forestillingen, hvis han ikke havde været så spændt. Men som situationen var, sad han og fulgte mere med i, hvad klokken var, end med det, der foregik på scenen. Desuden indeholdt flere af numrene en politisk satire af lokal karakter, som gik Harrys næse forbi, men som publikum tydeligvis satte stor pris på. Til sidst blev der skruet op for musikken, lysene blinkede, og alle aktørerne kom ind på scenen.

Harry og Wadkins undskyldte, da de gik ud forbi den række mennesker, som måtte rejse sig for at lade dem slippe forbi, og de skyndte sig hen til døren ved siden af scenen. Som aftalt stod den åben, og de kom ind i en gang, som gik i en halvcirkel bag om scenen. Længst inde i gangen fandt de døren med "Otto Rechtnagel, klovn" på og ventede. Musikken, trampene og klapperiet fra salen fik væggene til at ryste. I det samme hørtes en kort susen i Wadkins' walkie-talkie. Han tog den frem.

"Allerede?" spurgte han. "Der er jo stadig musik derude. *Over.*"

Han spærrede øjnene op.

"Hvad?! Gentag! *Over.*"

Nu var Harry klar over, at et eller andet var galt.

"Bliv siddende og hold øje med scenedøren. *Over and out!*" Wadkins lod walkie-talkien glide ned i inderlommen igen og tog sin pistol fra skulderhylstret:

"Lebie kan ikke se Rechtnagel på scenen!"

"Måske kan han ikke genkende ham. De bruger jo temmelig meget sminke, når de ..."

"Svinet er ikke på scenen," gentog han og trak i garderobedørens håndtag, men der var låst.

"Satans også, Holy, jeg kan mærke, at der er noget galt. Satans!"

Gangen var snæver, så Wadkins lænede sig op mod væggen og sparkede på dørlåsen. Efter tre spark gav den efter, så splinterne føg. De tumlede ind i en tom garderobe fuld af hvid damp. Gulvet var vådt. Vandet og dampen kom fra en halvåben dør, som tydeligvis førte ind til badeværelset. De stillede sig op på hver sin side af døren. Harry havde også taget pistolen frem og prøvede at finde sikringen med fingeren.

"Rechtnagel!" råbte Wadkins. "Rechtnagel!"

Intet svar.

"Jeg kan ikke lide det!" hviskede han indædt.

Harry havde set lidt for mange kriminalfilm til selv at kunne lide det. Der havde været en tendens til at være mindre hyggelige ting i sådanne baderum med plaskende vand, hvor ingen svarede.

Wadkins pegede på Harry med pegefingeren og ind i badet med tommelen. Harry havde mest lyst til at svare med en langefinger, men han var klar over, at han skulle i ilden. Han sparkede døren op, gik to skridt ind i en glohed tågedamp og kunne mærke, at han blev gennemblødt i løbet af et øjeblik. Lige foran sit ansigt kunne han skimte et badeforhæng. Med pistolen foran sig trak han forhænget til side med et ryk.

Tomt.

Han brændte sig på armen, da han lukkede for vandet, og bandede højlydt på norsk. Det svuppede i skoene, da han flyttede sig for at få et overblik, mens dampen langsomt fortog sig.

"Ingenting her!" råbte han.

"Hvorfor er der så helvedes meget vand?"

"Der er noget, der stopper afløbet. Øjeblik."

Harry stak hånden ned i vandet, hvor han mente, afløbet måtte være. Han rodede lidt rundt, men så fik han fat i noget blødt og glat, som sad fast. Han fik fat i det og trak det op. Kvalmen steg op i halsen på ham, han sank flere gange og prøvede at trække vejret frit, men det føltes pludselig, som om den damp, han havde indåndet, skulle kvæle ham.

"Hvad sker der?" spurgte Wadkins. Han stod i døråbningen og kiggede ned på Harry, som sad på hug inde på badeværelset.

"Jeg tror, at jeg har tabt et væddemål, og at jeg skylder Otto Rechtnagel 100 dollars," sagde Harry stille. "Eller det, der er tilbage af ham."

Bagefter huskede Harry resten af det, der skete på St. George's Theatre, som gennem en tåge, som om dampen fra Ottos bad bredte sig og trængte ind overalt: Ud i gangen, hvor den slørede omridset af vagtmesteren, som stod og prøvede at få døren op til rekvisitværelset, ind gennem nøglehullerne, hvor den lagde et rødligt filter over det syn, der mødte dem, da de brød døren op og så den bloddryppende guillotine – ind i øregangene, hvor den gjorde lyden af skrigene mærkeligt afdæmpet og ulden, da de ikke fik forhindret kollegerne i at komme ind og se Otto Rechtnagel ligge spredt ud over hele værelset.

Lemmerne var smidt rundt om i hjørnerne som arme og ben på en dukke. Vægge og gulv var oversprøjtet med ægte, klæbrigt blod, som med tiden ville koagulere og blive sort. En lemmeløs krop lå på guillotinebænken, en torso af kød og blod med vidtåbne øjne, klovnenæse og læbestift smurt ud over mund og kinder.

Dampen klæbede sig til Harrys hud, til mund og gane. Som i slowmotion så han Lebie træde ud af tågen, komme hen til sig og hviske ham i øret: "Andrew er forsvundet fra hospitalet."

Wadkins stod stadig som fastnaglet ved guillotinebænken.

"Så satans arrogant," hørte Harry ham sige langt borte.

Så indlysende, tænkte Harry.

Ned over Ottos hoved havde morderen trukket en hvid paryk.

Nogen måtte have smurt ventilatoren. Den kørte, som den skulle, næsten lydløst.

"Den eneste, som betjentene i bilen så komme ud ad bagdøren, var altså denne sortklædte bøddel. Er det sådan, jeg skal forstå det?"

McCormack havde kaldt alle ind på kontoret.

Wadkins nikkede.

"Det er korrekt, *Sir*. Vi må se, hvad skuespillerne og vagterne har set. De er ved at blive afhørt nu. Morderen har enten siddet i salen og er kommet ind ad den åbne scenedør eller er gået ind via bagdøren, før politibilen var på plads."

Han sukkede.

"Vagtmesteren siger, at bagdøren var låst under forestillingen, så enten har morderen haft en nøgle eller er blevet lukket ind, eller også er han i al ubemærkethed kommet ind sammen med skuespillerne og har gemt sig et eller andet sted. Derefter har han banket på efter kattenummeret, mens Otto gjorde sig klar til afslutningen i sin garderobe. Han har sandsynligvis bedøvet ham. Drengene fra teknisk afdeling har fundet spor af diethyler. Lad os håbe det i hvert fald," tilføjede Wadkins. "Enten inde i garderoben eller efter, at de er kommet ind i rekvisitværelset. Uanset hvad, er fyren noget af en kold satan. Efter parteringen tager han det afskårne kønsorgan med, går tilbage til garderoben og lukker op for vandet, sådan at alle, der eventuelt vil prøve at få fat på Otto, kan høre vandet og vil tro, at han er i bad."

McCormack rømmede sig.

"Hvad med den guillotine? Der findes mindre komplicerede måder at slå en mand ihjel på ..."

"Jeg tipper på, at det med guillotinen er et impulsivt indfald, *Sir*. Han kunne næppe have vidst, at den ville blive stillet på plads i pausen."

"En meget, meget syg mand," sagde Lebie til sine negle.

"Hvad med dørene? De var jo låst alle sammen. Hvordan kom de ind i rekvisitværelset?"

"Jeg talte med vagtmesteren," sagde Harry. "Som chef for truppen havde Otto et af teatrets nøgleknipper inde hos sig. Det er væk."

"Og hvad med det ... djævlekostume?"

"Det lå i hovedkassen på guillotinen sammen med det løse hoved og parykken, *Sir*. Morderen tog det på efter drabet og brugte det som forklædning. Også meget snedigt. Og næppe planlagt på forhånd."

McCormack støttede hovedet tungt på hænderne.

"Hvad siger du, Yong?"

Yong havde siddet og tastet på sin pc, mens de andre snakkede.

"Lad os glemme den sortklædte djævel et øjeblik," sagde han. "Al logik siger, at morderen er med i truppen."

Wadkins snøftede højlydt.

"Lad mig tale ud, *Sir*," sagde Yong. "Vi leder efter en, der kender forestillingen, så han vidste, at Otto ikke havde flere numre efter kattenummeret og derfor ikke ville blive savnet på scenen før afslutningsnummeret cirka tyve minutter senere. Et medlem af truppen ville heller ikke behøve at snige sig ind, og det tvivler jeg på, at andre ville kunne klare ubemærket. En af jer havde sandsynligvis lagt mærke til det, hvis han var kommet ind ad døren ved siden af scenen."

De andre kunne blot nikke samtykkende.

"Desuden har han kigget efter og fundet ud af, at tre af truppens medlemmer også var med i 'The Australian Travelling Showpark'. Det betyder, at der var tre andre personer til stede i aften, som har været på de gerningssteder, vi har snakket om, på de aktuelle datoer. Måske var Otto bare en uskyldig mand, som vidste for meget? Lad os begynde at lede der, hvor vi har mulighed for at finde noget. Jeg foreslår, at vi begynder med truppen i stedet for et operafantom, som allerede er over alle bjerge."

Wadkins rystede på hovedet.

"Vi kan ikke bare se bort fra det oplagte – en ukendt person, som forlader gerningsstedet i en forklædning, som opbevares ved siden af mordvåbnet. Det kan ikke være muligt, at han ikke har noget med mordet at gøre."

Harry var enig:

"Jeg tror, vi kan glemme de andre i truppen. For det første, er der ingenting her, som ændrer på den kendsgerning, at Otto kan have voldtaget og dræbt alle de piger. Der kan være mange årsager til, at nogen ønsker at tage livet af en seriemorder. Vedkommende kan på en eller anden måde være indblandet, for eksempel. Måske vidste han, at Otto stod for at blive taget af politiet, og ville ikke løbe den risiko, at han tilstod og trak ham med ned i malstrømmen. For det andet er det ikke sikkert, at morderen på forhånd vidste, hvor god tid han havde – han kan have tvunget Otto til at fortælle, hvornår han skulle på scenen igen. Og for det tredje: Mærk efter!"

Han lukkede øjnene.

"I kan godt mærke det, ikke? Flagermusmanden er vores mand. *Narahdarn*!"

"Hvabehar?" sagde Wadkins.

McCormack rømmede sig. "Det virker, som om vor norske ven er trådt ind i tomrummet efter vores alle sammens kære kommissær Kensington," sagde han.

"*Narahdarn,*" gentog Yong. "Aboriginernes dødssymbol, flagermusmanden."

"Der er noget andet, som gør mig lidt urolig," fortsatte McCormack. "Fyren kan ubemærket stikke ud ad bagdøren under forestillingen og være ti skridt henne ad en af Sydneys mest befærdede gader i løbet af få sekunder. Alligevel tager han sig tid til at iklæde sig et kostume, som helt sikkert vil vække opmærksomhed. Men som også gør, at vi ikke har noget signalement af ham. Man får næsten en følelse af, at han vidste, at politibilen stod der for at holde øje med bagdøren. Og i så tilfælde: Hvordan er det muligt?"

Der blev stille.

"Hvordan går det med Kensington på hospitalet, forresten?" McCormack tog en pastil frem og begyndte at tygge på den.

Der blev helt stille. Kun ventilatoren gav en svag lyd fra sig.

"Han er der ikke mere," sagde Lebie efter et stykke tid.

"Nå, det må jeg sige. Det var en kort rekonvalescens!" sagde McCormack. "Ja ja, det er godt nok. Vi har brug for alt disponibelt mandskab så hurtigt som muligt nu, for jeg kan godt fortælle jer én ting: Sønderlemmede klovner giver større overskrifter end voldtagne piger. Og som jeg har sagt til jer før, gutter: De, der tror, at vi kan blæse på aviserne, tager fejl. Aviserne har fået politichefer fyret og ansat før i dette land. Så medmindre I vil have mig kørt ud herfra, så ved I, hvad der skal gøres. Men tag hjem og få lidt søvn først. Ja, Harry?"

"Ingenting, *Sir.*"

"Okay. Godnat."

Det var anderledes. Gardinerne i hotelværelset var ikke trukket for, og i skinnet fra neonlysene på King's Cross klædte Birgitta sig af for ham.

Han lå i sengen, mens hun stod midt ude på gulvet og lod stykke efter stykke falde, mens hun holdt ham fast med et alvorligt, næsten sørgmodigt blik. Birgitta var langlemmet, slank og hvid som sne i det blege lys. Fra det halvåbne vindue hørtes en summen af lyde fra et intensivt natteliv – biler, motorcykler, spilleautomater med lirekasselyde og dunkende discomusik. Og i bunden af det hele – som menneskelige fårekyllinger – lyden af højlydte diskussioner, indignerede skrig og kåd latter.

Birgitta knappede blusen op, ikke bevidst dvælende eller sensuelt, men stille og roligt. Hun klædte sig bare af.

For mig, tænkte Harry.

Han havde set hende nøgen før, men lige i aften var det altså anderledes. Hun var så smuk, at han fik en klump i halsen. Tidligere havde han ikke forstået hendes blyhed, hvorfor hun ikke tog T-shirt og trusser af, før hun var nede under dynen, og hvorfor hun dækkede sig til med et håndklæde, når hun gik fra sengen til badet. Men efterhånden havde han indset, at det ikke handlede om at være genert eller at skamme sig over sin krop, men om at blotte sig. At det handlede om først at bygge noget op med tid og følelser, bygge en lille rede af tryghed, at det var det eneste, der kunne give ham *retten*. Derfor var situationen anderledes i nat. Der var noget rituelt over afklædningen, som om hun med sin nøgenhed ville vise, hvor sårbar hun var. At hun turde, fordi hun stolede på ham.

Harry kunne mærke, at hans hjerte hamrede, dels fordi han var stolt over og glad for, at denne stærke, smukke kvinde gav ham dette bevis på tillid, og dels fordi han var rystende nervøs for ikke at vise sig tilliden værdig. Men mest af alt fordi han kunne mærke, at alt det han tænkte og følte lå uden på ham, til almen beskuelse i skæret fra reklameskilte i rødt, så blåt, og så en smule grønt. At hun ved at klæde sig af også klædte ham af.

Da hun var nøgen, blev hun stående, og al den hvide hud syntes at lyse hele værelset op.

"Kom," sagde han med en stemme, der var mere grødet end tilsigtet, og trak tæppet til side. Men hun blev stående.

"Se," hviskede hun. "Se."

12

En fed dame og en obducent

Klokken var otte om morgenen, og Djengis Khan sov, da sygeplejersken efter intense forhandlinger gik med til at slippe Harry ind på sygestuen. Han slog øjnene op, da Harry skrabede med stolen, som han skubbede helt hen til sengen.

"Godmorgen," sagde Harry. "Jeg håber, du har sovet godt. Kan du huske mig? Ham på bordet med åndedrætsproblemer?"

Djengis Khan stønnede. Han havde en stor hvid bandage om hovedet og så noget mindre farlig ud, end da Harry havde haft ham hængende over sig på The Cricket.

Harry tog en kricketbold op af lommen.

"Jeg har lige snakket med din advokat. Han sagde, at du ikke vil anmelde min kollega."

Harry kastede bolden fra højre til venstre hånd.

"Med tanke på, at du var i færd med at tage livet af mig, ville jeg selvfølgelig lave et mægtigt postyr. Hvis du havde anmeldt ham, der reddede mig. Men ham din advokat mener åbenbart, at du har en god sag. For det første siger han, at du ikke *angreb* mig, du *fjernede* mig bare fra din ven, som jeg var i færd med at påføre *alvorlige* skader. For det andet hævder han, at det kun var tilfældigheder, som gjorde, at du slap med brud på kraniet i stedet for at blive dræbt af den her kricketbold."

Han kastede bolden op i luften og fangede den igen lige foran ansigtet på den blege krigsfyrste.

"Og ved du hvad? Jeg er enig. En *fast ball* lige i panden på fire meters afstand – det var rent og skært uheld, at du overlevede. Advokaten ringede til mig på arbejdet i dag og ville høre det nøjagtige hændelsesforløb. Han tror, der er grundlag for en erstatningssag, i hvert fald hvis du får varige mén. Denne art af advokater tilhører som bekendt gribbefamilien, der beregner sig en tredjedel af erstatningsbeløbet, men det har han vel fortalt dig? Jeg spurgte ham, hvorfor det ikke var lykkedes ham at overtale dig til at sagsøge mig. Han mente, det kun var et spørgsmål om tid. Så nu spekulerer jeg på – er det bare et spørgsmål om tid, Djengis?"

Djengis rystede forsigtigt på hovedet.

"*No, please go now,*" gurglede han svagt.

"Men hvorfor ikke? Hvad har du at tabe? Hvis du skulle blive invalid, er der jo store penge at hente i sådan en sag. Husk, at det ikke er en stakkels, fattig privatperson, du sagsøger, det er selve staten. Jeg har checket, at du oven i købet har klaret at holde din straffeattest nogenlunde ren. Så hvem ved, et nævningeting ville måske give dig medhold og gøre dig til millionær. Men du vil altså ikke engang prøve?"

Djengis svarede ikke, men så bare på Harry med skæve, sørgmodige øjne under den hvide bandage.

"Jeg er ved at være træt af at sidde på et hospital, Djengis, så jeg skal fatte mig i korthed. Dit angreb på mig resulterede i to brækkede ribben og en punkteret lunge. Eftersom jeg ikke havde uniform på, viste ID eller udførte arbejde efter instruks, og Australien desuden ligger et stykke uden for min jurisdiktion, så er anklagemyndigheden nået frem til, at jeg i juridisk forstand optrådte som privatperson og ikke som tjenestemand. Det vil sige, at jeg selv kan afgøre, om jeg vil anmelde dig for vold eller ej. Hvilket bringer os tilbage til din *næsten* rene straffeattest. Du har nemlig en betinget dom på seks måneder for legemsbeskadigelse hængende over hovedet, er det ikke korrekt? Lægger vi seks måneder til for det her, er vi oppe på et år. Et år mod at fortælle mig ..." – han lænede sig ned mod det øre, der stak frem som en lyserød svamp under Djengis Khans indbundne hoved og råbte – "HVAD I HELVEDE DET ER, DER FOREGÅR!"

Harry satte sig tilbage i stolen igen.

"Hvad siger du?"

McCormack stod med ryggen til Harry, armene over kors og en hånd foran ansigtet, mens han kiggede ud ad vinduet. Den tætte tåge udenfor havde udvisket farverne og frosset bevægelserne, så udsigten mest af alt fortonede sig til et uskarpt, sort/hvidt billede af byen. Stilheden blev brudt af en klaprende lyd. Efter et stykke tid gik det op for Harry, at det var McCormacks negle, der trommede mod fortænderne i overmunden.

"Så Kensington kendte Otto Rechtnagel? Og du har vidst det hele tiden?"

Harry trak på skuldrene.

"Jeg ved, jeg burde have sagt det noget før, *Sir*. Men jeg følte ikke, at ..."

"... at det var din opgave at fortælle, hvem Andrew Kensington kender og ikke kender. Fint nok. Men nu er Kensington altså stukket af fra hospitalet, ingen ved, hvor han er, og du begynder at ane uråd?"

Harry nikkede bekræftende til ryggen.

McCormack så på ham i rudens spejlbillede. Så udførte han en halv piruet, så han vendte front mod Harry.

"Du virker en smule ..." – han fuldførte piruetten og stod igen med ryggen til ham – "... rastløs, Holy. Er der noget, der plager dig? Er der andet, du vil fortælle mig?"

Harry rystede på hovedet.

Otto Rechtnagels lejlighed lå i Surrey Hills, ganske rigtig på vejen mellem The Albury og Inger Holters lejlighed i Glebe. En smældfed dame stod og spærrede hele trappeopgangen, da de kom.

"Jeg så bilen. Kommer I fra politiet?" spurgte hun med høj, skærende stemme og fortsatte uden at vente på svar: "De kan selv høre hunden. Sådan har den været i gang lige siden i morges."

De kunne høre en hæs gøen inde bag døren til Otto Rechtnagels lejlighed.

"Det er trist med hr. Rechtnagel, det er det, men nu *må* De tage hans hund med, altså. Den har gøet i ét væk og er ved at drive alle her i opgangen til vanvid. Det skulle ikke være tilladt at holde hund her. Hvis De ikke gør noget, bliver vi nødt til at ... åh ja, De ved, hvad jeg mener."

Damen himlede med øjnene og slog ud med to flæskede arme. Der bredte sig straks en lugt af sur sved og ditto kompenserende parfume.

Harry nærede allerede en intens modvilje mod det kæmpestore fruentimmer.

"Hunde kan fornemme det," sagde Lebie, strøg to fingre hen over trappegelænderet og så misbilligende på sin pegefinger, som om han var kommet for at checke trappevasken.

"Hvad mener du med det, unge mand?" spurgte kødbjerget, satte armene i siden og så ikke ud, som om hun havde tænkt sig at flytte sig.

"Den ved, at ejeren er død, frue," sagde Harry. Hunde har en sjette sans, når det gælder sådan noget. Den sørger."

"Sørger?" Hun så mistænksomt på ham. "En hund? Hvad er det for noget vrøvl."

"Hvad ville De gøre, hvis nogen havde skåret arme og ben af Deres ejer, frue?" Lebie så på kvinden. Hun blev stående med åben mund.

"Og pikken," tilføjede Harry. Han gik ud fra, at *dick* også var et dækkende begreb i Australien.

"Hvis De altså har en ejer." Lebie målte hende fra fyldig top til tå.

Efter at kødbjerget var gået sin vej, prøvede de sig frem med de forskellige nøgler i det knippe, de havde fundet i Ottos bukselomme i garderoben. Hundens gøen var gået over i en knurren derinde. Otto Rechtnagels hund kunne vel høre, at det var fremmede, der var på vej ind.

Bullterrieren stod bredbenet og kampklar i gangen, da døren gik op. Lebie og Harry blev stående og så på den hvide, komiske hund som for at vise, at det var dens udspil. Dens knurren gik over i en mere kraftløs gøen, før den opgav hele projektet og luskede ind i stuen. Harry fulgte efter den.

Dagslyset strømmede ind gennem de store vinduer i stuen, som i forhold til den enkle standard var overdådigt møbleret med en tung, rød sofa fyldt med store, farvestrålende puder, store malerier på væggene og et lavt, men monumentalt glasbord, der stod og tronede i midten. I hjørnerne stod der to porcelænsleoparder.

På bordet lå en lampeskærm, som ikke burde ligge der.

Hunden havde stillet sig op med næsen nede i en våd plet midt på stuegulvet. Over den våde plet hang der to herresko og svævede i luften. Der lugtede af pis og ekskrementer. Harry fulgte sokken op over foden, han så den sorte hud, hvor sokken holdt op, og foden stak ud af buksebenet. Han lod blikket glide videre op over bukserne, så de store næver, som hang livløst ned og måtte tvinge blikket op over den hvide skjorte. Ikke fordi han ikke havde set en hængt mand før, men fordi han havde genkendt skoene.

Hovedet hang ned mod den ene skulder, og enden af ledningen dinglede foran på brystet med en grå pære i. Den elektriske ledning var fæstet i en kraftig krog i loftet – muligvis havde der hængt en lysekrone engang – og var surret tre gange rundt om halsen på Andrew, som havde hovedet næsten helt oppe ved loftet. Et drømmende, brustent blik stirrede ud i luften, og en blåsort tunge stak ud af munden, som om han vrængede ad døden. Eller ad livet. En stol lå væltet ind mod sofabordet.

"Fanden tage dig," hviskede Harry. "Satans, satans, satans." Han sank kraftesløs ned i en stol. Lebie kom ind i stuen, og der undslap ham et svagt råb.

"Find en kniv," sagde Harry. "Og ring efter en ambulance. Eller hvad I plejer at ringe efter."

Derfra hvor Harry sad, havde Andrew dagslyset i ryggen, og den svævende krop var blot en fremmed, sort silhuet mod vinduet. Harry foreslog sin Skaber at placere en anden for enden af ledningen, før han rejste sig igen. Han lovede ikke at sige et ord til en sjæl om miraklet. Det var kun ment som et forslag. Ikke som en bøn. Ikke hvis bønner ikke hjalp, i hvert fald.

Han hørte skridt i gangen og Lebie, som pludselig skreg fra køkkenet:

"Ud med dig, din fede mær!"

Efter at de havde begravet Harrys mor, havde han gået i fem dage uden at føle andet, end at han burde føle noget. Han blev fortalt, at sorgreaktioner ofte lod vente på sig hos mænd, som havde livslang træning i at beherske deres følelsesliv. Han blev derfor forbavset, da han sank tilbage i sofapuderne og kunne mærke, at øjnene fyldtes med tårer, og gråden albuede sig vej op gennem halsen.

Det var ikke, fordi han ikke havde grædt før. Han havde mærket klumpen i halsen, da han sad alene på stuen i militærforlægningen i Bardufoss og læste brevet fra Kristin, hvor der stod, at "... det er det bedste, som er sket i hele mit liv ..." Det fremgik ikke af sammenhængen, om det var ham, hun mente, eller den engelske musiker, hun skulle rejse med. Han havde bare vidst, at det var det værste, der var hændt ham i hele hans liv. Alligevel var gråden stoppet dér, et stykke oppe i halsen. Ligesom når man havde kvalme og *næsten* kastede op.

Han rejste sig og kiggede op. Andrew var ikke blevet erstattet af en anden. Harry ville gå nogle skridt frem på gulvet og rejse stolen op for at have noget at stå på, når de skar ham ned, men han kunne ikke røre sig. Han blev stående sådan, indtil Lebie kom ind med en køkkenkniv. Da Lebie så direkte på ham, opdagede Harry, at varme tårer løb ned ad hans kinder.

Herregud, er det ikke værre, tænkte Harry forundret.

Uden at sige noget skar de Andrew ned, lagde ham på gulvet og gennemgik hans lommer. Han havde to nøgleknipper på sig, et lille og et stort, samt en løs nøgle, som Lebie straks med held efterprøvede i yderdørens lås.

"Ingen tegn på ydre vold," sagde Lebie efter en hurtig undersøgelse.

Harry knappede Andrews skjorte op. Han havde en krokodille tatoveret på brystet. Harry trak også buksebenene op og kiggede på benene.

"Ingenting," sagde han. "Ikke noget som helst."

"Vi må vente og høre, hvad lægen siger," sagde Lebie.

Harry kunne mærke, at gråden vendte tilbage, og kunne kun trække på skuldrene.

De kæmpede sig gennem formiddagens myldretid på vej tilbage til kontoret.

"*Merde!*" skreg Lebie og trykkede hornet i bund.

Harry havde fået fat i et eksemplar af The Australian, som havde klovnemordet over hele forsiden. "Parteret i egen dødsmaskine" stod der over billedet af den blodige guillotine, med en indfældet Otto Rechtnagel i klovnekostume, hentet fra programmet.

Reportagen var holdt i en let, næsten humoristisk tone, sandsynligvis på grund af sagens bizarre karakter. "Uvist af hvilken grund lod morderen klovnen beholde hovedet på" skrev journalisten, som konkluderede, at mordet næppe var et udtryk for publikums generelle holdning: "… *så* dårlig var forestillingen ikke." Noget syrligt roste han politiet for at have været usædvanlig hurtigt til stede. "Alligevel havde kriminalchef Wadkins fra Sydneys politi ingen kommentarer, ud over at politiet havde fundet mordvåbnet ..."

Harry læste højt.

"Meget morsomt," sagde Lebie og dyttede og gav fingeren til en taxachauffør, som sneg sig ind foran dem fra banen ved siden af. "*Your mother is* ..."

"Det nummer, hvor fyren jagtede fuglen ..."

Sætningen blev hængende i luften igennem de to næste lyskryds.

"*You said* ..." sagde Lebie.

"Nej, der var ikke noget. Jeg studsede bare over det nummer. Der var ligesom ingen pointe. En jæger, som tror han jager en fugl og pludselig opdager, at fangsten er en kat, altså en, som selv var på jagt efter fuglen. Ja, og hvad så?"

Lebie hørte ham ikke, fordi han hang ud ad vinduet:

"*Suck my hairy, sorry potato ass, you pigfucker* ..."

Det var første gang, Harry havde hørt ham så meddelsom.

Som Harry havde regnet med, var der febrilsk aktivitet på kontoret.

"Det er med hos Reuters," sagde Yong. "AP vil sende en fotograf herover, og de har ringet fra borgmesterens kontor og sagt, at NBC vil flyve et fjernsynshold ind for at lave en sag på det."

Wadkins rystede på hovedet.

"Seks tusinde mennesker omkommer i en flodbølge i Indien og

nævnes i en notits. Én bøsseklovn får nogle lemmer skåret af, og det er en verdensbegivenhed."

Harry bad de andre om at komme ind i mødelokalet. Han lukkede døren.

"Andrew Kensington er død," sagde han.

Wadkins og Yong så vantro på ham. Kort og uden omsvøb fortalte Harry, hvordan de havde fundet Andrew dinglende fra loftet i Otto Rechtnagels lejlighed.

Han så dem direkte i øjnene, og stemmen var fast: "Vi ringede det ikke ind for at være sikre på, at der ikke opstår lækager. Måske skal vi prøve at lægge låg på det her foreløbig."

Det gik op for ham, at det var lettere, når han omtalte det som en politisag. Det blev noget konkret, som han vidste, hvad var. Et lig, en dødsårsag og et hændelsesforløb, som de skulle prøve at afdække. Det skød Døden – denne fremmede, som han ikke vidste, hvordan man forholdt sig til – et stykke på afstand for en stund.

"Okay," sagde Wadkins forfjamsket. "Rolig nu. Lad os ikke drage nogen forhastede konklusioner."

Han tørrede sveden af overlæben. "Lad mig lige hente McCormack. Satans også! Hvad er det, du har gjort, Kensington? Hvis pressen får færten af det her ..." Wadkins forsvandt ud ad døren.

De tre, der var tilbage, blev siddende og lyttede til ventilatorens klagesang.

"Han arbejdede jo lidt sådan til og fra her på Drabsafdelingen," sagde Lebie. "Sådan set var han ikke rigtigt en af os, men alligevel ..."

"En flink mand," sagde Yong og så ned i gulvet. "En flink mand. Han hjalp mig, da jeg var ny her. Han var ... en flink mand."

McCormack gav dem mundkurv på. Han havde det dårligt, trampede de to skridt frem og tilbage med mere tyngde end ellers, og de buskede øjenbryn samlede sig som et gråt lavtryk over næseroden.

Efter mødet satte Harry sig på Andrews plads og kiggede hans notater igennem. Der var ikke meget at hente, bare nogle adresser, et par telefonnumre, som viste sig at være til to bilværksteder, og nogle uforståelige kruseduller på et stykke papir. Skufferne var næsten tomme. Der var kun nogle kontorartikler. Derefter studerede Harry de to nøgleknipper, de havde fundet på ham. Det ene havde Andrews initialer på læderet, så han gik ud fra, at det var hans private nøgler.

Han tog telefonen og ringede hjem til Birgitta. Hun blev chokeret, stillede et par spørgsmål, men lod ellers Harry føre ordet.

"Jeg forstår ikke," sagde Harry, "at når en fyr, jeg har kendt i lidt over en uge, dør, så græder jeg som et barn, mens jeg ikke kunne presse så meget som en tåre frem for min mor. Min mor! Verdens dejligste kvinde! Mens ham her ... Jeg ved ikke engang, hvor godt vi egentlig kendte hinanden. Hvor er logikken?"

"Logik," sagde Birgitta. "Det har vel ikke så meget med logik at gøre. Og desuden kan man ikke stole så meget på logik, som folk gerne vil have."

"Ja ja, jeg ville bare gerne have, at du skulle vide det. Hold det for dig selv. Får jeg besøg, når du er færdig med at arbejde?"

Hun trak på det. Hun ventede en telefonopringning fra Sverige om natten. Fra forældrene.

"Jeg har fødselsdag," sagde hun.

"Tillykke."

Harry lagde røret på. Han kunne mærke en gammel uven knurre i maven.

Efter en halv times kørsel fandt Lebie og Harry frem til Andrew Kensingtons adresse i Sydney Road, Chatwick, en hyggelig gade i et hyggeligt forstadskvarter.

"Gudfader, kan det være rigtigt?" sagde Harry, da de nåede frem til det husnummer, de havde fået af personaleafdelingen. Det var en stor murstensvilla med dobbeltgarage og en velplejet plæne foran med springvand. En grusvej førte ind til en imponerende mahognidør. En ung knægt kom ud, da de ringede på. Han nikkede alvorligt, da de spurgte, om Andrew boede her, pegede på sig selv og lagde en hånd over munden for at vise, at han var stum. Så tog han dem med om til husets bagside og pegede på et lille lavt murstenshus i den anden ende af den store have. Havde det været et engelsk gods, ville man måske have kaldt det gartnerboligen.

"Vi vil gerne indenfor," sagde Harry og bemærkede, at han talte overdrevent tydeligt. Som om der også var noget galt med knægtens ører. "Vi er ... var kolleger til Andrew. Andrew er død."

Han holdt Andrews nøgleknippe i vejret. Drengen så et øjeblik forvirret på nøglerne og snappede efter luft.

"Han døde pludselig i nat," sagde Harry. Drengen blev stående foran dem med hængende arme, mens hans øjne langsomt blev blanke. Harry forstod, at de to måtte have kendt hinanden godt. Han havde fået at vide, at Andrew havde boet på denne adresse i næsten tyve år, og det gik pludselig op for ham, at drengen sandsynligvis var vokset op i det store hus. Uden at ville det så Harry det for sig – den lille dreng og den sorte mand, der legede og spillede bold i haven, drengen der faldt og fik en smule trøst og penge til at købe is og øl for. Måske var han blevet proppet med halvgode råd og halvsande historier af politibetjenten i gartnerboligen, og når han blev gammel nok, ville han have fået at vide, hvordan man skulle forholde sig til piger og slå en lige venstre uden at sænke paraden.

"For resten er det ikke rigtigt, vi var mere end kolleger. Vi var venner. Også vi," tilføjede Harry. "Er det i orden med dig, at vi går derind?"

Drengen blinkede, kneb munden sammen og nikkede.

Harry bandede indvendigt. Tag dig sammen, Hole, tænkte han. Nu begynder du også snart at *lyde* som en amerikansk tåreperser.

Det første, der slog ham, da de kom ind i den lille ungkarlebolig, var, hvor rent og ryddeligt, der var. I den sparsomt møblerede stue lå der ingen henslængte aviser på sofabordet foran det transportable tv, og i køkkenet stod der ingen opvask og ventede. I gangen stod sko og støvler på geled med snørebåndene oppe i skoene. Den strenge orden mindede ham om noget.

I soveværelset var sengen ulasteligt redt med stramme, hvide lagener stoppet ned i siderne af sengen, så man på akrobatisk vis måtte presse sig ind i sprækken mellem lagenerne for at komme ned under 'dynen'. Harry havde allerede forbandet dette komiske sengearrangement på sit eget hotelværelse. Han kiggede ind på badeværelset. På hylden under spejlet stod barberhøvl og sæbe opmarcheret ved siden af barbersprit, tandpasta, tandbørste og hårshampoo. Det var alt. Heller ingen ekstravagance på toilettet, fastslog Harry – og kom pludselig i tanker om, hvad den manglende personlighed mindede ham om: Hans egen lejlighed, efter at han var holdt op med at drikke.

Harrys nye liv var faktisk begyndt der, med en enkel disciplinøvelse som gik ud på, at alt havde sin plads, sin hylde eller skuffe og skulle anbringes der umiddelbart efter brug. Ikke så meget som en kuglepen lå et tilfældigt sted, ikke én gået sikring lå og flød oven på måleren. Ud over det praktiske havde det selvfølgelig en symbolsk betydning – rigtigt eller forkert, han brugte kaosniveauet i lejligheden som et termometer på tilstanden i sit øvrige liv.

Harry bad Lebie gå igennem skabet og kommoden i soveværelset og ventede med at åbne toiletskabet ved siden af spejlet, indtil Lebie var gået. På de to øverste hylder lå de pænt stablede på række og pegede på ham som et lager af sprænghoveder i miniatureudgave: Et par dusin vakuumpakkede engangssprøjter.

Andrew Kensington kunne selvfølgelig have haft sukkersyge, så han skulle tage insulin, men Harry vidste bedre. Hvis de rev halvdelen af huset ned, ville de sikkert finde gemmestedet for pulveret og udstyret, men det kunne være ligegyldigt. Harry vidste det, han havde brug for at vide.

Djengis Khan havde ikke løjet, da han sagde, at Andrew var junkie. Harry havde for så vidt heller ikke været i tvivl, efter at de fandt ham i Ottos lejlighed. Han vidste, at i et klima, som stort set kræver kortærmede skjorter og T-shirts, kan en politibetjent ikke gå rundt med en underarm fuld af stikmærker. Han anvender derfor sprøjterne et sted, hvor mærkerne ikke er så lette at opdage – som for eksempel på bagsiden af læggen. Andrews lægge og knæhaser havde været fulde af dem.

Andrew havde været kunde hos fyren med Rod Stewart-stemmen, så længe Djengis kunne huske. Han mente, at Andrew tilhørte den type, som kunne have et forbrug af heroin og samtidig fortsætte med at fungere tilnærmelsesvis normalt rent jobmæssigt og socialt. "Som ikke ret mange tror," havde Djengis sagt.

"Men da Speedy ad omveje fik at vide, at ham den her fyr var politibetjent, blev han helt vildt paranoid og ville nakke ham. Troede, han var en, der infiltrerede dem. Men vi fik ham snakket fra det. Fyren havde jo været en af Speedys bedste kunder i flere år. Aldrig noget vrøvl med prisen, altid med pengene parat, holdt deres aftaler, ikke noget snakkeri, aldrig vrøvl. Jeg har aldrig set en aboriginer tackle dope så godt. Jeg har sgu aldrig set *nogen* tackle junk så godt!"

Han havde aldrig set eller hørt om, at Andrew skulle have snakket med Evans White.

"White har ikke noget med kundesiden dernede at gøre, han er grossist, punktum. Men han havde lidt gadehandel oppe på King's Cross et stykke tid, har jeg hørt. Jeg aner ikke hvorfor. Han tjener jo nok, som det er. Men han holdt op igen – fik ballade med et par ludere, hørte jeg."

Djengis havde fortalt, hvad han vidste. Mere end han havde behøvet for at redde sit eget skind. Ja, det havde nærmest virket, som om det morede ham. Han måtte have regnet med, at der ikke var den store fare for, at Harry ville komme efter dem, så længe de havde i hvert fald én af hans kolleger på kundelisten.

"Du må hilse fyren og sige, at han er velkommen tilbage. Vi bærer ikke nag," havde Djengis sagt til sidst med et grin. "Uanset hvem de er, kommer de altid tilbage, ved du nok. Altid."

Harry gik ind i soveværelset, hvor Lebie uden synderlig entusiasme arbejdede sig igennem undertøj og papirer i skufferne.

"Finder du noget interessant?" spurgte Harry.

"Nej, ikke noget særligt. Gør du?"

"Nej."

De kiggede på hinanden.

"Lad os komme ud herfra," sagde Harry.

Vagtmesteren på St. George Theatre var i kantinen og huskede Harry fra den foregående aften. Han så næsten lettet ud.

"E-endelig nogen, som ikke har tænkt sig at spørge og grave i, hvordan det så ud. Vi har haft journalister løbende hele d-dagen," sagde han. "Plus de her teknikere inde fra jer. Men de har jo deres at lave, de g-generer os ikke."

"Ja, de har lidt af hvert at arbejde med derinde."

"Uha ja. Jeg sov ikke meget i nat. Konen måtte give mig en af sine s-sovepiller til sidst. Man burde slippe for at opleve sådan noget. Men I er vel vant til sådan noget ..."

"Det var nu lidt stærkere kost, end vi plejer at få serveret."

"Jeg ved ikke, om jeg nogensinde kan få mig selv til at gå ind i det v-værelse igen."

"Du kommer over det."

"Hør mig bare, jeg kan sgu ikke engang holde ud at kalde det rekvisitværelset, jeg siger *det* værelse." Vagtmesteren rystede fortvivlet på hovedet.

"Man må bare tage tiden til hjælp," sagde Harry. "Stol på mig. Jeg ved en smule om det her."

"Jeg håber, du har ret, betjent."

"Kald mig Harry."

"Kaffe, Harry?"

Harry sagde ja tak og lagde et nøgleknippe på bordet imellem dem.

"Ja ja," sagde vagtmesteren. "Der har vi det nøgleknippe, som Rechtnagel lånte. J-jeg var bange for, at vi ikke ville få det igen, så vi skulle skifte alle låsene ud. Hvor har I fundet det?"

"Hjemme hos Otto Rechtnagel."

"Hvad? Han brugte jo nøglerne i går aftes. Hans garderobedør ..."

"Det skal du ikke tænke på. Jeg spekulerer på, om der var andre end skuespillerne bag scenen i går?"

"Joh, lad os nu se. L-lysmesteren, de to sceneassistenter og lydmanden var der jo. Ingen påklædere eller sminkøser, det er jo ikke nogen s-stor opsætning, den her. Ja, det er vel det. Under selve forestillingen var der kun sceneassistenterne og de andre skuespillere. Og mig, selvfølgelig."

"Og du så ingen andre?"

"Niks," svarede vagtmesteren skråsikkert.

"Kunne nogen være kommet ind ad en anden vej end gennem bagdøren eller døren ved siden af scenen?"

"Ja, der er godt nok en sidegang oppe på balkonen. B-balkonen var lukket i går, men døren stod åben, fordi lysmesteren sidder deroppe. Snak med ham."

Lysmesterens strumaøjne bulnede som på en dybvandsfisk, der lige er blevet trukket op.

"Jo, vent lidt. Der sad en mand deroppe før pausen. Vi sælger kun billetter til parketrækkerne, hvis vi på forhånd kan se, at der ikke bliver fuldt hus, men der var ikke noget mærkeligt ved, at han sad der. Balkonen låses jo ikke af, selv om billetterne egentlig gælder til salen. Han sad helt alene på bageste række. Jeg kan huske, at jeg studsede over, at han ville sidde der, så langt fra scenen. Nu var der ikke så meget lys, men jo, jeg så ham. Da jeg kom tilbage efter pausen, var han som sagt væk."

"Kan han være kommet om bag scenen gennem samme dør som dig?"

"Tja." Lysmesteren kløede sig i hovedet. "Det vil jeg tro. Hvis han gik direkte til rekvisitværelset, kunne han oven i købet undgå at blive set af nogen. Når jeg tænker mig om, virkede han heller ikke helt tilforladelig. Jeps. Nu kan jeg mærke, at der har været et eller andet, noget der har ligget og gnavet i baghovedet, noget som på en måde ikke helt stemte ..."

"Hør her," sagde Harry. "Alt det der er udmærket. Nu viser jeg dig et billede ..."

"Der var for resten en ting mere ved den mand ..."

" ... men først," afbrød Harry ham, "vil jeg bede dig prøve at se den mand for dig, som du så i går, og når du så ser billedet, skal du ikke tænke. Du skal bare sige det første, som falder dig ind. Bagefter får du mere tid og kan eventuelt ombestemme dig, men lige nu vil jeg bare have din første reaktion. Okay?"

"Okay," sagde lysmesteren og spærrede de udstående øjne endnu mere op, så han til sidst lignede en frø. "Jeg er klar."

Harry viste ham billedet.

"Det er ham!" kvækkede strumamanden lynhurtigt.

"Tag dig lidt mere tid og sig mig, hvad du tror," sagde Harry.

"Der er ingen tvivl. Det var det, jeg prøvede at fortælle dig, betjent, at han var sort ... aboriginer. Det er ham!"

Harry var træt. Det havde allerede været en lang dag, og han prøvede på ikke at tænke på det, der var tilbage af den. Da han blev lukket ind i obduktionslokalet af en assistent, stod dr. Engelsohns lille, tykke skikkelse bøjet over en stor, fed kvindekrop på et slags operationsbord med store lamper over. Harry orkede næsten ikke flere fede kvinder den dag og bad assistenten om at gøre doktoren opmærksom på, at Holy, som havde ringet tidligere på dagen, var kommet.

Med sit gnavne udseende lignede Engelsohn prototypen på en skør professor. Den smule hår han havde, strittede ud til alle sider, og de lyse skægstubbe var spredt tilfældigt ud over et rødmosset griseansigt.

"Ja?"

Harry var klar over, at han allerede havde glemt telefonsamtalen to timer tidligere.

"Mit navn er Harry Holy. Jeg ringede til Dem og bad om at få de første resultater af obduktionen af Andrew Kensington?"

Selv i et lokale, der var fuldt af fremmede lugte og opløsninger, kunne Harry mærke den umiskendelige em af ginånde.

"Åh ja. Javist. Kensington. En kedelig sag. Jeg har talt med ham flere gange. Da han var i live, vel at mærke. Nu ligger han stum som en østers inde i skuffen der."

Engelsohn pegede bagud med en tommeltot.

"Det tvivler jeg ikke på, doktor. Hvad har De fundet ud af?"

"Hør her ... Hvad var det, De hed? ... Holy, ja! Vi har en kø af lig her, som alle maser på for at komme først. Ja, ikke ligene, selvfølgelig, men kriminalfolkene. Men de må alle pænt vente, til det er deres tur. Sådan er reglerne her. Ikke noget med at springe frem i køen, er De med? Så da den store høvding, McCormack, ringede her i morges og sagde, at vi skal prioritere et selvmord, så begyndte jeg at undre mig. Jeg nåede ikke at spørge McCormack, men måske kan du, hr. Hogan, svare mig på, hvad i alverden det er med denne Kensington, som gør, at man tror, han er noget særligt?"

Han slog foragteligt med hovedet og pustede mere ginånde på Harry.

"Det er det, vi håber, at du kan svare os på, doktor. Er han noget særligt?"

"Særligt? Hvad mener du, *særligt*? Om han har træben, fire lunger eller brystvorter på ryggen?"

Harry var træt. Det, han mindst af alt havde brug for lige nu, var en fordrukken retsmediciner, som ville gøre sig vanskelig, fordi han følte sig trådt over tæerne. Og folk med embedseksaminer har ofte ømmere tæer end andre.

"Var der noget ... usædvanligt?" omformulerede Harry sig.

Engelsohn så på ham med et let sløret blik.

"Nej," sagde han. "Der var ikke noget usædvanligt. Overhovedet ikke noget usædvanligt."

Doktoren blev ved med at kigge på ham med vuggende hoved, og Harry forstod, at han ikke var færdig endnu. Han havde bare indlagt en kunstpause, som for hans alkoholsløvede hjerne sikkert ikke virkede så overdrevent lang, som den gjorde for Harry.

"Her hos os er det ikke usædvanligt," fortsatte doktoren omsider, "at ligene er fyldt med dope. Som i dette tilfælde: Af heroin. Det usædvanlige må i givet fald være, at han er politibetjent, men eftersom vi kun sjældent får dine kolleger ind på vores borde, tør jeg ikke sige præcist, *hvor* usædvanligt det er."

"Dødsårsag?"

"Sagde du ikke, at det var dig, der fandt ham? Hvad tror du, man dør af, når man hænger fra loftet med en ledning om halsen? Kighoste?"

Det var så småt begyndt at syde inden i Harry, men foreløbig holdt han masken.

"Så han døde af iltmangel, ikke af en overdosis?"

"Bingo, Horgan."

"Okay. Næste spørgsmål er dødstidspunktet."

"Lad os sige en gang mellem midnat og klokken to i nat."

"Du kan ikke komme det nærmere?"

"Bliver du mere lykkelig, hvis jeg siger fire minutter over et?" Doktorens allerede rødmossede ansigt var blevet endnu rødere. "Godt, så siger vi fire minutter over et."

Harry trak vejret dybt et par gange.

"Jeg beklager, hvis jeg udtrykker mig ... hvis jeg virker flabet, doktor. Mit engelsk er ikke altid helt ..."

"... som det burde være," afsluttede Engelsohn for ham.

"Nemlig. De er utvivlsomt en travl mand, doktor, så jeg skal ikke forstyrre Dem mere. Jeg vil blot sikre mig, at De har forstået det, McCormack sagde om obduktionsrapporten. Den skal ikke gå den sædvanlige tjenestevej, men direkte til ham."

"Det går vist ikke. På det punkt er vores instrukser klare, Horgan. Det kan De godt hilse McCormack og sige fra mig."

Den lille, skøre professor stod bredbenet og selvsikker med armene over kors foran Harry. Der var kommet kamplyst i hans blik.

"Instrukser? Jeg ved ikke, hvilken status instrukser har inden for Sydneys politi, men der hvor jeg kommer fra, er instrukser noget, som er til for at folk kan vide, hvad de skal gøre, når chefen ikke fortæller dem det," sagde Harry.

"Glem det, Horgan. Arbejdsetik er åbenbart ikke noget, der har en særlig høj status på jeres kontor, så jeg tvivler på, at jeg kan få en særlig frugtbar diskussion med dig om det. Skal vi slutte der og sige farvel, hr. Horgan?"

Harry blev stående.

"Eller hvad synes De?" sagde Engelsohn utålmodigt.

Harry så på en mand, som troede, at han ikke havde mere at tabe. En alkoholiseret, midaldrende og middelmådig retsmediciner, som ikke længere havde nogen udsigt til forfremmelse eller karriere, og som derfor heller ikke var bange for noget eller nogen. For hvad kunne de egentlig gøre ham? Harry havde haft den længste og værste dag i sit liv. Og nu var det nok. Han greb fat i kraven på den hvide lægekittel og løftede ham.

Sømmene gav sig.

"Hvad jeg synes? Jeg synes, vi skal tage en blodprøve af Dem og snakke om arbejdsetik bagefter, doktor Engelsohn. Jeg synes, vi skal snakke om, hvor mange der mon kan bevidne, at De var drivende beruset, da De obducerede Inger Holter. Derefter synes jeg, vi skal snakke med nogen, som arbejder et sted, hvor arbejdsetikken står stærkt, nogen som kan sparke Dem ud, ikke bare herfra, men fra ethvert arbejde, som kræver lægeautorisation. Hvad synes De, doktor Engelsohn? Hvad synes De nu om mit engelsk?"

Doktor Engelsohn syntes, at Harrys engelsk var glimrende, og efter at have tænkt sig lidt om, mente han nok, at man for denne ene gangs skyld kunne lade rapporten gå uden om den normale tjenestevej.

13

Timetervippen i Frognerbadet og en gammel uven vågner

McCormack sad med ryggen til Harry igen og kiggede ud ad vinduet. Udenfor var solen ved at gå ned, men man kunne stadig se et glimt af det fristende, blå hav mellem skyskraberne og det irgrønne Royal Botanic Gardens. Harry var tør i munden og havde en begyndende hovedpine. Han havde holdt en sammenhængende og næsten uafbrudt enetale på over tre kvarter. Om Otto Rechtnagel, Andrew Kensington, heroin, the Cricket, lysmesteren, Engelsohn, kort sagt om alt, hvad der var sket.

McCormack anbragte fingerspidserne mod hinanden. Han havde ikke sagt noget i lang tid.

"Vidste du, at langt derude, i New Zealand, bor verdens dummeste mennesker? De bor på en ø helt for sig selv, uden nogen naboer som kunne have en grund til at genere dem, bare en masse vand. Alligevel har befolkningen på øen deltaget i omtrent alt, hvad der har været af større krige i dette århundrede. Ikke noget andet land, ikke engang Sovjet under anden verdenskrig, har mistet så mange unge mænd i krig set i forhold til indbyggertallet. Overskuddet af kvinder i New Zealand blev legendarisk. Og hvorfor alt det krigeri? For at hjælpe. For at stille op for andre. Disse godtroende fjolser kæmpede ikke engang på deres egen slagmark, nej da! De bordede skibe og fly for at komme så langt væk som muligt for at dø. De hjalp de allierede mod tyskerne og italienerne, sydkoreanerne mod nordkoreanerne og amerikanerne mod japanerne og nordvietnameserne. Min far var et af disse fjolser."

Han vendte sig fra vinduet og satte sig ansigt til ansigt med Harry.

"Min far fortalte mig en historie om en af kanonskytterne på hans skib under slaget mod japanerne ved Okinawa i 1945. Japanerne var begyndt med deres kamikazefly, og de angreb i formation med en taktik, som de kaldte 'at falde som valmueblade over vandet'. Og det var lige det, de gjorde. Først kom der et fly, og hvis det blev skudt ned, fulgte to andre efter, derefter fire, og så videre i en tilsyneladende uendelig pyramide af dykkende fly. Alle om bord på min fars skib var skræmt fra vid og sans. Det var jo det rene vanvid. Piloter som frivilligt gik i døden bare for at være sikre på, at deres bombelast havnede, hvor den skulle. Den eneste måde, de kunne standses på, var med den tættest mulige flak, en mur af luftværnsgranater. Var der bare det mindste hul i muren, var japanerne over dem. Man regnede ud, at hvis et fly ikke var skudt ned senest tyve sekunder efter, at det var inden for skudvidde, så var det for sent, så ville det med stor sandsynlighed styrte ned på skibet. Kanonskytterne vidste, at de *skulle* ramme hver gang, og af og til kunne flyangrebene vare en hel dag. Min far beskrev de regelmæssige drøn fra kanonerne, og den høje, tiltagende hvinen fra indkommende fly, der styrtdykkede. Han sagde, at han kunne høre dem hver eneste nat resten af livet.

På slagets sidste dag stod han på broen, da de så et fly, der var kommet igennem spærreilden og havde kurs direkte mod deres skib. Skibskanonerne hamrede løs, mens flyet langsomt nærmede sig. Det så ud, som om det stod stille på himlen og bare voksede en smule fra sekund til sekund. Til sidst kunne de se cockpittet lige så tydeligt, og omridset af piloten derinde. Granaterne fra flyet begyndte at slå ned på dækket. I det samme begyndte luftværnsgranaterne at ramme deres mål, og de flænsede flyets krop og vingerne op. Haleroret flagrede væk, og efterhånden, næsten som i slowmotion, blev flyet opløst i dets enkelte bestanddele, og til sidst var der kun en stump tilbage med propel på, som ramte dækket med en hale af ild og sort røg efter sig. De andre skytter var allerede i gang med at dreje sig ind på nye mål, da en fyr i kanontårnet lige neden for broen, en ung korporal som far kendte, fordi han også var fra Wellington, klatrede ud, smilede og vinkede til far og sagde: 'Det er varmt i dag.' Så sprang han over bord og forsvandt."

Måske var det lyset, men Harry syntes pludselig, at McCormack så gammel ud.

"Det er varmt i dag," gentog McCormack.

"Den menneskelige natur er en stor, mørk skov, *Sir*."

McCormack nikkede.

"Jeg har hørt det sagt før, Holy, og det er måske sandt. Jeg har hørt, at I nåede at blive gode bekendte, Kensington og du. Jeg har også hørt, at nogen mener, at Andrew Kensingtons håndtering af den her sag bør efterforskes. Hvad synes du, Holy?"

Harry kiggede ned på sine mørke bukser. De var krøllede efter at have ligget i kufferten så længe, og pressefolden var skæv. Begravelsen skulle finde sted klokken tolv.

"Jeg ved ikke, hvad jeg mener, *Sir*."

McCormack rejste sig og begyndte at gå den runde foran vinduet, som Harry nu kendte.

"Jeg har været i politiet hele mit liv, Holy, men jeg ser stadigvæk på kollegerne omkring mig og undrer mig over, hvad det er, der får folk til at gøre det, til at udkæmpe andres krige. Hvad er det, der driver dem? Hvem er det, som vil gennemgå så mange lidelser, bare for at andre kan opnå det, de mener er retfærdighed? Det er de dumme, Holy. Os. Vi er velsignet med en dumhed så stor, at vi tror, vi kan udrette noget.

Vi bliver skudt i smadder, ødelagt, og en dag springer vi i havet, men inden da tror vi i vores uendelige stupiditet, at der er nogen, der har behov for os. Og hvis du en dag alligevel skal afsløre illusionen, er det allerede for sent, for vi er *blevet* politifolk, vi står allerede i skyttegravene og har ingen retrætemulighed. Vi kan kun undre os over, hvad i helvede det var, der skete, hvornår det helt præcist var, at vi valgte forkert. Vi er dømt til at være *do-gooders* resten af livet og dømt til at fejle. Men sandhed er heldigvis en temmelig relativ ting. Vi former og bøjer den, så der bliver plads til den i vores liv. I hvert fald en del af den. Af og til er det nok at tage en bandit for at få lidt sjælefred. Men alle ved, at det ikke er sundt at arbejde med skadedyrsbekæmpelse for længe. Man kommer til at smage sin egen gift.

Så hvad er pointen, Holy? Manden har stået i et kanontårn hele sit liv, og nu er han død. Hvad mere er der at sige? Sandheden er relativ. Det er ikke så let at forstå, hvad ekstreme påvirkninger kan gøre ved et menneske, hvis man ikke selv har prøvet det. Vi har retspsykiatere, som forsøger at trække en grænse mellem dem, der er syge, og dem, der er kriminelle, og de bøjer og former sandheden for, at den kan få en plads i deres teoretiske verden. Vi har et retssystem, som vi i bedste fald kan håbe fjerner et par destruktive mennesker fra gaden, og journalister, som gerne vil opfattes som idealister, fordi de kravler op ad rangstigen ved at afsløre andres brud på de spilleregler, som de tror varetager en eller anden form for retfærdighed. Men *sandheden*?" spurgte McCormack:

"Sandheden er, at der ikke er nogen, der lever af sandheden, og derfor er der ingen, der interesserer sig for sandheden. Den sandhed, vi laver til os selv, er bare summen af det, som folk er tjent med, målt mod den magt, de har."

Han fæstnede blikket på Harry.

"Så hvem er interesseret i sandheden om Andrew Kensington? Hvem er tjent med, at vi skulpturerer en grim, forvredet sandhed med skarpe, farlige ting, der stikker ud og ikke kan indplaceres nogen steder? Ikke politichefen. Ikke politikerne i bystyret. Ikke dem, der kæmper for aboriginernes sag. Ikke polititjenestemændenes fagorganisation. Ikke vores ambassader. Ingen. Eller hvad?"

Harry havde lyst til at svare: Inger Holters pårørende – men lod være. McCormack standsede ud for portrættet af en ung dronning Elizabeth II.

"Jeg ville foretrække, at det, du har fortalt mig, bliver mellem os to, Holy. Du forstår sikkert, at det er bedst på den måde."

Harry fjernede et langt, rødt hår fra buksebenet.

"Jeg har diskuteret det med borgmesterkontoret," sagde McCormack. "For at det ikke skal virke for påfaldende, giver vi Inger Holter-sagen høj prioritet lidt endnu. Hvis vi ikke finder mere, vil folk efter et stykke tid slå sig til tåls med, at det var klovnen, der dræbte den norske pige. Det kan blive vanskeligere at finde ud af, hvem der dræbte klovnen, men meget tyder på en *crime passionel*, et jalousidrab, måske begået af en hemmelig, bedraget elsker, hvem ved? I sådanne tilfælde kan folk leve med, at den skyldige slipper fri. Ganske vist er der ingenting, der bliver bekræftet, men indicierne er klare, og efter nogle år er hele sagen glemt. At der skulle have været en seriemorder på færde, var bare en teori, som politiet arbejdede med en overgang, men derefter forkastede."

Harry gjorde sig klar til at gå. McCormack rømmede sig.

"Jeg er ved at skrive den attest, Holy. Jeg sender den til politichefen i Oslo, når du er rejst. Det er i morgen, du rejser, ikke sandt?"

Harry nikkede kort og gik.

Den milde aftenbrise fik ikke hovedpinen til at lette. Og det forsonlige mørke gjorde ikke billedet mere hyggeligt. Harry gik planløst rundt i gaderne. Et lille dyr løb over stien, der førte gennem Hyde Park. Først troede han, det var en stor rotte, men da han passerede den, så han en pelsklædt lille fyr kigge op på sig med blanke reflekser fra parkens lygter i øjnene. Harry havde aldrig set sådan et dyr før, men gik ud fra, at det måtte være en opossum. Gnaveren så ikke ud til at være bange for ham, tværtimod stak den næsen i vejret og snusede nysgerrigt, mens den frembragte nogle underlige, klagende lyde.

Harry satte sig ned på hug:

"Undrer du dig også over, hvad du egentlig foretager dig midt inde i storbyen?" spurgte han.

Dyret lagde hovedet på sned som svar.

"Hvad synes du? Skal vi rejse hjem i morgen? Du til din skov, og jeg til min?"

Gnaveren løb sin vej. Den ville ikke overtales til at tage noget sted hen. Den havde sit hjem lige her i parken, blandt bilerne, menneskene og affaldskurvene.

Ude ved Woollomolo gik han forbi en bar. Ambassaden havde ringet. Han havde sagt, han ville ringe tilbage. Hvad tænkte Birgitta? Hun sagde ikke så meget. Og han spurgte ikke så meget. Hun havde ikke sagt noget om fødselsdagen i dag, måske fordi hun forestillede sig, at han kunne komme til at finde på noget dumt. Gå lidt for hårdt til den. Give hende en alt for dyr gave, eller sige ting, som det var unødvendigt at sige, bare fordi det var sidste aften, og fordi han et eller andet sted havde dårlig samvittighed, fordi han skulle rejse. "Hvori består det morsomme?" havde hun måske tænkt.

Ligesom Kristin, da hun kom hjem fra England.

De havde mødt hinanden på den udendørs restaurant i Frognercaféen, og Kristin havde fortalt, at hun skulle være hjemme i to måneder. Hun var brun og blid og smilede det gamle smil over ølglasset, og hun havde vidst helt præcist, hvad hun skulle sige og gøre. Det var som at spille en gammel sang, man troede, man havde glemt, på et klaver – hovedet var tomt, men fingrene fandt vej. De havde drukket sig fulde, men det var før den tid, hvor det bare drejede sig om at blive fuld, så Harry kunne også huske resten. De havde taget sporvognen ned til byen, og Kristin havde smilet dem begge to forbi køen på Sardines. Om natten havde de, svedige efter dansen, taget en taxa tilbage til Frogner, og der klatrede de over hegnet til Frognerbadet, og oppe på vippen, ti meter over den folketomme park, havde de delt en flaske vin, som Kristin havde i sin taske, mens de kiggede ud over byen og fortalte hinanden, hvad de ville være, og det var altid noget andet, end de havde sagt sidst. Så havde de holdt hinanden i hånden, taget tilløb og sprunget. Mens de faldt, havde han hele tiden haft hendes høje skrig i øret som en dejlig, overstyret brandalarm. Han havde ligget og leet højt på bassinkanten, da hun steg op af vandet og kom hen imod ham med kjolen klistret til kroppen.

Næste morgen var de vågnet tæt omslynget i hans seng, svedige, fuldesyge og liderlige, og han havde slået døren op til balkonen og var kommet tilbage til sengen med en vajende tømmermandserektion, som hun frydefuldt havde taget imod. Han havde kneppet hende sanseløst, klogt og inderligt, og lyden af legende unger i baggården var forstummet, da brandalarmen gik i gang.

Det var først bagefter, at hun havde stillet det ubegribelige spørgsmål:

"Hvori består det morsomme?"

Hvorfor var det så morsomt, når det alligevel ikke kunne blive til mere imellem dem? Siden hun skulle tilbage til England, siden han var så egoistisk, siden de var så forskellige og aldrig ville blive gift, få børn og bygge hus sammen. Siden det ikke *førte* til noget?

"Er de sidste 24 timer ikke grund nok i sig selv?" havde Harry spurgt. "Hvad nu, hvis de finder en knude i brystet på dig i morgen, hvori består så det morsomme? Hvis du sidder der med dit hus, dine unger, et blåt øje og håber, at din mand er faldet i søvn, før du går i seng, hvor er det morsomme så? Er du virkelig så sikker på, at det lykkes dig at fange lykken med den superplan, du har?"

Hun havde kaldt ham en umoralsk, overfladisk hedonist og sagt, at der fandtes andet og mere i livet end at kneppe.

"Jeg er med på, at du vil have alt det andet," havde Harry sagt. "Men behøver alt det, du foretager dig, at være et skridt på vejen mod det der lyserøde lykkebo-nirvana, du forestiller dig? Når du sidder på plejehjemmet, har du glemt farven på det service, du fik til dit bryllup, men jeg vil vædde på, at du kan huske timetervippen, og at vi bollede ved siden af bassinet bagefter."

Det var egentlig hende, der skulle være bohemen, den ukonventionelle livsnyder af de to, men det sidste, hun sagde, før hun marcherede ud og smækkede døren efter sig, var, at han ikke forstod noget som helst, og at det var på tide, han blev voksen.

"Hvori består det morsomme?" råbte Harry, og et forbipasserende par på Harmer Street vendte sig om.

Kunne Birgitta heller ikke se det morsomme? Var hun bange for, at tingene skulle blive lidt for stærke, fordi han skulle af sted i morgen? Var det derfor, hun foretrak at have fødselsdagsselskab med en telefon fra Sverige? Selvfølgelig burde han have spurgt hende direkte om de her ting, men som sagt: Hvori bestod det morsomme?

Harry kunne mærke, hvor træt han var, og vidste, at han ikke ville kunne falde i søvn. Han vendte sig om og gik tilbage til baren. Der var lysarmaturer med døde insekter oppe i loftet, og spilleautomater langs væggene. Han fandt et bord ved vinduet, ventede på tjeneren og besluttede sig for ikke at bestille noget, hvis ikke der var nogen, der fik øje på ham. Han ville bare sidde lidt.

Tjeneren kom hen og spurgte, hvad Harry ville have, og Harry kiggede længe på kortet over drikkevarer, før han bestilte en cola. Han havde bedt Birgitta om at gå med til Andrews begravelse. Hun havde nikket og sagt selvfølgelig.

Han fik øje på sit dobbelteksponerede spejlbillede i vinduet og tænkte, at Andrew burde have været her nu, så han havde haft nogen at diskutere sagen med. Hvis det her havde været en kriminalfilm, havde de muligvis spillet kendingsmelodien nu, mens faderen og Harry så på rulleteksterne, og moderen, som ikke havde forstået pointen, stillede idiotiske spørgsmål. Men det var ikke en kriminalfilm, og det var Harry, der ikke havde fattet pointen.

Havde Andrew prøvet at fortælle ham, at Otto Rechtnagel havde myrdet Inger Holter? Og i så tilfælde hvorfor? Findes der noget så hysterisk komisk som fortrængte homoseksuelle tilbøjeligheder, og skaber det seriemordere, som hævner sig på blonde piger? Hvordan var det lykkedes Harry *ikke* at forstå det, som Andrew ville have ham til at forstå? Introduktionen, de underfundige beskeder, den tydelige løgn om øjenvidnet i Nimbin, som havde set White – havde det ikke alt sammen været for at styre ham væk fra White og få ham til at forstå noget, måske?

Andrew havde selv sørget for at blive sat på sagen og blive koblet sammen med en udlænding, som han regnede med at kunne styre. Men hvorfor havde Andrew ikke selv standset Otto Rechtnagel? Hvilke bånd var der mellem de to, som gjorde, at det skulle gøres med ham, Harry, som mellemmand? Havde Otto og Andrew været elskere, var det derfor? Var det Andrew, som var skyld i Ottos kærestesorg? Hvis det var tilfældet, hvorfor så dræbe Otto, lige før de skulle til at anholde ham? Fordi Andrew havde en anden plan, en plan som ville stoppe Otto uden at afsløre ham, Andrew, som elskeren? Som for eksempel at få det til at se ud, som om det var Harry, der udpegede Otto, for derefter at arrangere en hurtig pågribelse, hvor han dræbte Otto "i selvforsvar" eller under et "flugtforsøg". Noget i den stil. Harry smagte på det og syntes, at det smagte dårligt. Hvis det var rigtigt, havde Otto været dødsdømt hele tiden. Men fordi Andrew havde ligget på hospitalet, da de løste gåden, var tingene gået for stærkt, og den oprindelige plan havde ikke ladet sig gennemføre. "Giv mig to dage," havde han sagt.

Harry afviste en dinglende, beruset kvinde, som ville sætte sig ved hans bord.

Men hvorfor begå selvmord efter drabet? Andrew kunne jo slippe af sted med det. Eller kunne han? Lysmesteren havde set ham, Harry kendte til venskabet med Otto, og han havde næppe noget alibi for mordtidspunktet.

Nå, men så var det måske alligevel tid til rulletekster nu? Vent lidt, for fanden!

Harry kunne til nød forstå, at Andrew kunne planlægge at arrangere, at Otto for eksempel skulle skydes under et mislykket forsøg på at anholde ham. En anholdelse, som Otto overlevede, ville medføre en omfattende retssag med ditto mediafokus. Andrew kunne risikere, at alt kom frem. Avisoverskrifter som "Sort efterforsker var seriemorderens eks-elsker" med et stort billede nedenunder – livet bliver ikke det samme efter sådan noget. Desuden kunne det være, at Andrew var drevet af skyldfølelse, at han følte et personligt ansvar for ikke at have stoppet Otto før og derfor tildelte Otto en straf, som domstolene i Australien ikke kan give – døden.

Mulighederne for at arrangere et fiktivt skuddrama uden vidner var absolut til stede, noget andet var at slippe af sted med et regulært mord.

Det knurrede i Harrys mave.

Andrew havde taget helt vanvittige chancer for at få ram på Otto, før Harry og de andre slog en klo i ham. Og kunne det passe, at en mand skar sin forhenværende elsker i stykker for at skjule sin seksuelle tilbøjelighed i en by, hvor man nærmest bliver betragtet som afviger, indtil det modsatte er bevist? Og kunne det passe, at han tog livet af sig selv bagefter?

Harrys ulmende hovedpine var taget til hen ad vejen, og nu føltes det, som om nogen brugte hans hoved som ambolt. I regnen af gnister bag øjnene prøvede han at holde fast på én tanke ad gangen, men der kom hele tiden nye, som skubbede den forrige væk. Måske havde McCormack ret – måske var det bare blevet en varm dag for en skakmat sjæl. Harry orkede ikke at tænke på alternativet – at der var mere. At Andrew Kensington havde haft værre ting at skjule, mere at flygte fra end at han godt kunne lide et mandeben i ny og næ.

En skygge faldt ned over ham, og han kiggede op. Tjenerens hoved skærmede for lyset, og i silhuetten syntes Harry, at han kunne se Andrews blåsorte tunge stikke ud.

"Ønsker De mere, *Sir*?"

"Jeg kan se, du har en drink, der hedder Black Snake ..."

"Jim Beam og cola."

Nu bjæffede det vildt dernede.

"Fint. Giv mig en dobbelt Black Snake uden cola."

Harry var faret vild. Foran ham lå der trapper, bag ham vand og flere trapper. Kaosniveauet var for opadgående, mastetoppene ude i bugten svingede hid og did, og han anede ikke, hvordan han var havnet på de her trapper. Han bestemte sig for at gå opad. "Opad er bedst," havde hans far altid sagt.

Det var ikke helt problemfrit, men med husmurene til hjælp kom han op. Challis Avenue stod der på et skilt, men det sagde ham ikke noget, så han fortsatte med at gå lige ud. Han prøvede at se på sit ur, men han kunne ikke finde det. Det var mørkt og næsten mennesketomt i gaderne, så Harry gik ud fra, at det var sent. Da han kom til endnu flere trapper, syntes han, at nu var det nok, og drejede til højre ad Macleay Street. Han måtte være gået langt, for det sved under fødderne. Eller havde han løbet? En flænge i venstre bukseknæ afslørede et muligt fald.

Han kom forbi nogle barer og restauranter, men de var alle sammen lukket. Selv om det var sent, måtte det da være muligt at få sig en drink i en millionby som Sydney? Han gik ud på gaden og vinkede ad en gul taxa med lys på taget. Den bremsede ned, men ombestemte sig og kørte videre.

Fandens også, ser jeg så slem ud, tænkte Harry og klukkede.

Længere henne i gaden begyndte der at komme flere mennesker. Han hørte en tiltagende støj af stemmer, biler og musik, og da han kom rundt om et hjørne, vidste han pludselig, hvor han var. Var der noget bedre end svineheld? Han var kommet til Kongekrydset! Darlinghurst Road lå blinkende og larmende foran ham. Nu stod alle muligheder åbne. I den første bar, hvor han prøvede at komme ind, blev han nægtet adgang, men han fik lov at komme ind i en lille, kinesisk bule, hvor de serverede en whisky for ham i et stort plasticglas. Der var trangt og mørkt derinde, med en uudholdelig larm fra de mange spilleautomater, så han gik ud på gaden igen efter at have hældt glassets indhold ned. Han holdt fast i en stolpe, mens han så på bilerne, som gled forbi og prøvede at undertrykke en svag erindring om, at han havde kastet op på gulvet i en bar tidligere på aftenen.

Mens han stod sådan, var der en, der prikkede ham i ryggen. Han vendte sig om og så en stor, rød mund, og at der manglede en hjørnetand, da den blev åbnet.

"Jeg har hørt om Andrew. Det gør mig ondt," sagde den. Så tyggede den videre på tyggegummiet. Det var Sandra.

Harry prøvede at sige et par ting, men hans udtale må have været meget dårlig, for Sandra kiggede uforstående på ham.

"Er du ledig?" spurgte han endelig.

Sandra lo. "*Yes, but I don't think you're up to it.*"

"Er det en forudsætning?" lykkedes det med besvær Harry at sige.

Sandra så sig omkring. Harry syntes, han så et glimt af et smart jakkesæt i skyggerne. Teddy Mongabi var næppe særlig langt borte.

"Hør, jeg er på arbejde nu. Måske skulle du gå hjem og sove lidt, så kan vi tage en snak i morgen."

"Jeg kan betale," sagde Harry og begyndte at finde tegnebogen frem.

"Væk med den der!" sagde Sandra og proppede hans tegnebog tilbage. "Jeg går med dig, og du kommer til at betale lidt, men ikke her, okay?"

"Vi kan gå hen på mit hotel. Det ligger lige om hjørnet. Crescent Hotel," sagde Harry.

Sandra trak på skuldrene. "*Whatever.*"

På vejen derhen gik de ind i en *bottle-shop*, hvor Harry købte to flasker Jim Beam.

Natportieren på Crescent mønstrede Sandra fra top til tå, da de kom ind i receptionen. Han så ud, som om han skulle til at sige noget, men Harry kom ham i forkøbet.

"Har du aldrig set en *undercover*-politikvinde før?"

Natportieren, en ung asiat i jakkesæt, smilede usikkert.

"Glem, at du har set hende, og giv mig nøglerne til mit værelse. Vi har noget arbejde, vi skal have lavet."

Harry tvivlede på, at natportieren købte hans snøvlende udflugter, men han gav under alle omstændigheder Harry nøglen uden indvendinger.

Oppe på værelset åbnede Harry minibaren og tog alle de alkoholiske drikke ud.

"Den her tager jeg," sagde Harry og tog en miniatureflaske med Jim Beam. "Resten kan du tage."

"Du må virkelig være glad for whisky," sagde Sandra og åbnede en øl.

Harry kiggede på hende og så lidt forvirret ud.

"Må jeg?" sagde han.

"De fleste kan godt lide forskellige former for gift. For variationens skyld, ikke sandt?"

"Nå jo. Drikker du?"

Sandra trak på det.

"Egentlig ikke. Jeg prøver at skære ned. Er på slankekur."

"Egentlig ikke," gentog Harry. "Så ved du altså ikke, hvad du taler om. Har du set *Leaving Las Vegas* med Nicholas Cage?"

"Hvad?"

"Glem det. Den skulle handle om en alkoholiker, der bestemte sig for at drikke sig ihjel. Lige det kunne jeg tro på. Problemet var, at fyren drak hvad som helst. Gin, vodka, whisky, bourbon, brandy ... hele svineriet. Fint nok, hvis man ikke har andre muligheder. Men den her fyr stod i verdens mest velassorterede spritforretning i Las Vegas, havde en masse penge og ingen præferencer. Ingen forpulede præferencer! Jeg har aldrig mødt en alkoholiker, som blæser på, hvad han drikker. Hvis man først har fundet sin gift, så holder man sig til den, ikke? Han blev oven i købet nomineret til en Oscar."

Harry lagde hovedet bagover, tømte miniatureflasken og gik hen og åbnede balkondøren.

"Hvordan gik det?" spurgte Sandra.

"Han drak sig ihjel," sagde Harry.

"Jeg mener, vandt han en Oscar?"

"Tag en af flaskerne i posen og kom her hen. Vi skal sidde her på balkonen og se ud over byen. Jeg har lige haft et *déjà vu*."

Sandra tog flasken og to glas med og satte sig ved siden af ham med ryggen mod muren.

"Lad os et kort øjeblik glemme, hvad den satan har gjort, mens han levede. Lad os drikke en skål for Andrew Kensington." Harry skænkede op i glassene.

De sad og drak i tavshed. Harry begyndte at le.

"Tag nu for eksempel ham fra The Band, Richard Manuel. Han havde alvorlige problemer, ikke bare med drikkeriet, men med ... tja, livet. Til sidst gad han ikke mere, men hængte sig på et hotelværelse. Hjemme i hans hus fandt de to tusinde flasker, alle af et og samme mærke – Grand Marnier. Kun det. Forstår du det? *Fucking* appelsinlikør! Der var en mand, der havde fundet sin gift. Nicholas Cage – ha! Det er et underligt univers, vi lever i ..."

Han slog ud med hånden mod Sydneys stjerneklare nattehimmel, og de drak noget mere. Harry var begyndt at glippe med øjnene, da Sandra lagde en hånd på hans kind.

"Hør lige, Harry, jeg skal tilbage på arbejde. Jeg tror, at du er sengeklar."

"Hvad koster en hel nat?" Harry skænkede mere whisky i sit glas.

"Jeg tror ikke ..."

"Bliv her. Vi drikker ud, og så gør vi det. Jeg lover at komme hurtigt." Harry fnisede.

"Nej, Harry, jeg går nu." Sandra rejste sig og blev stående med korslagte arme. Harry kom på benene, mistede balancen og tog to skridt bagover mod balkongelænderet, før Sandra fik tag i ham. Han slog armene om de spinkle skuldre, lænede sig tungt ind mod hende og hviskede:

"Kan du ikke holde lidt vagt over mig, Sandra? Bare for i nat. For Andrews skyld. Hvad er det, jeg siger? For min skyld."

"Teddy begynder at undre sig over, hvor jeg ..."

"Teddy får sine penge og holder sin kæft. Vil du ikke nok?"

Sandra tøvede, men sagde så:

"Lad gå. Men lad os først få de klude her af, hr. Holy."

Hun bugserede ham ind på sengen og fik sko og bukser trukket af ham. Skjorten klarede han på mirakuløs vis selv at knappe op. Sandras sorte minikjole forsvandt over hovedet i en fart. Hun var endnu tyndere uden tøj på, skuldre og hofter stak frem, og ribbenene lå som et vaskebræt under de små bryster. Da hun gik hen for at slukke for loftslyset, så Harry, at hun havde store, blå mærker på ryggen og på bagsiden af lårene. Hun lagde sig ved siden af ham og strøg ham over den glatte brystkasse og mave.

Sandra lugtede svagt af sved og hvidløg. Harry stirrede op i loftet. Han var forundret over, at han i sin nuværende tilstand overhovedet kunne lugte noget.

"Lugten," spurgte han. "Er det dig eller de andre mænd, du har haft i nat?"

"Begge dele vil jeg tro," svarede Sandra. "Generer det dig?"

"Nej," svarede Harry uden at være helt klar over, om hun mente lugten eller de andre mænd.

"Du er temmelig fuld, Harry. Vi behøver ikke ..."

"Mærk lige engang," sagde Harry, tog hendes fugtige, varme hånd og lagde den mellem sine ben.

Sandra lo.

"Halløjsa. Og det var min mor, der lærte mig, at mænd, der drikker, kun bliver store i kæften."

"Med mig er det omvendt," sagde Harry. "Spritten lammer tungen, men pumper pikken op. Det er rigtigt. Jeg ved ikke hvorfor, det har bare altid været sådan."

Sandra satte sig oven på ham, trak de tynde trusser til side og førte ham ind uden videre dikkedarer.

Han så på hende, mens hun bevægede sig op og ned. Hun mødte

hans blik, gav ham et kort, lille smil og kiggede den anden vej. Det var samme slags smil man får, når man står i en sporvogn og uforvarende møder en andens blik lidt for længe.

Harry lukkede øjnene, lyttede til sengens rytmiske knirken og tænkte, at det ikke var helt sandt: Spritten lammede ham. Den følsomhed der gjorde, at den kunne gå hurtigt på ham, som han havde lovet, var væk. Sandra arbejdede ufortrødent videre, mens Harrys tanker gled under dynen, ud af sengen og ud ad vinduet. Han rejste under en omvendt stjernehimmel over havet, til han kom til en kyst med en hvid stribe yderst.

Da han kom længere ned, så han, at det var en sandstrand, som havet slog op imod, og da han kom endnu nærmere, så han, at det var en by, han havde været i før, og at der lå en pige, han kendte, på stranden. Hun sov, og han landede forsigtigt ved siden af hende for ikke at vække hende. Så lagde han sig ned og lukkede øjnene. Da han vågnede igen, var solen ved at gå ned, og han var alene. På strandpromenaden bag ham gik der mennesker, som han mente at kende. Huskede han ikke nogle af dem fra film, han havde set? Nogle af dem havde solbriller på og gik med bittesmå, radmagre hunde i snor foran høje hotelfacader ovre på den modsatte side af gaden.

Harry gik ned til strandkanten og skulle til at gå ud i vandet, da han så, at det var fyldt med brandmænd. De lå i vandskorpen med lange, røde tråde, og nede i det bløde, geléagtige spejl kunne han ane konturerne af deres ansigter. En båd dunkede forbi. Den kom nærmere og nærmere, og pludselig vågnede Harry. Det var Sandra, der ruskede i ham.

"Der er nogen!" hviskede hun. Harry kunne høre, at der blev banket på døren.

"Fandens til natportier!" sagde han, sprang ud af sengen med en pude foran underlivet og åbnede døren.

Det var Birgitta.

"Hej!" sagde hun, men hendes smil stivnede, da hun så Harrys forpinte ansigtsudtryk.

"Hvad er der? Er der noget galt, Harry?"

"Ja," sagde Harry. "Der er noget galt." Hans hoved dunkede, så alt gik i hvidt, hver gang pulsen slog. "Hvorfor er du kommet her?"

"De ringede ikke. Jeg ventede og ventede, og så ringede jeg hjem, men der var ingen, der svarede. De må have misforstået tidspunktet og ringet, mens jeg var på arbejde. Sommertid og alt det der. De har sikkert ikke kunnet finde ud af tidsforskellen. Det er typisk for min far."

Hun talte hurtigt og prøvede vist at lade, som om det var den mest naturlige ting i verden at stå i en hotelkorridor midt om natten og snakke om dagligdags ting med en fyr, som helt tydeligt ikke havde tænkt sig at lukke hende ind.

De blev stående og så på hinanden.

"Har du besøg?" spurgte hun.

"Ja," sagde Harry. Det lød som en tør gren, der knækkede, da hun slog ham.

"Du er fuld," sagde hun. Tårerne stod hende i øjnene.

"Birgitta ..."

Hun gav ham et hårdt skub, så han tumlede bagover, og gik ind på værelset. Sandra havde allerede fået miniskørtet på, hun sad på sengen og var ved at iføre sig sine sko. Birgitta krummede sig sammen, som om hun pludselig havde fået ondt i maven.

"*You whore!*" skreg hun.

"Rigtigt gættet," sagde Sandra tørt. Hun tog optrinnet med betydelig mere ro end de to andre i værelset, men satsede alligevel på en hurtig afgang.

"Tag dine ting og skrub af med dig!" råbte Birgitta med grådkvalt stemme og smed håndtasken, som lå på stolen, hen mod Sandra. Den ramte sengen, og indholdet trillede ud. Harry stod nøgen og let svajende midt på gulvet og så til sin forbavselse, at der pludselig sad en pekingeser på sengen. Ved siden af den langhårede hund lå en hårbørste, cigaretter, nøgler, et stykke grønligt kryptonit og det største udvalg af kondomer, som Harry nogensinde havde set. Sandra himlede opgivende med øjnene, tog fat i nakkeskindet på pekingeseren og proppede den ned i tasken igen.

"Så var det *monetas*, skattebasse," sagde hun.

Harry rørte sig ikke, så hun samlede hans bukser op og tog tegnebogen frem. Birgitta var sunket sammen på en stol, og et øjeblik hørte man kun Sandras lavmælte, koncentrerede optælling og Birgittas halvkvalte hulken fra stolen.

"*I'm outta here,*" sagde Sandra, da hun var tilfreds, og væk var hun.

"Vent," sagde Harry, men det var for sent. Døren smækkede hårdt i.

"Vent!?" sagde Birgitta. "Sagde du vent?" skreg hun og rejste sig fra stolen. "Din forbandede horebuk, din satans drukmås. Du har ingen ret ..."

Harry prøvede at lægge armene om hende, men hun slog sig løs. De blev stående over for hinanden som to brydere. Birgitta så ud til at være i en slags trance. Øjnene var blanke og blinde af had, og munden dirrede af raseri. Harry tænkte, at hvis hun havde haft mulighed for at slå ham ihjel, ville hun have gjort det nu uden at tøve.

"Birgitta, jeg ..."

"Drik dig ihjel og forsvind ud af mit liv!" Hun snurrede om på hælen og stormede ud. Det rystede i hele værelset, da døren hamrede i.

Telefonen ringede. Det var receptionen. "Hvad er det, der foregår, hr. Holy? Kvinden i værelset ved siden af har ringet og ..."

Harry lagde røret. Et pludseligt, vildt raseri steg op i ham, og han kiggede sig søgende omkring efter noget at ødelægge. Så snuppede han whiskyflasken fra bordet og skulle til at slynge den ind i væggen, men ombestemte sig i sidste øjeblik.

Livslang træning i selvbeherskelse, tænkte han, åbnede flasken og satte den for munden.

Der lød en raslen af nøgler, og Harry vågnede ved, at døren gik op.

"*No room service now, please come back later!*" råbte Harry ned i puden.

"Hr. Holy, jeg repræsenterer hotellets ledelse."

Harry vendte sig om på ryggen. To personer i jakkesæt var kommet ind i værelset. De stillede sig på respektfuld afstand af sengen, men virkede alligevel meget bestemte. Harry genkendte den ene som receptionisten fra aftenen før. Den anden fortsatte:

"De har overtrådt hotellets ordensregler, og jeg beklager at sige, at vi må bede Dem om hurtigst muligt at afregne og forlade hotellet, hr. Holy."

"Ordensregler?" Harry kunne mærke, at han snart skulle kaste op.

Jakkesættet rømmede sig.

"De tog en kvinde med op på værelset, som vi har mistanke om er ... prostitueret. Desuden vækkede de store dele af etagen midt om natten med Deres larm. Vi er et respektabelt hotel og må beskytte os mod den slags, det forstår De sikkert, hr. Holy."

Harry gryntede som svar og vendte ryggen til.

"Det er fint, repræsentanter-for-hotellets-ledelse. Jeg skal alligevel rejse i dag. Lad mig sove i fred, til jeg checker ud."

"De skulle allerede have checket ud, hr. Holy," sagde receptionisten.

Harry kneb øjnene sammen og så på uret. Klokken var kvart over to.

"Vi har prøvet at vække Dem."

"Mit fly ..." sagde Harry og prøvede at få benene ud af sengen. Efter to forsøg fik han fast grund under fødderne og rejste sig op. Han havde glemt, at han var nøgen, og receptionisten og hotelværten trak sig forskrækkede tilbage. Det svimlede for ham, loftet snurrede rundt et par gange, og han måtte sætte sig på sengekanten igen. Så kastede han op.

BUBBUR

14

En receptionist, to udsmidere og en fyr ved navn Speedy

Tjeneren på "Bourbon & Beef" fjernede hans urørte Eggs Benedicte og kiggede medfølende på gæsten. Han var kommet her hver morgen i over en uge, havde læst avisen og spist sin morgenmad. Nogle gange havde han ganske vist set træt ud, men tjeneren havde aldrig set ham så medtaget som i dag. Desuden havde klokken været næsten halv tre, da han dukkede op i dag.

"*A hard night, Sir?*"

Gæsten sad med sin kuffert ved siden af sig og stirrede rødøjet og ubarberet ud i luften.

"Ja. Ja, det har været en hård nat. Jeg har lavet ... meget."

"*Good on ya.* Det er det, King's Cross er til for. Ellers noget, *Sir?*"

"Nej tak, jeg skal nå et fly ..."

Tjeneren beklagede det i sit stille sind. Han var begyndt at synes om den stilfærdige nordmand, som så lidt ensom ud, men som var venlig og rundhåndet med drikkepengene.

"Ja, jeg så Deres kuffert. Hvis det betyder, at det er sidste gang, vi ser Dem her et stykke tid, så vil jeg bede om ikke at blive betalt i dag. De er sikker på, at jeg ikke må byde Dem på en bourbon, en Jack Daniels? *One for the road, Sir?*"

Nordmanden så forundret op på ham. Som om tjeneren netop havde foreslået noget, som han, gæsten, ikke selv kunne komme i tanker om, og som han nu kunne se havde været indlysende hele tiden.

"Lav en dobbelt, så er du flink."

Ejeren af Springfield Lodge hed Joe og var en overvægtig, hyggelig fyr, som med nøjsomhed og klogskab havde drevet sit lille, let nedslidte etablissement i King's Cross i næsten tyve år. Det var hverken bedre eller værre end andre af områdets hoteller i den nedre ende af prisskalaen, og han fik kun få, om overhovedet nogen klager. En af grundene var, at Joe som sagt var en hyggelig fyr. En anden, at han altid insisterede på, at gæsterne altid inspicerede værelset først, og at han slog fem dollars af prisen, hvis de betalte for mere end én nat. Den tredje og måske vigtigste grund var, at han formåede at holde stedet sådan nogenlunde fri for rygsækturister, fulderikker, narkomaner og prostituerede.

Selv uønskede gæster havde svært ved ikke at synes om Joe. For på Springfield Lodge blev man ikke mødt med et granskende blik eller en besked om at forføje sig bort, bare et beklagende smil og en meddelelse om, at der desværre var optaget, men at der måske kom nogle afbestillinger ugen efter, og at man så var velkommen tilbage. På grund af Joes betydelige menneskekundskab og hurtige og sikre klassificering af de logisøgende, kunne han gøre det uden at tøve så meget som et sekund og uden at blive usikker i blikket. Det var derfor sjældent, at han fik problemer med besværlige typer. En sjælden gang tog Joe fejl i sin vurdering af, hvad det var for et menneske, han havde foran sig, og nogle af disse gange havde han angret det bittert bagefter.

Det var et par af disse tilfælde, han gik igennem i hukommelsen, da han hurtigt prøvede at opsummere de modstridende indtryk, han fik af den høje, lyse mand foran sig. Hans tøj var enkelt og bar præg af kvalitet, hvilket tydede på, at han havde penge, men ikke absolut *skulle* bruge dem. At han var udlænding var et stort plus. Det var som regel australiere, der skabte problemer. Rygsækturister med soveposer og det hele betød ofte vilde fester og forsvundne håndklæder, men denne mand havde en kuffert, og kufferten virkede desuden velpakket og så tilpas lille, at den næppe tilhørte en, der flyttede rundt konstant. Manden var ganske vist ubarberet, men det så ikke ud til, at det var alt for længe siden, at håret havde set indersiden af en frisørsalon. Desuden var neglene rene og nyklippede, og pupillerne af nogenlunde normal størrelse.

Summen af alt dette, og den kendsgerning at manden netop havde lagt et VISA-kreditkort på skranken og legitimeret sig som norsk politibetjent, gjorde, at det normalt så hurtige "desværre, men ..." ikke rigtigt kom frem.

For der var ikke tvivl om, at manden var fuld. Drivende fuld, oven i købet.

"Jeg ved, at du ved, at jeg har fået et par glas," sagde manden på et snøvlende, men overraskende godt engelsk, da han fornemmede, at Joe tøvede. "Lad os antage, at jeg går amok på værelset. Lad os bare gå ud fra det. Knuser tv-apparatet og spejlet i badeværelset og kaster op på tæppet. Sådan noget kan ske. Vil et depositum på tusind dollars dække det meste? Og så har jeg i øvrigt til hensigt at holde mig så tilpas fuld, at jeg næppe vil være i stand til at frembringe høje lyde, genere andre gæster eller vise mig særlig meget på gangene eller i receptionen."

"Desværre. Der er fuldt hus hele ugen. Måske ..."

"Greg på Bourbon & Beef anbefalede stedet og bad mig hilse Joe. Er det dig?"

"Lad mig ikke fortryde det her," sagde han og gav ham nøglen til værelse 73.

"*Hello*?"

"Hej, Birgitta, det er Harry. Jeg ..."

"Jeg har besøg, Harry, det passer lidt dårligt lige nu."

"Jeg ville bare sige, at det ikke var min mening at ..."

"Hør her, Harry. Jeg er ikke vred, og der er ingen skade sket. Det er heldigvis begrænset, hvor meget en fyr, som man kun har kendt i en uge, kan såre en, men jeg vil foretrække, at du ikke kontakter mig igen. Okay?"

"Nej, egentlig ikke ..."

"Som sagt har jeg besøg, så jeg ønsker dig held og lykke med resten af opholdet og håber, at du kommer helskindet hjem til Norge. Ha' det godt."

...

"Ha' det godt."

Teddy Mongabi havde ikke brudt sig om, at Sandra tilbragte natten med den skandinaviske politibetjent. Han syntes, at det lugtede langt væk af problemer. Da han så manden komme gående hen imod sig på Darlinghurst Road på usikre ben og med hængende arme, var hans indskydelse derfor at tage to skridt baglæns og forsvinde i mængden. Men nysgerrigheden blev for stor, så han lagde armene over kors og stillede sig i vejen for den dinglende politibetjent. Manden prøvede at gå rundt om ham, men Teddy greb ham om skulderen og drejede ham rundt.

"Hilser du ikke på en gammel ven, *mate*?"

Mate så sløvt på ham. "Alfonsen ..." sagde han udtryksløst.

"Jeg håber, Sandra svarede til forventningerne, betjent."

"Sandra? Lad mig lige se ... Sandra var udmærket. Hvor er hun?"

"Hun har fri i aften. Men jeg kan måske friste betjenten med noget andet?"

Politibetjenten tog et skridt for at holde balancen.

"Javist. Javist. Lad mig høre, alfons. Frist mig."

Teddy lo. "Denne vej, betjent." Han støttede den fulde betjent ned ad trappen til klubben og placerede ham over for sig ved et bord med udsigt til scenen. Teddy knipsede med fingrene og en letpåklædt kvinde kom straks hen til dem.

"Giv os to øl, Amy. Og bed Claudia om at danse for os."

"Næste forestilling er først klokken otte, hr. Mongabi."

"Kald det en ekstraforestilling. Nu, Amy!"

"Javel, hr. Mongabi."

Politibetjenten havde fået et idiotisk grin om munden.

"Jeg ved, hvem der kommer," sagde han. "Morderen. Det er morderen, der kommer."

"Hvem?"

"Nick Cave."

"Nick *who*?"

"Og den lyshårede sangerinde. Hun bruger vel også paryk? Hør lige ..."

Diskomusikken var blevet afbrudt, og politibetjenten holdt begge pegefingrene i vejret, som om han skulle til at dirigere et symfoniorkester. Men musikken lod vente på sig.

"Jeg hørte det om Andrew," sagde Teddy. "Det var sgu en skam. En stor skam. Jeg kan forstå, at han hængte sig. Kan du fortælle mig, hvad der får sådan en livsglad mand til at ..."

"Sandra bruger paryk," sagde politibetjenten. "Den faldt ud af hendes taske. Det var derfor, jeg ikke genkendte hende, da jeg mødte hende her. Lige her! Andrew og jeg sad derhenne. Jeg havde set hende et par gange på Darlinghurst de første dage efter, at jeg var ankommet, men dengang gik hun med paryk. Hvorfor bruger hun den ikke mere?"

"Javel ja, betjenten foretrækker blondiner. Så tror jeg, at jeg har noget, som du ville kunne lide ..."

"Hvorfor?"

Teddy trak på skuldrene.

"Sandra? Tja, hun blev rystet lidt for hårdt af en fyr for nogle dage siden. Sandra påstod, at det havde noget med parykken at gøre og bestemte sig for at droppe den et stykke tid. For det tilfælde, at han skulle dukke op igen, du ved nok."

"Hvem?"

"Det ved jeg ikke, betjent. Og selv om jeg havde vidst noget, så havde jeg ikke sagt det. I vores fag er diskretion en æressag. Og det er jeg sikker på, at også du sætter pris på. Jeg er ikke god til at huske navne, men var det ikke Ronny, du hed?"

"Harry. Jeg må tale med Sandra." Han prøvede at komme på benene og var lige ved at slå bakken ud af hånden på Amy, som kom med deres øl. Han lænede sig tungt hen over bordet.

"Hvor? Har du et telefonnummer, alfons?"

Teddy vinkede Amy væk.

"Af princip giver vi aldrig klienternes adresse eller telefonnummer til pigerne. Af rent sikkerhedsmæssige grunde. Det forstår du sikkert?" Teddy fortrød, at han ikke fulgte sin første indskydelse om at undgå den fulde og besværlige nordmand.

"Det forstår jeg godt. Giv mig så det nummer."

Teddy smilede. "Som sagt giver vi ikke ..."

"Nu!" Harry tog fat i kraven på den smarte, grå jakke og pustede en blanding af whiskyånde og bræklugt i ansigtet på Teddy. Et indsmigrende strygerarrangement strømmede ud af højttalerne.

"Jeg tæller til tre, betjent. Hvis du ikke har sluppet før det, kalder jeg på Ivan og Geoff. Det betyder lufttur ud gennem bagdøren. Uden for bagdøren er der en trappe. En stejl trappe med tyve cementtrin."

Harry grinede og strammede grebet. "Skulle det gøre mig bange, din skide alfons? Se på mig. Jeg er så fuld, at jeg ikke kan mærke en skid. *I'm fuckin' indestructible, man.* Geoff! Ivan!"

Noget bevægede sig i skyggerne bag baren. Da han drejede hovedet for at kigge nærmere efter, rykkede Teddy sig fri af hans greb. Derefter gav han ham et skub, og Harry væltede bagover. Han fik sin egen stol og bordet bag sig med, før han bragede i gulvet. I stedet for at rejse sig, blev han liggende med en kluklatter, indtil Geoff og Ivan kom til og spørgende kiggede på Teddy.

"Få ham ud ad bagdøren," sagde Teddy og kiggede på, mens politibetjenten som en anden kludedukke blev samlet op og lagt hen over skulderen på et sort, smokingklædt muskelbjerg.

"Jeg forstår sgu ikke, hvad der er galt med folk nu om dage," sagde Teddy og rettede på den krølfri jakke.

Ivan gik foran og åbnede døren.

"Hvad fanden har fyren spist?" sagde Geoff. "Han griner, så han ryster."

"Vi får se, hvor længe han griner," sagde Ivan. "Sæt ham ned her." Geoff satte forsigtigt Harry ned på benene, hvor han let svajende blev stående foran dem.

"Kan du holde på en hemmelighed, mister?" sagde Ivan med et genert smil og kiggede ned. "Jeg ved, det er en superskurk-kliché, men jeg hader vold."

Geoff grinede.

"Hold mund, Geoff, det er faktisk rigtigt. Bare spørg dem, der kender mig. Han kan ikke holde det ud, vil de fortælle dig. Ivan kan ikke sove, han bliver deprimeret af det. Verden kan være hård nok for en stakkels fyr, uden at vi behøver at gøre den værre ved at brække arme og ben på hinanden. Er du ikke enig? Derfor. Derfor skal du bare gå hjem, og så gør vi ikke mere ud af det her. Okay?"

Harry nikkede og rodede rundt i lommerne efter et eller andet.

"Selv om det er dig, der er skurken i aften," sagde Ivan. "Dig!"

Han stak en pegefinger i brystet på Harry.

"Dig!" gentog Ivan og trykkede lidt hårdere. Den lyshårede politibetjent svajede faretruende.

"Dig!"

Harry blev stående og vippede på hælene med svingende arme. Han havde ikke vendt sig for at se, hvad der var bag ham, men han havde nok gættet det. Et smil bredte sig over hans ansigt, da hans slørede blik mødte Ivans. Han faldt bagover og stønnede, da ryggen og nakken ramte de første trin. Resten af vejen ned kom der ikke en lyd fra ham.

Joe hørte, at det skrabede på hoveddøren, og da han gennem ruden så den nye gæst stå sammenkrummet udenfor, vidste han, at han havde begået en af sine sjældne fejl. Da han åbnede døren, faldt gæsten ind mod ham. Havde det ikke været for Joes lave tyngdepunkt, var de nok begge faldet omkuld. Joe fik lagt gæstens arm over skulderen og støttede ham hen til en stol inde i receptionen, hvor han tog ham nærmere i øjesyn. Ikke at den blonde fulderik havde været noget kønt syn, da han checkede ind, men nu så han virkelig dårlig ud. Han havde skrabet store hudstykker af den ene albue, så kødet glinsede i rødt og hvidt, den ene kind var opsvulmet, og der dryppede blod fra næsen ned på de snavsede bukser. Skjorten var flænset, og det rallede grimt i hans bryst, hver gang han trak vejret. Men det gjorde han i hvert fald – trak vejret.

"Hvad er der sket?" spurgte Joe.

"Faldt ned ad en trappe. Der er ikke sket noget, jeg trænger bare til at ligge ned."

Joe var ikke læge, men ud fra lydene regnede han med, at der var gået et ribben eller to. Han fandt noget antiseptisk salve og noget plaster frem, lappede gæsten de værste steder og stak til sidst en tot vat op i næseboret på ham. Gæsten rystede på hovedet, da Joe ville give ham en smertestillende pille.

"*Painkilling stuff in my room*," sagde han.

"Du bør tilses af en læge," sagde Joe. "Jeg kan ..."

"Ingen læge. Jeg har det fint om et par timer."

"Dit åndedræt lyder ikke for godt."

"Det har det aldrig gjort. Astma. Bare giv mig to timer i sengen, så skal jeg nok checke ud."

Joe sukkede. Han vidste, at han var i færd med at begå fejl nummer to.

"Glem det," sagde han. "Du har brug for mere end et par timer. Desuden er det ikke din fejl, at trapperne er så forbandet stejle her i Sydney. Jeg kigger op til dig i morgen tidlig."

Han hjalp gæsten op på værelset, fik ham anbragt på sengen og trak hans sko af. På bordet stod der tre tomme og to uåbnede Jim Beam flasker. Joe var afholdsmand, men havde levet længe nok til at vide, at man ikke kan diskutere med en alkoholiker. Han åbnede en af flaskerne og satte den på natbordet. Fyren ville alligevel få det slemt nok, når han vågnede.

"Crystal Castle, goddag."

"Goddag, træffer jeg Margaret Dawson?"

"*Speaking.*"

"Jeg kan hjælpe Deres søn, hvis De fortæller mig, at han dræbte Inger Holter."

"Hvem? Hvem taler jeg med?"

"En ven. De må stole på mig, fru Dawson, ellers er Deres søn fortabt. Forstår De det? Slog han Inger Holter ihjel?"

"Hvad er det her for noget? Skal det forestille en spøg? Hvem er Inger Holter?"

"De er Evans' mor, fru Dawson. Inger Holter havde også en mor. De og jeg er de eneste, der kan hjælpe Deres søn. Sig, at han dræbte Inger Holter! Hører De!"

"Jeg kan høre, at De har drukket. Nu ringer jeg til politiet."

"Sig det!"
"Nu lægger jeg røret på."
"Sig d ... – dumme kusse!"

Alex Tomaros lagde armene bag hovedet og lænede sig bagover, da Birgitta kom ind på kontoret.
"Sæt dig ned, Birgitta."
Hun satte sig på stolen foran Tomaros' beskedne skrivebord, og Alex benyttede anledningen til at studere hende nøjere. Han syntes, hun så træt ud. Hun havde mørke ringe om øjnene, virkede misfornøjet og var endnu blegere end sædvanligt.
"Jeg blev afhørt af en politibetjent for nogle dage siden, Birgitta. En vis hr. Holy, en udlænding. Det fremgik af samtalen, at han havde talt med en eller flere af vores personale og fået oplysninger af ... mm, indiskret karakter. Vi er naturligvis alle interesseret i, at Inger Holters morder bliver fundet, men jeg vil lige gøre opmærksom på, at lignende udtalelser i fremtiden vil kunne opfattes som ... mm, illoyale. Og jeg behøver vel ikke fortælle, at i så trængt en branche har vi ikke råd til at lønne folk, som vi ikke føler, vi kan stole på."
Birgitta sagde ingenting.
"En mand ringede hertil tidligere på dagen, og tilfældigvis var det mig, der tog telefonen. Han prøvede ganske vist at forvrænge stemmen ved at snøvle, men jeg genkendte accenten. Det var hr. Holy igen, og han spurgte efter dig, Birgitta."
Birgitta kiggede op med et ryk.
"Harry? I dag?"
Alex tog brillerne af.
"Du ved, at jeg har et godt øje til dig, Birgitta, og jeg vil godt indrømme, at jeg tager denne ... mm, lækage en smule personligt. Jeg havde forestillet mig, at vi med tiden kunne blive rigtigt gode venner. Så lad nu være med at være så dum at ødelægge det, vil du ikke nok?"
"Ringede han fra Norge?"
"Jeg ville ønske, jeg kunne svare bekræftende, men desværre lød det som en meget lokal forbindelse. Du ved godt, at jeg ikke har noget at

skjule, Birgitta, i hvert fald ikke noget, som er relevant for den her sag. Og det er det, de er ude efter, ikke? Det hjælper ikke Inger, at du plapprer ud med alt det andet. Kan jeg stole på dig, kære Birgitta?"

"Hvad er alt det andet, Alex?"

Han så overrasket ud.

"Det troede jeg, at Inger havde fortalt dig. Om køreturen."

"Hvilken køretur?"

"Efter arbejde. Jeg opfattede Inger som særdeles inviterende, og tingene gik lidt for vidt. Jeg skulle jo bare køre hende hjem og ville ikke gøre hende forskrækket. Men hun tog min lille spøg lidt for bogstaveligt, er jeg bange for."

"Jeg ved ikke, hvad du taler om, Alex, og jeg er heller ikke sikker på, at jeg vil vide det. Sagde Harry noget om, hvor han var? Ville han ringe tilbage?"

"Hov, hov, vent lige lidt. Du er på fornavn med fyren og får farve i kinderne, bare jeg nævner hans efternavn. Hvad er det egentlig, der foregår her? Er der noget mellem jer to, måske?"

Birgitta vred fortvivlet hænderne.

Han lænede sig hen over skrivebordet og rakte en hånd frem for at klappe hende på håret, men hun slog den væk med en irriteret bevægelse.

"Hold op med det der, Alex. Du er en nar, og det har jeg fortalt dig før. Vær lidt mindre åndssvag næste gang, han ringer, så er du sød. Og spørg, hvor jeg kan få fat i ham. Okay?" Hun rejste sig og marcherede ud.

Speedy troede knap nok sine egne øjne, da han kom ind på The Cricket. Borroughs trak på skuldrene omme bag disken.

"Han har siddet der i to timer," sagde han. "Han er godt og grundigt fuld."

Helt inde i hjørnet ved deres faste bord sad den mand, der indirekte var årsag til, at to af hans kammerater var havnet på hospitalet. Speedy sikrede sig, at han havde sin nyanskaffede HK .45 ACP i læghylsteret, og gik hen til bordet. Fyrens hage var faldet ned på brystet, og han så ud, som om han sov. Der stod en halvtom whiskyflaske på bordet foran ham.

"Hallo!" råbte Speedy.

Fyren løftede langsomt hovedet og sendte ham et imbecilt smil.

"Jeg har ventet på dig," snøvlede han.

"Du sidder ved et forkert bord," sagde Speedy og blev stående. Han havde en travl aften forude og kunne ikke risikere at blive forsinket af den her idiot. Et par af kunderne kunne komme, hvornår det skulle være.

"Der er noget, du skal fortælle mig først," sagde fyren.

"Hvorfor skulle jeg det?" Speedy kunne mærke pistolen mod buksebenet.

"Fordi det er her, du handler, fordi du lige er kommet ind ad døren, og det derfor er det tidspunkt på dagen, hvor du er mest sårbar, fordi du har varerne på dig, og fordi du ikke vil have, at jeg kropsvisiterer dig foran alle de her vidner. Bliv stående."

Først nu så Speedy mundingen på den Hi-Power, som fyren sad med i skødet, og som han tilsyneladende nonchalant rettede direkte mod ham.

"Hvad vil du vide?"

"Jeg vil vide, hvor tit Andrew Kensington købte, og hvornår han købte sidst."

Speedy prøvede at tænke. Han kunne ikke fordrage at have skydevåben rettet mod sig.

"Er du udstyret med en båndoptager, strømer?"

Strømeren smilede.

"Slap af. Vidneudsagn afgivet med en pistol mod sig tæller ikke. Det værste, der kan ske, er, at jeg skyder dig."

"Okay, okay."

Speedy kunne mærke, at han begyndte at svede. Han vurderede afstanden ned til læghylsteret:

"Hvis det ellers ikke er noget fis, jeg har hørt, er han død. Så hvad kan det skade? Han var forsigtig, ville ikke have for meget. Han købte to gange om ugen, én pose hver gang. Fast rutine."

"Hvor længe siden var det, han havde købt, da han var her sidst og spillede kricket?"

"Tre dage. Han skulle købe dagen efter."

"Kunne det ske, at han købte af andre?"

"Aldrig. Det ved jeg. Sådan noget bliver personligt – en tillidssag, så at sige. Desuden var han politibetjent og ville vel ikke risikere for stor eksponering."

"Så da han var her, var han næsten løbet tør for junk. Flere dage senere havde han alligevel nok til en overdosis, som sandsynligvis ville gøre det af med ham, hvis ikke en ledning havde gjort det. Hvordan rimer det i dine ører?"

"Han kom jo på hospitalet. Det var selvfølgelig abstinenser, der fik ham til at stikke af. Hvem ved, måske havde han alligevel noget liggende i reserve."

Strømeren sukkede træt.

"Du har ret," sagde han, stak pistolen ned i jakkens inderlomme og greb glasset foran sig. "Alt i den her verden er befængt med de måske'er. Hvorfor er der ikke nogen, der bare skærer igennem og siger, at sådan er det, basta, *two and two is whatever it is and that's that.* Det ville lette hverdagen for en hel del mennesker, kan jeg godt fortælle dig."

Speedy begyndte at trække buksebenet op, men ombestemte sig.

"Og hvor var sprøjten blevet af?" mumlede strømeren nærmest for sig selv.

"Hvad?" sagde Speedy.

"Vi fandt aldrig nogen sprøjte på gerningsstedet. Måske skyllede han den ud i lokummet. Som du sagde – en forsigtig mand. Selv om han snart skulle dø."

"Du giver måske et glas?" sagde Speedy og satte sig.

"Det er din lever," sagde strømeren og skubbede flasken hen til ham.

15

Erik Mykland, faldskærmsudspring og en rokokosofa

Harry løb gennem røgen ind i smøgen. Bandet spillede så højt, at alting vibrerede. Der lugtede surt af svovl, og skyerne hang så lavt, at hans hoved stak op i dem. Gennem støjmuren kunne man alligevel høre én lyd, en intens skærende lyd, som havde fundet en ledig frekvens. Det var lyden af tænder mod tænder og lænker, som blev trukket hen over asfalt. Bag ham kom et kobbel halsende hunde.

Smøgen blev smallere og smallere, og til sidst måtte han løbe med armene foran sig for ikke at blive kilet fast mellem de høje, røde mure. Han kiggede op. Fra vinduer højt oppe på murene stak små hoveder ud. De vinkede med blå og grønne flag og sang til den øredøvende musik.

"*This is the lucky country, this is the lucky country, we live in the lucky country!*"

Harry hørte en savlende gøen bag sig. Han skreg og faldt. Til sin store forbavselse blev det mørkt omkring ham, og i stedet for et ublidt møde med asfalten fortsatte han med at falde. Han måtte være faldet ned i et hul i jorden. Og enten måtte Harry være faldet meget langsomt, eller også var hullet meget dybt, for han fortsatte bare nedad. Musikken deroppe blev mere og mere fjern, og efterhånden som øjnene vænnede sig til mørket, så han, at siderne i hullet havde vinduer, hvor han kunne se ind til andre mennesker.

"Gud fri mig vel, er jeg på vej tværs gennem jorden?" tænkte Harry.

"De er svensk," sagde en kvindestemme.

Harry så sig omkring, og mens han gjorde det, kom lyset og musikken tilbage. Han stod på en åben plads, det var nat, og et band stod og spillede på en scene bag ham. Selv stod han med front mod et butiksvindue, nærmere bestemt en tv-forretnings udstillingsvindue, hvor en halv snes forskellige tv-apparater stod på hver sin kanal.

"De er nok også ude at fejre *Australian Day*?" sagde en anden stemme, en mandsstemme, på et velkendt sprog.

Harry vendte sig om. Et par stod og smilede opmuntrende til ham. Han gav mundvigene ordre om at besvare smilet, men han kunne blot håbe på, at den blev efterkommet. En vis stramning i ansigtet tydede imidlertid på, at han stadig havde herredømmet over denne kropsfunktion. Andre havde han måttet opgive. Underbevidstheden havde nemlig gjort oprør, og lige nu stod slaget mellem synssansen og hørelsen. Hjernen arbejdede på fuld kraft for at finde ud af, hvad der var ved at ske, men det var ikke helt let, for den blev hele tiden bombarderet med forvrængede og til dels absurde informationer.

"Vi er for resten danskere. Jeg hedder Poul, og det er min kone, Gina."

"Hvorfor tror I, jeg er svensker?" hørte Harry sig selv sige.

Det danske par kiggede på hinanden.

"De talte til Dem selv, mand, var De ikke klar over det? De stod og så fjernsyn og ventede på, om Alice ville falde tværs igennem jorden. Og det gjorde hun jo, ha-ha!"

"Nå ja," sagde Harry og anede ikke, hvad de talte om.

"Det er ikke helt som midsommer, er det vel? Det her er jo til at grine af. Man kan høre raketterne, men man kan ikke se noget på grund af tågen. Raketterne kunne have sat ild i nogle af skyskraberne deroppe, uden at vi havde opdaget det. Ha-ha! Kan De mærke krudtlugten? Ja, det er fugtigheden, som får den til at lægge sig langs jorden. Er De også her som turist?"

Harry tænkte sig om. Han må have tænkt sig vældig godt om, for da han var parat til at svare, var danskerne gået.

Han vendte sin opmærksom mod tv-skærmene igen. Brændende bakkeskråninger på én skærm og tennis på en anden. Det var de årlige begivenheder i Melbourne: Skovbrande og Australian Open – en hvidklædt teenager blev millionær samtidig med, at endnu en familie blev hjemløs nogle kilometer derfra. På en anden skærm viste de billeder af Gro Harlem Brundtland, efterfulgt af norske fiskerbåde og blåsorte hvalkroppe, der gled op og ned af vandet. Og som om det ikke var nok, så han på en fjerde skærm noget, som måtte være intet mindre end det norske fodboldlandshold i kamp mod et hvidklædt hold. Harry kom i tanker om, at der havde stået noget i Sydney Morning Herald om en turnering med deltagelse af Australien, New Zealand og Norge. Pludselig var der et nærbillede af Erik "Myggen" Mykland, og Harry lo højt.

"Er du her også, Myggen?" hviskede han mod den kølige glasrude. "Eller er det bare mig, der ser syner? Hvad siger du til et lille syretrip, Myggen?"

"Er du tosset, mand. Jeg er et ungdomsidol," svarede Myggen.

"Hendrix gør det. Bjørneboe gør det. Harry Hole gør det. Syre gør dig klarsynet, Myggen. Mere end klarsynet. Den får dig til at se sammenhænge, hvor der ikke er nogen ..." Harry lo.

Myggen tabte bolden i en tackling.

"Man kan oven i købet stå og snakke gennem en glasrude til en tv-skærm og få svar. Kender du Rod Stewart? Han gav mig den her portion på et lille stykke papir, og nu kan min hjerne modtage seks tv-programmer, to danskere og et band på samme tid. Det her stof skulle være legaliseret for længe siden, Myggen, synes du ikke? Pompel & Pilt!"

I en nyhedsudsendelse viste de billeder af vindsurfere, en grædende kvinde og dele af en gul våddragt med store bidemærker i.

"Det er er den store hvide haj, som har været en tur uden for akvariet, Myggen. Frokost i det grønne, ha-ha!"

På tv-apparatet ved siden af flagrede politiets orangefarvede spærrebånd i vinden i udkanten af en skov, mens uniformerede politifolk gik frem og tilbage med poser. Så fyldte et stort, blegt ansigt skærmen. Det var et dårligt stillbillede af en blond, ikke særlig køn ung pige. Hun havde et trist udtryk i øjnene, som om hun skammede sig over, at hun ikke var pænere.

"Pæn," sagde Harry. "Det er noget underligt noget. Vidste du, at ..."

Lebie gik forbi kameraet bag en politibetjent, som blev interviewet.

"For fanden da!" råbte Harry. "Satans!" Han slog håndfladen mod ruden.

"Op med lyden! Skru op derinde! Nogen ..." Billedet var skiftet til et vægkort over Australiens østkyst. Harry pressede næsen mod glasset, så den blev helt flad, og i spejlbilledet fra en slukket skærm så han John Belushis ansigt.

"Var det bare noget, jeg bildte mig ind, Myggen? Husk, at jeg er under påvirkning af et stærkt hallucinogen lige i øjeblikket."

Myggen forsøgte sig med et træk, men bolden blev pillet fra ham.

"Tag dig sammen. Tag dig sammen, for helvede!"

"Luk mig ind! Jeg skal tale med hende ..."

"Gå hjem og sov rusen ud. Fulde folk ... Hallo!"

"Slip mig! Jeg siger jo, at jeg er en af Birgittas venner. Hun arbejder i baren."

"Det ved vi godt, men vores arbejde består i at holde folk som dig ude, er du med på den, *blondie*?"

"Av!"

"Nu går du stille og roligt, ellers bliver jeg nødt til at brække armen på d ...oomf! Bob! Bob!"

"Beklager, men jeg er ved at være træt af at blive taget på. Tak for i aften."

"Hvad er der, Nickie? Er det ham der?"

"*Shit!* Lad ham bare løbe. Han vred sig løs og gav mig en i maven. Gi'r du mig lige en hånd?"

"Den by her er sgu ved at gå helt af hængslerne. Så du nyhederne her til aften? Endnu en ung pige, som er blevet voldtaget og kvalt. De fandt hende i eftermiddag i Centennial Park. Jeg tror fandeme, at jeg flytter tilbage til Melbourne."

Harry vågnede med en dundrende hovedpine. Lyset stak i øjnene, og han nåede lige at registrere, at han lå under et uldtæppe, før han måtte vride sig om på siden. Opkastningen kom i hurtige stød, og maveindholdet plaskede ned på stengulvet. Han faldt om på ryggen igen og kunne mærke galden svide i næsegangen, mens han stillede sig selv det klassiske spørgsmål: Hvor i alverden er jeg henne?

Det sidste han huskede var, at han havde gået rundt i Green Park, og en stork, som kiggede anklagende på ham. Nu så det ud, som om han lå i et cirkelrundt værelse med bænke langs væggene og nogle store træborde ude på gulvet. Langs væggene hang der redskaber, spader, river og en vandslange, og midt i gulvet var der et afløb. Der sivede lys ind gennem små, beskidte vinduer hele vejen rundt, og en vindeltrappe af jern førte op til etagen ovenover. Under trappen stod der noget, som måtte være en elektrisk græsslåmaskine. Det begyndte at ryste og synge i vindeltrappen. En mand kom gående ned ad den.

"Godmorgen, hvide bror," sagde en dyb stemme, som han syntes, han kendte.

"*Særdeles* hvide bror," sagde han, da han var kommet nærmere. "Bare bliv liggende."

Det var Joseph, den grå aboriginer – manden fra kragefolket.

Han drejede på en vandhane henne ved væggen, tog vandslangen og spulede opkastet væk.

"Hvor er jeg?" spurgte Harry for at begynde et sted.

"I Green Park."

"Jamen ..."

"I pavillonen. Du lå og sov i græsset, og da det trak op til regn, fik jeg slæbt dig herhen."

"Jamen ..."

"Slap af. Jeg har nøgler hertil. Det her er mit andet hjem." Han kiggede ud gennem vinduerne. "Det er en smuk dag derude."

Harry kiggede op på Joseph. Han så forbløffende oplagt ud af en bums at være.

"Vagtmesteren og jeg har kendt hinanden et stykke tid, og vi har ligesom en særaftale," forklarede Joseph. "Det sker, at han tager en fridag uden at sige noget til Parkafdelingen, og så tager jeg mig af det, der skal gøres – samler lidt affald op, tømmer affaldskurvene, slår græsset og sådan noget. Til gengæld kan jeg så søge ly her engang imellem. Det sker også, at der står en bid mad, men ikke i dag, er jeg bange for."

Harry prøvede at finde på noget andet at sige end "jamen ...", men opgav det. Joseph var derimod i snakkehjørnet:

"Hvis jeg skal være ærlig, kan jeg bedst lide ordningen med, at jeg af og til har noget at lave. Det får dagen til at gå og får ligesom en til at tænke på noget andet. Det kan oven i købet ske, at jeg synes, at jeg gør lidt nytte."

Joseph smilede bredt og rystede på hovedet. Harry kunne ikke fatte, at det var den samme person, som havde siddet i en komalignende tilstand på bænken udenfor for så kort tid siden, og som han forgæves havde prøvet at nå ind til.

"Jeg kunne næsten ikke fatte det, da jeg så dig i går," sagde Joseph. "At du var den samme person, som havde siddet så ædruelig og rank og givet cigaretter væk nogle få dage forinden. Og i går var det platumuligt at komme i kontakt med dig. Hæ-hæ!"

"*Touché*," sagde Harry.

Joseph gik ud og kom tilbage med en pose pomfritter og et bæger med Cola. Han kiggede på, mens Harry forsigtigt indtog den enkle, men forbavsende effektive morgenmad.

"Forløberen til Coca-Cola blev opfundet af en amerikansk apoteker, som ville lave et middel mod tømmermænd," fortalte Joseph. "Men han troede, at det var en fiasko, og solgte opskriften for otte dollars. Hvis du spørger mig, er der endnu ikke opfundet noget, som virker bedre."

"Jim Beam," sagde Harry mellem mundfuldene.

"Ja, bortset fra Jim Beam. Og Jack og Johnny og et par andre fyre. Hæ-hæ. Hvordan har du det?"

"Bedre."

Joseph satte to flasker på bordet. "Hunter Valleys billigste rødvin," sagde han. "Hæ-hæ. Tager du et glas med mig, blegansigt?"

"Tusind tak, Joseph, men rødvin er ikke min ... Du har ikke noget andet? Noget brunt, for eksempel?"

"Tror du, jeg har et lager?"

Joseph virkede en smule ærgerlig over at have fået afslag på sit generøse tilbud.

Harry satte sig møjsommeligt op. Han prøvede at rekonstruere det hul, han havde i hukommelsen, fra dengang han sad og pegede på Rod Stewart med en pistol, og til de bogstaveligt talt faldt hinanden om halsen og delte et syretrip. Det lykkedes ham ikke at komme i tanker om, hvad der mon kunne have medført så meget glæde og gensidig sympati, bortset fra det indlysende – Jim Beam. Til gengæld kunne han huske, at han havde slået dørvagten i The Albury.

"Harry Hole, du er en ynkelig fyldebøtte," mumlede han.

De gik ud og satte sig i græsset foran pavillonen. Solen sved i øjnene, og spritten fra i går sved i huden, men bortset fra det var det faktisk ikke så værst. Der blæste en let brise, og de lagde sig på ryggen og kiggede på de hvide skytotter, der langsomt gled hen over himlen.

"Det er hoppevejr i dag," sagde Joseph.

"Jeg har ikke tænkt mig at hoppe," sagde Harry. "Jeg skal sidde helt stille eller i værste fald liste mig roligt omkring."

Joseph missede op mod lyset. "Jeg tænkte ikke på den form for hopperi, jeg tænkte på at hoppe fra himlen. *Skydiving* – faldskærmsudspring."

"Gud fri mig vel, er du faldskærmsudspringer?"

Joseph nikkede.

Harry skyggede for øjnene og kiggede op i himmelrummet. "Hvad med skyerne deroppe. Er de ikke i vejen?"

"De er ikke noget problem. Det er cirrusskyer, fjerskyer. De ligger i over 15.000 fods højde."

"Du overrasker mig, Joseph. Ikke fordi jeg ved, hvordan en faldskærmsudspringer skal se ud, men jeg havde ligesom ikke forestillet mig, at han er ..."

"Alkoholiker?"

"For eksempel."

"Hæ-hæ, det er to sider af samme sag."

"Mener du det?"

"Har du nogensinde været alene i luften, Harry? Har du svævet? Har du sprunget fra stor højde og mærket luften prøve at holde dig oppe, tage imod og kærtegne din krop?"

Joseph var allerede kommet et godt stykke ned i den første flaske vin, og hans stemme havde fået en varmere klang. Med glødende øjne fortalte han Harry om det frie falds skønhed:

"Det åbner alle sanser. Hele din krop skriger, at du ikke kan flyve. 'Jeg har jo ikke vinger,' råber den til dig og prøver at overdøve luften, som suser forbi dine ører. Din krop er overbevist om, at den skal dø, og slår fuld alarm – åbner alle sanser på vid gab for at se, om nogen af dem kan finde en udvej. Din hjerne bliver verdens største computer, den registrerer alt. Huden mærker, at temperaturen stiger, efterhånden som du falder, dine ører mærker trykforøgelsen, og du bemærker hver eneste fure og farvenuance i kortet neden under dig. Du kan oven i købet *lugte* planeten, som nærmer sig. Og hvis du magter at skubbe dødsangsten i baggrunden, Harry, er du et kort øjeblik din egen engel. Du lever et helt liv på 40 sekunder."

"Og hvis man ikke magter at skubbe dødsangsten væk?"

"Ikke væk, bare lidt i baggrunden. For den skal være der, som en skarp, klar tone, som koldt vand mod huden. Det er ikke faldet, men dødsangsten, der vækker sanserne. Den begynder som et ryk, et rush gennem blodårerne, lige når man slipper flyet. Ligesom at sprøjte sig. Så blander den sig med blodet og gør dig salig og stærk. Hvis du lukker øjnene, kan du se den som en smuk giftslange, der ligger og ser på dig med sit slangeblik."

"Du får det til at lyde som narko, Joseph."

"Det *er* narko!" Joseph gestikulerede ivrigt nu. "Det er lige præcis det, det er. Du vil have, at faldet skal vare evigt, og når man har sprunget et stykke tid, kan man mærke, at det med tiden bliver værre og værre at trække i udløsersnoren. Til sidst bliver man bange for, at man en dag skal tage en overdosis, at man ikke trækker i snoren, og så holder man op med at springe. Og så er det, man mærker, at man er blevet afhængig. Abstinenserne river og slider i en, livet virker meningsløst trivielt, og til sidst sidder man lige pludselig igen presset ind bag piloten i et lille, gammelt Cessna-fly, som bruger en evighed på at arbejde sig op i 10.000 fods højde, og som ikke desto mindre æder alle de penge, man har sparet op."

Joseph trak vejret dybt og lukkede øjnene.

"Kort sagt, Harry, så er det to sider af samme sag. Livet bliver et helvede, men alternativet er endnu værre. Hæ-hæ."

Joseph rejste sig op på den ene albue og tog en stor slurk af vinflasken.

"Jeg er en fugl, som ikke kan flyve mere. Ved du, hvad en emu er for noget, Harry?"

"*An Australian ostrich* – en australsk struds."

"Dygtig dreng."

Når Harry lukkede øjnene, hørte han Andrews stemme. For selvfølgelig var det Andrew, som lå ved siden af ham i græsset og kværnede løs om væsentlige og uvæsentlige ting.

"Har du hørt historien om, hvorfor emuen ikke kan flyve?"

Harry rystede på hovedet.

"Okay, så hør her, Harry. I drømmetiden havde emuen vinger og kunne flyve. Han og hans kone boede lige ved en sø, hvor deres datter havde giftet sig med Jabiru, storken. En dag, hvor Jabiru og hans kone havde været ude at fiske og fået en stor, flot fangst, spiste de næsten det hele og glemte i farten at gemme de bedste stykker til svigerforældrene, som de plejede. Da datteren kom hen til forældrene med det, der var levnet af fiskene, blev faderen, Emu, rasende. "Giver jeg ikke altid jer de bedste stykker, når jeg har været ude på jagt?" sagde han, tog sin kølle og et spyd og fløj over til Jabiru for at give ham en ordentlig lærestreg.

Men Jabiru havde ikke tænkt sig at få bank uden at gøre modstand, så han tog en stor gren og slog køllen væk. Så slog han svigerfaderen, først på venstre og så på højre side, så begge vingerne brækkede. Emu fik krabbet sig på benene igen og slyngede spyddet efter sin datters ægtemand. Det gik ind gennem ryggen og ud gennem storkens mund. Ude af sig selv af smerte fløj storken ind i sumpene, hvor det senere viste sig, at spyddet var en god ting, når den skulle fange fisk. Emu søgte tilflugt på de tørre sletter, hvor man kan se den løbe rundt med korte, ødelagte vinger, ude af stand til at flyve."

Joseph satte flasken for munden, men der var kun nogle dråber tilbage. Han så forurettet på flasken og satte proppen i igen. Så åbnede han den anden.

"Lyder det nogenlunde som din historie, Harry?"

"Tja ..."

Det klukkede i flasken, så var han klar igen.

"Jeg arbejdede som faldskærmsinstruktør oppe i Cessnok i otte år. Vi havde et godt hold, fint sammenhold. Ingen blev rige, hverken vi eller ejerne af klubben, som blev drevet på ren og skær entusiasme. De penge, vi instruktører tjente, brugte vi på vores egne spring. Jeg var en god instruktør. Nogle mente, jeg var den bedste. Alligevel tog de mit instruktørcertifikat på grund af én uheldig episode. De påstod, jeg var fuld under et spring med en kursusdeltager. Som om jeg ville have ødelagt et spring ved at drikke!"

"Hvad skete der?"

"Hvad mener du? Vil du have detaljerne?"

"Har du ikke tid?"

"Hæ-hæ. Nej, det skulle lige være det!"

Vinflasken glimtede i solen.

"Okay, her kommer det så. Det var et usandsynligt sammenfald af uheldige omstændigheder, som gjorde det, ikke en lille reparationsdrink eller to. For det første var der vejret. Da vi gik op, lå der et lag skyer i cirka 8.000 fods højde. Det er ikke noget problem, når skyerne ligger så højt, for man skal ikke trække i snoren, før man er nede på 4.000 fod. Det vigtige er, at eleven kan se jorden, når skærmen er udløst, så han ikke styrer fanden i vold i retning mod Newcastle, men kan se signalerne fra jorden, så han kan vide, hvordan han skal styre i forhold til vind og terræn, så han lander sikkert i landingszonen. Da vi tog af sted, var der godt nok andre skyer på vej ind, men det så ud, som om de endnu var langt borte. Problemet var, at klubben havde et gammel Cessna-fly, som hang sammen med gaffertape, aftenbønner og god vilje. Den brugte over tyve minutter på at arbejde sig op på 10.000 fod, som vi skulle springe fra. Efter at vi var lettet, begyndte det at blæse, og efter at vi var kommet over skyerne i 8.000 fods højde, blæste det nye lag skyer ind under de første, uden at vi så det. Er du med?"

"Havde I ikke radiokontakt med jorden? Kunne de ikke fortælle jer, at der var lave skyer?"

"Radio, ja. Hæ-hæ. Det var noget, der også blev dysset ned bagefter. At piloten altid spillede Stones for fuldt drøn i cockpittet, når vi nærmede os 10.000 fod, for ligesom at hidse eleverne op, gøre dem lidt aggressive i stedet for pissebange. Hvis de meldte noget over radioen, hørte vi det i hvert flad ikke."

"Checkede I ikke en sidste gang med jorden, før I sprang?"

"Harry, nu skal du ikke gøre den her historie sværere, end den er, okay?"

"Okay."

"Det andet, der gik galt, var højdemåleren. Den skal nulstilles, før flyet letter, så den viser relativ højde i forhold til jorden. Lige før vi skulle springe, opdagede jeg, at jeg havde glemt min egen højdemåler, men piloten sad altid med fuldt udstyr på, så jeg lånte hans. Han var lige så bange som vi andre for, at flyet pludselig skulle falde fra hinanden en dag. Vi var nået op på 10.000 fod, og piloten skruede ned for Stones-musikken og forstod det sådan på radioen, at lave skyer var på vej ind, ikke at de allerede var kommet ind. Derfor fik vi travlt. Jeg måtte skynde mig ud på vingen og nåede ikke at få sammenlignet min højdemåler med elevens – som jeg selvfølgelig havde sørget for var blevet nulstillet, før vi lettede. Jeg regnede jo med, at pilotens højdemåler stemte sådan nogenlunde, selv om han ikke nulstillede den, hver gang vi lettede. Men uanset hvad, bekymrede det mig ikke så meget. Når man har sprunget over 5.000 gange som mig, kan man visuelt bedømme højden ganske nøjagtigt bare ved at se på jorden.

Vi stod på vingen, eleven havde udført tre gode spring før, så jeg var ikke bekymret. Der var ingen problemer med afspringet, vi gik ud i 'X', og han lå stabilt og godt, da vi susede gennem det første skydække. Jeg blev lidt urolig, da jeg så det nye skydække under os, men jeg tænkte, at vi bare skulle gennemføre de planlagte øvelser, og så kunne vi se, hvor højt vi var oppe, når vi nærmede os. Eleven gennemførte nogle godkendte halvfems graders drejeøvelser og horisontale skift, før vi gik ud i det sædvanlige 'X' igen. Min måler viste 6.000 fod, da eleven rakte ud efter sin udløsersnor, så jeg signalerede, at han skulle vente. Han så på mig, men det er ikke let at tolke ansigtsudtrykket på en fyr, hvis kinder og læber blafrer rundt om ørerne på ham som en storvask på en tørresnor i stiv kuling."

Joseph holdt inde og nikkede fornøjet.

"Storvask på en tørresnor i stiv kuling," gentog han. "Det var sgu ikke så dårligt formuleret. Skål."

Flasken vendte bunden i vejret.

"Jeg læste 5.000 fod på min måler, da vi kom til skydækket," fortsatte han, da han havde fået vejret igen.

"Der var 1.000 fod til, vi skulle trække. Jeg holdt fast i eleven og holdt øje med højdemåleren for det tilfælde, at skydækket var tykt, og vi måtte trække inde i skyerne, men pludselig var vi ude af dem. Mit hjerte holdt op med at slå, da jeg så jorden komme galopperende op mod os, træer, græs, asfalt, det var som at zoome hurtigt ind med et kamera. Jeg trak for os begge samtidig. Hvis en af os havde haft funktionsfejl på hovedskærmen, havde der ikke været tid til at udløse reserveskærmen. Det viste sig nemlig, at skydækket havde ligget på omkring 2.000 fod. De, der stod nede på jorden, var blevet noget blege, da de så os komme ud af skyerne uden skærm. Elev-idioten blev grebet af panik, efter at skærmen havde foldet sig ud, og styrede direkte ind i en trækrone. Det gik såmænd fint nok, men han blev hængende fire meter over jorden, og i stedet for at vente på hjælp hægtede han sig fri af skærmen og faldt ned og brækkede benet. Han klagede og hævdede, at jeg lugtede af alkohol, og sagen blev behandlet i klubbens bestyrelse. Jeg blev suspenderet på livstid."

Joseph gjorde sig færdig med flaske nummer to.

"Hvad skete der bagefter, Joseph?"

Han smed flasken fra sig.

"Det her. Bistandshjælp, dårligt selskab og vin." Han var begyndt at snøvle en smule. "De brækkede mine vinger, Harry. Jeg tilhører kragefolket, jeg er ikke skabt til at leve som en emu."

Skyggerne i parken var krøbet sammen, men nu begyndte de at strække sig igen. Harry vågnede ved, at Joseph stod bøjet over ham.

"Jeg smutter hjem nu, Harry. Er der et par ting, du vil have med fra pavillonen, før jeg går?"

"Ja, for fanden. Pistolen. Og min jakke."

Harry rejste sig. Det var på høje tid at få sig en drink. Efter at Joseph havde låst efter dem, blev de stående udenfor og flyttede lidt afventende vægten fra ben til ben.

"Nå, regner du med snart at tage hjem til Norge?" sagde Joseph.

"*Oh, any day now.*"

"Jeg håber, du når flyet næste gang."

"Jeg har tænkt mig at ringe til flyselskabet her i eftermiddag. Og til mit arbejde. De undrer sig nok over, hvor jeg er blevet af."

"Fandens," sagde Joseph og slog sig for panden. Han fandt nøglerne frem igen. "Jeg tror, der er for meget garvesyre i den rødvin, jeg drikker. Den ætser hjernecellerne. Jeg kan aldrig huske, om jeg har slukket lyset, og vagtmesteren bliver skidesur, hvis lyset brænder, når han kommer."

Han låste op. Lyset var slukket.

"Hæ-hæ. Du kender det vel. Når man kender et sted ud og ind, bliver det at slukke lyset en automatisk bevægelse, som man ikke tænker over. Og som følge deraf kan man sgu ikke huske, om man har gjort det eller ej ... Er der noget galt, Harry?"

Harry var stivnet og så bestyrtet på Joseph.

"Lyset," sagde han bare. "Det var slukket."

Vagtmesteren på St. George's Theatre rystede uforstående på hovedet og skænkede mere kaffe op til Harry.

"Jeg har aldrig set noget lignende. Der er udsolgt hver eneste aften. Når de kører det her nummer med guillotinen, går folk helt amok og skriger og tér sig. Nu står der oven i købet på plakaten: "Dødsguillotinen – kendt fra tv og aviser – den har dræbt før ..." Den er dæleme blevet stjernen i deres show. Mærkeligt."

"Mærkeligt. De har altså fundet en erstatning for Otto Rechtnagel og opfører nøjagtig den samme forestilling?"

"Mere eller mindre, ja. De har jo aldrig haft noget, der kommer i nærheden af en succes før."

"Hvad med det nummer, hvor katten bliver skudt?"

"Det har de taget ud. Det slog ligesom ikke an."

Harry vred sig lidt. Sveden drev ned ad ham inden for skjorten.

"Nej, jeg forstod heller ikke helt, hvorfor de havde det nummer med ...?"

"Det var Rechtnagels egen idé. Jeg har selv prøvet at være klovn i min ungdom, så jeg kan godt lide at følge med i, hvad der sker på scenen, når vi har cirkusfolk på besøg, og jeg kan huske, at det nummer først kom med i forestillingen ved prøverne dagen før."

"Ja, jeg regnede også med, at det var Otto, der stod bag."

Han kløede sig på den nybarberede hage.

"Der er en ting, der nager mig, som jeg spekulerer på, om du kan hjælpe mig med. Det er muligt, at jeg er helt ude i skoven, men lyt lige til den her teori og sig mig, hvad du synes: Otto ved, at jeg sidder i salen. Han ved noget, som jeg ikke ved, som han må prøve at få mig til at forstå, men han kan ikke stå åbent frem med det. Af en masse forskellige grunde. Måske fordi han selv er indblandet. Så det nummer er møntet på mig. Han vil fortælle mig, at den jeg jager, selv er på jagt, at det er en som mig, en kollega. Jeg ved godt, at det lyder lidt forvirret, men du ved selv, hvor excentrisk Otto kunne være. Hvad synes du? Lyder det som ham?"

Vagtmesteren så længe på Harry.

"Jeg synes, du skal tage dig lidt mere k-kaffe, betjent. Det nummer prøvede ikke at fortælle dig noget som helst. Det er et klassisk Jandy J-jandaschewsky nummer, hvad ethvert cirkusmenneske kan fortælle dig. Hverken mere eller m-mindre. Beklager, hvis det ødelægger noget for dig, men ..."

"Tværtimod," sagde Harry lettet. "Det var faktisk noget i den retning, jeg havde håbet på. Så kan jeg roligt stryge den teori. Havde du mere kaffe, sagde du?"

Han bad om lov til at kigge på guillotinen, og vagtmesteren tog ham med ind i rekvisitværelset.

"Jeg får stadig kuldegysninger, når jeg kommer herind, men nu sover jeg i det mindste om n-natten," sagde vagtmesteren og låste op. "Vi skrubbede værelset her i to dage."

Der stod en kold træk ud fra værelset, da døren gik op.

"På med kludene," sagde vagtmesteren og tændte lyset. Guillotinen tronede midt ude på gulvet med et tæppe over sig som en hvilende diva.

"På med kludene?"

"Det er bare en lokal spøg. Det plejer vi at råbe her på St. George's, når vi går ind i et mørkt lokale. Ja, vi gør."

"Hvorfor det?" Harry lindede på tæppet og rørte ved guillotinens knivsæg.

"Åh, det er en gammel vrøvlehistorie fra engang i halvfjerdserne. Den daværende chef var belgier, Albert Mosceau, og han var en temperamentsfuld herre, men vi, der arbejdede under ham, kunne godt lide ham. Han var et ægte teatermenneske, *bless his soul*. Folk siger jo, at teatermennesker er nogle forsuttede bolsjer og l-libertinere, og det er sikkert rigtig nok. Ja, jeg siger det bare, som det er. I hvert fald havde vi dengang en statelig og kendt skuespiller i det ensemble, der spillede her, som – ingen navne nævnt – var en rigtig gammel buk. Kvinderne dånede, og mandfolkene bandede og var jaloux. Vi tog engang imellem mod folk, som bad om en rundvisning på teatret, og en dag kom rundviseren sammen med en skoleklasse ind i rekvisitværelset. Han tændte lyset – og der lå horebukken i den rokokosofa, vi brugte til *Glasmenageriet* af Tennessee Williams og bankede løs på en af k-kantinedamerne.

Nu kunne rundviseren selvfølgelig have reddet situationen, for den kendte skuespiller, ingen navne nævnt, lå med ryggen til. Men rundviseren var en grønskolling, som håbede at blive skuespiller en dag, og han var, som de fleste teaterfolk, et forfængeligt fjols. Derfor brugte fyren ikke briller, selv om han var meget nærsynet. Kort sagt, han opdagede ikke, at der skete ting og sager i rokokosofaen og troede vel, at den pludselige sammenstimlen i døren skyldtes, at han var så vældig dygtig til at fortælle, eller noget i den stil. Da rundviseren bare fortsatte med at fortælle om Tennessee Williams, bandede den gamle buk højlydt, men passede på ikke at vise sit ansigt, kun sin behårede bagdel.

Men rundviseren genkendte stemmen og udbrød: "Jamen sidder De her, Bruce Lieslington?"

Vagtmesteren bed sig i tungen.

"H-hovsa."

Harry lo højt og holdt hænderne i vejret: "Det er helt i orden. Jeg har allerede glemt navnet."

"Nå, men n-næste dag indkaldte Mosceau til stormøde. Han forklarede kort, hvad der var sket, og sagde, at han betragtede det med stor alvor. 'Vi har ikke råd til den form for publicity,' sagde han. 'Derfor ser jeg mig desværre nødsaget til at nedlægge øjeblikkeligt forbud mod den type r-rundvisninger.'"

Vagtmesterens latter gjaldede mellem væggene i rekvisitværelset. Harry kunne ikke lade være med at smile. Kun den hvilende diva i stål og træ var lige tavs og utilnærmelig.

"Så forstår jeg, hvorfor I siger 'på med kludene'. Hvad skete der med den uheldige rundviser, endte han med at blive skuespiller?"

"Desværre for ham og heldigvis for teaterscenen, n-nej. Men han fortsatte i branchen og er i dag l-lysmester her på St. George's. Nå ja, det glemte jeg, du har jo truffet ham ..."

Harry tog forsigtigt en dyb indånding. Det knurrede og rev i lænkerne dernede. For fanden, hvor var det varmt!

"Ja. Ja, det er rigtigt. Han bruger vist kontaktlinser nu, gør han ikke?"

"Niks. Han påstår, at han arbejder bedre, når han s-ser scenen lidt uskarpt. Han siger, han kan koncentrere sig om helheden i stedet for at blive forstyrret af detaljer. Han er en virkelig s-sær fyr."

"En sær fyr," sagde Harry.

16

Døde kænguruer, en paryk og en begravelse

Kristin var flyttet tilbage til Oslo nogle år senere. Via venner havde Harry hørt, at hun havde en datter på to år med, men at englænderen var blevet efterladt i London. Så en aften havde han set hende på Sardines. Da han nærmede sig hende, så han, hvor meget hun havde forandret sig. Huden var bleg, og håret hang livløst ned foran ansigtet. Da hun blev opmærksom på ham, revnede hendes ansigt i en form for skrækslagent smil. Han hilste på Kjartan, en "musikerven", som han mente at have set før. Hun talte hurtigt og nervøst om banaliteter og lod ikke Harry komme ind med spørgsmål, som hun vidste, han havde. Så snakkede hun om sine fremtidsplaner, men øjnene var uden glød, og de ivrigt fægtende arme på den Kristin, han havde kendt, var skiftet ud med langsomme og apatiske bevægelser.

På et tidspunkt mente Harry, at hun græd, men da var han allerede blevet så fuld, at han ikke kunne sige det med sikkerhed.

Kjartan var gået, kom tilbage igen og mumlede noget i hendes øre og frigjorde sig fra hendes omfavnelse med et overbærende smil til Harry. Så var alle gået, og Harry og Kristin var blevet siddende i det tomme lokale blandt cigaretpakker og glasskår, indtil de blev smidt ud. Det er ikke nemt at sige, hvem der støttede hvem ud ad døren, og hvem der havde foreslået et hotel, men de havnede i hvert fald på Savoy, hvor de gjorde kort proces med minibaren og gik i seng. Harry havde pligtskyldigt gjort et forsøg på at trænge ind i hende, men det var for sent. Selvfølgelig var det for sent. Kristin lå med hovedet begravet i puden og stortudede. Harry havde listet sig ud, da han vågnede og havde taget en taxa ned til Postcaféen, som åbnede en time før de andre vandhuller. Der havde han siddet og mærket, hvor sent det var blevet.

"Ja?"

"Undskyld, at jeg ringer så sent, Lebie. Det er Harry Holy."

"Holy? Gudfader. Hvad er klokken i Norge?"

"Det ved jeg ikke. Hør lige, jeg er ikke i Norge. Jeg havde problemer med flyet."

"Hvordan det?"

"Det gik lidt for tidligt, for at sige det på den måde, og det har ikke været så nemt at få en ny billet. Jeg skal bruge din hjælp til noget."

"Spyt ud."

"Du skal møde mig i Otto Rechtnagels lejlighed. Tag et brækjern med, hvis du ikke er så god med en dirk."

"Okay. Lige nu?"

"Det ville være fint. *Appreciate it, mate.*"

"Jeg sov alligevel ikke godt."

"Hallo?"

"Doktor Engelsohn? Det drejer sig om et lig. Mit navn er ..."

"Jeg giver fanden i, hvem De er. Klokken er ... tre om natten, og De kan spørge doktor Hansson, som er på vagt. Godnat."

"Hører De dårligt? Jeg sagde god ..."

"Det er Holy. Vær venlig ikke at lægge røret på."

...

"*Den* Holy?"

"Det glæder mig, at De omsider lader til at huske mit navn, doktor. Jeg har fundet noget interessant i den lejlighed, hvor Andrew Kensington blev fundet død. Jeg er nødt til at se på ham. Det vil sige, jeg er nødt til at se det tøj, han havde på, da han døde. I har det endnu, har I ikke?"

"Jo, men ..."

"Mød mig uden for ligkapellet om en halv time."

"Min gode hr. Holy, jeg kan virkelig ikke se, at ..."

"Få mig ikke til at gentage det, doktor. Eksklusion fra Lægeforeningen, erstatningssager fra pårørende, avisskriverier ... Skal jeg fortsætte?"

"Jeg kan under ingen omstændigheder nå det på en halv time."

"Der er ikke meget trafik på denne tid af døgnet, doktor. Jeg har på fornemmelsen, at De når det."

McCormack gik ind gennem døren til kontoret, lukkede den bag sig og stillede sig henne ved vinduet. Det skiftende Sydney-sommervejr fornægtede sig ikke – det havde regnet hele natten. McCormack var over tres, havde passeret politietatens pensionsalder og var så småt, på ægte pensionistmanér, begyndt at snakke med sig selv, når han var alene.

Som regel var det små hverdagsbetragtninger, som han tvivlede på, at andre end han selv ville sætte ordentlig pris på. Som for eksempel: "Jamen, ser det ikke ud til at klare op i dag, måske, ja ja." Han blev stående og vippede op og ned på hælene og kiggede ud over sin by. Eller: "Første mand på arbejde igen i dag, ja ja."

Først da han hængte jakken fra sig i skabet bag skrivebordet, blev han opmærksom på lydene fra sofaen. En mand var ved at arbejde sig op til siddende fra liggende stilling.

"Holy?" sagde McCormack forbløffet.

"Beklager, *Sir*. Håber, det er i orden, jeg lånte sofaen. ..."

"Hvordan er du kommet ind?"

"Jeg fik aldrig afleveret mit adgangskort, så vagthavende lukkede mig ind. Døren til dit kontor stod åben, og eftersom det er dig, jeg skal snakke med, så overnattede jeg her."

"Du skulle være i Norge. Din chef har ringet. Du ser forfærdelig ud, Holy."

"Hvad svarede du ham, *Sir*?"

"At det kunne se ud til, at du ville blive til efter Kensingtons begravelse. Som norsk repræsentant."

"Men hvordan ..."

"Du havde opgivet nummeret hertil til flyselskabet, så da de ringede en halv time før afgang, fordi du endnu ikke var dukket op, lagde jeg to og to sammen. En opringning til Crescent Hotel, hvor jeg havde en fortrolig samtale med hoteldirektøren, forklarede resten. Vi har forgæves prøvet at komme i kontakt med dig. Jeg ved, hvordan det er, Holy, og jeg vil foreslå, at vi ikke gør det til mere, end det er. Alle ved, at det er normalt med en reaktion efter sådan noget her. Det, der betyder noget nu, er, at du har fået hold på dig selv, og at vi får dig på et fly."

"Tak for det, *Sir*."

"Ingen årsag. Jeg får min sekretær til at tale med flyselskabet."

"Jeg har lige et par ting, før du gør det, *Sir*. Vi har udført lidt arbejde i nat, og de endelige resultater kommer ikke, før drengene på teknisk møder her til morgen og får checket det, men jeg er temmelig sikker på resultaterne, *Sir*."

Den gamle ventilator var endelig brudt sammen, selv om den var blevet smurt. Den var blevet skiftet ud med en ny, større og næsten lydløs ventilator. Harry måtte konstatere, at verden gik videre selv i hans fravær.

Af de tilstedeværende var det kun Wadkins og Yong, som ikke havde hørt resultaterne endnu, men Harry tog det alligevel fra begyndelsen.

"Vi tænkte ikke over det, da vi fandt Andrew, fordi det var midt på dagen. Jeg tænkte heller ikke over det med det samme, da jeg hørte dødstidspunktet. Først senere slog det mig, at lyset var slukket, da vi kom til Rechtnagels lejlighed. Hvis det foregik, som vi hidtil har antaget, er det altså sket på den her måde: Andrew har slukket for lyset ved stuedøren, har famlet sig vej i sin heroinrus i en stue, som selvfølgelig er bælgmørk klokken to om natten, er kommet op på den vakkelvorne stol og har anbragt løkken om halsen."

I den stilhed, der fulgte efter, blev det klart, at selv med ny teknologi er det vanskeligt at lave en ventilator, hvis lyd ikke er stærkt irriterende, uanset hvor lav den er.

"Ja, det lyder underligt," sagde Wadkins. "Måske var det ikke bælgmørkt, måske bliver stuen oplyst af gadelys eller noget andet lys udefra om natten."

"Lebie og jeg var der i nat klokken to og kiggede efter. Der var mørkt som graven i den stue."

"Kan lyset ikke have været tændt, da I ankom, uden at I lagde mærke til det?" spurgte Yong. "Det var jo midt på dagen. Nogle af politifolkene kan have slukket lyset senere."

"Vi skar Andrew ned med en kniv," sagde Lebie. "Jeg ville ikke have stød, så jeg kontrollerede, at kontakten var slået fra."

"Okay," sagde Wadkins. "Lad os antage, at han foretrak at hænge sig i mørke. Kensington var altså lidt speciel, *what else is new*?"

"Jamen han hængte sig ikke i mørke," sagde Harry.

McCormack rømmede sig nede bagved.

"Her er, hvad vi fandt i Rechtnagels lejlighed," sagde Harry og holdt en elektrisk pære i vejret. "Kan I se den brune plet her? Det er svedet, fastbrændt rayon." Han holdt et hvidt stykke tøj frem. "Og her ser I den skjorte, som Andrew havde på, da vi fandt ham. Strygefri. 60 procent rayon. Rayon smelter ved 260 grader celsius. En elektrisk pære holder cirka 450 grader på overfladen. Kan I se den brune plet over brystlommen her? Det var der, pæren rørte ved ham, da vi fandt ham."

"Imponerende fysikkundskaber, Holy," sagde Wadkins. "Må vi høre, hvad der efter din mening er sket?"

"En af to ting," sagde Harry. "Nogen kan være kommet før os. Vedkommende så Andrew hænge fra loftet, slukkede lyset og gik. Problemet er, at de eneste to registrerede nøgler til Ottos lejlighed blev fundet på Otto og Andrew."

"Der er smæklås i lejligheden, ikke?" sagde Wadkins. "Måske låste denne person sig ind og lagde nøglen i Andrews lom ... Nej, så kunne Andrew jo ikke selv komme ind."

Wadkins rødmede en smule.

"Du kan alligevel have en pointe," sagde Harry. "Min teori er, at Andrew slet ikke havde nøgle til lejligheden, men at han blev lukket ind af en anden, som allerede var der, eller som kom samtidig med Andrew, en som havde den anden nøgle. Denne person var til stede, da Andrew døde. Bagefter lagde han nøglen i Andrews lomme, så det ville se ud, som om han selv havde lukket sig ind. Den kendsgerning, at nøglen ikke hænger i nøgleknippet sammen med alle de andre nøgler, tyder på det. Derefter slukkede han lyset og smækkede døren efter sig, da han gik."

Der blev stille.

"Siger du, at Andrew Kensington blev myrdet?" spurgte Wadkins. "I så tilfælde hvordan?"

"Jeg tror, at Andrew først blev tvunget til at tage en heroinsprøjte, en overdosis, sandsynligvis med en pistol for panden."

"Hvorfor kan han ikke have taget den selv. Før han kom derhen?" spurgte Yong.

"For det første tror jeg ikke, at en så kontrolleret, rutineret misbruger som Andrew pludselig kommer til at tage en overdosis ved et uheld. For det andet havde Andrew ikke nok heroin tilbage til en overdosis."

"Hvorfor så hænge ham?"

"Det er ikke nogen eksakt videnskab at give en overdosis. Det er ikke altid let at sige, hvordan en hærdet krop vil reagere. Måske ville han have overlevet længe nok til, at nogen fandt ham i live. Det var nok snarere hensigten at sløve ham så tilpas meget, at han ikke ville gøre modstand, når han blev placeret på stolen og fik ledningen om halsen. Lebie?"

Lebie manøvrerede tandstikkeren ud i mundvigen med lidt læbe- og tungegymnastik.

"Vi fik drengene på teknisk til at checke ledningen. Ledninger, som hænger i loftet, bliver jo sjældent vasket, og vi troede, det ville blive nemt at finde aftryk. Men ledningen var ren som ... øh ..."

Lebie slog ud med hånden.

"Som noget, der er meget rent?" foreslog Yong hjælpsomt.

"Nemlig. De eneste aftryk, vi fandt, var vores egne."

"Så medmindre Andrew tørrede ledningen af, før han hængte sig," tænkte Wadkins højt, "og stak hovedet op gennem løkken uden at bruge hænderne, så var der altså en anden, som gjorde det for ham. Er det dét, I siger?"

"Det ser sådan ud, boss."

"Men hvis denne her fyr er så udspekuleret, som I vil have det til, hvorfor slukker han så lyset efter sig, når han går?" Wadkins slog ud med armene og kiggede rundt på de andre.

"Fordi," sagde Harry, "han gør det automatisk, uden at tænke sig om. Som folk gør, når de går ud af deres lejlighed. Eller fra en lejlighed, de har nøgle til, og hvor de har været vant til at komme og gå efter behag."

Harry lænede sig tilbage i stolen. Han svedte tran og vidste ikke, hvor meget længere han kunne undvære en drink.

"Jeg tror, at ham vi leder efter, er Otto Rechtnagels hemmelige elsker."

Lebie stillede sig ved siden af Harry i elevatoren.

"På vej ud for at spise frokost?" spurgte han.

"Det havde jeg tænkt mig," sagde Harry.

"Har du noget imod at følges?"

"På ingen måde."

Lebie var godt selskab, hvis man ikke havde lyst til at snakke for meget.

De fandt sig et bord i *Southern* i Market Street. Harry bestilte en Jim Beam. Lebie så op fra menukortet.

"Giv os to barramundi-salater, sort kaffe og friskbagt brød."

Harry kiggede overrasket på Lebie.

"Tak, men jeg tror, at jeg står over lige i øjeblikket," sagde han til tjeneren.

"Gør som jeg siger," sagde Lebie med et smil. "Min ven her vil ombestemme sig, når han får smagt på jeres barramundi."

Tjeneren forsvandt, og Harry så på Lebie. Han havde lagt begge hænder på bordet og havde spredt fingrene ud og kiggede fra den ene til den anden, som om han prøvede at finde en forskel.

"Da jeg var ung, tog jeg på tommelfingeren op langs kysten til Cairnes, inden for The Great Barrier Reef," sagde han til sine glatte håndflader. "På et pensionat for *back-packers* mødte jeg to tyske piger, som var på jordomsejling. De havde lejet en bil og var kørt helt fra Sydney og fortalte udførligt om alle de steder, de havde været, hvor længe og hvorfor de havde været der, og hvordan de havde planlagt resten af turen. Det fremgik tydeligt, at ikke meget var overladt til tilfældighederne. Det ligger måske til den tyske folkesjæl. Så da jeg spurgte, om de havde set kænguruer på deres tur, lo de overbærende og forsikrede mig om, at det havde de selvfølgelig. Underforstået, at det selvfølgelig var krydset af på deres "har-været-der-har-gjort-det" liste. 'Standsede I og fodrede dem?' spurgte jeg, og det fik dem til at se forvirret på hinanden og på mig:

'Aber no!'

'Why not? They are quite cute, you know.'

'Aber zey were dead!'

Harry var så forbløffet over Lebies lange monolog, at han glemte at le. Kænguruer, som løber ud på vejbanen, er et velkendt trafikproblem i Australien, og alle, som har kørt lidt uden for byerne, har set kængurukadavere i vejkanten.

Tjeneren kom og satte drinken foran Harry. Lebie så på glasset.

"I forgårs så jeg en pige, som var så sød, at jeg fik lyst til at stryge hende over kinden og sige noget pænt til hende. Hun var et par og tyve år, havde en blå kjole på og var barbenet. *Aber she was dead.* Som du ved, var hun blond, voldtaget og havde blå mærker på halsen efter kvælningen.

Og i nat drømte jeg, at disse lig af meningsløst unge og hensigtsløst smukke piger lå og fyldte vejgrøfterne op over hele Australien – fra Sydney til Cairnes, fra Adelaide til Perth, fra Darwin til Melbourne. Og alt sammen af én eneste grund. At vi havde lukket øjnene, fordi vi ikke gad sandheden. At vi ikke havde gjort nok. At vi havde tilladt os at være svage og menneskelige."

Harry forstod, hvor Lebie ville hen. Tjeneren kom med fisken.

"Det er dig, der har været tættest på ham derude, Harry. Det er dig, der har ligget med øret mod jorden, og du kan måske genkende vibrationerne fra hans skridt, hvis han nærmer sig igen. Der vil altid være hundrede gode grunde til at drikke sig fuld, men hvis du ligger og kaster op på et hotelværelse, er du ikke til nogen hjælp for nogen længere. Han er ikke menneskelig. Så vi kan ikke være menneskelige. Vi må holde alting ud, stå alt imod."

Lebie foldede servietten ud. "Men nu skal vi spise."

Harry satte whiskyglasset for munden og så på Lebie, mens han roligt tømte det. Så satte han det tomme glas på bordet, skar en grimasse og greb kniv og gaffel. Resten af måltidet forløb i tavshed.

Harry kunne ikke lade være med at smile, da han hørte, at Wadkins havde sendt Yong af sted for at afhøre Otto Rechtnagels fede nabo.

"Vi må håbe, hun ikke sætter sig på ham," sagde Lebie.

Harry og Lebie kørte til King's Cross, hvor Harry steg ud.

"Tak, Sergej. Jeg tror som sagt, at det er bedst, at jeg tager det alene herfra."

Lebie vinkede og forsvandt.

Sandra stod det sædvanlige sted. Hun genkendte ham ikke, før han var helt tæt på hende.

"Tak for sidst," sagde hun, og blikket var fjernt bag de små pupiller.

De gik hen til Beef & Bourbon, hvor tjeneren straks kom hen og trak stolen ud for hende.

Harry spurgte, hvad Sandra ville have, og bestilte en cola og en stor whisky.

"Du godeste, jeg troede, han kom farende, fordi han ville smide mig ud," sagde hun lettet.

"Jeg er en slags stamgæst," forklarede Harry.

"Hvordan går det med din veninde?"

"Birgitta?" Harry trak på det. "Det ved jeg ikke. Hun vil ikke tale med mig. Dårligt, håber jeg."

"Hvorfor håber du, at hun har det dårligt?"

"Jeg håber jo, at hun elsker mig."

Sandra lo hæst.

"Og hvordan har du det, Harry Holy?"

"Dårligt." Harry smilede trist. "Men det er muligt, jeg kommer til at føle mig lidt bedre tilpas, hvis jeg fanger en morder."

"Og det tror du, jeg kan hjælpe dig med?" sagde hun og tændte en cigaret. Hendes ansigt var om muligt endnu blegere og mere hærget end sidst, og øjnene var rødrandede.

"Vi ligner hinanden," sagde Harry og pegede på deres spejlbillede i den mørke rude ved siden af bordet.

Sandra sagde ikke noget.

"Jeg kan huske, om end lidt uklart, at Birgitta smed din taske på sengen, og at hele indholdet faldt ud. Jeg troede først, det var en pekingeser, du havde i din taske." Harry holdt en pause. "Sig mig, hvad skal du egentlig med en lys paryk?"

Sandra kiggede ud ad vinduet. Det vil sige, hun kiggede *ind* i vinduet, muligvis på deres spejlbillede.

"Det var en kunde, som købte den til mig. Jeg skal have den på, når han er sammen med mig."

"Hvem er ..."

Sandra rystede på hovedet. "Glem det, Harry. Jeg siger det ikke. Der er ikke mange regler inden for min branche, men én af dem går faktisk ud på at holde kæft om sine kunder. Og det er en god regel."

Harry sukkede.

"Du er bange," sagde han.

Sandras øjne lynede.

"Du kan godt spare dig, Harry. Der er ikke noget at hente her, okay?"

"Du behøver ikke fortælle mig, hvem det er, Sandra. Jeg ved det. Jeg ville bare se, om du var bange for at sige det."

"'*Jeg ved det*'," efterabede Sandra, tydeligt vred. "Og hvordan kan du vide det?"

"Jeg så den sten, der trillede ud af din taske, Sandra. Den grønne krystalsten. Jeg genkendte den på grund af det stjernetegn, der var malet på den. Det er en, han har givet dig. Den kommer fra moderens butik, The Crystal Castle."

Hun så på ham med store, sorte øjne. Hendes røde mund var stivnet i et uskønt gab. Harry lagde forsigtigt en hånd på hendes arm.

"Hvorfor er du så bange for Evans White, Sandra? Hvorfor må vi ikke få ham?"

Sandra rev armen til sig. Hun vendte sig om mod vinduet igen. Harry ventede. Hun snøftede, og Harry rakte hende et lommetørklæde, som han af uransagelige årsager havde i lommen.

"Der er andre end dig, der har det dårligt, ved du," hviskede hun lidt efter. Hendes øjne var blevet endnu mere rødrandede, da hun vendte sig om mod ham.

"Ved du, hvad det her er?" Hun trak et ærme op og viste ham en hvid underarm med røde, hidsige mærker, nogle af dem med sårskorpe på.

"Heroin?" sagde Harry.

"Morfin," sagde Sandra. "Der er ikke så mange i Sydney, der har det i deres varesortiment, for de fleste ender alligevel på heroin. Men jeg er allergisk over for heroin. Min krop kan ikke tåle det. Jeg har prøvet det én gang, og da var jeg ved at dø. Så min gift er morfin. Og det sidste år har der kun været én her i King's Cross, som har været i stand til at skaffe det i tilstrækkelige mængder. Og han tager sig betalt på den måde, at jeg stiller op i en form for rollespil. Jeg sminker mig og tager en hvid paryk på. Fint nok, jeg gi'r fanden i, hvad slags kick han får ud af det, så længe jeg får det, *jeg* vil have! Desuden er der mere syge folk end dem, der vil have dig til at klæde dig ud som deres mor."

"Mor?" spurgte Harry.

"Jeg tror, han hader sin mor. Eller elsker hende lidt ud over det sædvanlige. En af delene, jeg er ikke helt sikker. Han vil ikke snakke om det, og guderne skal vide, at det vil jeg sgu heller ikke!" Hun lo hult.

"Hvorfor tror du, han hader hende?" spurgte han.

"De sidste par gange har han været lidt mere brutal end ellers," sagde Sandra. "Han har givet mig nogle blå mærker."

"Kvælertag?" spurgte Harry.

Sandra rystede på hovedet.

"Det prøvede han én gang. Det var dagen efter, at aviserne skrev, at den myrdede norske pige var blevet kvalt. Han lagde bare hænderne om halsen på mig og bad mig ligge stille og ikke være bange. Jeg tænkte ikke videre over det bagefter."

"Hvorfor ikke?"

Sandra trak på skuldrene.

"Folk bliver påvirket af det, de læser og ser. Inspireret. Tag for eksempel, da *9 ½ uge* gik i biograferne her. Pludselig var der en masse kunder,

der ville have os til at kravle nøgne rundt på gulvet, mens de sad i en stol og kiggede på."

"Elendig film," sagde Harry. "Hvad skete der så?"

"Han lagde hænderne om min hals og lod tommelfingrene ligesom glide hen over mit strubehoved. Det var ikke voldeligt, men jeg tog parykken af og sagde, at den leg var jeg ikke med på. Han fattede sig og sagde, at det var i orden. At det bare var noget, der var kommet over ham. At det ikke betød noget."

"Og du troede ham?"

Sandra trak på skuldrene.

"Du ved ikke, hvad en smule afhængighed kan betyde for den måde, du ser tingene på," sagde hun og drak det sidste af sin whisky.

"Ikke det?" sagde Harry og så misbilligende på colaen foran sig, som han endnu ikke havde rørt.

McCormack trommede utålmodigt med fingrene. Harry svedte, selv om ventilatoren gik for fulde omdrejninger. Otto Rechtnagels fede kvindelige nabo havde haft meget at fortælle. Alt for meget. Desværre var der ikke noget af det, hun kom med, som havde nogen interesse. Det virkede, som om selv Yong havde haft problemer med at opføre sig som en god lytter i hendes ubehagelige selskab.

"*Fat ass*," svarede han smilende, da Wadkins spurgte ham, hvilket indtryk han havde fået af hende.

"Noget nyt om pigen i Centennial Park?" spurgte McCormack.

"Ikke meget," sagde Lebie. "Men vi har i det mindste fundet ud af, at hun ikke hørte til Guds bedste børn, at hun brugte *speed*, og at hun netop var begyndt at arbejde på en stripperbule i King's Cross. Hun var på vej hjem derfra, da hun blev myrdet. Vi har to vidner, som mener, de så hende gå ind i parken."

"Andet?"

"Ikke foreløbig, *Sir*."

"Harry," sagde McCormack og tørrede sveden af panden. "Lad os høre din teori."

"Den nyeste af dem," mumlede Wadkins lige netop højt nok til, at alle kunne høre det.

"Ja," begyndte Harry. "Vi fandt aldrig det vidne, som Andrew talte om. Ham, der havde set Evans White i Nimbin den dag, Inger Holter blev dræbt. Vi ved nu, at White er mere end almindeligt optaget af blonde kvinder, han har haft en ustabil opvækst, og det kunne være interessant at vide mere om, hvilken type forhold han har til sin mor. Han har aldrig haft fast arbejde eller fast bopæl, og det har derfor været vanskeligt at følge hans bevægelser. Det er slet ikke umuligt, at han kan have haft et forhold til Otto Rechtnagel i det skjulte, og det er heller ikke utænkeligt, at han kan have fulgt Otto rundt på turneerne. Måske lejede han sig ind på et hotel og fandt sine ofre, der hvor de har optrådt. Men det er altså kun en teori."

"Måske er det Otto Rechtnagel, der var seriemorderen," sagde Wadkins. "Måske var det en anden, som dræbte Rechtnagel og Kensington. En som ikke har noget med de andre mord at gøre."

"Centennial Park," sagde Lebie. "Det var vores seriemorder. Jeg vil vædde alt, hvad jeg ejer og har. Ikke at jeg har så meget at tabe på det væddemål ..."

"Lebie har ret," sagde Harry. "Han er stadig derude et sted."

"Okay," sagde McCormack. "Jeg har bemærket, at vor ven Holy er gået over til at bruge udtryk som "ikke umuligt" og "ikke utænkeligt", når han lancerer sine teorier, hvilket kan være klogt. Skråsikkerhed vinder vi ikke noget ved. Desuden burde det være klart for alle, at vi har at gøre med en meget intelligent mand. Og meget selvsikker. Han konstruerede de svar til os, som vi var ude efter, gav os morderen på et sølvfad og regner nu med, at vi har slået os til tåls med de svar. At vi betragter sagen som opklaret, eftersom den skyldige døde for egen hånd. Da han pegede på Kensington, vidste han selvfølgelig, at vi ville vælge at dysse sagen ned – hvilket må siges at være klogt tænkt."

McCormack så på Harry, da han sagde det sidste.

"Ved at dysse sagen ned ville vi også være tvunget til at lægge låg på al videre efterforskning. Vores fordel ligger i, at han tror sig sikker. Og folk, der gør det, er ofte uforsigtige. Nu er det imidlertid på tide, at vi bestemmer os for, hvordan vi videre skal gribe det an. Vi har en ny mistænkt, og vi har ikke råd til en ny fiasko. Problemet er, at hvis vi plasker for meget i vandet, risikerer vi at skræmme den store fisk væk. Vi må have is i maven og stå helt stille, indtil vi ser fisken klart og tydeligt under os, så tydeligt, at vi ikke kan tage fejl af den, og så tæt på, at det ikke mislykkes for os. Først da kan vi kaste harpunen."

Han kiggede sig rundt. Alle nikkede til chefens uomtvisteligt sunde fornuft.

"Og for at komme dertil kræves det, at vi arbejder defensivt, stille og systematisk," sagde McCormack.

"Uenig," sagde Harry.

De andre vendte sig om mod ham.

"Der findes nemlig også en anden måde at fange fisk på uden at plaske," sagde Harry. "En snøre og en krog med en madding, som vi ved, han vil bide på."

Vinden drev støvskyer foran sig, som den hvirvlede op langs grusvejen, sendte over det lave stengærde rundt om kirkegården og ind mod forsamlingen. Harry måtte knibe øjnene sammen for ikke at få dem fyldt af vejstøv, og vinden tog fat i kjoler og frakkeskøder, så det på afstand så ud, som om de fremmødte dansede på Andrew Kensingtons grav.

"Helvedes til vind!" hviskede Wadkins under præstens messen.

Harry stod og tænkte over Wadkins' ord og håbede, at han tog fejl. Det var selvfølgelig ikke nemt at sige, hvilken destination vinden havde, men den havde i hvert fald travlt med at komme derhen. Og hvis den var her for at tage Andrews sjæl med, skulle ingen komme og sige, at den tog let på sit hverv. Den fik salmebøgerne til at blafre og flåede i den grønne presenning, som jorden ved siden af graven var lagt på, og de, der ikke havde en hat at holde fast på, måtte se deres hentehår og eventuelle andre arrangementer gå fløjten.

Harry hørte ikke præsten, men kiggede over på den anden side af graven med sammenknebne øjne. Birgittas hår stod bagud som en vældig rød stikflamme. Hun mødte udtryksløst hans blik. En gammel, gråhåret og skælvende kvinde sad på en stol med en stok i skødet. Hun var gul i huden, og alderen kunne ikke skjule hendes udpræget engelske hesteansigt. Vinden havde fået hendes hat til at sidde lidt skævt. Harry var efterhånden kommet på det rene med, at hun var Andrews stedmor, men hun var så gammel og skrøbelig, at hun knap nok havde registreret Harrys kondolence uden for kirken – hun havde bare nikket, mens hun mumlende gentog en uforståelig sætning. Bag hende stod der en lille, sort og næsten usynlig kvinde med en lille pige i hver hånd.

Præsten kastede jord på graven på luthersk vis. Harry havde på forhånd ladet sig fortælle, at Andrew tilhørte The Church of England, sammen med den katolske kirke klart den største i Australien, men Harry, som kun havde været til to begravelser i sit voksne liv, kunne ikke se, at den her adskilte sig særlig meget fra dem i Norge. Selv vejret var det samme. Da de begravede hans mor, havde ublide, blågrå skyer hastet hen over Vestre Gravlund, men de havde heldigvis haft for travlt til at regne på dem. Det havde været solskin den dag, de begravede Ronny. Men på det tidspunkt lå Harry på hospitalet bag nedrullede gardiner, fordi lyset gav ham hovedpine. Ganske som i dag havde politibetjente sikkert udgjort flertallet af forsamlingen dengang. Måske havde de oven i købet sunget den samme salme til sidst: "*Nearer, my God to Thee!*"

Forsamlingen begyndte at spredes. Folk begyndte at gå ned mod deres biler, og Harry holdt sig lige bag Birgitta. Hun standsede op, så han kom op på siden af hende.

"Du ser syg ud," sagde hun uden at se op.

"Du ved ikke, hvordan jeg ser ud, når jeg er syg," sagde han.

"Ser du ikke syg ud, når du er syg?" spurgte hun. "Under alle omstændigheder siger jeg bare, at du *ser* syg ud. *Er* du syg?"

Der kom et vindstød, og Harrys slips lagde sig tværs over hans ansigt.

"Jeg er måske lidt syg," sagde han. "Ikke *meget* syg. Du ligner en brandmand med alt det hår flagrende i ... mit ansigt." Harry trak et rødt hår ud af munden.

Birgitta smilede.

"Vær du glad for, at jeg ikke er en *jelly box-fish*," sagde hun.

"Jelly-hvad-for-noget?" sagde Harry.

"*Jelly box-fish*," sagde Birgitta. "Det er en brandmand, som der findes en del af i Australien. Den er en tand værre end brandmanden, kan man sige ..."

"*Jelly box-fish?*" hørte Harry en kendt stemme sige bag sig. Han vendte sig om. Det var Toowoomba.

"*How are you?*" sagde Harry og forklarede på engelsk, at det var Birgittas hår, som var blæst ind i hans ansigt, der havde frembragt associationen.

"Hvis det havde været en *jelly box-fish*, ville der nu være begyndt at komme røde striber i dit ansigt, og du ville have skreget, som om du var blevet pisket," sagde Toowoomba. "Og om nogle sekunder ville du falde om. Giften ville lamme dine åndedrætsorganer, du ville få åndenød, og hvis du ikke fik øjeblikkelig hjælp, ville du dø en yderst smertefuld død."

Harry holdt afværgende hænderne op foran sig.

"Tak, men der har været død nok i dag, Toowoomba."

Toowoomba nikkede. Han var klædt i en sort silkesmoking med butterfly. Han bemærkede Harrys blik.

"Det er det eneste, jeg har, som minder om et jakkesæt. Desuden har jeg arvet det efter ham."

Han nikkede hen mod graven.

"Ikke nu, selvfølgelig, men for en del år siden," tilføjede han. "Andrew sagde, at den var blevet for lille til ham. Det var selvfølgelig noget vrøvl. Han ville ikke indrømme det, men jeg vidste, at han i sin tid købte den for at bruge den til banketten efter det australske mesterskab. Han håbede vel, at smokingen skulle opleve med mig, hvad den aldrig oplevede med ham."

De gik langs grusvejen, mens biler langsomt kørte forbi dem.

"Må jeg stille dig et personligt spørgsmål, Toowoomba?"

"Ja, det må du da," sagde Toowoomba.

"Hvor tror du, Andrew kommer hen?"

"Hvad mener du?"

"Tror du, hans sjæl kommer op eller ned?"

Toowoomba så alvorlig ud.

"Jeg er en enfoldig mand, Harry. Jeg ved ikke så meget om sådan noget, og jeg ved ikke så meget om sjæle. Men jeg ved et par ting om Andrew Kensington, og hvis der er noget oppe i himlen, og hvis det er smukke sjæle, de vil have, så er det der, hans sjæl hører til." Toowoombas ansigt lyste op. "Men hvis der findes et helvede, så tror jeg, at det er der, han ville foretrække at være. Han kunne ikke fordrage kedelige steder."

De smilede alle tre.

"Men eftersom det er et personligt spørgsmål, Harry, skal jeg give dig et personligt svar. Jeg tror, at mine og Andrews forfædre havde en pointe. De havde et nøgternt syn på det her med døden. Det er en kendsgerning, at mange stammer troede på et liv efter døden. Nogle troede på reinkarnation, at sjælen vandrede fra menneskeliv til menneskeliv, og andre troede, at sjælene kunne gå igen som ånder. Enkelte stammer troede, at de dødes sjæle kunne ses på himmehvælvet som stjerner. Og så videre. Men de troede til gengæld alle, at mennesket før eller siden, efter alle disse stadier, døde rigtigt, at de fik en endelig, definitiv død. Og så var det slut. Så blev man til en lille stenhøj og var bare væk. Af en eller anden grund kan jeg godt lide den tanke. Alle de der evighedsperspektiver gør en lidt svimmel, synes du ikke?"

"Jeg synes, det lyder, som om Andrew har efterladt dig mere end sin smoking, det er, hvad jeg synes," sagde Harry.

Toowoomba lo. "Er det så let at høre?" sagde han.

"*His Master's Voice*," sagde Harry. "Manden skulle have været præst."

De standsede ud for en meget støvet, lille bil, som tilsyneladende var Toowoombas.

"Hør lige, Toowoomba," sagde Harry efter en pludselig indskydelse. "Det kan være, at jeg får brug for en, der kendte Andrew. Den måde, han tænkte på. Hvorfor han gjorde, som han gjorde."

Han rettede sig op, og deres blikke mødtes.

"Jeg tror, at Andrew blev dræbt," sagde Harry.

"*Bullshit!*" sagde Toowoomba heftigt. "Det er ikke noget, du tror, det er noget, du *ved*! Alle, der kendte Andrew, ved, at han aldrig frivilligt forlod en fest. Og for ham var livet den største fest. Jeg kender ingen, som var mere glad for livet end ham. Uanset hvad det havde at byde ham på. Hvis han havde været klar til at checke ud, så havde han haft masser af anledninger – og grunde – til det tidligere."

"Så er vi enige," sagde Harry.

"Du kan næsten altid finde mig på det her nummer," sagde Toowoomba og kradsede det ned på en tændstikæske. "Det er til en mobiltelefon."

Mens Toowoomba skramlede af sted i sin gamle, hvide Holden, blev Birgitta og Harry stående. Toowoomba skulle nordpå, og Harry havde foreslået Birgitta, at de skulle prøve at få et lift med en af hans kolleger ind til byen. Men det så ud til, at de fleste allerede var kørt. Men så standsede en gammel, statelig Buick foran dem. Chaufføren rullede vinduet ned og stak et rødt ansigt ud, som var forsynet med en opsigtsvækkende næse. Den lignede en sammenvokset klump kartofler, den var om muligt endnu rødere end resten af ansigtet og havde et fint net af tynde blodårer.

"Skal I til byen, folkens?" spurgte næsen og bad dem hoppe ind.

"Mit navn er Jim Connolly. Det her er min kone, Claudia," sagde han, da de havde fået sig anbragt på det brede bagsæde. Et lillebitte, mørkt ansigt med et strålende smil blev vendt om imod dem fra forsædet. Hun havde indianske træk og var så lille, at de knap nok kunne se hende over sædets ryg.

Jim så på Harry og Birgitta i bakspejlet.

"Venner af Andrew? Kolleger?"

Han styrede forsigtigt kareten hen over grusvejen, mens Harry forklarede sammenhængen.

"Javel ja, så I er fra Norge og Sverige. Det er langt herfra. Men næsten alle her i landet kommer fra et sted, som ligger langt herfra. Tag nu for eksempel Claudia, hun er fra Venezuela, der hvor de har så mange misser, ved I nok. Hvor mange Miss Universe-titler er det, I har, Claudia? Dine egne medregnet. Hæ-hæ-hæ." Han lo, så hans øjne forsvandt i rynkerne omkring næseroden, og Claudia lo også.

"Jeg er australier," fortsatte Jim. "Min tip-tipoldefar kom hertil fra Irland. Han var tyv og morder. Hæ-hæ-hæ. Vidste I, at før i tiden kunne folk ikke lide at indrømme, at de nedstammede fra straffefanger, selv om det er over to hundrede år siden? Men selv har jeg altid været stolt af det. Det var dem, plus nogle matroser og soldater, der grundlagde landet. *And a fine country it is.* Vi kalder det '*the lucky country*' her nede. Ja ja, tingene ændrer sig. Nu hører jeg, at det giver status at kunne følge sine aner tilbage til straffefangerne. Hæ-hæ-hæ. Det er også fandens, det med Andrew, ikke?"

Jim var et verbalt maskingevær, og det var ikke mange sætninger, Harry og Birgitta fik indført, før han overtog samtalen igen. Og jo hurtigere han snakkede, desto langsommere kørte han. Ligesom David Bowie på Harrys gamle batteribåndoptager. Da han var lille, havde han fået en batteridrevet kassettebåndoptager af sin far, hvor båndet gik langsommere, jo mere man skruede op for lyden.

"Andrew og jeg boksede sammen på Jim Chivers turneer. Vidste I, at Andrew aldrig fik brækket næsen? Niks, *Sir*, der var aldrig nogen, der tog hans dyd der. De har jo ganske flade næser i forvejen, de her aboriginere, så der var aldrig nogen, der tænkte på det. Men indeni var Andrew hel og fin. Helt hjerte og helt næseben. Nå ja, så helt som et hjerte nu kan være, efter at man er blevet kidnappet af myndighederne som spæd. Det vil sige, hjertet var alligevel ikke længere helt efter den ballade, der var i forbindelse med det australske mesterskab i Melbourne. Det har I vel hørt om? Der mistede han meget, kan I tro."
De var nu nede under fyrre i timen.

"Hende kæresten til Campbell, boksemesteren, hun var helt syg efter Andrew, men hun havde vel været så smuk hele sit liv, at hun ikke havde nogen træning i at blive afvist. Hvis hun havde haft det, kunne det hele være gået anderledes. Men da hun bankede på Andrews hoteldør den aften, og han høfligt bad hende om at ryge og rejse, så kunne hun ikke klare det, men gik direkte tilbage til kæresten og fortalte, at Andrew havde antastet hende. De ringede op til hans værelse og bad ham komme ned i køkkenet. Der går stadig frasagn om det slagsmål, der opstod. Andrews liv havnede på et sidespor efter den episode, men hans næse fik de aldrig. Hæ-hæ-hæ. Er I kærester?"

"Ikke just," fik Harry samlet sig sammen til at svare.

"Det ser sådan ud," sagde Jim og kiggede på dem i bakspejlet. "I ved det måske ikke selv, men selv om I virker tyngede af situationens alvor, så har I den der glød. Ret mig, hvis jeg tager fejl, men I ser ud, som Claudia og jeg gjorde, da vi var nyforelskede, som vi var de første 20-30 år. Hæ-hæ-hæ. Nu er vi bare forelskede. Hæ-hæ-hæ."

Claudia kiggede på sin mand med funklende øjne.

"Jeg traf Claudia på en af turneerne. Hun var slangemenneske. Hun kan folde sig sammen som en konvolut den dag i dag. Så jeg forstår ikke, hvad jeg skal med den her store Buick. Hæ-hæ-hæ. Jeg gjorde kur til hende hver dag i et år, før hun så meget som lod mig kysse hende. Og bagefter fortalte hun mig, at hun blev forelsket første gang, hun så mig. Alene det var jo en sensation, når man tager i betragtning, at min næse allerede dengang havde fået temmelig mange flere klø, end Andrew fik et helt liv. Men at hun skulle gå og spille snerpet i et helt langt, ondt menneskeår? Kvinder skræmmer af og til livet af mig. Hvad siger du, Harry?"

"Jo," sagde Harry. "Jeg forstår godt, hvad du mener."

Han så på Birgitta. Hun smilede svagt.

Efter at have brugt tre kvarter på en tur, som normalt tager tyve minutter, drejede de op foran Town Hall, hvor Harry og Birgitta takkede for turen og steg ud. Det var også blæst op inde i byen, og de blev stående i blæsten og vidste tydeligvis ikke helt, hvad de skulle sige.

"Et meget usædvanligt par," sagde Harry.

"Ja," sagde Birgitta. "De er lykkelige."

En hvirvelvind ruskede i et træ i parken, og Harry syntes, han så en behåret skygge pile i ly.

"Hvad gør vi nu?" spurgte Harry.

"Du går med mig hjem."

"Ja," sagde Harry.

17

Døde fluer, tilbagebetaling og madding

Birgitta stak en cigaret i munden på Harry og tændte den.

"Fortjent," sagde hun.

Harry mærkede efter. Han følte sig slet ikke så dårligt tilpas. Han trak lagenet over sig.

"Er du genert?" lo Birgitta.

"Jeg kan bare ikke lide dit sultne blik," parerede Harry. "Du vil måske ikke tro det, men jeg er faktisk ikke nogen maskine."

"Ikke?" Birgitta bed ham kælent i underlæben. "Mig kunne du godt narre. Det stempel ..."

"Så så. Skal du absolut blive vulgær lige nu, hvor livet var så billedskønt, min egen?"

Hun kravlede ind til ham og lagde hovedet på hans brystkasse.

"Du lovede mig resten af historien," hviskede hun.

"Nå ja." Harry inhalerede dybt. "Lad os nu se. Det her er altså begyndelsen. I ottende klasse begyndte en ny pige i parallelklassen. Hun hed Kristin, og der gik kun tre uger, før hun og min bedste ven, Terje, som havde skolens hvideste tænder og spillede guitar i et band, var blevet officielle, autoriserede kærester. Problemet var bare, at hun var den pige, jeg havde ventet på hele livet."

Han holdt inde.

"Hvad gjorde du så?" spurgte Birgitta.

"Ingenting. Fortsatte med at vente. I mellemtiden blev jeg ham Terjes kammerat, som hun gerne ville snakke om alt muligt med. Som hun kunne betro sig til, når det ikke fungerede imellem dem, uden at vide at han frydede sig i sit stille sind og bare ventede på, hvornår han kunne slå til."

Han grinede.

"Gudfader, hvor jeg hadede mig selv."

"Jeg er chokeret," mumlede Birgitta og strøg ham kærligt over håret.

"En kammerat inviterede hele venneflokken ud på sine bedsteforældres fraflyttede gård samme weekend, som Terjes band skulle spille et eller andet sted. Vi drak hjemmelavet vin, og ud på natten blev Kristin og jeg siddende i sofaen og snakkede sammen. Efter et stykke tid bestemte vi os for at undersøge det store hus nærmere og gik op på loftet. Deroppe var der en låst dør, men Kristin fandt en nøgle, som hang på en krog, og låste op. Vi lagde os ved siden af hinanden oven på dynen i en alt for kort himmelseng. Der lå et lag af noget sort i sengetøjets fordybninger, og det gav et spjæt i mig, da jeg så, at det var døde fluer. Der må have været flere tusinde af dem. Jeg så hendes ansigt lige ved siden af mit eget, omkranset af døde fluer på den hvide pude, badet i et blåhvidt lys fra månen, som stod stor og rund lige uden for vinduet og fik hendes hud til at virke gennemsigtig."

"Bøh!" råbte Birgitta og lagde sig oven på ham. Han så længe på hende.

"Vi snakkede om alt og ingenting. Lå helt stille og lyttede til ingenting. I løbet af natten kørte der et par biler forbi ude på vejen, og lyset fra deres lygter fejede hen over taget, og alle mulige mærkelige skygger sneg sig gennem værelset. Kristin slog op med Terje to dage efter."

Han lagde sig på siden med ryggen til Birgitta. Hun vrikkede sig tæt ind til ham.

"Hvad skete der ellers, Valentino?"

"Kristin og jeg begyndte at mødes i det skjulte. Indtil det ikke kunne holdes hemmeligt mere."

"Hvordan tog Terje det?"

"Tja, engang imellem reagerer folk helt efter bogen. Terje bad vores venner om at vælge enten ham eller mig. Jeg tror, man kan tale om et jordskredsvalg. I favør for ham med de hvideste tænder."

"Det må have været surt. Var du ensom?"

"Jeg ved ikke, hvad der var værst. Eller hvem jeg havde mest ondt af. Terje eller mig selv."

"Du og Kristin havde i det mindste hinanden."

"Ja. Men på en eller anden måde var magien væk. Idealkvinden var jo død."

"Hvad mener du?"

"Jeg havde fået en kvinde, som var gået fra en mand til fordel for dennes bedste ven."

"Og for hende var du den fyr, som uden moralske skrupler havde benyttet sig af sin bedste ven for at komme ind i varmen."

"Netop. Og der kom det til at ligge. Godt nok et stykke under overfladen, men det ulmede alligevel hele tiden i en uudtalt, gensidig foragt. Som om vi var medsammensvorne i et skændigt mord."

"Okay, så måtte du stille dig til tåls med et forhold, hvor ikke alt var perfekt. Velkommen til virkeligheden!"

"Du må ikke misforstå mig. Jeg tror faktisk, at vores fælles synder på mange måder knyttede os tættere sammen. Og jeg tror, at vi virkelig elskede hinanden på de betingelser et stykke tid. Visse dage var ... perfekte. Som vanddråber. Som et smukt maleri."

Birgitta lo.

"Jeg kan godt lide dig, når du snakker, Harry. Dine øjne ligesom skinner, når du siger sådan noget. Som om du er der igen. Længes du somme tider tilbage?"

"Til Kristin?" Harry tænkte sig om. "Det sker, at jeg længes tilbage til den tid, vi havde sammen. Men Kristin? Mennesker forandrer sig. Den person, man længes efter, findes måske ikke længere. Man forandres jo også selv, for fanden. Hvis man først har oplevet en ting, er det for sent. Man kan aldrig få den følelse tilbage, som da man oplevede den første gang. Det er trist, men sådan er det bare."

"Som at være forelsket for første gang?" sagde Birgitta stille.

"Som at være forelsket ... for første gang," sagde Harry og strøg hende over kinden. Så trak han vejret dybt:

"Der er noget, jeg vil spørge dig om, Birgitta. En tjeneste."

Musikken var øredøvende høj, og Harry måtte læne sig over mod ham for at høre, hvad han sagde. Teddy var ved at udbrede sig om sit nye stjerneskud, Melissa, som var nitten år og lige nu i færd med at vælte stedet. Noget, som Harry måtte indrømme ikke var en overdrivelse.

"Rygtet. Det er det, der er det vigtigste, ved du," sagde Teddy. "Du kan annoncere og markedsføre, så meget du vil, men til syvende og sidst er der kun én ting, der sælger, og det er rygtet."

Og rygtet var tydeligvis gået, for det var første gang i lang tid, at der var fyldt i klubben. Efter Melissas cowboy- og lassonummer stod mændene oppe på stolene, og selv det kvindelige mindretal klappede høfligt. "Se," sagde Teddy. "Det er ikke, fordi det ikke er et klassisk striptease-nummer, for det skal guderne vide, at det er. Vi har haft en halv snes piger her, som har optrådt med fuldstændig det samme nummer, uden at publikum har så meget som løftet et øjenlåg. Grunden til, at det her er anderledes, er to ting: Uskyld og indlevelse."

Men af erfaring vidste Teddy også, at popularitetsbølger som den her desværre var et forbigående fænomen. En af grundene var, at publikum konstant er på udkig efter noget nyt, noget andet var, at branchen havde en ubehagelig tendens til at fortære sine egen børn.

"God striptease kræver entusiasme, ved du nok," råbte Teddy over discorytmerne. "Der er ikke mange af pigerne, der kan holde den entusiasme gående, så hårdt som de må arbejde. Fire shows hver eneste *fucking* dag. De begynder at kede sig og glemmer publikum. Jeg har set det alt for mange gange før. Uanset hvor populære de er, så kan et trænet øje se, når en stjerne er færdig."

"Hvordan det?"

"De er jo dansere, ikke sandt? De skal lytte til musikken, leve sig ind i den. Når de begynder at blive mekaniske og ligger en anelse foran rytmen, er det ikke, som man måske skulle tro, fordi de er overivrige. Det er tværtimod tegn på, at de keder sig og vil skynde sig at blive færdige. Desuden korter de ofte ubevidst deres bevægelser ned, så de bliver mere antydende end fuldstændige. Det er ligesom folk, der har fortalt den samme vittighed for mange gange. De begynder at udelade de små, men vigtige ting, som får andre til at grine ad pointen. Det er vanskeligt at gøre noget ved den slags. Det er svært at lyve med kropssprog, og det smitter af på publikum. Pigen indser problemet, og for at peppe sit show lidt op, for at kunne komme ud over scenekanten, tager hun sig nogle drinks, før hun går ind. Af og til lidt for mange. Og så ..." Teddy lagde en finger på det ene næsebor og sniffede ind.

Harry nikkede. Det lød velkendt.

"Hun opdager pulveret, som i modsætning til alkoholen kvikker hende op, og som hun desuden har hørt virker slankende. Efterhånden må hun tage mere for at få den optur, hun har behov for, hvis hun skal yde det maksimale hver aften. Efterhånden må hun tage det for bare at kunne gennemføre sine shows. Og efterhånden kan virkningen ses på hende. Hun mærker, at hun taber koncentrationsevnen, og hun begynder at hade det hujende, fulde publikum. Indtil hun en aften bare forlader scenen. Rasende og grædende. Hun skændes med manageren, tager en uges ferie og kommer tilbage. Men hun kan ikke længere leve sig ind i stemningen som før, hun kan ikke længere få kontakt med den indre bevidsthed, som hjalp hende med at *time* tingene rigtigt før. Det tynder ud i salen, og til sidst er det ud og finde nye arbejdsopgaver."

Jo, Teddy kendte sine lus på travet. Men alt det der var fremtid. Lige nu gjaldt det om at malke koen, og i aften stod den på scenen med store kvieøjne og sprængfærdigt yver og var sandsynligvis – alt taget i betragtning – en meget lykkelig ko.

"Du aner ikke, hvem der kommer for at kigge på vores nye talenter," klukkede Teddy og børstede noget af sit jakkeopslag. "Nogle af dem kommer fra din egen branche, for nu at sige det på den måde. Og ellers er det jo ikke ligefrem manden på gulvet."

"Lidt striptease skader vel ingen."

"Skader og skader, "sagde Teddy langsomt. "Og dog. Men så længe de betaler for skaderne bagefter, så skader det vel ikke med en skramme eller to."

"Hvad mener du med det?"

"Ikke noget særligt," svarede Teddy. "Nok om det – hvad har fået dig tilbage på de her kanter, betjent?"

"To ting. Den pige, der blev fundet i Centennial Park, viste sig at være lidt mindre uskyldsren, end det kunne se ud til ved første øjekast. Blodprøver viste, at hun var fuld af amfetamin, og efter at have undersøgt det lidt nærmere, kunne vi se, at sporene førte hertil. Faktisk fandt vi ud af, at hun havde stået på scenen her tidligere den aften, hun forsvandt."

"Barbara, ja. Ret tragisk, ikke sandt?" Teddy prøvede at sætte et sørgmodigt ansigtsudtryk op. "Ikke noget strippertalent, men en rigtig sød pige. Har I fundet ud af noget?"

"Vi håbede, at du måske kunne hjælpe os, Mongabi?"

Teddy lod en nervøs hånd glide hen over det sorte hår.

"Sorry, betjent. Hun var ikke i min stald. Snak med Sammy, han dukker sikkert op senere."

Et par enorme, satinklædte bryster dækkede et øjeblik for udsigten mellem dem, før de forsvandt, og igen stod der en farverig drink foran Harry.

"Du sagde, du var her af to årsager, betjent. Hvad var den anden?"

"Åh, det er et rent privat anliggende, Mongabi. Gad vide, om du har set min kammerat derhenne før?" Harry pegede over mod baren. En høj, smokingklædt, sort skikkelse vinkede til dem. Teddy rystede på hovedet.

"Er du helt sikker, Mongabi? Han er temmelig kendt. Om ikke ret lang tid bliver han australsk mester i boksning."

Der opstod en pause. Teddy Mongabis blik begyndte at flakke.

"Hvad er det, du vil ..."

"I sværvægt, selvfølgelig." Harry fandt frem til sugerøret mellem parasoller og citronskiver i sin frugtjuice og pattede løs.

Teddy smilede anstrengt.

"Hør nu her, betjent, tager jeg fejl, eller sad vi lige og snakkede hyggeligt sammen?"

"Jamen det gjorde vi da," sagde Harry og smilede. "Men man kan ikke bare hygge sig, vel? Og nu er hyggetimen forbi."

"Hør her, betjent Holy, jeg synes heller ikke, at det, der skete sidst, var særlig sjovt. Jeg beklager det. Selv om du må tage din del af skylden for det, ved du nok. Da du kom her i aften og satte dig, så troede jeg, at det var ud fra en fælles forståelse om, at det der ligger bag os. Jeg tror, vi kan blive enige om en masse. Vi snakker jo samme sprog, du og jeg."

Der blev et sekunds stilhed, hvor discomusikken pludselig holdt op. Teddy tav. Der lød en høj slurpelyd, da de sidste dråber frugtjuice forsvandt op gennem Harrys sugerør.

Teddy sank noget.

"For eksempel ved jeg, at Melissa ikke har nogen særlige planer for resten af aftenen." Han så bønfaldende på Harry.

"Tak, Mongabi, jeg værdsætter tanken. Men lige nu har jeg faktisk ikke tid. Jeg skal være færdig med det her først, og bagefter må jeg se at komme af sted."

Han tog en sort politiknippel af gummi og med håndtag frem fra jakken.

"Vi har så forbandet travlt, at jeg ikke engang ved, om jeg har tid til at slå dig ordentligt ihjel," sagde Harry.

"Hvad i helv ..."

Harry rejste sig.

"Jeg håber, at Geoff og Ivan har vagt i aften. Min kammerat har *rigtig* meget lyst til at træffe dem. Ved du nok."

Teddy prøvede at rejse sig fra stolen.

"Luk øjnene," sagde Harry og slog.

"Ja?"

"Hallo, er det Evans?"

"Måske. Hvem spørger?"

"Hej, det er Birgitta. Ingers svenske veninde. Vi hilste på hinanden på The Albury et par gange. Jeg har langt, lyst, lidt rødligt hår. Kan du huske mig?"

"Selvfølgelig kan jeg huske dig. Var det Birgitta, du sagde? Hvordan går det? Hvor har du fået det her nummer fra?"

"Det går fint. Lidt op og ned. *You know*. Lidt deprimeret på grund af det med Inger og sådan noget. Men det ved du jo alt om, så jeg skal ikke plage dig. Jeg fik nummeret af Inger for det tilfælde, at vi skulle have fat i hende i Nimbin."

"Javel."

. . .

"Jo, det ligger altså sådan, at jeg ved, du har noget, som jeg har brug for, Evans."

"Jaså?"

"Ting."

"Jeg er med. Jeg er ked af at skuffe dig, men jeg tvivler på, at jeg har det, du er ude efter. Hør ... Birgitta ..."

"Du forstår mig ikke. Jeg er *nødt* til at møde dig!"

"Tag det roligt. Det, du har brug for, er der hundreder af andre, som kan skaffe dig, og det her er en åben telefonlinie, så jeg foreslår, at du ikke siger noget, du ikke burde. Jeg beklager, at jeg ikke kan hjælpe dig."

"Det, jeg har brug for, begynder med 'm', ikke med 'h'. Og det er du den eneste, der har."

"Sikke noget fis."

"Jeg ved godt, der er et par andre, men jeg stoler ikke på nogen af dem. Jeg køber for flere. Jeg skal bruge et stort parti, og jeg betaler godt."

"Jeg er lidt optaget nu, Birgitta. Vær sød ikke at ringe på det her nummer igen."

"Vent! Jeg kan ... Jeg ved et par ting. Jeg ved noget om, hvad du kan lide."

"Lide?"

"Hvad du ... virkelig godt kan lide. Hvad du tænder på."

...

"Hæng lige på et øjeblik."

...

...

"Beklager, jeg skulle lige have nogen ud herfra. Det var ikke til at få ørenlyd. Nå. Hvad er det så, du tror, jeg kan lide, Birgitta?"

"Jeg kan ikke sige det over telefonen, men ... Men jeg har lyst hår, og jeg ... Jeg kan også selv lide det."

"Du store! Veninder! I holder aldrig op med at forbløffe mig. Jeg troede ærlig talt, at Inger holdt kæft med den slags."

"Hvornår kan vi mødes, Evans? Det haster."

...

"Jeg skal til Sydney i overmorgen, men måske skulle jeg overveje at tage et tidligere fly ..."

"Ja!"

"Hm."

"Hvornår kan vi ..."

"Shh, Birgitta, jeg tænker."

...

"Okay, Birgitta, hør godt efter. Gå ned ad Darlinghurst Road i morgen aften klokken otte. Stop ved Hungry John på venstre side. Hold udkig efter en sort Holden med tonede ruder. Hvis den ikke er der før halv ni, kan du godt gå igen. Og sørg for, at jeg kan se dit hår."

"Sidste gang? Tja, Kristin ringede pludselig til mig en nat. Hun var lidt fuld, tror jeg. Hun skældte mig ud over et eller andet, jeg kan ikke huske hvad. Over at have ødelagt hendes liv, sandsynligvis. Hun havde en tendens til at synes, at folk omkring hende altid ødelagde de ting, hun havde planlagt så omhyggeligt."

"Sådan går det med små piger, der har været for meget alene i opvæksten og leget med dukker, ved du nok," indskød Birgitta.

"Måske. Men som sagt kan jeg ikke huske det. Jeg var næppe helt ædru selv."

Harry støttede sig på albuerne i sandet og kiggede ud over havet. Bølgerne rejste sig, blev hvide i toppen, og skummet hang et øjeblik i luften, før det, glitrende i solen som knust glas, faldt ned på klipperne ud for Bondi Beach.

"Men efter det så jeg hende igen én gang. Hun kom og besøgte mig på hospitalet efter ulykken. Jeg troede først, jeg drømte, da jeg slog øjnene op og så hende sidde ved siden af sengen, bleg, næsten gennemsigtig. Hun var lige så smuk, som da jeg så hende første gang."

Birgitta nappede ham i siden.

"Overdriver jeg?" spurgte Harry.

"Nej da, fortsæt bare." Hun lå på maven og fnisede.

"Hvad er nu det for noget? Det forventes faktisk, at du skal blive en smule jaloux, når jeg omtaler en tidligere flamme på den her måde, ved du ikke det? Hvad? Du synes jo tværtimod, det bliver bedre og bedre, jo mere detaljeret jeg skildrer min romantiske fortid."

Birgitta kiggede på ham over solbrillerne.

"Jeg kan godt lide at høre, at min machostrømer faktisk har haft et følelsesliv. Selv om det er et overstået stadium."

"Overstået? Hvad kalder du så det her?"

Hun lo:

"Det her er den modne, velovervejede ferieromance med tilpas stor afstand til, at det ikke bliver for stærkt, og tilpas meget sex til, at det er besværet værd."

Harry rystede på hovedet.

"Det passer ikke, Birgitta, og det ved du."

"Jo, det gør. Men det er helt i orden, Harry. Det er helt i orden *nu*. Jeg havde bare en lidt forvirret periode en overgang. Gå videre med din fortælling. Hvis du bliver for lidenskabelig i detaljerne, skal jeg nok sige fra. Desuden skal du nok få igen, når det bliver min tur til at fortælle om min ekskæreste."

Hun vrikkede sig ned i det varme sand med en fornøjet mine.

"Ekskærester, mener jeg."

Harry børstede sand af hendes hvide ryg.

"Er du sikker på, du ikke bliver forbrændt? Den sol her og din hud ..."

"Det var dig, der smurte mig ind, hr. Hole!"

"Jeg spekulerede bare på, om solfaktoren er høj nok. Okay, glem det. Jeg ville bare ikke have, at du blev skoldet."

Harry kiggede på hendes sarte hud. Da han bad hende om at gøre den tjeneste, havde hun sagt ja med det samme – uden at tøve.

"Slap nu af, far, og fortæl."

Ventilatoren virkede ikke.

"Hvad fanden, den er jo helt ny!" sagde Wadkins og slog den på bagsiden, mens han tændte og slukkede. Til ingen nytte. Den var bare et stumt stykke aluminium og død elektronik.

McCormack brummede.

"Glem det, Larry. Bed Laura om at skaffe en ny. Nu er det D-dag, og vi har vigtigere ting for. Larry?"

Wadkins satte irriteret ventilatoren fra sig.

"Alt er parat, *Sir*. Vi får tre biler i området. Frøken Enquist bliver udstyret med en radiosender, så vi hele tiden kan plotte, hvor hun befinder sig, samt en mikrofon så vi kan lytte med og bedømme situationen. Planen er, at hun får ham med hjem til sin egen lejlighed, hvor vi har placeret Holy, Lebie og mig selv i henholdsvis skabet i soveværelset, på altanen og i gangen uden for lejligheden. Hvis der sker noget i bilen, eller hvis de tager et andet sted hen, så følger de tre biler efter."

"Taktik?"

Yong rettede på sine briller.

"Hendes opgave er at få ham til at sige noget om drabene, *Sir*. Hun vil presse ham ved at true med at gå til politiet med det, som Inger Holter har fortalt om hans sexvaner. Når han føler sig sikker på, at hun ikke kan slippe væk, så kan det være, at han løfter en flig af sløret."

"Hvor længe venter vi, før vi går ind?"

"Indtil vi har vægtige beviser på bånd. I værste fald til han forgriber sig på hende."

"Risiko?"

"Det er selvfølgelig ikke risikofrit, men man kvæler ikke et menneske sådan et-to-tre. Vi vil kun være nogle få sekunder derfra hele tiden."

"Hvad nu, hvis han er bevæbnet?"

Yong trak på skuldrene.

"Det ville være en atypisk adfærd ud fra det, vi ved, *Sir*."

McCormack havde rejst sig og var begyndt på sin vandring frem og tilbage på det lille gulvareal. Det mindede Harry om en gammel, fed leopard, han havde set i zoologisk have som lille. Buret var så lille, at forkroppen begyndte at dreje, før bagkroppen var færdig med det forrige sving. Frem og tilbage. Frem og tilbage.

"Hvad, hvis han vil have sex, før der er blevet sagt noget, eller før der er sket noget?"

"Det nægter hun. Hun siger, at hun har ombestemt sig, at hun bare sagde det for at overtale ham, så han ville skaffe hende noget morfin."

"Og så lader vi ham bare gå?"

"Vi plasker ikke i vandet, hvis vi ikke ved, vi kan trække ham i land, *Sir*."

McCormack sugede overlæben ind mellem tænderne.

"Hvorfor gør hun det?"

Der blev stille.

"Fordi hun ikke kan lide voldtægtsmænd og mordere," sagde Harry efter en lang pause. "Specielt ikke, når de dræber mennesker, hun kender."

"Og bortset fra det?"

Der opstod en endnu længere pause.

"Fordi jeg bad hende om det," sagde Harry så.

"Må jeg forstyrre dig lidt, Yong?"

Yong Sue så smilende op fra sin pc.

"*Sure, mate.*"

Harry sank ned på en stol. Den travle kineser tastede løs, mens han holdt ét øje på skærmen og et på Harry.

"Det vil være fint, hvis vi kan lade det her blive mellem os to, Yong, men jeg har mistet troen på det her."

Yong holdt op med at taste.

"Jeg tror, Evans White er et blindspor," fortsatte Harry.

Yong så forvirret ud.

"Hvorfor det?"

"Det er lidt vanskeligt at forklare, men der er et par ting, jeg ikke kan lade være med at spekulere på. Andrew prøvede at fortælle mig noget på hospitalet. Og tidligere også."

Harry tav. Yong nikkede ham videre.

"Han prøvede at fortælle mig, at løsningen lå nærmere, end jeg troede. Jeg tror, at den skyldige er en person, som Andrew af en eller anden grund ikke selv kunne afsløre. At han skulle bruge en udenforstående. Mig, for eksempel – en nordmand, som kommer dumpende ind og skal tilbage med det næste fly. Jeg regnede med, at det var sådan, det hang sammen, da jeg troede, at Otto Rechtnagel var morderen, at fordi han var en nær ven, ville Andrew have en anden til at afsløre ham. Men jeg syntes nok inderst inde, at det skurrede lidt. Nu kan jeg se, at det ikke var ham, Andrew ville have mig til at pågribe, men en anden."

Yong rømmede sig:

"Jeg har ikke nævnt det her før, Harry, men jeg reagerede, da Andrew omtalte det vidne, som angiveligt havde set Evans White i Nimbin på morddagen. Her bagefter har det slået mig, at Andrew kan have haft et andet motiv til at få opmærksomheden væk fra Evans White. Nemlig den kendsgerning, at Evans White havde en klemme på ham. Han vidste, at Andrew var heroinmisbruger og kunne have fået ham fyret fra politiet og sat i fængsel. Jeg kan ikke lide tanken, men har du overvejet muligheden af, at Andrew og White indgik en stiltiende aftale om, at Andrew skulle styre os væk fra White?"

"Det begynder at blive kompliceret, Yong, men – ja, den mulighed har jeg overvejet. Og forkastet. Glem ikke, at det var Andrew, der sørgede for, at vi rent faktisk fik identificeret og fundet Evans White ud fra det billede."

"Tja." Yong kløede sig i baghovedet med en blyant. "Vi havde nok klaret det uden ham, men det ville have taget længere tid. Ved du, hvor mange procents chance, der er i en given sag, for at den anden part i et forhold er morderen? 58 %. Andrew vidste, at vi ville sætte store ressourcer ind på at finde Inger Holters hemmelige kæreste, efter at du havde oversat det brev. Så hvis han virkelig ville beskytte White og samtidig skjule det, ville det være en god idé at hjælpe til. For syns skyld. Fandt du det for eksempel ikke lidt påfaldende, at han uden videre genkendte nogle husmure et sted, hvor han engang havde været i en marihuanarus for hundrede år siden?"

"Måske har du ret, Yong, jeg ved det ikke. Under alle omstændigheder tror jeg ikke, at det er særlig klogt at så for meget tvivl, når nu de andre ved, hvad de skal gøre. Måske er Evans White alligevel vores mand, når det kommer til stykket. Men hvis jeg virkelig havde troet det, så havde jeg aldrig bedt Birgitta om at stille op til det her."

"Hvem tror du da, det er?"

"Hvem jeg tror, det er *denne* gang, mener du?"

Yong smilede.

"Noget i den stil."

Harry gned sig på hagen.

"Jeg har allerede ringet med alarmklokkerne to gange, Yong. Var det ikke, da drengen råbte 'ulv' tredje gang, at de ikke gad komme løbende mere? Derfor må jeg være helt sikker denne gang."

"Hvorfor kommer du til mig med det her, Harry? Hvorfor ikke til en af cheferne?"

"Fordi du kan gøre et par ting for mig, foretage nogle diskrete forespørgsler og finde nogle data, jeg skal bruge, uden at andre her i huset får noget at vide om det."

"Må ingen andre vide det?"

"Jeg ved, det lyder *fishy*. Og jeg ved, at du har mere at tabe her end de fleste andre. Men du er den eneste, der kan hjælpe mig, Yong. Hvad siger du?"

Yong så længe på Harry.

"Vil det hjælpe dig til at finde morderen, Harry?"

"Det håber jeg."

18

Oplægget og en tur i parken

"*Bravo*, kom ind."

Det knitrede i radioen.

"Radioen virker, som den skal," råbte Lebie. "Hvordan går det derinde?"

"Fint," svarede Harry.

Han sad på den opredte seng og så på billedet af Birgitta på natbordet. Det var et konfirmationsbillede. Hun så ung, alvorlig og fremmed ud med krøller i håret og uden sine fregner, som ikke kunne ses på billedet på grund af overeksponering. Hun så ikke pæn ud. Birgitta havde sagt, at hun havde billedet stående som en opmuntring på dårlige dage, som et bevis på, at tingene trods alt var blevet bedre.

"Hvordan ser tidsplanen ud?" råbte Lebie fra køkkenet.

"Hun går fra arbejde om femten minutter. De er henne på The Albury og er ved at sætte mikrofon og radiosender på hende lige nu."

"Kører de hende hen til Darlinghurst Road?"

"Niks. Vi ved ikke, hvor i området White befinder sig. Han kan ved et tilfælde komme til at se, at hun stiger ud af bilen og fatte mistanke. Hun går til fods fra The Albury."

Wadkins kom ind fra gangen.

"Det ser fint ud. Jeg kan stå rundt om hjørnet nede i opgangen, uden at de kan se mig, og jeg kan følge dem hele vejen op. Vi får visuel kontakt med din veninde hele vejen, Holy. Hvor er du, Holy?"

"Herinde, *Sir*. Jeg har hørt dig. Det er betryggende at høre, *Sir*."

"Radio, Lebie?"

"Kontakt, *Sir*. Alle er på plads. Vi kan godt begynde."

Harry havde tænkt det igennem mange gange. På kryds og tværs. Argumenteret med sig selv, prøvet alle indfaldsvinkler og til sidst bestemt sig for, at han ville blæse på, om hun måske kunne opfatte det som en håbløs kliché, en barnlig måde at sige det på, eller en letkøbt udvej. Han pakkede den røde rose ud, som han havde købt, og satte den i det vandglas, der stod ved siden af billedet på natbordet.

Han tøvede lidt. Måske ville den distrahere hende? Måske ville Evans White begynde at spørge, når han så en rose ved siden af sengen? Han førte forsigtigt en pegefinger hen over en af tornene. Nej. Birgitta ville påskønne opmuntringen. Synet af rosen ville tværtimod gøre hende stærkere.

Han kiggede på sit armbåndsur. Klokken var otte.

"Hallo, lad os så få det overstået!" råbte han ind i stuen.

Der var noget galt. Harry kunne ikke høre, hvad de sagde, men han hørte radioens knitren inde fra stuen. Og der var alt for meget af den. Alle vidste på forhånd nøjagtigt, hvad de skulle gøre, så hvis alt gik efter planen, skulle det ikke være nødvendigt at tale så meget over radioen, som de gjorde nu.

"Satans, satans, satans!" sagde Wadkins. Lebie tog hovedtelefonerne af og vendte sig om mod Harry.

"Hun er ikke dukket op," sagde han.

"Hvad er det, du siger?"

"Hun forlod The Albury præcis klokken kvart i otte. Det skulle ikke tage mere end ti minutter at gå derfra til King's Cross. Det er femogtyve minutter siden."

"Jeg synes, I sagde, at hun ville være overvåget hele tiden!"

"Fra hun var på mødestedet, ja. Hvorfor skulle nogen ..."

"Hvad med mikrofonen? Hun var jo koblet på, da hun gik."

"De har mistet kontakten. De havde kontakt, og pludselig var der ingenting. Ikke en lyd."

"Har vi et kort? Hvilken vej gik hun?" Han talte lavmælt og hurtigt. Lebie tog en kortbog op af tasken og gav den til Harry, som fandt vejkortet over Paddington og King's Cross.

"Hvilken vej skulle hun følge derhen?" spurgte Lebie over radioen.

"Den nemmeste vej. Ned ad Victoria Street."

"Her er det," sagde Harry. "Rundt om hjørnet på Oxford Street og ned ad Victoria Street, forbi St. Vincent Hospital og Green Park, ned til krydset her, hvor Darlinghurst Road begynder og 200 meter hen til det sted, hvor *Hungry John* ligger. Det kan da for fanden ikke være mere enkelt!"

Wadkins tog radiomikrofonen.

"Smith, send to biler op ad Victoria Street for at finde pigen. Giv besked til dem på The Albury om at hjælpe til. En bil bliver holdende og venter ved *Hungry John* for det tilfælde, at hun skulle dukke op. Skynd jer, og lav mindst muligt postyr. Rapportér tilbage, lige så snart I ved noget."

Wadkins kylede mikrofonen fra sig. "Satans! Hvad i helvede er det, der foregår? Er hun blevet kørt ned? Overfaldet? Voldtaget? Satans!"

Lebie og Harry så på hinanden.

"Kan White tilfældigvis være kommet ad Victoria Street, set hende og samlet hende op der?" foreslog Lebie. "Han har jo set hende før, på The Albury, og kan have genkendt hende."

"Radiosenderen," sagde Harry. "Den må jo stadig virke!"

"*Bravo, Bravo*, Wadkins her. Får I et signal fra radiosenderen? Ja? I retning fra The Albury? Så er hun ikke langt derfra. Hurtigt, hurtigt, hurtigt! Godt. Slut."

De tre mænd blev siddende uden at sige noget. Lebie skottede over mod Harry.

"Spørg, om de har set noget til Evans Whites bil," sagde Harry.

"*Bravo*, kom ind. Lebie her. Hvad med den sorte Holden? Har nogen set den endnu?"

"*Negative*."

Wadkins sprang op og begyndte at gå frem og tilbage, mens han bandede lavmælt. Harry havde siddet på hug, siden han kom ind i stuen, og mærkede først nu, at hans lårmuskler dirrede.

Det knitrede i radioen.

"Charlie, *Bravo* her, kom ind."

Lebie trykkede højttalerknappen ind.

"*Charlie* her, *Bravo*. Kom ind."

"Stolz her. Vi har fundet tasken med radiosenderen og mikrofonen i Green Park. Pigen er som sunket i jorden."

"I tasken?" sagde Harry. "Skulle hun ikke have haft det tapet på kroppen?"

Wadkins krympede sig.

"Det glemte jeg vist at sige, men vi diskuterede, hvad der ville ske, hvis han gik i clinch med hende ... befølte hende og ... Ja, du ved nok. Varmede lidt op. Frøken Enquist var enig i, at det var mere sikkert at have udstyret i tasken."

Harry havde allerede taget sin jakke på.

"Hvor skal du hen?" sagde Wadkins.

"Han ventede på hende," sagde Harry. "Han fulgte måske efter hende fra The Albury. Hun nåede ikke engang at gøre anskrig. Jeg vil gætte på, at han brugte en klud med diethyler. Det samme, som Otto Rechtnagel fik."

"På åben gade?" sagde Lebie skeptisk.

"Niks. I parken. Jeg tager derhen nu. Jeg kender nogen derinde."

Joseph blinkede og blinkede. Han var så fuld, at Harry havde mest lyst til at grine.

"Jeg troede, de stod og kælede med hinanden, Harry."

"Det har du sagt fire gange nu, Joseph. Hvordan så han ud? Hvor gik de hen? Havde han en bil?"

"Mikke og jeg kommenterede det, da han hjalp hende her forbi, og vi var enige om, at hun var endnu mere fuld end os. Jeg tror, at Mikke misundte hende det. Hi-hi. Hils på Mikke. Han er fra Finland."

Mikke lå på den anden bænk og havde for længst sagt tak for i dag.

"Se på mig, Joseph. Se på mig! Jeg skal finde hende. Forstår du det? Fyren er sandsynligvis morder!"

"Jeg prøver, Harry. Jeg prøver virkelig. Fandens også, jeg ville ønske, jeg kunne hjælpe dig."

Joseph kneb øjnene sammen og satte knytnæven mod panden, mens han våndede sig.

"Det er så helvedes mørkt i den her park, så jeg fik ikke set så meget. Jeg tror, han var ret stor."

"Tyk? Høj? Lys? Mørk? Halt? Briller? Skæg? Hat?"

Joseph rullede med øjnene som svar.

"*Do ya have a fig, mate? Makes me kinda think better, ya know.*"

Men alverdens cigaretter kunne ikke blæse den alkoholtåge væk, som indhyllede Josephs hjerne. Harry gav ham resten af cigaretterne og bad ham spørge Mikke, hvad denne kunne huske, når han vågnede. Ikke fordi han troede, at det ville være ret meget.

Da Harry kom tilbage til Birgittas lejlighed, var klokken blevet to om natten. Lebie sad ved radioen og så på Harry med et medfølende blik.

"*Gave it a burl, did ya? No good, ay?*"

Harry forstod ikke et ord, men nikkede bekræftende.

"*No good,*" sagde han og dumpede ned i en stol.

"Hvordan var stemningen på stationen?" spurgte Lebie.

Harry famlede efter en cigaret, før han kom i tanker om, at han havde givet dem til Joseph.

"Niveauet ligger før kaos. Wadkins er ved at køre helt af sporet, og der kører sirenehylende biler rundt som hovedløse høns i det halve Sydney. Det eneste, de ved om White, er, at han tog fra gården i Nimbin tidligere i dag og tog fireflyet til Sydney. Siden har ingen set ham."

Han fik en cigaret af Lebie, og de røg i tavshed.

"Smut hjem og få dig nogle timers søvn, Sergej. Jeg bliver her i nat for det tilfælde, at Birgitta skulle dukke op her. Lad radioen køre, så jeg kan følge med."

"Jeg kan godt sove her, Harry."

Harry rystede på hovedet.

"Kør hjem. Jeg ringer og vækker dig, hvis der sker noget."

Lebie satte en Bears-kasket på sin blankpolerede isse. Han blev stående et øjeblik ved døren.

"Vi skal nok finde hende, Harry. Jeg kan føle det. *So hang in there, mate.*"

Harry kiggede på Lebie. Det var svært at vurdere, om Lebie troede på det, han sagde.

Så snart han var alene, åbnede han vinduet og så ud over hustagene. Det var blevet køligere, men luften var stadig mild og lugtede af by, mennesker og mad fra alle verdenshjørner. Det var en af klodens smukkeste sommernætter i en af klodens smukkeste byer. Han kiggede op på stjernehimlen. En uendelighed af små, blinkende lys, som syntes at pulsere og leve, når han betragtede dem længe nok. Al denne meningsløse skønhed.

Forsigtigt prøvede han at lodde sine egne følelser. Forsigtigt, fordi han ikke havde råd til at give sig hen til dem. Ikke endnu, ikke nu. Først de gode følelser. Bare lidt. Han vidste ikke, om de gjorde ham stærkere eller svagere. Birgittas ansigt mellem hans hænder, resten af latteren, som stadig sad i øjnene. De smertelige følelser. Det var dem, han måtte se at holde sig fra livet nu, men han mærkede efter, som for at danne sig et indtryk af, hvilken kraft de havde.

Han havde en fornemmelse af at sidde i en ubåd på bunden af et alt for dybt hav af desperation og håbløshed. Havet trykkede på siderne og ville ind. Det var allerede begyndt at knirke og smælde rundt om ham. Han kunne blot håbe, at skroget ville holde, at et livs træning i selvbeherskelse omsider ville være til nogen nytte. Harry tænkte på sjælene, som ville blive til stjerner, når menneskekroppen døde. Men det lykkedes ham at lade være med at kigge efter en bestemt stjerne.

19

To samtaler med en morder, en kookaburra-fugl og REM-søvn

Efter ulykken havde Harry gentagne gange spurgt sig selv, om han havde villet bytte, hvis han kunne. Sådan at det var ham, der havde bøjet den stolpe ved Sørkedalsveien, fik en ceremoniel begravelse med uniformerede politifolk og sørgende forældre, et billede ude på gangen nede på politistationen i Grønland og efterhånden blev et blegt, men kært minde for kolleger og slægtninge. Var det ikke et fristende alternativ til den løgn, han måtte leve med, som på mange måder var endnu mere nedværdigende end at påtage sig skylden og skammen?

Tilsyneladende et nytteløst og selvplagende spørgsmål. Men Harry kunne mærke, at det svar, han kom frem til, gav ham den vished, han skulle bruge for at kunne begynde forfra. Han ville nemlig ikke have byttet. Han var glad for, at han var i live.

Hver morgen, når han vågnede på hospitalet, sløv af piller og tanketom, var det med en følelse af, at et eller andet var fuldkommen forkert. Det tog som regel et par søvndrukne sekunder, før hukommelsen reagerede, fortalte ham, hvem og hvor han var, og med ubønhørlig gru rekonstruerede situationen for ham. Men den næste tanke var alligevel, at han var i live. At han fortsat var på banen, at det ikke var slut endnu. Det var måske ikke så meget, men lige på det tidspunkt var det nok for Harry.

Efter at han blev udskrevet, fik han en time hos en psykiater.

"Du kommer egentlig lidt sent," sagde psykiateren. "Din underbevidsthed har sandsynligvis allerede valgt, hvordan den vil bearbejde det, der er sket, så vi kan ikke påvirke det første valg. Den kan for eksempel have valgt at fortrænge det skete. Men hvis den har truffet så dårligt et valg, kan vi prøve at få den til at ombestemme sig."

Harry vidste kun, at underbevidstheden fortalte ham, at det var godt at være i live, og han var ikke villig til at løbe den risiko, at en psykiater skulle få den til at ombestemme sig, så det blev både første og sidste gang, han kom der.

I den efterfølgende tid lærte han sig også, at det var en dårlig taktik at kæmpe imod alt det, han følte, på én gang. For det første vidste han ikke, hvad han følte, han havde i hvert fald ikke hele billedet, så det var som at udfordre et monster, som han ikke engang havde set. For det andet havde han bedre chancer for at vinde, hvis han fik krigen delt op i små slag, hvor han kunne få overblik over fjenden, finde hans svage punkter og langsomt overvinde ham. Det var som at putte papir i en makulator. Hvis man putter for meget ind på en gang, går maskinen i panik, hoster og afgår ved døden med et tørt dunk. Og så kan man begynde forfra igen.

En ven af en kollega, som Harry havde mødt ved en sjælden middagsinvitation, var psykolog i kommunen. Han havde set underligt på Harry, da denne fremlagde sin metode til at bearbejde følelser.

"Krigen?" havde han spurgt. "Makulator?"

Han havde set oprigtigt bekymret ud.

Harry slog øjnene op. Det første morgenlys sivede ind mellem gardinerne. Han så på sit ur. Den var seks. Det knitrede i radioen.

"Det er *Delta* her. *Charlie*, kom ind." Harry sprang op fra sofaen og greb mikrofonen.

"*Delta*, det er Holy. Hvad sker der?"

"Vi har fundet Evans White. Vi fik et anonymt tip fra en kvinde, som havde set ham oppe ved King's Cross, så vi sendte tre biler af sted og hentede ham. Han sidder i forhør nu."

"Hvad siger han?"

"Han nægtede ethvert kendskab til sagen, indtil vi afspillede båndet med telefonsamtalen med frøken Enquist for ham. Så fortalte han, at han var kørt forbi Hungry John tre gange efter klokken otte i en hvid Honda. Men at han havde givet op, da han ikke så hende, og var kørt tilbage til en lejlighed, som han låner. Senere på aftenen var han gået på natklub, og det var der, vi fandt ham. Hende vi fik tippet af spurgte for resten efter dig."

"Det kunne jeg næsten tænke mig. Hun hedder Sandra. Har I undersøgt hans lejlighed?"

"Jep. *Nada*. Ingenting. Og Smith siger, at han så den samme hvide Honda køre forbi ham tre gange uden for Hungry John."

"Hvorfor kørte han ikke en sort Holden som aftalt?"

"White siger, at han løj om bilen til frøken Enquist for det tilfælde, at nogen ville narre ham – *in case of a set-up* – så han kunne køre et par runder i al ubemærkethed og checke, at kysten var klar."

"Godt. Jeg kommer ind nu. Vil du ringe rundt og vække de andre?"

"De andre tog hjem for to timer siden, Holy. De har været oppe hele natten, og Wadkins bad os ..."

"Jeg vil skide på, hvad Wadkins sagde. Ring og væk dem."

De havde sat den gamle ventilator ind igen. Det var svært at sige, om den havde haft godt af pausen, den skreg i hvert fald i protest over at være blevet kaldt tilbage fra sin pensionisttilværelse.

Mødet var forbi, men Harry var blevet siddende i mødelokalet. Hans skjorte havde store, våde svedpletter under armene, og han havde stillet en telefon foran sig på bordet. Han lukkede øjnene og mumlede nogle sætninger for sig selv. Så løftede han røret og tastede nummeret ind.

"*Hello?*"

"Det er Harry Holy."

"Harry! Det glæder mig, at du er så tidligt oppe en søndag morgen. En god vane. Jeg har ventet på, at du skulle ringe, Harry. Er du alene?"

"Jeg er alene."

To åndedræt hørtes i begge ender af røret.

"*You're on to me, aren't ya, mate?*"

"Jeg har vidst et stykke tid, at det er dig, ja."

"Godt arbejde, Harry. Og nu ringer du, fordi jeg har noget, som du vil have tilbage, *right*?"

"Det er korrekt."

Harry tørrede sveden af panden.

"Du forstår godt, at jeg måtte tage hende, Harry?"

"Nej. Nej, det forstår jeg ikke."

"Hold nu op, Harry, du er ikke dum. Da jeg hørte, at nogen var begyndt at foretage undersøgelser, var jeg godt klar over, at det måtte være dig. Jeg håber bare for din egen skyld, at du har været smart nok til at holde kæft om det her til de andre. Har du det, Harry?"

"Jeg har holdt min kæft."

"Så er der fortsat en mulighed for, at du får din rødhårede veninde at se igen."

"Hvordan gjorde du det? Hvordan tog du hende?"

"Jeg vidste, hvornår hun fik fri, så jeg ventede i min bil uden for The Albury og kørte efter hende. Da hun gik ind i parken, tænkte jeg, at nogen burde fortælle hende, at det ikke var tilrådeligt at gå derind om aftenen. Så jeg sprang ud af bilen og løb efter. Jeg lod hende lugte lidt til en klud, jeg havde med, og derefter måtte hun hjælpes ind i bilen."

Harry blev klar over, at han ikke havde opdaget båndoptageren i tasken.

"Hvad vil du have mig til at gøre?"

"Du lyder nervøs, Harry. Slap af. Jeg har ikke tænkt mig at forlange særlig meget. Dit arbejde går ud på at fange mordere, og det er lige akkurat det, jeg har tænkt mig at bede dig om. At fortsætte med at udføre dit arbejde. Birgitta fortalte mig nemlig, at den hovedmistænkte er en narkohandler, en vis hr. Evans White. Uskyldig eller ej, så dræber han og hans kolleger flere mennesker, end jeg har gjort i hele mit liv. Og det siger faktisk ikke så lidt. Ha-ha. Jeg tror ikke, at jeg behøver at gå i detaljer med det her. Det eneste, du skal sørge for, er, at Evans White bliver dømt for sine forbrydelser. Plus et par af mine. Måske vil det fældende bevis være, at de finder blodspor og hudrester fra Inger Holter i Whites lejlighed? Hvis du kender obducenten, kan han måske skaffe dig nogle prøver af de nødvendige bevismaterialer, som du så kan plante på gerningsstedet? Ha-ha. Jeg pjatter bare, Harry. Men måske kan jeg skaffe dig det? Måske har jeg selv de forskellige ofres blod, hudrester og et hår eller to liggende i pænt sorterede plasticposer et eller andet sted? Bare for alle tilfældes skyld. Man ved jo aldrig, hvornår man kan få brug for at forvirre folk lidt. Ha-ha."

Harry knugede hårdt om det klamme telefonrør. Han prøvede at tænke. Manden vidste tydeligvis ikke, at politiet kendte til bortførelsen af Birgitta og derfor havde revideret deres opfattelse af, hvem morderen var. Det kunne kun betyde, at Birgitta ikke havde fortalt ham, at hun i samarbejde med politiet havde været på vej hen for at møde White. Han havde simpelthen snuppet hende for næsen af en halv snes politifolk uden at vide det!

Stemmen fik ham tilbage til nuet.

"En besnærende mulighed, Harry, ikke sandt? At morderen hjælper dig med at få buret en anden samfundsfjende inde. Ja ja, lad os holde kontakten ved lige. Du har ... lad os sige 48 timer til at have sigtelsen klar. Jeg forventer at høre gode nyheder i aftennyhederne på tirsdag. I mellemtiden lover jeg at behandle den rødhårede med al den respekt, du kan forvente af en gentleman. Hvis ikke jeg hører noget, er jeg bange for, at hun aldrig vil opleve onsdagen. Men jeg kan love hende en virkelig fornøjelig tirsdag aften."

Harry lagde røret på. Ventilatoren ræbede grimt og skærende. Han kiggede på sine hænder. De rystede.

"Hvad synes du, *Sir*?" spurgte Harry.

Den brede ryg, som hele tiden havde stået urørlig foran tavlen, begyndte at bevæge sig.

"Jeg synes, vi skal tage den satan," sagde McCormack. "Før vi får de andre herind igen, Harry – fortæl mig, hvornår du helt præcist regnede ud, at det var ham?"

"Hvis jeg skal være ærlig, havde det ikke meget med udregning at gøre, *Sir*. Det var bare en af mange teorier, som pludselig ramte mig i hovedet, og som jeg til at begynde med ikke troede meget på. Efter begravelsen fik jeg et lift med Jim Connolly, en af Andrews gamle boksekolleger. Han havde sin kone med, som han fortalte var cirkusartist, da han mødte hende. Han sagde, at han havde gjort kur til hende hver dag i et år, før han kom nogen vegne. Først tænkte jeg ikke over det, men så slog det mig, at han muligvis mente det bogstaveligt – at de to med andre ord havde haft mulighed for at se hinanden hver dag gennem et helt år. Det gik pludselig op for mig, at Jim Chivers-truppen boksede i et stort telt, da Andrew og jeg så dem i Lithgow, og at der også var et tivoli der. Så jeg fik Yong til at ringe til Jim Chivers' booking-agent for at checke. Og det stemte. Når Jim Chivers-truppen turnerer, er det næsten altid som en del af et omrejsende cirkus eller tivoli. Yong fik de gamle turnélister faxet over i morges, og det viste sig, at det tivoli, som Jim Chivers har rejst med de seneste år, også havde en cirkustrup med indtil for nylig. Otto Rechtnagels trup."

"Javel. Så Jim Chivers' boksere var også på mordstederne på de aktuelle datoer. Men er der ikke mange hos Jim Chivers, der kendte Andrew?"

"Andrew præsenterede mig kun for én af dem, og jeg burde jo have indset, at det ikke var for at undersøge en uinteressant voldtægt, at han slæbte mig med til Lithgow. Andrew betragtede ham som en søn. De havde oplevet så meget af det samme og havde så stærke bånd imellem sig, at han muligvis var den eneste på hele kloden, som hittebarnet Andrew Kensington følte sig i slægt med. Selv om Andrew aldrig ville indrømme, at han havde stærke følelser for sit folk, tror jeg, at han elskede Toowoomba højere end nogen anden, netop fordi de stammede fra det samme folk. Derfor kunne Andrew ikke selv afsløre ham. Hele hans sæt af tillærte og måske medfødte moralbegreber stødte sammen med loyaliteten over for hans folk og kærligheden til Toowoomba. Jeg ved ikke, om nogen kan forestille sig, hvilken grusom konflikt det må have været for ham. Han måtte prøve at finde en måde at standse ham på, uden at han selv begik sønnemord. Derfor havde han brug for mig, en udenforstående som han kunne styre i retning af målet."

"Toowoomba?"

"Toowoomba. Andrew havde fundet ud af, at det var ham, der stod bag alle mordene. Måske havde den fortvivlede, forsmåede elsker, Otto Rechtnagel, fortalt det til Andrew, efter at Toowoomba gik fra ham. Måske fik Andrew Otto til at love ikke at gå til politiet mod at love, at han ville opklare sagen, uden at de to selv blev involveret. Men jeg tror, at Otto var ved at gå op i sømmene. Han var med god grund begyndt at frygte for sit eget liv, eftersom han var klar over, at Toowoomba næppe ønskede at have en ekselsker, som kunne afsløre ham, hvornår det skulle være. Toowoomba vidste, at Otto havde været i kontakt med mig, og at det var lige før, spillet var ude. Derfor planlagde han at myrde Otto under forestillingen. Eftersom de havde rejst sammen med næsten den samme forestilling tidligere, vidste Toowoomba præcis, hvornår i løbet af forestillingen, han skulle slå til."

"Hvorfor ikke gøre det i Ottos lejlighed? Han havde jo en nøgle."

"Jeg har spurgt mig selv om det samme." Harry tav tankefuldt.

McCormack viftede med hånden. "Harry, det du er kommet med indtil nu, er under alle omstændigheder meget at sluge for en gammel politibetjent, så et par nye teorier fra eller til spiller ingen rolle."

"Hanefaktoren."

"Hanefaktoren?"

"Toowoomba er ikke bare psykopat, han er også en hane. Og en hanes forfængelighed må ikke undervurderes. Mens de seksuelt motiverede mord, han begår, følger et mønster, som kan ligne tvangshandlinger, så er 'Klovnemordet' noget helt andet, nemlig et rationelt nødvendigt mord. Da han skulle begå det mord, var han pludselig fri, uhæmmet af de psykoser, som havde bestemt fremgangsmåden ved de andre mord. En mulighed for at gøre noget *virkelig* spektakulært, at sætte selve kronen på sit livsværk. Og man kan jo godt sige, at det lykkedes ham – 'Klovnemordet' vil blive husket længe efter, at de piger, han dræbte, er glemt."

"Godt. Og Andrew stak af fra hospitalet for at standse politiet, da han hørte, at vi ville anholde Otto?"

"Mit bud er, at han tog direkte hen til Ottos lejlighed for at tale med ham, forberede ham på anholdelsen og indprente ham, hvor vigtigt det var at holde kæft om Toowoomba, sådan at Otto og han selv ikke blev yderligere indblandet i sagen. Han ville berolige ham med, at Toowoomba ville blive anholdt under de omstændigheder, som Andrew havde planlagt, bare han fik lidt tid til det. Bare *jeg* fik lidt tid til det. Men et eller andet gik galt. Jeg aner ikke hvad. Men at det var Toowoomba, som i den sidste ende blev Andrew Kensingtons banemand, er jeg ikke særlig meget i tvivl om."

"Hvorfor ikke?"

"Intuition. Sund fornuft. Og en enkelt detalje."

"Hvilken?"

"Da jeg besøgte Andrew, sagde han, at Toowoomba skulle komme på besøg dagen efter."

"Og?"

"På St. Etienne hospitalet bliver alle registreret, før man kommer ind til receptionen. Jeg fik Yong til at ringe til hospitalet, og de har ikke registreret nogen besøgende eller telefonsamtaler til Andrew, efter at jeg var der."

"Jeg kan ikke følge med, Harry."

"Hvis der var kommet noget i vejen, må vi antage, at Toowoomba ville have ringet til Andrew på hospitalet og meldt afbud. Eftersom han ikke gjorde det, var det umuligt for ham at vide, at Andrew ikke længere var på hospitalet, før han stod i receptionen. Efter at han var blevet registreret i besøgsjournalen. Medmindre ..."

"Medmindre han have taget livet af ham aftenen før."

Harry slog ud med hænderne.

"Man tager ikke hen for at besøge en, som man ved ikke er der, *Sir*."

Det ville blive en lang søndag. Den havde sgu allerede været lang, tænkte Harry. De sad i mødelokalet med oprullede skjorteærmer og prøvede at være geniale.

"Du ringer altså til hans mobiltelefon," sagde Wadkins. "Og du tror ikke, han er på sin adresse?"

Harry rystede på hovedet.

"Han er forsigtig. Han har Birgitta et andet sted."

"Måske kan vi finde noget hjemme hos ham, som kan give os en ledetråd til hans opholdssted?" foreslog Lebie.

"Nej!" sagde Harry bestemt. "Hvis han finder ud af, at vi har været hjemme hos ham, så ved han, at jeg har snakket, og så er det slut med Birgitta."

"Godt, men så må han først komme hjem, og så kan vi stå klar til at modtage ham," sagde Lebie.

"Hvad nu, hvis han har tænkt på det og kan tage livet af Birgitta uden at være fysisk til stede?" sagde Harry. "Hvad nu, hvis hun sidder fastbundet et sted, og Toowoomba ikke vil fortælle os hvor?" Han kiggede rundt på de andre. "Hvad nu, hvis hun for eksempel sidder oven på en tikkende bombe, som skal afmonteres inden et vist antal timer?"

"Stop!" Wadkins slog en flad hånd i bordet. "Det her er ved at gå helt over i tegneseriens verden. Skulle fyren pludselig være sprængningsekspert, bare fordi han har taget nogle pigebørn af dage? Tiden går, og vi kan ikke bare blive siddende på vores røv og vente. Jeg synes, det lyder som en god idé at kigge indenfor hos Toowoomba. Og vi skal også nok klare at sætte en fælde op, som klapper sammen om ham, hvis han nærmer sig sit hjem igen, stol trygt på det!"

"Fyren er ikke dum!" sagde Harry. "Vi sætter Birgittas liv på spil ved at prøve sådan noget, kan I ikke forstå det?"

Wadkins rystede på hovedet.

"Beklager at sige det, Holy, men jeg er bange for, at dit forhold til den kidnappede lige i øjeblikket svækker din evne til at foretage rationelle vurderinger. Det bliver, som jeg siger."

Eftermiddagssolen skinnede mellem træerne på Victoria Street. En lille *kookaburra*-fugl sad på ryglænet på den anden, tomme bænk og varmede stemmen op til aftenens koncert.

"Du synes sikkert, at det er mærkeligt, at folk kan gå rundt og smile i dag," sagde Joseph. "At det eneste, de tænker på lige nu, er søndagsmiddagen derhjemme, mens de er på vej tilbage fra stranden, dyreparken eller bedstemor i Wollongong. Du tager det sikkert som en personlig fornærmelse, at solen leger i løvet på et tidspunkt, hvor du helst havde set verden i den rene elendighed og opløst i tårer. Harry, min ven, hvad skal jeg sige? Sådan er det ikke. Søndagsstegen venter, og sådan må det være."

Harry kneb øjnene sammen mod solen.

"Måske er hun sulten, måske har hun smerter. Men det værste er at vide, hvor bange hun må være."

“Så bliver hun en god kone for dig, hvis hun består prøven,” sagde Joseph og fløjtede til kookaburraen.

Harry så spørgende på ham. Joseph havde påstået, at søndagen var hans hviledag, og han var faktisk ædru.

“Før i tiden skulle en aboriginsk kvinde gennemgå en prøve, der bestod af tre dele, før hun kunne giftes væk,” forklarede Joseph. “Den første var at kontrollere sult. Hun skulle gå eller være på jagt i to dage uden mad. Så blev hun pludselig anbragt alene foran et bål med en færdig tilberedt, saftig kængurusteg eller en anden delikatesse. Prøven gik ud på at beherske sig og ikke blive grådig, men bare spise en smule, så der også var mad til de andre.”

“Vi havde noget lignende, da jeg voksede op,” sagde Harry. “De kaldte det bordskik. Men jeg tror ikke, det findes længere.”

“Den anden del gik ud på at udholde smerte.” Joseph gestikulerede voldsomt, mens han demonstrerede sin beretning. “Den unge kvinde fik stukket nåle gennem kind og næse, og de lavede blå mærker på hendes krop.”

“Og hvad så? I dag betaler de unge piger for det,” sagde Harry.

“Hold kæft, Harry. Til sidst, når ilden gik ud, skulle hun lægge sig over bålet med blot nogle grene imellem sig selv og gløderne. Men den tredje del af prøven var den sværeste.”

“Frygt?”

“*You bet.* Efter at solen var gået ned, samlede stammemedlemmerne sig omkring bålet, og de ældre skiftedes til at fortælle den unge kvinde frygtelige, hårrejsende historier om spøgelser og *muldarpe* – djævledjævelen. Temmelig barske sager, en del af det. Derefter blev hun sendt ud for at sove et øde sted eller i nærheden af forfædrenes gravpladser. I nattens mulm og mørke sneg de ældre sig så ind på hende med ansigtet malet med hvidt ler og barkmasker på ...”

“... var det ikke nærmest dobbeltkonfekt?”

“... og frembragte uhyggelige lyde. Jeg er ked af at sige det, men du er et dårligt publikum, Harry.”

Joseph så småfornærmet ud.

Harry gned sig i ansigtet.

"Det ved jeg godt," sagde han efter et stykke tid. "Undskyld, Joseph. Jeg kom bare herind for at tænke lidt højt og for at se, om han havde efterladt nogle spor, som kunne pege i retning af, hvor han kan have ført hende hen. Men det ser ikke ud til, at jeg kommer nogen vegne, og du er den eneste, jeg kan lade det gå ud over. Du må synes, jeg lyder som en kynisk, ufølsom skiderik."

"Du lyder, som en der tror, at han skal slås med hele verden," sagde Joseph. "Men hvis du ikke sænker paraderne engang imellem, bliver du for træt i armene til at slå."

Harry trak på smilebåndet.

"Du er altså helt sikker på, at du ikke havde en ældre bror?"

Joseph lo.

"Som sagt er det for sent at spørge min mor om det nu, men jeg tror, hun ville have fortalt mig det, hvis jeg havde en ukendt bror."

"I lyder bare som brødre."

"Det har du sagt nogle gange nu, Harry. Måske skulle du prøve at få sovet lidt."

Joe lyste op, da Harry kom ind gennem døren til Springfield Lodge.

"En fin eftermiddag, ikke sandt, hr. Holy? De ser for resten glimrende ud i dag. Og jeg har en pakke til Dem." Han holdt en pakke frem, som var indpakket i gråt papir, hvorpå der stod Harry Holy med store bogstaver.

"Hvem er den fra?" spurgte Harry forundret.

"Det ved jeg ikke. Der kom en taxachauffør og afleverede den for et par timer siden."

Oppe på sit værelse lagde Harry pakken på sengen, trak papiret af og åbnede den æske, som lå indeni. Han havde for så vidt allerede ræsonneret sig frem til, hvem pakken måtte være fra, men indholdet fjernede enhver tvivl: Seks små rørformede plastbeholdere med hvide etiketter på. Han tog et af rørene og læste en dato, som han straks genkendte som den dag, hvor Inger Holter var blevet myrdet, og påskriften "*pubic hair*". Det krævede ikke megen fantasi at gætte på, at de andre rør indeholdt blod, hovedhår, tøjfibre og så videre. Og det gjorde de.

En halv time senere blev han vækket af telefonen.

"Har du fået de ting, jeg sendte dig, Harry? Jeg tænkte, at du gerne ville have dem så hurtigt som muligt."

"Toowoomba."

"Til tjeneste. Ha-ha."

"Jeg har fået dem. Inger Holter, går jeg ud fra. Jeg er nysgerrig, Toowoomba. Hvordan slog du hende ihjel?"

"Det var ikke svært," sagde Toowoomba. "Det var næsten *for* enkelt. Jeg var i en venindes lejlighed, da hun ringede på en sen aften."

Så Otto er en *veninde*? var Harry ved at spørge, men han tog sig i det.

"Inger havde mad med til den hund, som bor i, eller måske skulle jeg sige *boede* i lejligheden. Jeg havde låst mig ind, men havde siddet alene hele aftenen, eftersom min veninde var i byen. Som sædvanlig."

Harry kunne høre, at stemmen fik en skarpere klang.

"Løb du ikke en lovlig stor risiko?" spurgte Harry. "Nogen kunne have vidst, at hun skulle hen til din ... venindes lejlighed."

"Jeg spurgte hende."

"Spurgte hende?" sagde Harry vantro.

"Det er utroligt, så naive nogle mennesker er. De svarer, før de tænker, fordi de føler sig trygge og tror, at de ikke behøver at tænke. Hun var sådan en sød, uskyldig pige. 'Nej, der er ingen, der ved, at jeg er her. Hvorfor det?' spurgte hun. Ha-ha. Jeg følte mig som ulven i eventyret om Rødhætte. Så jeg forklarede hende, at hun kom meget belejligt. Eller skal jeg sige ubelejligt? Ha-ha. Vil du høre resten?"

Harry ville gerne høre resten. Helst ville han vide alt, ned til mindste detalje. Hvordan Toowoomba havde været som barn, hvornår han havde slået ihjel for første gang, hvorfor han ikke havde et fast ritual, hvorfor han af og til bare voldtog kvinderne, hvordan han havde det efter et mord, om han blev deprimeret efter ekstasen, som seriemordere som regel bliver, fordi det heller ikke denne gang havde været perfekt, heller ikke denne gang havde været, som han havde drømt om og planlagt. Han ville vide, hvor mange, hvornår og hvor, metoderne og redskaberne. Og han ville gerne forstå følelserne, lidenskaben, hvad der var drivkraften i vanviddet.

Men han orkede ikke. Ikke nu. Lige nu var han komplet ligeglad med, om Inger var blevet voldtaget før eller efter, at hun var blevet dræbt, om drabet var en straf, fordi Otto lod ham sidde alene, om han havde vasket hende bagefter, om han havde dræbt hende i lejligheden eller gjort det i bilen. Harry ville ikke vide, om hun havde tryglet, grædt, eller hvordan hendes øjne havde stirret på Toowoomba i det øjeblik, hun stod på tærsklen og vidste, at hun skulle dø. Han ville ikke vide det, fordi han ikke ville kunne undgå at erstatte Ingers ansigt med Birgittas, fordi det ville gøre ham svag.

"Hvordan vidste du, hvor jeg boede?" spurgte Harry, nærmest for at sige noget, for at holde samtalen i gang.

"Harry da! Er du ved at blive træt? Du fortalte mig jo, hvor du boede, sidst vi var ude sammen. Ja, tak for sidst, for resten, det glemte jeg at sige tidligere i dag."

"Hør lige engang, Toowoomba ..."

"Jeg har faktisk spekuleret lidt på, hvorfor du ringede og spurgte, om jeg kunne hjælpe dig den aften, Harry. Bortset fra, at jeg skulle daske lidt til de to anabolske smokinger i natklubben. Det var for så vidt ganske morsomt, men var vi der virkelig kun, fordi du skulle sige tak for sidst til ham alfonsen? Jeg er måske ikke nogen stor menneskekender, Harry, men jeg kunne ikke få det til at hænge ordentligt sammen. Du er midt i en mordsag, og du bruger tid og kræfter på en personlig bagatel, som handler om, at du har fået en ublid medfart i en natklub?"

"Nå ja ..."

"Nå ja, Harry?"

"Ikke kun. Den pige vi fandt i Centennial Park arbejdede tilfældigvis i den klub, hvor vi var, så jeg havde en teori om, at den, der havde dræbt hende, måske havde været der den aften. At han måske ventede ved sceneudgangen, da hun skulle hjem og fulgte efter hende. Jeg ville se, hvordan du reagerede, når du opdagede, hvor vi skulle hen. Desuden er du jo en ganske iøjnefaldende mand, så jeg ville vise dig frem for Mongabi for at checke, om han havde set dig den aften."

"*No luck*?"

"Niks. Jeg går ud fra, at du ikke var der."

Toowoomba lo.

"Jeg anede ikke engang, at hun var stripper," sagde han. "Jeg så hende gå ind i parken og tænkte, at nogen burde fortælle hende, at det er farligt derinde om natten. Og demonstrere for hende, hvad der kan ske."

"Ja ja, så er den sag i hvert fald opklaret," sagde Harry tørt.

"Synd, at ingen andre end dig får glæde af det," sagde Toowoomba.

Harry besluttede sig for at tage en chance.

"Eftersom der ikke er andre, der får glæde af noget som helst, kan du måske også fortælle mig, hvad der skete med Andrew i Otto Rechtnagels lejlighed. For det var Otto, der var din *veninde*, ikke sandt?"

Der blev stille i den anden ende af røret.

"Vil du ikke hellere vide, hvordan Birgitta har det?"

"Nej," sagde Harry. Ikke for hastigt, ikke for højt. "Du har sagt, at du vil behandle hende som en gentleman. Jeg stoler på dig."

"Jeg håber, at du ikke prøver at give mig dårlig samvittighed, Harry. Det vil ikke nytte noget. Jeg er psykopat. Vidste du, at jeg vidste det?"

Toowoomba lo lavmælt.

"Det er skræmmende, ikke? Vi psykopater skal jo ligesom ikke vide, at vi er psykopater. Men jeg har vidst det altid. Også Otto. Otto vidste, at jeg af og til måtte straffe dem. Men Otto kunne ikke holde kæft længere. Han havde allerede fortalt det til Andrew og var ved at bryde helt sammen, så jeg blev nødt til at handle. Samme eftermiddag som Otto skulle optræde på St. George's, låste jeg mig ind i hans lejlighed, efter at han var taget af sted, for at fjerne alle de ting, der kunne forbinde mig med ham – billeder, gaver, breve, sådan noget. Så ringede det pludselig på døren. Jeg åbnede forsigtigt soveværelsesvinduet på klem og kiggede ned og så til min store forbavselse, at det var Andrew. Min første indskydelse var ikke at åbne døren. Men så slog det mig, at min oprindelige plan var ved at gå i stykker. Jeg havde nemlig tænkt mig at besøge Andrew på hospitalet dagen efter og diskret donere ham en teske, en lighter, en engangssprøjte samt en lille pose længe eftertragtet junk tilsat min egen hjemmelavede blanding."

"En dødscocktail."

"Det kan man sige."

"Hvordan kunne du være sikker på, at han ville tage den? Han vidste jo, at du var morder."

"Han vidste ikke, at jeg vidste, at han vidste det. Hvis du kan følge mig, Harry? Han vidste ikke, at Otto havde talt over sig. Desuden er en junkie med begyndende abstinenser villig til at tage visse chancer. Som for eksempel at stole på en, som han tror betragter ham som en far. Men alt det der var der jo ingen grund til at gruble over længere. Han var stukket af fra hospitalet og stod uden for porten ind til gården."

"Så du besluttede at lukke ham ind?"

"Ved du, hvor hurtigt den menneskelige hjerne kan arbejde, Harry? Ved du, at de drømme med lange, indviklede historier, som vi tror, vi har brugt hele natten på, i virkeligheden har udspillet sig i løbet af nogle få sekunder med hektisk hjerneaktivitet? Det var omtrent på den måde, at planen slog mig, at jeg forstod, at jeg kunne få det til at se ud, som om Andrew Kensington havde stået bag det hele. Jeg sværger, at jeg ikke havde skænket det en tanke før det øjeblik! Så jeg trykkede på døråbneren og ventede på, at han skulle komme op. Jeg stillede mig bag døren med min vidunderklud ..."

" – Etheracetyl."

" ... og bagefter bandt jeg Andrew fast til en stol, fandt junken frem og den smule dope, han havde, og gav ham det hele, så jeg var sikker på, at han holdt sig i ro, indtil jeg kom tilbage fra teatret. På vej tilbage fik jeg fat i noget mere junk, så Andrew og jeg havde en rigtig festaften. Ja, til sidst var det så slut, og da jeg gik, hang han i loftslampen."

Igen den lavmælte latter. Harry koncentrerede sig om at trække vejret dybt og roligt. Han var så bange, som han aldrig nogensinde havde været i hele sit liv.

"Hvad mener du med, at du måtte straffe dem?"

"Hvad?"

"Du sagde, at de skulle straffes?"

"Nå, det. Jo, som du sikkert ved, er psykopater ofte paranoide, eller også lider de af andre vrangforestillinger. Min vrangforestilling er, at min livsopgave går ud på at hævne mit folk."

"Ved at voldtage hvide kvinder?"

"*Barnløse* hvide kvinder."

"Barnløse?" spurgte Harry forbavset. Det var et fællestræk ved ofrene, som de ikke havde bemærket under efterforskningen, og hvorfor skulle de egentlig det? Der var ikke noget usædvanligt ved, at så unge kvinder ikke havde børn.

"Ja da. Har du virkelig ikke bemærket det? *Terra nullius*, Harry! Da I kom hertil, definerede I os som ejendomsløse, fordi vi ikke dyrkede jorden. I tog vores land fra os, voldtog og dræbte det for øjnene af os."

Toowoomba behøvede ikke at hæve stemmen. Ordene var høje nok. "Altså, deres barnløse kvinder er nu mit *terra nullius*, Harry. Der er ingen, der har befrugtet dem, ergo er der ingen, der ejer dem. Jeg følger bare den hvide mands egen logik og gør som ham."

"Men du kalder det jo selv en vrangforestilling, Toowoomba! Du ved jo godt, hvor sygt det er!"

"Selvfølgelig er det sygt. Men sygdom er normalt, Harry. Det er fraværet af sygdom, der er farlig, for så holder organismen op med at slås, og så falder den snart fra hinanden. Men *vrangforestillinger*, Harry, dem skal du ikke undervurdere. De er værdifulde for enhver kultur. Tag din egen, for eksempel. Inden for kristendommen tales der jo åbenlyst om, hvor vanskeligt det er at tro, hvordan tvivlen nager selv den klogeste, frommeste præst. Men er selve erkendelsen af tvivl ikke præcis det samme som at indrømme, at den tro, man vælger at leve efter, er en vrangforestilling, en forestilling om en sammenhæng, som hele ens fornuft strider imod? Man bør ikke uden videre opgive sine vrangforestillinger, Harry. I den anden ende af regnbuen findes der måske en belønning."

Harry lagde sig bagover på sengen. Han prøvede at lade være med at tænke på Birgitta, at hun ikke havde nogen børn.

"Hvordan kunne du vide, at de var barnløse?" hørte han sig selv spørge med hæs stemme.

"Jeg spurgte."

"Hvordan ..."

"Nogle af dem sagde, at de havde børn, fordi de troede, at jeg ville skåne dem, hvis de sagde, de forsørgede en børneflok. De fik tredive sekunder til at bevise det. En mor, som ikke har et billede med af sit barn, er ikke nogen mor, hvis du vil høre min mening."

Harry sank en klump i halsen.

"Hvorfor blonde?"

"Ingen ufravigelig regel. Det minimerer bare chancen for, at de har noget af mit eget folks blod i årerne."

Harry prøvede at lade være med at tænke på Birgittas mælkehvide hud.

Toowoomba lo stille.

"Jeg kan høre, at der er meget, du gerne vil vide, Harry, men mobilsamtaler er dyre, og idealister som jeg er ikke rige. Du ved, hvad du skal gøre. Og ikke gøre."

Så var han væk. Den hurtige skumring havde i samtalens løb henlagt værelset i et gråt mørke. I sprækken under døren så han to vajende følehorn fra en kakerlak, der lurede på, om kysten var klar. Harry trak lagenet over sig og krøb sammen. Oppe på taget uden for vinduet begyndte en enlig *kookaburra* aftenens koncert, og King's Cross tog tilløb til endnu en lang nat.

Harry drømte om Kristin. Det er muligt, han gjorde det i løbet af et par sekunders REM-søvn, men der var et halvt liv at tage af, så det kunne også være, at det tog længere tid. Hun havde hans grønne slåbrok på, strøg ham over håret og bad ham om at gå med derhen, hvor hun skulle. Han spurgte hende, hvor det var, men så stod hun i den åbne altandør med gardinerne flagrende omkring sig, og børnene i baggården larmede, så han ikke kunne høre, hvad hun svarede. Af og til blev han så blændet af solen, at hun forsvandt helt for ham.

Han stod ud af sengen og gik nærmere for at høre, hvad hun sagde, men så lo hun en perlende latter og løb ud på altanen, klatrede op på gelænderet og svævede af sted som en grøn ballon. Hun svævede stille op mod hustagene, mens hun råbte: "Alle kommer! Alle kommer!"

Senere i drømmen løb han rundt til alle, han kendte, og spurgte, hvor festen skulle være, men enten vidste de det ikke, eller også var de allerede taget af sted. Så gik han ned til Frognerbadet, men han havde ingen penge til entreen og måtte klatre over hegnet.

Da han var kommet over på den anden side, opdagede han, at han havde fået en flænge, og blodet lavede en rød sti bag ham på græsset, over fliserne og op ad alle trinene til timetervippen. Der var ingen andre til stede, så han lagde sig på ryggen og kiggede op mod himlen, mens han hørte de små, våde klask af bloddråberne, som faldt ned og ramte bassinkanten langt dernede. Højt oppe i luften, oppe mod solen, syntes han, at han kunne skimte en svævende, grøn skikkelse. Han satte hænderne foran øjnene som en kikkert, og så kunne han se hende helt tydeligt. Hun var så smuk og næsten gennemsigtig.

På et tidspunkt vågnede han ved lyden af et smæld, som muligvis kunne være et pistolskud, og lå og lyttede til regnen og de summende lyde fra King's Cross. Efter et stykke tid faldt han i søvn igen. Så drømte Harry om Kristin resten af natten, sådan oplevede han det i hvert fald. Det var kun engang imellem, at hun havde rødt hår og talte svensk.

20

En pc, damebugten, og hvordan mobiltelefoner egentlig fungerer

Klokken var ni.

Lebie lænede panden mod døren og lukkede øjnene. To politibetjente i sorte, skudsikre veste stod ved siden af ham og fulgte spændt med. De stod parat med deres våben. På trappen bag dem stod Wadkins, Yong og Harry.

"Dér!" sagde Lebie og trak forsigtigt dirken ud.

"Husk ikke at røre noget, hvis lejligheden er tom!" hviskede Wadkins til betjentene.

Lebie stillede sig ved siden af døråbningen og åbnede døren for de to politifolk, som gik ind i lejligheden med deres pistoler i forskriftsmæssig dobbeltgreb.

"Er du sikker på, at der ikke er nogen alarm derinde?" hviskede Harry.

"Vi har checket alle vagtselskaber i byen, og ingen havde registreret noget på den her lejlighed," sagde Wadkins.

"Sh, hvad er det for en lyd?" sagde Yong.

De andre spidsede ører, men kunne ikke høre noget usædvanligt.

"Der ryger bombespecialist-teorien," sagde Wadkins tørt.

En af politibetjentene kom ud igen. "Så er der fri bane," sagde han. De trak vejret lettet og gik ind. Lebie prøvede at tænde lyset i gangen, men det virkede ikke.

"Underligt," sagde han og prøvede lyset i den lille, men ryddelige og rene stue, men heller ikke det virkede. "Der må være gået en sikring."

"Det gør ikke noget," sagde Wadkins. "Det er mere end lyst nok til, at vi kan se. Harry, du tager køkkenet. Lebie tager badeværelset. Yong?"

Yong stod foran en pc, som stod på skrivebordet ved vinduet.

"Jeg har på fornemmelsen ..." sagde han. "Lebie, tag lommelygten og check sikringsskabet ude i gangen."

Lebie forsvandt derud, og lidt efter blev lyset i gangen tændt, og der kom liv i pc'en.

"Fandens også!" sagde Lebie, da han kom ind i stuen igen. "Der var viklet en tråd omkring sikringen derude, som jeg måtte fjerne først. Men jeg fulgte den langs væggen, og den går ind i døren."

"Det er en elektronisk dørlås, ikke sandt? Sikringen var koblet til dørlåsen, så strømmen blev afbrudt, idet vi åbnede døren. Den lyd, vi hørte, var ventilatoren i pc'en, som slog fra," sagde Yong og trykkede på tastaturet. "Maskinen har *rapid resume*, så vi kan se, hvilke programmer, der var aktiveret, før den slog fra."

Et blåt billede af jordkloden kom frem på skærmen, og en lystig fanfare blev afspillet over højttalerne.

"Tænkte jeg det ikke nok!" sagde Yong. "Den snedige fanden! Se lige der!" Han pegede på et ikon på skærmen.

"Yong, for Guds skyld, lad os nu ikke spilde tiden på det her," sagde Wadkins.

"*Sir*, må jeg låne din mobiltelefon et øjeblik?" Den lille kineser snuppede Wadkins' Nokia-telefon uden at afvente svar. "Hvad er nummeret hertil?"

Harry læste det nummer op, som stod på telefonen ved siden af pc'en, mens Yong tastede det ind. Så trykkede han på opkaldsknappen. Samtidig med, at telefonen ringede, kom der en snurrende lyd fra pc'en, og ikonet hoppede ud på skærmen i fuld størrelse.

"Sh," sagde Yong.

Efter nogle sekunder kom der en kort bippelyd. Han skyndte sig at afbryde mobiltelefonen.

Wadkins havde fået en dyb rynke mellem øjenbrynene.

"Hvad i Herrens navn er det, du laver, Yong?"

"*Sir*, jeg er bange for, at Toowoomba alligevel har rigget en alarm til. Og at den er blevet aktiveret."

"Forklar dig!" Wadkins' tålmodighed havde tydeligvis en grænse.

"Kan du se det program, som kom frem? Det er et almindeligt telefonsvarerprogram koblet til telefonen via et modem. Før Toowoomba forlader lejligheden, indlæser han sin velkomsthilsen på pc'en gennem mikrofonen. Når folk ringer, aktiveres programmet, afspiller Toowoombas besked, og efter den hyletone, som du lige hørte, kan du indlæse beskeden direkte på pc'en."

"Yong, jeg ved godt, hvad en telefonsvarer er for noget. Hvad er din pointe?"

"*Sir*, hørte du nogen besked før hyletonen, da jeg ringede lige før?"

"Nej ..."

"Det er, fordi velkomsten var lagt ind uden at være lagret."

Det dæmrede for Wadkins.

"Det, du siger, er, at da strømmen gik og slog pc'en fra, så forsvandt velkomsten?"

"Netop, *Sir*." Yong havde af og til nogle usædvanlige reaktioner. Som nu. Han lyste op i et smil.

"Dermed har han en alarm, *Sir*."

Harry smilede ikke, da han fastslog katastrofens omfang. "Toowoomba skal altså bare ringe hertil og høre, at velkomsten er væk, for at vide at nogen har været inde i hans lejlighed. Og så ved han, at 'nogen' er os."

Der blev stille i stuen.

"Han dukker aldrig op her uden at ringe først," sagde Lebie.

"Satans, satans, satans!" sagde Wadkins.

"Han kan ringe når som helst," sagde Harry. "Vi må vinde tid. Nogen forslag?"

"Tja," sagde Yong. "Vi kan snakke med telefonselskabet og få dem til at spærre nummeret og lægge en fejlmelding ind."

"Og hvis han ringer til telefonselskabet?"

"Kabelbrud i området på grund af ... kabelarbejde."

"Det virker mistænkeligt. Han vil bare checke, at naboens nummer virker," sagde Lebie.

"Vi må lukke telefonerne til hele området," sagde Harry. "Kan du klare det, Wadkins, *Sir*?"

Wadkins kløede sig bag øret.

"Helvede til kaos! Hvorfor i hede hule ..."

"Det haster, *Sir*."

"Fandens også! Giv mig telefonen, Yong. Det her må McCormack ordne. Uanset hvad, kan vi nok ikke få lov til at lukke telefonerne i en hel bydel ret længe, Holy. Vi må begynde at overveje vores næste træk. Satans!"

Klokken var halv tolv.

"Ingenting," sagde Wadkins opgivende. "Ikke en eneste forbandet ting!"

"Vi kunne næsten ikke forlange, at han skulle lægge en besked om, hvor han skjuler hende," sagde Harry.

Lebie kom ud fra soveværelset. Han rystede på hovedet. Heller ikke Yong, som havde gennemgået kælderen og loftet havde noget interessant at rapportere.

De satte sig ned inde i stuen.

"Det er altså lidt mærkeligt," sagde Harry. "Hvis vi havde ransaget hinandens lejligheder, ville vi da finde *noget*. Et interessant brev, et snusket pornoblad, et billede af en gammel kæreste, en plet på lagenet, et eller andet. Men ham her er seriemorder, og vi kan ikke finde den mindste antydning af, at han har et *liv*."

"Jeg har aldrig før set så normal en ungkarlelejlighed," sagde Lebie.

"Den er *for* normal," sagde Yong. "Det er næsten lidt uhyggeligt."

"Der er noget, vi overser," sagde Harry og kiggede op i loftet.

"Vi har været overalt," sagde Wadkins. "Hvis der er nogen spor, så er de ikke her. Alt, hvad lejlighedens beboer gør, er at spise, sove, se tv, skide og gemme telefonbeskeder på sin pc."

"Du har ret," afbrød Harry. "Det er ikke her, at morderen Toowoomba bor. Her bor en unormalt normal fyr, som ikke behøver at frygte at blive kigget i kortene. Men hvad med den anden? Kan han have et andet sted? En anden lejlighed? Et sommerhus?"

"Ikke noget, der er registreret i hans navn i hvert fald," sagde Yong. "Jeg kiggede efter, før vi tog herhen." Mobiltelefonen ringede. Det var McCormack. Han havde snakket med telefonselskabet. Til argumentet om, at det drejede sig om menneskeliv, havde man svaret, at det også kunne dreje sig om menneskeliv, når folk i området forsøgte at tilkalde en ambulance. Men McCormack havde med lidt hjælp fra borgmesterens kontor fået telefonerne spærret frem til klokken syv om aftenen.

"Nu kan vi lige så godt ryge herinde," sagde Lebie og fiskede en tynd cigarillo frem. "Vi kan strø aske på tæpperne og sætte store fodaftryk ude i gangen. Er der nogen, der har ild?"

Harry fandt en æske tændstikker frem og tændte for ham. Han blev siddende og så på æsken. Og efterhånden med en vis interesse.

"Ved I, hvad fordelen ved denne tændstikæske er?" spurgte han.

De andre rystede pligtskyldigt på hovedet.

"Der står, at den er vandtæt. 'For dig, som færdes på fjeldet eller til søs' står der. Er der nogen af jer, som går rundt med vandtætte tændstikæsker på jer?"

Ny hovedrystning.

"Tager jeg fejl, hvis jeg påstår, at man skal ind i en specialforretning for at købe dem, og at de koster lidt mere end almindelige æsker?"

De andre trak på skuldrene.

"De er i hvert fald ikke almindelige, jeg har ikke set den slags før," sagde Lebie.

Wadkins kiggede nærmere på æsken.

"Jeg er ikke sikker på andet, end at min svoger havde sådan nogle tændstikæsker om bord på sin båd," sagde han.

"Jeg fik den her af Toowoomba," sagde Harry. "Ved begravelsen."

Der opstod en pause. Yong rømmede sig.

"Der hænger et billede af en sejlbåd ude i gangen," sagde han tøvende.

Klokken var et.

"Tusind tak for hjælpen, Liz,"" sagde Yong og lagde mobiltelefonen fra sig. "Vi har den! Den ligger i marinaen ved Lady Bay, hvor den er indregistreret til en Gert van Hoos."

"Okay," sagde Wadkins. "Yong, du bliver her sammen med de to betjente for det tilfælde, at Toowoomba skulle dukke op. Lebie, Harry og jeg tager bilen derud med det samme."

Trafikken var let, og Lebies nye Toyota summede fornøjet af sted på New South Head Road med 120.

"*No back-up, Sir*?" spurgte Lebie.

"Hvis han skulle være der, er tre mand mere end nok," sagde Wadkins. "Ifølge Yong er der ikke registreret nogen våbentilladelse for ham, og jeg har en fornemmelse af, at han ikke er typen, der begynder at vifte med skydevåben."

Harry kunne ikke beherske sig.

"Hvad er det for en fornemmelse, *Sir*? Den samme, som sagde Dem, at det var en god idé at bryde ind i lejligheden? Den samme, som sagde, at hun burde have radiosøgeren i sin taske?"

"Holy, jeg ..."

"Jeg spørger bare, *Sir*. Hvis vi skal bruge Deres *fornemmelse* som indikation på noget som helst, så må det jo, i lyset af det, der er sket indtil nu, betyde, at han lige præcis vil vifte med en skyder. Ikke at ..."

Harry kunne høre, at han havde hævet stemmen og holdt inde. Ikke nu, sagde han til sig selv. Ikke endnu. Med lav stemme gjorde han sætningen færdig:

"Ikke at jeg har noget imod det. Det betyder bare, at jeg kan pebre ham fuld af bly."

Wadkins valgte ikke at svare, men kiggede i stedet surmulende ud gennem vinduet, mens de kørte videre i tavshed. I bakspejlet så Harry Lebies forsigtige, uudgrundelige smil.

Klokken var halv to.

"Lady Bay Beach," sagde Lebie og pegede. "Et meget passende navn. Det er nemlig Sydneys bøssestrand nummer ét."

De bestemte sig for at parkere bilen uden for det hegn, der omgav marinaområdet, og gik ned over en græsvold mod den lille havn, hvor masterne lå side om side på begge sider af smalle flydebroer. I porten sad en søvnig vagt iført en solbleget, blå uniformsjakke. Han vågnede op, da Wadkins viste sit politiskilt frem, og forklarede dem, hvor Gert van Hoos' båd lå.

"Er der nogen om bord?" spurgte Harry.

"Ikke det jeg ved af," sagde vagten. "Det er lidt svært at bevare overblikket her om sommeren, men jeg tror ikke, der har været nogen i den båd i et par dage."

"Har der været nogen i den sidste tid?"

"Ja, hvis jeg ikke husker forkert, så var hr. van Hoos her sent lørdag aften. Han plejer at parkere helt nede ved vandet. Han tog tilbage senere samme nat."

"Og ingen har været i båden siden?" sagde Wadkins.

"Ikke mens jeg har haft vagten. Men vi er jo heldigvis flere."

"Var han alene?"

"Så vidt jeg husker, ja."

"Bar han noget ud i båden?"

"Sikkert. Det kan jeg ikke huske. De fleste har jo noget med sig."

"Kan De give en hurtig beskrivelse af hr. van Hoos?" spurgte Harry.

Vagten kløede sig i hovedet. "Næh, egentlig ikke."

"Hvorfor ikke?" spurgte Wadkins forbavset.

Vagten så lidt forlegen ud. "For at være helt ærlig, synes jeg, at alle aboriginere ligner hinanden."

Solen glitrede i det lave vand inde på marinaen, men lige udenfor rullede havets dønninger, store og tunge. Harry kunne mærke, at blæsten var mere frisk herude, da de forsigtigt gik ud på flydebroen. Han genkendte båden på navnet "Adelaide" og registreringsnummeret, som var malet på siden. "Adelaide" hørte ikke til blandt marinaens største både, men den så velholdt ud. Yong havde forklaret dem, at det kun var sejlbåde med hjælpemotor over en vis størrelse, som var registreringspligtige, så egentlig havde de været mere end heldige. Så tilpas mere heldige, at Harry havde en ubehagelig følelse af, at heldet var opbrugt. Tanken om, at Birgitta måske var i båden, fik hans hjerte til at hamre, så det gjorde ondt.

Wadkins gav signal til, at Lebie skulle gå om bord først. Harry afsikrede sin pistol og sigtede mod salonlugen, mens Lebie forsigtigt satte fødderne på agterdækket. Wadkins var ved at snuble i ankertovet, da han gik om bord, og trådte hårdt i dækket. De standsede og lyttede, men det eneste, de hørte, var vinden og bølgerne, som klukkede og slubrede langs bådens sider. Både lugen til salonen og til agterkabinen var låst med hængelåse. Lebie fandt dirkene frem og gik i gang. Efter nogle minutter var begge hængelåse pillet af.

Lebie åbnede salonlugen, og Harry kravlede ind som den første. Det var mørkt dernede, og Harry satte sig på hug med pistolen pegende lige frem, indtil Wadkins kom ned og trak gardinerne fra. Det var en enkelt, men smagfuldt indrettet båd. Salonen var i mahogni, men ellers bar interiøret ikke præg af excesser. Et søkort var rullet ud på salonbordet. Over bordet hang der et billede af en ung bokser.

"Birgitta!" råbte Harry. "Birgitta!"

Wadkins lagde en let hånd på hans skulder.

"Hun er her ikke," konstaterede Lebie, efter at de havde gennemgået båden fra bovspryd til agterkabine.

Wadkins stod med hovedet nede i en af bænkene på agterdækket.

"Måske har hun været her," sagde Harry og kiggede ud over havet. Vinden var taget til, og længere ude var der hvidt skum på bølgetoppene.

"Vi får drengene fra teknisk herover, og så må vi se, hvad de kan finde," sagde Wadkins og rettede sig op. "Det her må bare betyde, at han har endnu et sted, som vi ikke ved noget om."

"Eller ..." sagde Harry.

"Slut! Han har gemt hende et sted, det gælder bare om at finde hende."

Harry satte sig ned. Vinden ruskede drilsk i hans hår. Lebie prøvede at tænde en ny cigarillo, men gav op efter et par forsøg.

"Hvad gør vi så nu?" spurgte han.

"Vi skal i hvert fald væk fra hans båd," sagde Wadkins. "Han kan se os oppe fra vejen, hvis han kommer kørende."

De rejste sig, låste lugerne, og Wadkins skrævede højt over ankertovet for ikke at snuble en gang til.

Lebie blev stående.

"Hvad er der?" spurgte Harry.

"Ja," sagde Lebie, "nu ved jeg ikke så meget om både, men er det der almindeligt?"

"Hvilket?"

"At have ankeret ude, når båden er fortøjet både foran og bagi?"

De kiggede på hinanden.

"Hjælp mig lige med at trække," sagde Harry.

Klokken var tre.

De fløj hen ad vejen. Skyerne fløj hen over himlen. Træerne i vejsiden vuggede og vinkede dem videre. Græsset lå fladt ude i rabatten, og det knitrede i radioen. Solen var blegnet, og der fór hastige skygger hen over havet længere nede.

Harry sad på bagsædet, men så ikke noget af den storm, der blæste op omkring dem. Han så kun det grønne, slibrige reb, som de havde trukket op af havet i seje ryk. Vanddråberne fra rebet var faldet ned i havet som glitrende krystalstumper, og langt dernede havde han kunnet skimte en hvid kontur, som stille gled op imod dem.

En sommerferie havde hans far taget ham med i robåden, og de havde trukket en helleflynder op. Den var hvid og ubegribeligt stor, og også dengang var Harry blevet tør i munden, og hans hænder var begyndt at ryste. Mor og bedstemor havde klappet begejstret i hænderne, da de kom ind i køkkenet med fangsten, og var straks begyndt at skære i den kolde, blodige fiskekrop med store, skinnende knive. Resten af sommeren havde Harry drømt om den tunge helleflynder i båden med de udstående fiskeøjne og et blik stivnet i chok, som om den ikke kunne tro, at den faktisk var ved at dø. Næste jul havde Harry fået nogle store, geléagtige stykker på sin tallerken, og faderen havde stolt fortalt, hvordan Harry og han havde fanget den store helleflynder i Isfjorden. "Vi tænkte, at vi ville prøve noget nyt denne juleaften," havde moderen sagt. Det havde smagt af død og fordærv, og Harry havde forladt bordet med tårer i øjnene af forbitret raseri.

Og nu sad Harry på bagsædet af en bil, som kørte meget stærkt. Han lukkede øjnene og så sig selv stå og stirre ned i vandet, hvor noget, der lignede en brandmand, lagde de røde tråde langs siden for hvert ryk i rebet, stoppede og bredte dem ud til et nyt svømmetag. Da den nåede vandoverfladen, bredte den sig ud i vifteform, som om den prøvede at skjule den nøgne, hvide krop nedenunder. Ankertovet var surret rundt om halsen, og det livløse legeme forekom Harry mærkeligt fremmed og uvirkeligt.

Men da de vendte hende om på ryggen, kunne Harry fornemme det igen. Det var blikket fra den sommer. Et brustent blik med et forbavset, anklagende sidste spørgsmål: Er det alt? Er det virkelig meningen, at det bare skal slutte på denne måde? Er livet, og døden, virkelig så banal?

"Er det hende?" havde Wadkins spurgt, og Harry havde svaret benægtende.

Da han gentog spørgsmålet, så Harry hendes skulderblade stikke frem og spænde den røde hud ud, der hvor der var en endnu hvidere stribe efter hendes bikinioverdel.

"Hun blev forbrændt," svarede han forundret. "Hun bad mig smøre sig ind på ryggen. Hun sagde, hun stolede på mig. Men hun blev forbrændt."

Wadkins havde stillet sig foran ham og lagt hænderne på hans skuldre. "Det er ikke din skyld, Harry. Hører du? Det var sket under alle omstændigheder. Det er ikke din skyld."

Det var nu blevet mærkbart mørkere, og der kom et par voldsomme vindstød, så de store eukalyptustræer bøjede, vinkede med grenene og så ud, som om de prøvede at komme fri af jorden, så de kunne stavre omkring som John Wyndhams trifitter, vækket til live af den storm, der var på vej.

"Øglerne synger," sagde Harry pludselig fra bagsædet. Det var det første, der var blevet sagt, efter at de var kommet ind i bilen. Wadkins vendte hovedet og kiggede på ham, og Lebie betragtede ham i spejlet. Harry rømmede sig højlydt.

"Det sagde Andrew engang. At øgler og mennesker af øglefamilien havde magt til at skabe regn og storm med deres sang. Han fortalte, at Den Store Oversvømmelse blev skabt af øglefamilien, som sang og skar sig til blods med deres flinteknive for at drukne *platypus* – næbdyret." Han smilede svagt. "Næsten alle næbdyrene døde. Men nogen overlevede. Ved I, hvad de gjorde? De lærte sig at trække vejret under vandet."

De første, store regndråber lagde sig dirrende på frontruden.

"Vi har ikke meget tid," sagde Harry. "Det varer ikke længe, før Toowoomba opdager, at vi er efter ham, og så forsvinder han lige så hurtigt som en rotte. Jeg er den eneste forbindelse, vi har til ham, og nu sidder I og spekulerer på, om jeg kan håndtere det. Hvad skal jeg sige? Jeg tror nok, jeg elskede den pige."

Wadkins så beklemt ud. Lebie nikkede stille.

"Men jeg har tænkt mig at trække vejret under vandet," sagde Harry.

Klokken var halv fire, og ingen i mødelokalet tog notits af ventilatorens klagesang.

"Okay, vi ved, hvem vores mand er," sagde Harry. "Og vi ved, at han tror, at vi *ikke* ved det. Sandsynligvis tror han, at jeg i dette øjeblik er ved at skaffe beviser mod Evans White. Men jeg er bange for, at det er en særdeles midlertidig situation. Det er begrænset, hvor længe vi kan holde de andre husstande uden telefon, og desuden virker det mere og mere mistænkeligt, jo længere tid det tager, før den såkaldte 'fejl' er udbedret.

Vi har placeret mandskab, som venter på ham, hvis han skulle dukke op derhjemme. Det samme gælder sejlbåden. Men personligt føler jeg mig overbevist om, at han er alt for forsigtig til at gøre noget dumt uden at være hundrede procent sikker på, at kysten er klar. Det er nok realistisk at antage, at han i løbet af aftenen vil være på det rene med, at vi har været i hans lejlighed. Det giver os to alternativer. Vi kan slå alarm, gå ud med en efterlysning i tv og håbe, at vi fanger ham, før han forsvinder. Argumentet mod det er, at en mand, som har rigget sådan en alarm op hjemme hos sig selv, selvfølgelig har tænkt videre end som så. Så snart han ser sit billede på skærmen, risikerer vi, at han er som sunket i jorden. Alternativ nummer to er derfor at udnytte den smule tid, vi har, før han mærker, at vi ånder ham i nakken; at tage ham, mens han stadig aner fred og ... nå ja, relativt ringe fare."

"Jeg stemmer for at tage ham," sagde Lebie og fjernede et hår fra skulderen.

"*Tage* ham?" sagde Wadkins. "Vi befinder os i en millionby og har ikke den mindste idé om, hvor han befinder sig. Vi ved sgu ikke engang, om han er i Sydney!"

"Det skal du ikke sige," sagde Harry. "Han har i hvert fald været i Sydney den sidste halvanden time."

"Hvad? Siger du, at han er blevet observeret?"

"Yong." Harry gav ordet til den stadig smilende kineser.

"Mobiltelefon!" begyndte han. Som om han var blevet bedt om at læse sin stil højt for klassen.

"Alle mobilsamtaler går via såkaldte basestationer, som tager imod og udsender telefonsignalerne. Telefonselskabet kan se, hvilken abonnents signaler, de forskellige basestationer modtager. Hver basestation dækker en radius på cirka ti kilometer. Da der er god dækning, det vil sige i tætbebyggede områder, dækkes en telefon som regel af to eller flere basestationer på én gang, omtrent som med radiosendere. Det vil sige, at når man taler i telefon, kan telefonselskabet finde ud af, hvor man er inden for en radius på ti kilometer. Hvis samtalen kommer ind på to basestationer på én gang, kan det reduceres til det område, hvor de to stationers dækning overlapper hinanden. Hvis signalerne opfanges af tre stationer, er området endnu mindre og så videre. Mobiltelefoner kan altså ikke spores til en adresse som en almindelig telefon, men vi kan få en indikation," forklarede Yong.

"Lige nu har vi forbindelse med tre fyre fra telefonselskabet, som udelukkende følger signaler fra Toowoombas mobiltelefon. Vi kan koble dem herind på en åben linje i mødelokalet. Foreløbig har vi kun fået simultane signaler fra to stationer samtidig, og det mindste område dækkede hele City, havnen og det halve af Woolloomooloo. De gode nyheder er, at han bevæger sig rundt."

"Og det, vi venter på, er lidt held," indskød Harry.

"Vi håber, at vi vil få signaler ind, lige når han befinder sig i en af de små lommer, som dækkes af tre basestationer eller flere. Får vi det, kan vi sende alle vores civile biler ud med kort varsel og nære et vist håb om at finde ham."

Wadkins så ikke overbevist ud.

"Så han har altså talt med nogen nu og for halvanden time siden, og begge gange blev signalet opfanget af basestationer i Sydney?" sagde han. "Og vi er afhængige af, at han fortsætter med at snakke i den fordømte telefon for at finde ham? Og hvad nu, hvis han ikke ringer?"

"Vi kan jo ringe til ham," sagde Lebie.

"Præcis!" sagde Wadkins. Han havde fået hidsige, røde pletter på kinderne. "Fremragende idé! Vi kan ringe til ham en gang hvert kvarter og udgive os for frøken Klokken og fandens oldemor! Bare for at fortælle ham, at det måske ikke er så smart at tale i telefon?"

"Det behøver han ikke," sagde Yong. "Han behøver ikke at tale med nogen."

"Hvordan ..."

"Det er nok, at hans mobiltelefon er tændt," sagde Harry. "Toowoomba er øjensynligt ikke klar over det, men så længe en mobiltelefon ikke er slukket, sender den automatisk et lille bip hver halve time bare for at fortælle, at den stadig er i live. Dette bip registreres af basestationerne på samme måde som en samtale."

"Så ...?"

"Så vi skal bare koble den åbne linje til, sætte kaffe over og sætte os ned og håbe."

21

Et godt øre, en lige venstre og tre skud

En metallisk stemme lød gennem telefonens højttaler:

"Hans signal kommer ind på basestation 3 og 4."

Yong pegede på kortet over Sydney, som var hængt op foran tavlen. Der var indtegnet nummererede cirkler, som viste de forskellige basestationers dækningsområder.

"Pyrmont, Glene og lidt af Balmain."

"For fanden da!" sagde Wadkins. "Området er alt for stort. Hvad er klokken? Har han prøvet at ringe hjem?"

"Klokken er seks," sagde Lebie. "Han har ringet nummeret til lejligheden op to gange inden for den sidste time."

"Han er snart klar over, at der er noget i gære," sagde McCormack.

"Men ikke endnu," sagde Harry stille. Han havde siddet tavs og urørlig på en stol nede ved den bageste væg de sidste to timer.

"Noget nyt om vejret?" spurgte Wadkins.

"Kun, at det bliver værre," sagde Lebie. "Fuld storm med vindstød op til orkanstyrke i løbet af natten."

Minutterne tikkede af sted. Yong gik ud for at hente mere kaffe.

"Hallo?" Det var telefonens højttaler.

Wadkins sprang op. "Ja?"

"Abonnenten har netop ringet op. Vi fik ham ind på basestation 3,4 og 7."

"Vent lige!" Wadkins så på kortet. "Det er lidt af Pyrmont og Darling Harbour, ikke sandt?"

"Korrekt."

"Fandens også! Var han bare kommet ind på 9 eller 10 også, så havde vi haft ham!"

"Hvis han ikke bevæger sig, ja," sagde McCormack. "Hvor ringede han hen?"

"Til vores hovedomstilling," sagde metalstemmen. "Han ville vide, hvad der var i vejen med hans hjemmenummer."

"Satans også!" Wadkins var rød i kammen. "Han slipper fra os! Vi slår alarm nu! Fuld udrykning!"

"Hold kæft!" smældede det. Der blev stille i lokalet. "Beklager ordvalget, *Sir*," sagde Harry. "Men jeg foreslår, at vi venter på det næste bip, før vi gør noget overilet."

Wadkins så på Harry med øjne, der bulnede ud af hovedet på ham.

"Holy har ret," sagde McCormack. "Sæt dig ned, Wadkins. Om mindre end en time ophæves telefonspærringen. Det vil sige, at vi har ét, maksimalt to bip tilbage, før Toowoomba kan finde ud af, at det kun er hans telefon, der har været lukket. Pyrmont og Darling Harbour er stort rent geografisk, men vi taler om et af Sydneys tættest befolkede områder om aftenen. Hvis vi sender en masse biler dertil, vil det bare forårsage et kaos, som Toowoomba vil benytte til at forsvinde. Vi venter."

Klokken tyve minutter over syv kom meldingen over telefonens højttaler:

"Bip modtaget på basestation 3, 4 og 7."

Wadkins stønnede.

"Tak," sagde Harry og koblede mikrofonen fra. "Samme område som før. Det kan betyde, at han ikke længere bevæger sig rundt. Så hvor kan han være?"

De stimlede sammen om kortet.

"Måske træner han," sagde Lebie.

"Godt forslag!" sagde McCormack. "Findes der noget boksecenter i området? Er der nogen, der ved, hvor fyren træner?"

"Jeg checker, *Sir*," sagde Yong og forsvandt.

"Andre forslag?"

"Området er jo fuld af turistfælder, som er åbne om aftenen," sagde Lebie. "Måske er han i de kinesiske haver?"

"I det her vejr holder han sig nok indendørs," sagde McCormack.

Yong kom tilbage og rystede på hovedet.

"Jeg ringede til træneren. Han ville ikke sige noget, så jeg måtte sige, at jeg ringede fra politiet. Toowoombas træningslokale ligger ude i Bondi Junction."

"Herligt!" sagde Wadkins. "Hvor længe tror du, det varer, før træneren ringer op på Toowoombas mobiltelefon og spørger, hvorfor helvede politiet vil tale med ham?"

"Det brænder," sagde Harry. "Jeg ringer til Toowoomba."

"Og spørger, hvor han er?" sagde Wadkins.

"Og ser, hvad der sker," sagde Harry og løftede røret. "Lebie, check at lydbåndet kører, og så holder alle kæft!"

Alle frøs på stedet. Lebie kastede et blik på den gamle spolebåndoptager og stak tommelfingeren i vejret. Harry sank en gang. Hans fingre føltes helt døde mod tasterne. Det ringede tre gange, før Toowoomba svarede.

"Hallo?"

Stemmen ... Harry holdt vejret og pressede røret mod øret. Han kunne høre mennesker i baggrunden.

"Hvem er det?" sagde Toowoomba lavmælt.

Der kom en lyd i baggrunden, efterfulgt af henrykte barnehvin. Så hørte han Toowoombas dybe, rolige latter.

"Jamen er det dig, Harry? Det er pudsigt, at du ringer, for jeg stod lige og tænkte på dig. Der er tilsyneladende noget galt med min telefon derhjemme, og jeg spekulerede på, om du kunne have noget med det at gøre. Det håber jeg ikke, Harry."

Der kom endnu en lyd. Harry koncentrerede sig, men han kunne ikke identificere den.

"Jeg bliver urolig, når du ikke svarer, Harry. Meget urolig. Jeg ved ikke, hvad du vil, men måske skulle jeg slukke for min mobiltelefon. Er det dét, Harry? Prøver du at finde mig?"

Den lyd ...

"Pokkers!" råbte Harry. "Han har lagt på."

Han lod sig falde ned i en stol.

"Toowoomba var klar over, at det var mig. Hvordan i alverden gjorde han det?"

"Spol båndet tilbage," sagde McCormack. "Og få fat på Marguez."

Yong løb ud, mens de afspillede båndet.

Harry kunne næsten ikke bære det. Han mærkede nakkehårene rejse sig, da han hørte Toowoombas stemme igen over højttalerne.

"Det er i hvert fald et sted med mange mennesker," sagde Wadkins. "Hvad er det knald der? Hør, der er børn! Er det et tivoli?"

"Spol tilbage og afspil det igen," sagde McCormack.

"Hvem er det?" gentog Toowoomba, efterfulgt af en høj lyd og barnehvin.

"Hvad er ...?" begyndte Wadkins.

"Det er et temmelig kraftigt vandplask," sagde en stemme i døren. De vendte sig om. Harry så et lille, brunt hoved med sorte krøller, et lille overskæg og bittesmå, tykke briller oven på en stor krop, der så ud, som om den var pumpet op med en cykelpumpe. Han kunne eksplodere, hvornår det skulle være.

"Jesùs Marguez – branchens bedste ører," sagde McCormack, "og han er ikke engang blind."

"Kun næsten," mumlede Marguez og rettede på brillerne. "Hvad har I her?"

Lebie spillede båndet en gang til. Marguez lyttede med lukkede øjne.

"Indendørs. Mure. Og glas. Ingen dæmpning overhovedet, ingen tæpper eller gardiner. Mennesker, unge mennesker af begge køn, sandsynligvis en del småbørnsfamilier."

"Hvordan kan du vide alt det der bare ved at høre noget støj?" spurgte Wadkins mistænksomt.

Marguez sukkede. Det var helt klart ikke første gang, han stod over for en skeptiker.

"Ved I, hvilket fantastisk instrument øret er?" sagde han. "Det kan skelne over en million forskellige trykforskelle. Én million. Og en og samme lyd kan være sammensat af op til tyve forskellige frekvenser og delelementer. Det giver dig tyve millioner valgmuligheder. Et gennemsnitligt leksikon indeholder kun omkring 100.000 opslagsord. Ti millioner valgmuligheder. Resten er et spørgsmål om øvelse."

"Hvad er det for en lyd, der er i baggrunden hele tiden?" spurgte Harry.

"Den mellem 100 og 120 hertz? Det er ikke godt at vide. Vi kan filtrere de andre lyde væk nede i studiet og isolere den, men det tager tid."

"Og det har vi ikke," sagde McCormack.

"Men hvordan kunne han genkende Harry, uden at Harry sagde noget?" spurgte Lebie. "Intuition?"

Marguez tog brillerne af og pudsede dem distræt.

"Det, vi så fornemt kalder intuition, min ven, er altid understøttet af vores sanseindtryk. Men når sanseindtrykket bliver så lille og ubetydeligt, at vi kun mærker det som en fornemmelse, en fjer under næsen mens vi sover, og vi ikke kan sætte navn på de associationer, som hjernen kobler ind, så kalder vi det intuition. Måske var det måden ... Harry trak vejret på?"

"Jeg holdt vejret," sagde Harry.

"Har du ringet ham op herfra tidligere? Måske er det akustikken? Baggrundsstøj? Mennesket har en opsigtsvækkende god hukommelse, når det gælder lyde, som regel meget bedre end man selv er klar over."

"Jeg har ringet herfra én gang tidligere ..." Harry stirrede på den gamle ventilator. "Selvfølgelig," sagde han. "At jeg ikke tænkte på det."

"Hm," sagde Jèsus Marguez. "Det lyder, som om I jagter en særdeles interessant person. Hvor stor er dusøren?"

"Jeg har været der," sagde Harry, der fortsat stirrede på ventilatoren med opspærrede øjne. "Selvfølgelig. Det er derfor, jeg kan genkende baggrundsstøjen. Jeg har været der før. Den boblende lyd ..."

Han vendte sig om:

"Han er i Sydney Aquarium!"

"Hm," sagde Marguez og studerede resultatet af sin brillepudsning. "Det rimer. Jeg har jo selv været der. Sådan et plask kan for eksempel forårsages af halen på en temmelig stor saltvandskrokodille."

Da han kiggede op igen, var han alene i lokalet.

Klokken var syv.

Det er muligt, at de ville have udsat civile for fare på den korte strækning fra politistationen og ned til Darling Harbour, hvis det ikke havde været, fordi stormen havde tømt gaderne for mennesker og biler. Men Lebie gjorde sit bedste, og det var sandsynligvis kun det blå blink på taget, som i sidste øjeblik fik en enlig fodgænger til at springe til side og et par modkørende biler til at trække ind til siden. Wadkins sad på bagsædet og bandede uafbrudt, mens McCormack omme på forsædet ringede til Sydney Aquarium for at forberede dem på en politiaktion.

Da de svingede ind på pladsen foran akvariet, stod flagene i Darling Harbour lige ud i luften, og bølgerne slog ind over kajen. Flere politibiler var allerede kommet til, og uniformerede politifolk spærrede udgangene.

McCormack gav de sidste ordrer.

"Yong, du deler billederne af Toowoomba ud blandt vores folk. Wadkins, du kommer med mig til vagtlokalet. Der har de kameraer, som dækker hele akvariet. Lebie og Harry, I begynder at lede. Akvariet lukker om få minutter. Her er radioerne, stik proppen i øret, sæt mikrofonen fast på jakkeopslaget og check med det samme, om I har forbindelse. Vi styrer det hele fra vagtlokalet. Okay?"

Da Harry kom ud af bilen, blev han grebet af et vindstød, som var ved at vælte ham. I fuldt firspring løb de over i ly.

"Her er heldigvis ikke så mange, som der plejer at være," konstaterede McCormack. Han hev allerede efter vejret efter den korte spurt. "Det må skyldes vejret. Hvis han er her, finder vi ham."

De blev mødt af vagtchefen, som viste McCormack og Wadkins ind i vagtlokalet. Harry og Lebie kontrollerede deres radioer, blev vist forbi billetlugerne og begyndte at gå ind i korridorens menneskemylder.

Harry mærkede efter, om pistolen sad i skulderhylsteret. Akvariet virkede helt anderledes nu, med alt lyset og alle disse mennesker. Det føltes desuden uendeligt længe siden, at han og Birgitta var her, som om det var foregået i en anden tidsalder.

Han prøvede at lade være med at tænke på det.

"Vi er på plads." McCormacks stemme lød tryg og beroligende i øret. "Vi sidder lige nu og studerer kameraerne. Yong tager et par stykker med og går toiletterne og caféen igennem. Der går I, forresten. Bare fortsæt."

Akvariets korridorer førte publikum rundt i en cirkel, som sluttede lige der, hvor de var begyndt. Harry og Lebie gik den modsatte vej, så de kunne se alle de ansigter, der kom imod dem. Hjertet hamrede i brystet på Harry. Han kunne mærke, at han blev tør i munden og våd i håndfladerne. Luften summede af fremmede sprog, og Harry havde en fornemmelse af at svømme i en malstrøm af mennesker af forskellige nationaliteter, hudfarver og klædedragter. De gik igennem den undersøiske tunnel, hvor han og Birgitta havde tilbragt natten sammen – hvor børnene nu stod med næsen presset ind mod glasset og så den marine underverden gå sin uforstyrrede gang.

"*This place gives me the creeps*," hviskede Lebie. Han gik med hånden inden for jakken.

"Men lov mig, at du ikke affyrer et skud herinde," sagde Harry. "Jeg vil ikke have det halve Jackson Bay og en halv snes hvidhajer i skødet, okay?"

"*Don't worry*," sagde Lebie.

De kom ud på den anden side af akvariet, hvor der nu var næsten mennesketomt. Harry bandede.

"De lukkede billetsalget klokken syv," sagde Lebie. "Nu skal stedet bare tømmes for de mennesker, som er herinde."

McCormack talte til dem:

"Det ser desværre ud til, at fuglen kan være fløjet, drenge. Kom hen i vagtlokalet."

"Vent her," sagde Harry til Lebie.

Uden for billetlugen stod et kendt ansigt i vagtuniform. Harry greb fat i ham.

"Hej, Ben, kan du huske mig?" sagde Harry. "Jeg var her sammen med Birgitta."

Ben vendte sig om og så på den ophidsede, lyshårede mand. "Javist," sagde han. "Er det ikke Harry, du hedder? Ja ja, så du er her igen? De fleste kommer mere end én gang. Hvordan går det med Birgitta?"

Harry sank.

"Hør her, Ben, jeg er fra politiet. Som du sikkert har hørt nu, er vi på udkig efter en meget farlig person. Vi kan ikke finde ham, men jeg har en følelse af, at han stadig er her. Der er ingen, som kender stedet bedre end dig, Ben – er der et sted, hvor han kan have gemt sig?"

Ben lagde ansigtet i dybe, tankefulde folder.

"Ja," sagde han. "Ved du, hvor Matilda, vores saltvandskrokodille, holder til?"

"Ja?"

"Mellem den lille snedige fyr, som vi kalder Fiddler Ray, og den store havskildpadde, det vil sige, den har vi flyttet nu og er ved at lave en dam, så vi kan få et par små ferskvandskroko ..."

"Jeg ved, hvor det er. Det haster, Ben."

"Selvfølgelig. Hvis man er adræt og ikke så bange af sig, kan man hoppe over plexiglasset i hjørnet."

"Ind til krokodillen?"

"Den ligger næsten altid og halvsover i vandet. Fra hjørnet er der en fem-seks skridt til den dør, vi bruger, når vi vasker og fodrer Matilda. Men du skal være rap på fødderne, for en *saltie* er utrolig hurtig, den er over dig med sine to tons, før du ved af det. En gang skulle vi ..."

"Tak, Ben." Harry løb, og folk sprang ud til siderne. Han bukkede jakkeopslaget op og talte i mikrofonen: "McCormack, det er Holy. Jeg leder bag krokodilleburet."

Han tog Lebie under armen og trak ham med sig. "Sidste mulighed," sagde han. Lebie spærrede øjnene op, da Harry standsede foran krokodilleburet og tog tilløb. "Følg mig," sagde Harry, sprang op på plexiglasvæggen og svingede sig over den.

Idet hans fødder ramte jorden på den anden side, begyndte det at koge nede i vandet. Hvidt skum steg op, og i samme øjeblik, som Harry begyndte at gå hen mod døren, så han en grøn Formel I bil komme farende op af vandet og lavt hen over jorden med små øgleben, der hvirvlede rundt i siderne som piskeris. Han satte af og gled i det løse sand. Langt borte hørte han folk skrige, og ud af øjenkrogen kunne han se, at racerbilens motorhjelm var slået op. Han fik fast grund under fødderne igen, sprintede de få meter hen til døren og tog fat i dørhåndtaget. En brøkdel af et sekund dvælede Harry ved tanken om, at døren slet ikke var låst op. I næste øjeblik var han indenfor. En scene fra *Jurassic Park* dukkede op i hans baghoved og fik ham til at låse døren bag sig. Bare for en sikkerheds skyld.

Han tog pistolen frem. Der var en kvalmende lugt af vaskemidler og rådden fisk i det fugtige rum.

"Harry!" Det var McCormack over radioen. "For det første er der en nemmere vej ind til det sted, hvor du er nu, end gennem bæstets madtrug. For det andet forholder du dig i ro, indtil Lebie er kommet den anden vej ind."

"Jeg kan ik ... øre ... årlig ... indelse, *Sir*," sagde Harry og skrabede en negl hen over mikrofonen. "Jeg fort ... lene."

Han åbnede døren i den anden ende af rummet og kom ud i et cylinderformet tårn med en vindeltrappe i midten. Harry gættede på, at vejen ned førte til de undersøiske tunneller og bestemte sig for at gå opad. På næste afsats var der en dør. Han kiggede længere op, men der så ikke ud til at være flere døre.

Han drejede på dørhåndtaget og skubbede forsigtigt døren op med venstre hånd, mens han holdt pistolen parat med højre. Der var bælgmørkt derinde, og lugten af rådden fisk var overvældende.

Harry fandt en afbryder på væggen lige inden for døren, som han trykkede på med venstre hånd, men der kom ikke noget lys. Han slap døren og gik to forsigtige skridt frem. Det knasede under hans fødder. Harry gættede, hvad det var og gled lydløst tilbage i døråbningen. En eller anden havde knust pæren i loftet. Han holdt vejret og lyttede. Var der andre derinde? Det skramlede i en ventilator.

Harry trak sig stille tilbage til trappeafsatsen igen.

"McCormack," hviskede han ind i mikrofonen. "Jeg tror, han er derinde. Gør mig en tjeneste og ring til hans mobiltelefon."

"Harry Holy, hvor er du?"

"Nu, *Sir*! Gør det nu, *Sir*."

"Harry, det er ikke nogen personlig vendetta, det er ..."

"Det er varmt i dag, *Sir*. Vil du hjælpe mig, eller vil du ikke?"

Harry hørte McCormack trække vejret tungt.

"Okay, jeg ringer ham op."

Harry skubbede døren op med foden og stillede sig med spredte ben i døråbningen med pistolen i et dobbeltgreb og ventede på ringetonen. Tiden føltes som en hængende dråbe, der aldrig løsnede sig. Der gik måske to sekunder. Ikke en lyd.

Han er her ikke, tænkte Harry.

Så skete der tre ting på én gang.

Det første var, at McCormack begyndte at sige noget.

"Han har slukket for ..."

Det andet var, at det gik op for Harry, at han stod som en tydelig skydeskive i døråbningen.

Det tredje var, at verden eksploderede i en regn af stjerner og røde prikker på Harrys nethinde.

Harry kunne huske enkelte detaljer fra Andrews bokselektioner fra køreturen til Nimbin. Som for eksempel, at et hook udført af en professionel bokser normalt er mere end nok til at slå en utrænet mand bevidstløs. Ved at bevæge hoften får han hele overkroppen bag slaget og giver det så stor kraft, at hjernen kortslutter med det samme. En uppercut, som placeres direkte på hagespidsen, løfter den ramte op fra gulvet og sender ham direkte i drømmeland. Med garanti. Heller ikke en perfekt højre fra en højrehåndsbokser levner modstanderen mange chancer for at stå oprejst bagefter. Og vigtigst af alt: Hvis man ikke ser slaget komme, når kroppen ikke at reagere og undvige. Blot en lille bevægelse med hovedet kan dæmpe effekten af slaget betydeligt. Det er for eksempel meget sjældent, at boksere, som bliver knockoutet, ser det afgørende slag.

Den eneste forklaring på, at Harry ikke var bevidstløs, måtte derfor være, at manden i mørket havde stået til venstre for Harry. Fordi Harry stod i døråbningen, kunne han ikke slå ham i tindingen fra siden, noget som ifølge Andrew efter al sandsynlighed ville have været tilstrækkeligt. Han kunne heller ikke slå et effektivt hook eller en uppercut, eftersom Harry holdt armene op foran sig med pistolen i hænderne. Og altså heller ikke en lige højre, for det ville betyde, at han skulle stille sig direkte foran pistolen. Den eneste slagmulighed, han havde, var en lige venstre, et slag Andrew havde affejet som "et frøkenslag, bedst egnet til at irritere eller i bedste fald gøre modstanderen mør, det er ubrugeligt i et gadeslagsmål." Det er muligt, at Andrew havde ret, men denne lige venstre havde sendt Harry baglæns ud på vindeltrappen, hvor han ramte kanten på gelænderet med lænden og nær var tippet bagover.

Da han åbnede øjnene, stod han stadig oprejst. En dør stod åben i den anden ende af rummet, og han var temmelig sikker på, at Toowoomba var løbet den vej ud. Men han hørte også en kling-klang lyd, som han var overbevist om stammede fra pistolen, der trillede ned ad metaltrappen. Han bestemte sig for pistolen. Med et selvmorderisk dyk ned ad trappen skrællede Harry huden af underarmene og knæene, men han fik lagt pistolen død, lige før den var på vej ud over kanten og tyve meter ned i bunden af skakten. Han kom op på knæ, hostede og konstaterede, at han havde mistet tand nummer to, efter at han var kommet til det her forbandede land.

Han rejste sig og var øjeblikkelig ved at besvime.

"Harry!" råbte en eller anden i hans øre.

Han hørte også, at en dør blev flået op et sted længere nede, og løbende skridt, som fik trappen til at ryste. Harry sigtede på døren ind til rummet foran sig, slap taget i gelænderet, skød, løb for ikke at falde hovedkulds forover, sigtede på døren i den anden ende af rummet, ramte den næsten og vaklede ud i tusmørket med en følelse af at have slået skulderen af led.

"Toowoomba!" skreg han ind i vinden. Han kiggede sig omkring. Lige foran ham lå byen, og bag ham lå Pyrmont Bridge. Han stod på taget af akvariet og måtte holde sig fat i toppen af en brandstige på grund af vindstødene. Vandet i havnen var hvidt af skum, og han kunne mærke smagen af saltvand i luften. Lige under sig så han en mørk skikkelse på vej ned ad brandstigen. Skikkelsen standsede op et øjeblik og så sig omkring. Til venstre for skikkelsen stod der en politibil med blinkende lys. Foran ham, bag et hegn, lå de to vandtanke, som stak ud fra Sydney Aquarium.

"Toowoomba!" brølede Harry og prøvede at løfte pistolen. Skulderen nægtede pure at adlyde, og Harry skreg af smerte og raseri. Skikkelsen var kommet ned ad stigen, løb hen til hegnet og begyndte at klatre over det. Harry forstod i samme øjeblik, hvad han tænkte på – han ville ind i tanken, ud på bagsiden og svømme det korte stykke hen til kajen på den anden side. Derfra ville det kun tage ham nogle sekunder at forsvinde i byens vrimmel. Harry faldt snarere end kravlede ned ad brandstigen. Han stormede hegnet, som om han havde tænkt sig at rive det ned, tvang sig over med én arm og gik i cementen omme på den anden side med et klask.

"Harry, rapportér!"

Han flåede proppen ud af øret og vaklede hen mod tanken. Døren stod åben. Harry løb ind i tanken og faldt på knæ. Under taghvælvingen foran ham, badet i lys som hang i en stålwire spændt ud over bassinet, lå et stykke af Sydneys havn. Langs midten af tanken gik der en smal flydebro, og et stykke ude på den løb Toowoomba. Han havde en sort, højhalset sweater og sorte bukser på, og han løb så afslappet og elegant som en smal, ustabil flydebro tillader det.

"Toowoomba!" råbte Harry for tredje gang. "Det er Harry. Jeg skyder!"

Han faldt forover. Ikke fordi han ikke kunne holde sig oprejst, men fordi han ikke kunne løfte armen. Han fik den sorte skikkelse på kornet og trykkede på aftrækkeren.

Det første skud lavede et lille plask i vandet lige foran Toowoomba, som løb roligt med høje knæløft og udstrakte håndflader. Harry sigtede lidt længere bagud. Det plaskede lige bag Toowoomba. Afstanden var nu blevet næsten hundrede meter. Harry fik pludseligt en absurd tanke: Det var som at træne i skydehallen på Økern – lysene i loftet, ekkoet mellem væggene, pulsen i aftrækkerfingeren, og den dybe, meditative koncentration.

Som at træne i skydehallen på Økern, tænkte Harry og skød sit tredje skud.

Toowoomba faldt forover.

Harry sagde senere i sin forklaring, at han mente, at skuddet ramte Toowoomba i venstre lår, og at det derfor næppe var dødbringende. Alle vidste imidlertid, at det var rent gætteri. Ingen kan vide, hvor de har ramt en mand med en tjenestepistol på hundrede meters afstand. Harry kunne have sagt hvad som helst, uden at nogen ville kunne modbevise det. Der var nemlig ikke noget lig at obducere.

Toowoomba lå med venstre arm og fod ude i vandet og skreg, mens Harry løb ud på flydebroen. Harry var svimmel og havde kvalme, og alting begyndte at flyde sammen – vandet, lyset i loftet og broen som svingede frem og tilbage foran ham. Mens Harry løb, huskede han Andrews ord om, at kærligheden er et større mysterium end døden. Og han huskede den gamle fortælling.

Blodet susede i stød for hans ører, og Harry var den unge kriger Walla, og Toowoomba var slangen Bubbur, som havde taget livet af hans elskede Moora. Og nu skulle Bubbur dræbes. Af kærlighed.

I sin forklaring bagefter kunne McCormack ikke sige, hvad Harry Holy havde råbt i mikrofonen, efter at de havde hørt skuddene.

"Vi kunne bare høre, at han løb, og at han råbte noget, antagelig på sit eget modersmål."

Selv kunne Harry ikke gøre rede for, hvad han havde råbt.

Harry hastede ud ad flydebroen i et kapløb med livet og døden. Det gav et ryk i Toowoombas krop. Et ryk, som fik hele broen til at hoppe. Harry troede først, at et eller andet havde ramt broen, men så gik det op for ham, at han var ved at blive snydt for sit bytte.

Det var hvidhajen.

Den løftede sit hvide dødningehoved op af vandet og spærrede gabet op. Det skete ligesom i slow-motion. Harry var sikker på, at den ville tage Toowoomba med sig, men den fik ikke ordentligt fat og fik kun trukket den skrigende krop længere ud i vandet, før den måtte dykke igen med uforrettet sag.

Ingen arme, tænkte Harry og mindedes en fødselsdag hjemme hos farmor på Åndalsnes for længe siden, da de prøvede at tage æbler op af et vandfad med munden, og mor havde leet så meget, at hun måtte lægge sig på sofaen bagefter.

Der var tredive meter tilbage. Han troede, han kunne nå det, men så var hvidhajen der igen. Han var så tæt på, at han kunne se den rulle de kolde øjne bagover som i ekstase, mens den triumferende viste sine dobbelte tandrækker frem for ham. Denne gang fik den fat i en fod og slog et kast med hovedet. Vandet stod op i kaskader, Toowoomba blev slynget gennem luften som en leddeløs dukke, og skriget blev brat kappet over. Nu var Harry fremme.

"Dit forbandede gespenst! Han er min" skreg han grådkvalt, løftede pistolen og tømte resten af magasinet ned i vandet. Det havde fået en klar, gennemsigtig rød farve, omtrent som hindbærbrus, og nede under sig så Harry lyset fra den undersøiske tunnel, hvor voksne og børn stimlede sammen for at overvære afslutningen, et ægte naturdrama i al sin gru, et ædegilde som ville komme til at konkurrere med "Klovnemordet" om årets tabloide begivenhed.

22

Tatoveringen

Gene Binoche lignede og lød akkurat som det, han var – en fyr, som havde levet rock'n roll-livet fuldt ud, og som ikke havde tænkt sig at stoppe, før han var i mål. Godt og vel.

"Jeg gætter på, at de også har brug for en god tatovør dernede," sagde Gene og dyppede nålen. "Fanden sætter pris på lidt varieret tortur, tror du ikke, *mate*?"

Men kunden var drivende fuld og var begyndt at hænge med hovedet, så han opfattede sandsynligvis hverken Genes filosofiske betragtninger om livet efter døden, eller nålen som skar sig ind i hans skulder.

Gene havde først sagt nej til den her fyr, som var kommet ind i hans lille butik og snøvlende havde fremført sit ønske med en mærkelig, syngende accent.

Gene havde svaret, at de ikke tatoverede folk i beruset tilstand og havde bedt ham komme tilbage næste dag. Men manden havde smidt 500 dollars på bordet for noget, han selv anslog til at være en 150-dollars tatovering, og når sandt skal siges, havde der været stille de sidste måneder, så han tog sin Lady barberhøvl og Mennen stick-deodorant og påbegyndte behandlingen. Men han sagde nej tak, da fyren tilbød ham en slurk af flasken. Gene Binoche havde tatoveret folk i tyve år, var stolt af sit arbejde og nærede den opfattelse, at seriøse fagfolk ikke drikker på arbejdet. I hvert fald ikke whisky.

Da han var færdig, tapede han en stump toiletpapir over den tatoverede rose. "Hold dig ude af solen og vask kun med vand den første uge. Den gode nyhed er, at smerterne går over hen imod aften, og at du kan tage den der af i morgen. Den dårlige nyhed er, at du snart kommer tilbage for at få flere tatoveringer," grinede han.

"*They always do*."

"Jeg skal bare have den her," sagde fyren og dinglede ud ad døren.

23

Fire tusind fod og en slutning

Døren gik op, og brølet fra vinden udenfor var øredøvende. Harry satte sig på knæ henne ved døråbningen.

"Er du klar?" hørte han en stemme råbe ind i sit øre. "Træk i udløseren ved fire tusinde fod og husk at tælle bagefter. Hvis du ikke har fået chokket af skærmens ryk inden for tre sekunder, er der noget galt."

Harry nikkede.

"Jeg går ud!" råbte stemmen.

Han så, hvordan vinden tog fat i den sorte dragt på den lille mand, som klatrede ud på stiveren under vingen. Det blafrede i nogle hårtotter, som stak ud under hjelmen. Harry kiggede ned på højdemåleren, der sad på hans bryst. Den viste lidt over ti tusinde fod.

"Endnu en gang tak!" råbte han ind til piloten. Piloten vendte sig om. "Det var en fornøjelse, kollega! Det her er meget sjovere end at fotografere marihuanamarker!"

Harry stak højre fod ud af flyet. Det føltes, som da han var lille, og de kørte op gennem Gudbrandsdalen på vej til endnu en sommerferie på Åndalsnes, og han fik lov til at åbne vinduet og stikke hånden ud for at "flyve". Han kunne huske, hvordan vinden greb fat i hånden, når han bøjede håndfladen op.

Vindstyrken uden for flyet var formidabel, og Harry måtte tvinge sin fod fremad og ned på stiveren. Han talte inde i sig selv, som Joseph havde sagt, han skulle – "højre fod, venstre hånd, højre hånd, venstre fod". Han stod nu ved siden af Joseph. Små skystumper flød hen imod dem, tog fart, ramte dem og var væk i samme sekund. Under dem lå et patchworktæppe i forskellige nuancer af grønt, gult og brunt.

"*Hotel check*!" skreg Joseph ind i øret på ham.

"*Checking in*!" råbte Harry og kiggede på piloten i cockpittet, som gav ham tommelfingeren. "*Checking out!*" Han så på Joseph, som var iført hjelm, briller og et stort hvidt smil i et sort ansigt.

Harry lagde sig ud over stiveren og løftede højre fod.

"*Horizon! Up! Down! Go!*"

Så var han i luften. Harry havde en følelse af blive blæst bagover, mens flyet fortsatte fremad i et roligt tempo. Ud af øjenkrogen så han flyet dreje, indtil det gik op for ham, at det var ham selv, der drejede. Han kiggede mod horisonten, der hvor jordkloden krummede, og himlen gradvist blev mere og mere blå, indtil den gik over i det azurblå Stillehav, som kaptajn Cook var kommet sejlende på langt derude.

Joseph rykkede i ham, og Harry pressede hofterne ned for at få en mere korrekt faldstilling. Han checkede højdemåleren. *Ni tusind fod.* Herregud, de havde oceaner af tid! Han drejede i overkroppen, mens han holdt armene ud, så han drejede en halv omgang rundt. Han var *fucking* Superman!

Foran ham, mod vest, lå Blue Mountains, som var blå, fordi de specielle eukalyptustræer afgav en blålig damp, som kunne ses på lang afstand. Det havde Joseph fortalt ham. Han havde også fortalt, at endnu længere ude lå det, som hans forfædre, nomadefolket, kaldte hjemme. De uendelige, tørre sletter – *the outback* – som udgjorde størstedelen af dette mægtige kontinent, en ubarmhjertig bageovn, hvor det forekom helt usandsynligt, at noget kunne overleve, men hvor Josephs folk havde boet i flere tusind år, indtil de hvide kom.

Harry kiggede ned. Det så fredeligt og forladt ud dernede, det måtte være en stille og elskværdig planet. Højdemåleren viste syv tusinde fod. Joseph slap taget i ham, som de havde aftalt. Det var et alvorligt brud på instruktionsreglementet, men de havde allerede for længst brudt det, der var af regler, ved i det hele taget at tage alene ud og springe. Harry så Joseph lægge armene ned langs siden for at få horisontal fart på, hvorefter han forsvandt nedad og til venstre med en forbløffende hastighed.

Så var Harry alene. Som man altid er alene. Det føles bare så meget bedre, når man befinder sig i frit fald seks tusind fod over jorden.

Kristin havde truffet sit valg på et hotelværelse en grå mandag morgen. Måske var hun vågnet, udslidt af den nye dag allerede før den var begyndt, havde set ud ad vinduet og fundet ud af, at nu var det nok. Hvilke tanker hun havde gjort sig, vidste Harry ikke. Menneskesjælen var en dyb, mørk skov, og alle valg træffes alene.

Fem tusind fod.

Måske havde hun valgt rigtigt? Det helt tomme pilleglas tydede i hvert fald på, at hun ikke havde været i tvivl. Og en skønne dag ville det alligevel være slut, en dag var det på høje tid. Behovet for at forlade denne verden med en vis stil vidnede naturligvis om en forfængelighed – en svaghed – som kun nogle mennesker havde.

Fire tusind fem hundrede fod.

Andre mennesker havde kun en svaghed for det at leve. Enkelt og godt. Nå ja, ikke kun enkelt og godt, måske, men alt det der lå langt nede under ham nu. Fire tusind fod, for at være helt nøjagtig. Han greb det orangefarvede håndtag foran på højre side af maven, trak i udløseren med et fast ryk og begyndte at tælle: "Tusind-og-en, tusind-og ..."